Comme des loups

Guy Vanderhaeghe

COMME DES LOUPS

ROMAN

*Traduit de l'anglais (Canada)
par Michel Lederer*

Ouvrage traduit avec le concours
du Centre National du Livre

TERRES D'AMERIQUE

Albin Michel

« Terres d'Amérique »

Collection dirigée par Francis Geffard

À Montana Dan Shapiro,
un homme loyal qui descend la rivière.

1

Il perçut de loin l'odeur de leur campement, la puanteur de cochon grillé des hommes blancs. Fine Man prit une pincée de terre qu'il plaça sous sa langue, puis il dit une prière. Garde-moi tout près de toi, Terre Mère, cache-moi, Terre Mère. On se serait cru en plein jour. La lune ronde brillait ainsi qu'un miroir d'acier, les feuilles grises de l'armoise et des saules-loups luisaient d'un éclat argenté, comme couvertes de gelée blanche. Par une lune pareille, il était risqué de voler des chevaux, même à des hommes blancs stupides. L'un des chasseurs de loups rejeta sa couverture et se leva pour s'éloigner du feu. Celui qui avait d'horribles cheveux, rouges comme la fourrure du renard. Il fit de l'eau en parlant par-dessus son épaule. Un homme bruyant qui manquait de dignité. Ce doit être triste d'être un empoisonneur de loups, d'être laid, de manger du porc, de détester le silence. Il n'y avait rien à envier chez ces gens-là, sinon leurs fusils et leurs chevaux.

L'homme aux cheveux rouges revint s'enrouler dans sa couverture et resta étendu près du feu comme une souche. « Dis bonne nuit au petit Jésus », dit l'un de ses compagnons. Enveloppés dans leurs couvertures, ils rirent. Plus de bruit encore.

Fine Man sentit Broken Horn se détendre à côté de lui. Il comprit que Horn avait tenu « Cheveux Rouges » au bout de son mousquet de la baie d'Hudson à canon scié, le seul fusil

9

qu'ils possédaient. Broken Horn était nerveux. Fine Man avait le sentiment qu'il ne croyait plus aux promesses et à la vérité de son rêve. Dans son rêve, en effet, il y avait une neige épaisse, un froid mordant. Nombre de chevaux affamés à la robe frémissante et blanche de givre avaient franchi les hautes congères pour venir se masser devant l'entrée du tipi de Fine Man. Là, l'herbe tendre du printemps perçait sous la couche de neige glacée afin de donner de la force aux chevaux alors qu'on était toujours dans les mois sombres de l'hiver. Fine Man disait que c'était un signe de pouvoir, un signe indiquant qu'il y avait quelque part des chevaux qui désiraient appartenir aux Assiniboines. Mais Broken Horn ne faisait plus confiance à l'interprétation de Fine Man, et celui-ci ne faisait plus confiance à Horn armé d'un fusil.

Soudain, les chevaux entravés des hommes blancs se mirent à s'agiter, à bondir comme des lièvres. Pareil à une brume légère, un nuage de poussière poudreuse s'éleva, tourbillonna puis s'effilocha dans le clair de lune. Fine Man porta son regard vers le feu. Aucune des formes emmitouflées dans les couvertures grises et graisseuses ne bougea. Les hommes blancs étaient sourds. Comment arrivaient-ils à établir la différence entre les cadavres et les hommes simplement endormis ?

Les chevaux renâclaient, tournoyaient, se cognaient les uns contre les autres comme des plaques de glace emportées par un flot rapide. Après un moment de confusion totale, au milieu d'une marée de croupes et de têtes dressées au-dessus du voile de poussière, une silhouette émergea du courant, celle d'un grand rouan dont les entraves brisées pendaient autour de ses antérieurs et qui, les oreilles couchées, montrait les dents.

Illuminé par le clair de lune, le cheval avait des reflets bleutés qui évoquaient la couleur des ombres d'après-midi sur une neige croûtée de fin d'hiver. Une robe lisse comme la glace, un poitrail et une arrière-main durs comme la glace, des yeux froids comme la glace, un cheval nez-percé venu d'au-delà des montagnes dont les sommets étaient couronnés

10

de blanc tout au long de l'année, un cheval venu d'au-delà de l'Épine dorsale du Monde.

Dès qu'il le vit, Fine Man sut que la promesse de sa vision n'était pas vaine, et il se leva de derrière le buisson de genévriers pour que le cheval d'hiver le voie. En guise d'avertissement, Broken Horn inspira fort, avec un bruit de sifflement, mais Fine Man parut ne pas entendre, car ses oreilles étaient fermées à toute autre chose que le chant qui montait en lui, le chant de pouvoir. Il se dressa de toute sa taille dans le clair de lune, chaussé de ses mocassins de l'Oiseau-Tonnerre, chacun orné de l'Oiseau vert en perles, et vêtu du pagne que sa femme-assise-à-côté-de-lui avait coupé dans une couverture rayée de la baie d'Hudson. Il baissa les yeux sur ses mains, sur ses cuisses musclées, sur son ventre, et il comprit. Le clair de lune blanc était son blizzard, un blizzard destiné à aveugler ses ennemis qui gisaient gelés sur le sol, paralysés par son rêve-médecine, enfouis dans la neige profonde du sommeil.

Il s'avança vers le cheval, lui parlant doucement, respectueusement. À une cinquantaine de pas sur sa gauche, le feu crépitait, des braises éclataient comme des noix, giclaient comme de la graisse. Derrière lui, Horn se souleva sur un genou et s'empressa de planter trois flèches dans la terre devant lui, juste à côté de son arc, puis il pointa le mousquet sur la silhouette endormie de l'un des chasseurs de loups.

« Petit Cousin, murmura Fine Man à l'animal d'un ton rassurant. N'aie pas peur, Petit Cousin. Tu ne me reconnais pas ? Je suis celui vers qui tu as conduit tes frères. » Il s'interrompit un instant. « Regarde-moi bien. Mes mains ne te veulent aucun mal », dit-il dans un chuchotement, montrant au rouan ses paumes vides. Il se tourna puis, désignant Broken Horn accroupi, le fusil braqué sur un chasseur de loups, il reprit : « Cet homme est parti avec moi à ta recherche. Certains de tes frères peuvent choisir d'aller vivre avec lui s'ils le désirent. C'est à eux de décider. » Il fit encore quelques pas en avant et poursuivit, les mots bruissant dans la nuit : « Cousin, tu es beau. Je ne le dis pas pour te flatter. L'homme blanc te chevauche avec des éperons et un mors de fer dans ta bouche. Ce n'est pas ainsi, avec cruauté, qu'on monte une

11

si magnifique créature. » Ils étaient maintenant face à face, le rouan bleu et lui. Il ôta son mocassin gauche, celui du côté du cœur. « Sens, Cousin, mes pieds non plus ne te veulent aucun mal. » D'un geste plein de douceur, il caressa le chanfrein du cheval avec le mocassin. Puis il souffla délicatement dans le naseau gauche du rouan qui, surpris, s'ébroua et souffla à son tour en secouant la tête.

« À présent, tu sais que le mal n'est pas dans mon cœur. Tu sais que je suis l'homme bon dont tu as rêvé. Dis-le à tes frères », conclut Fine Man d'une voix caressante.

Broken Horn lui faisait désespérément signe de revenir pour qu'ils partent, qu'ils s'éloignent de cet endroit, mais Fine Man passait en silence d'un cheval à l'autre et présentait à chacun son couteau avant de lui trancher ses entraves. Quand il eut fini, il retourna vers le rouan bleu, s'arrêta à la hauteur de son garrot, l'empoigna par la crinière et le conduisit ainsi, l'homme et le cheval marchant exactement au même pas. Après un moment d'hésitation, les autres s'ébranlèrent, dix-neuf chevaux qui formèrent une procession sinueuse au milieu des broussailles et des buissons d'armoise, dix-neuf ombres noires aux contours aussi nets que si elles avaient été découpées au couteau.

Sans hâte, ils traversèrent la rivière puis se dirigèrent vers les collines escarpées aux sommets érodés qui, baignant dans la lumière glacée du clair de lune, ressemblaient à des reflets de la surface de la lune elle-même, ancienne, usée, creusée, brillante. Fine Man mena le rouan bleu le long de la pente de la première colline, suivi par la colonne des autres chevaux. Sous leurs sabots, des pierres se détachaient et roulaient avec un petit bruit sec. Fine Man s'arrêta, les mains sur l'encolure du rouan et, derrière lui, la file s'immobilisa. On apercevait en contrebas, au-delà d'un rideau de peupliers, un coude de la Teton River ainsi que les langues de flammes du feu allumé par les hommes blancs qui léchaient la nuit. Une brise soudaine se leva qui rafraîchit le visage de Fine Man, agita la crinière du cheval bleu, caressa et rida la surface de l'eau, de sorte qu'elle étincela et miroita comme les écailles d'un poisson jailli dans un éclaboussement.

Le cheval bleu et lui descendirent le versant opposé jusqu'au fond d'une étroite ravine serpentant parmi les collines abruptes qui s'éboulaient. Les chevaux suivirent et vinrent remplir la ravine comme l'eau remplit le lit d'une rivière. L'un après l'autre, fouaillant de la queue, secouant la tête, ils disparurent, chevaux fantomatiques luisant dans la nuit qui s'enfoncèrent dans les entrailles de la terre, pareils à une puissante cascade qui scintillait.

Le feu mourut pour ne laisser que des débris calcinés. La lune pâlit. Le flot de chevaux s'écoula vers le nord, vers le Canada.

2

J'ai tapé quatre noms. *Damon Ira Chance. Denis Fitzsimmons. Rachel Gold. Shorty McAdoo.* Je les ai contemplés quelques minutes, puis j'en ai ajouté un cinquième, le mien. *Harry Vincent.* Je ne savais pas comment continuer. Certes, j'ai été autrefois une sorte d'écrivain, mais pendant trente ans, je n'ai rien écrit de plus long qu'une liste de courses ou une lettre. Je suis allé à la fenêtre. De là, j'avais une vue sur la South Saskatchewan River à la surface de laquelle des pièces de puzzle gelées dansaient et s'entrechoquaient, ballottées par le courant noir et glacé. Un mois plus tôt, quand la glace tenait encore, un étranger aurait été incapable de dire dans quel sens la rivière coulait. À présent, le mouvement des morceaux de glace et des débris tourbillonnant ne laisse aucun doute. Allez, commence, me suis-je exhorté.

L'histoire va s'arrêter. Les légions romaines défilent dans la rue, accompagnées de Joseph et de Marie, tandis qu'une nurse en coiffe et uniforme, embauchée pour l'occasion, porte l'enfant Jésus. Les dames d'honneur de la cour d'Élisabeth 1re déambulent derrière la Sainte Famille, les seins comprimés dans leurs corsets élisabéthains, droites comme la face d'une falaise. Une volée d'Aztèques emplumés usent leurs talons. Et enfin, fermant la marche, trois vétérans aux

14

membres gelés, des rescapés du désastre de Valley Forge, traînent leurs fusils à silex sur l'asphalte.

Nous sommes il y a près de trente ans, en 1923 pour être précis, et je suis un jeune homme qui, planté à la fenêtre du premier étage du département scénario de Best Chance Pictures, regarde passer les figurants dans une lumière jaune qui annonce le crépuscule – la fin des tournages pour la journée. J'attends un homme du nom de Fitzsimmons, et je l'attends avec inquiétude, parce qu'une visite de Fitzsimmons, il ne faut pas la prendre à la légère. Quelques heures plus tôt, revenant de déjeuner, j'ai trouvé ce message laconique sur mon bureau :

Cher Mr. Vincent,

Veuillez avoir l'obligeance d'attendre Mr. Fitzsimmons après la fermeture des bureaux.

Sincères salutations,
Damon Ira Chance

Les bureaux sont fermés depuis deux heures, et toujours aucun signe de Fitzsimmons. Bien que soupçonnant qu'il puisse s'agir d'une plaisanterie, je reste là. D'autant que l'entête (« Bureau du Président-Directeur général ») paraît authentique. Je n'ai pas l'intention de risquer de perdre un boulot à 75 dollars par semaine, et surtout pas avec ce que me coûte la pension de ma mère à la maison de retraite du mont des Oliviers.

L'histoire est passée et mon regard se tourne vers le fouillis des bâtiments des studios répartis sur plus d'une dizaine d'hectares de bureaux, d'ateliers, de rues de toutes les parties du monde – France, Espagne, Russie, Chine, Far West, etc. Ce que je ne vois pas de ma fenêtre, je le connais pour l'avoir parcouru suffisamment de fois.

Tout ce pays des faux-semblants est maintenu en quarantaine par une clôture haute de trois mètres et un portail qui proclame en volutes de fer forgé noir : Best Chance Pictures. Il y a un an et demi, la première fois que je l'ai franchi, le portail proclamait : Zenith Pictures, mais peu après, Damon Ira Chance a racheté les studios à Mr. Adilman et le nom a changé, de même qu'un certain nombre d'autres choses. Dès le début, Damon Ira Chance a constitué une énigme. On ne savait rien sur lui. On pensait qu'il avait adopté le nom de Chance pour pouvoir baptiser ses studios Best Chance, ce qui, bien entendu, sonnait singulièrement bien. Si Samuel Goldwyn avait pu changer de nom, pourquoi cela serait-il interdit aux autres ? Et puis, l'une des revues professionnelles publia un papier révélant que Damon Ira Chance était en fait le fils de Titus Chance. Pendant plus de quarante ans, le nom de Titus Chance avait été associé à ceux de Carnegie, Gould, Rockefeller, Morgan et Mellon. Quoique un peu moins riche que ces ploutocrates, il jouissait d'une fortune plus que considérable. Au cours de la guerre de Sécession, les usines textiles familiales avaient gagné des millions en fournissant des uniformes aux troupes nordistes, et une fois la paix venue, Titus Chance avait su réinvestir les profits de la guerre dans le pétrole, l'acier, les chemins de fer et la banque. Le vieil homme avait allégrement franchi le cap du nouveau siècle et légué sa fortune à son seul enfant, Damon Ira, un homme d'âge mûr assez mystérieux, comme un personnage de Henry James, qui avait presque tout le temps vécu en Europe. Néanmoins, au contraire de ce qu'aurait fait un personnage de Henry James, Damon Ira Chance utilisa une bonne partie de son héritage pour acheter un studio de cinéma.

C'est sur l'ordre de cet homme que j'attends Denis Fitzsimmons dans une pièce à peine plus grande qu'une niche. Il n'y a pas la place pour autre chose qu'un petit bureau, une machine à écrire, une boîte à café remplie de crayons et de stylos et une bibliothèque dont les trois rayons renferment des ouvrages de Theodore Dreiser, de Stephen Crane, de W.E. Norris et de Jack London, ainsi que de vieux numéros de *The Smart Set*, auquel mon amie Rachel Gold m'a obligé à m'abonner parce que le rédacteur en chef, H.L. Mencken, est son idole.

Le bureau de Rachel, situé un peu plus loin dans le couloir, est beaucoup plus vaste, comme il convient à celui d'une scé-

nariste en chef. On y trouve une longue table, une bibliothèque à six rayonnages, plusieurs cendriers sur pied, un meuble
à la serrure cassée contenant des bouteilles de gin de contrebande et un canapé pour y réfléchir et y faire la sieste.
Je vais attendre encore cinq minutes, me dis-je, et après, je
pars. Cinq minutes passent, puis cinq autres. La nuit tombe
et je me vois dans la vitre, une grande perche affligée d'un
grand nez et de grandes oreilles qui fume nerveusement et
tripote sans arrêt ses lunettes cerclées de fer. Un jeune
homme très ordinaire, très banal, dont la seule particularité
ne se remarque pas dans l'image reflétée par les carreaux.
Ma claudication.
Les minutes se font des heures. Je regarde sans cesse ma
montre et je fume cigarette sur cigarette. Enfin, peu après
dix heures, j'entends s'arrêter une voiture, puis gémir les
marches montant à la galerie qui court tout autour des
bureaux du premier étage. Des bruits de pas pesants s'approchent et la silhouette imposante de Fitzsimmons s'encadre
soudain sur le seuil. Il ne s'est pas donné la peine de frapper.
Un mètre quatre-vingt-dix, quatre-vingt-dix kilos, il est planté
là, la bouche ouverte, haletant, tout en épaules, un torse de
barrique, des jambes comme des poteaux qui tendent à faire
craquer les coutures d'un coûteux costume croisé taillé sur
mesure. Vu de près, le visage charnu, rougeaud, se réduit à
un réseau arachnéen de fines rivières rouges et de leurs
affluents, surmonté d'un nez en patate et barré par une large
bouche de crapaud garnie de petites dents acérées, pareilles
à celles d'un enfant de six ans.
Après quelques respirations sifflantes, il dit : « J'ai été
retenu. Les affaires. » Il sort un mouchoir pour éponger son
visage luisant de sueur, puis son crâne aux cheveux ras, couleur rouge orangé comme la fourrure d'un orang-outang.
« Tu parles d'un paradis, cette Californie. J'ai jamais attrapé
autant de putains de rhumes de toute ma vie. » Il se mouche.
« Buvez du jus d'orange, dis-je. C'est censé être bon pour
ce que vous avez. »
Fitzsimmons promène son regard sur mon bureau ; ses
yeux m'évitent. « Si c'est pas des rhumes, c'est une saloperie

de chaude-pisse. Toutes les actrices te la refilent. Et tu vas me raconter que le jus d'orange guérit la chaude-pisse ? »

Je ne suis pas près de raconter quoi que ce soit à cet homme.

« Si ça soigne la chaude-pisse, je vais en faire expédier quelques wagons dans l'Est. J'ai un tas de copains à New York à qui ça rendrait service. » Il rit d'un rire étrange qui grince et éclate ainsi que des graviers entre les mâchoires d'un concasseur. Il s'arrête d'un seul coup, comme s'il avait déjà oublié ce qui l'amusait. « Allons-y », lance-t-il.

Je descends l'escalier derrière sa large silhouette qui roule comme un nuage d'orage. On s'installe dans l'Hispano-Suiza garée devant le bâtiment et on démarre. En dehors de Fitzsimmons qui suçote ses dents, le silence règne tandis que nous sillonnons les rues désertes. Contrairement à ce qu'on pourrait croire, au début des années 20, Hollywood, une fois la nuit venue, est une ville fantôme. Pour les premiers habitants, en majorité des retraités débarqués du Middle West, faire la java consiste en une partie de gin rummy accompagnée de glaces préparées dans une sorbetière par la maîtresse de maison. Le monde du cinéma ne sort guère plus. La plupart des films sont tournés en éclairage naturel, ce qui signifie commencer à l'aube et finir au crépuscule afin de perdre le moins possible des précieuses heures de soleil. Aussi, on se couche tôt et on se lève tôt. Même sur Hollywood Boulevard, les tabourets des bars sont inoccupés et je n'aperçois qu'un serveur solitaire qui regarde par la vitrine notre grosse voiture passer.

Quand je trouve enfin le courage de demander à Fitzsimmons où il me conduit, il se borne à répondre : « Voir Mr. Chance. »

C'est une sacrée surprise. Personne, ou du moins presque personne, n'a jamais obtenu un rendez-vous avec Chance. Depuis neuf mois qu'il a acheté Zenith, il a acquis la réputation d'être un solitaire, et la revue *Photoplay* l'a même baptisé « l'Ermite d'Hollywood ». Dans ses propres studios, sa présence relève de la rumeur, car on ne le voit pratiquement jamais. De temps en temps, il arrive que quelqu'un distingue sa silhouette devant la fenêtre de son bureau situé au deuxième étage du bâtiment administratif, juste avant que les stores vénitiens ne se ferment sèchement. En de très rares occasions, certains membres de la haute société hollywoodienne, une grande vedette ou un important metteur en scène, sont convoqués dans le saint des saints pour y prendre le thé servi avec une tranche de cake, dans le cadre d'un entretien qui se déroule conformément aux règles de la bienséance. Ce comportement ne correspond guère aux usages en vigueur à Hollywood ; tous les autres patrons de studios sont des hommes de terrain, des hommes qui sont présents sur les plateaux. Chez Universal, Carl Laemmle est appelé Oncle Carl, un gnome toujours tiré à quatre épingles qui n'hésite pas à bavarder aussi bien avec les accessoiristes, les machinistes ou les électriciens qu'avec les stars ou les réalisateurs. Louis B. Mayer est incapable de voir passer un gâteau sans plonger le doigt dedans. Il montre aux metteurs en scène comment diriger et aux acteurs comment jouer. Tombez comme ça et mourez comme ça. Roulez les yeux comme ça quand vous tombez. Et qu'on en voie bien le blanc. Il fond souvent en larmes, ému par sa propre interprétation. « Le D.W. Griffith des acteurs », le surnomme-t-on à la Metro, mais uniquement derrière son dos, car Louis B. Mayer a la fâcheuse habitude de frapper les gens. Dans la liste de ceux à qui il a flanqué une beigne figurent Eric von Stroheim et Charlie Chaplin.

Chance n'a rien de commun avec Mayer. Il est distant, aristocratique, détesté. En un an, le plus près que j'aie approché mon patron, c'est lors de sa seule apparition publique connue, le soir de la première de sa première production. J'avais rewrité les cartons de *La Petite Orpheline* et j'avais été assez vaniteux pour venir assister à la projection dans le seul but de voir ce qui subsistait de mon travail après le montage final.

Je fumais une cigarette devant le cinéma quand la grosse Hispano-Suiza, celle-là même où je me trouve en ce moment, s'est rangée le long du trottoir pour laisser descendre Chance et Fitzsimmons. Aussitôt, ça a été l'émeute. Les flashes ont crépité. Les reporters et les photographes se sont précipités en criant : « Par ici, Mr. Chance ! » « Hé, l'Ermite ! » « Souriez, s'il vous plaît, Mr. Chance ! » Il se tenait là, petit homme déconcerté, clignant des paupières, l'air paniqué, ses cheveux fins et clairsemés qui semblaient se dresser sur sa tête, tandis que les éclairs des flashes se reflétaient avec des effets stroboscopiques sur le plastron amidonné de sa chemise blanche et sur son visage au teint pâle. Cerné par la foule des représentants de la presse, on aurait dit un pingouin sans défense assailli par une meute de chiens sauvages.

Fitzsimmons l'a alors empoigné par le coude pour l'aider et il s'est frayé brutalement un passage au milieu de la cohue jusqu'à l'entrée du cinéma. Des cris et des jurons ont fusé pendant que le grand costaud d'Irlandais écartait les gens à coups d'épaule et leur écrasait les orteils. Je l'ai vu frapper la main d'un reporter pour faire tomber son appareil photo qui s'est brisé sur la chaussée. Quelques secondes plus tard, tous deux étaient en sécurité à l'intérieur. Quant au photographe, furieux, il tournait en rond sur le trottoir en sacrant. Pour qui il se prend ce gorille ? J'ai une carte de presse. Personne sauf un flic a le droit de me traiter comme ça. Je vais l'assassiner son film. Il va avoir une critique qu'il est pas près d'oublier !

Damon Ira Chance n'a pas oublié. *La Petite Orpheline* sera la seule première à laquelle il assistera avant longtemps.

Personne ne sait vraiment quelle est la nature des rapports entre Chance et Fitzsimmons. C'est l'objet de spéculations sans fin. Rachel parle d'eux comme de Dr Jekyll et Mr. Hyde. Mélange leurs deux personnalités, et tu as Louis B. Mayer. Selon sa théorie, Chance est le Mayer sentimental qui, cloîtré dans sa tour d'ivoire, imagine ses films, alors que Fitzsimmons est le Mayer violent et impitoyable qui cogne et menace les gens. Ensemble, affirme-t-elle, ils forment peut-être un producteur voué à une grande carrière.

Elle a peut-être raison. Il est indiscutable que Fitzsimmons effraye. C'est lui qu'on appelle en cas d'ennuis, l'homme à tout faire de Best Chance Pictures qui transmet les ordres venus d'en haut, incendie les techniciens, remonte les bretelles aux stars et aux réalisateurs. Il suffit qu'il déboule sur un plateau dans ses richelieux de luxe qui craquent pour que tombe un silence inquiet. Je n'oublierai jamais le jour où il a pris à part le metteur en scène Bysshe Folkestone et, un bras passé autour de son épaule comme un joug, l'a conduit ainsi hors du cottage XVIIIe siècle du Devonshire où il tournait, jusqu'aux sables du Sinaï d'un décor voisin. Nous avons assisté de loin à la scène. On aurait dit un film muet sans cartons ni accompagnement musical. Fitz a prononcé quelques mots et Bysshe s'est mis à agiter les bras, tandis que son visage reflétait tour à tour l'indignation, l'innocence et la perplexité. Autour d'eux, le travail se poursuivait, les camions déchargeaient des tonnes de sable et des ouvriers munis de pelles et de râteaux s'empressaient d'ériger des dunes pour recréer le paysage de l'Égypte ancienne.

Bysshe continuait à parler et Fitz continuait à éviter son regard. Il faisait passer du sable de l'une de ses énormes mains à l'autre, sans arrêt, les yeux fixés sur le filet ocre qui s'écoulait de son poing. Et Folkestone persistait, se refusant à admettre que cette espèce de colossal sablier irlandais mesurait le temps au bout duquel il serait cuit. Après trois ou quatre minutes de ce traitement, le metteur en scène s'est rendu compte que Fitz ne l'écoutait pas et, comme un jouet qu'on remonte arrivé en fin de course, ses gestes qui, un instant auparavant, étaient encore pleins d'emphase et d'assurance, sont devenus hésitants, incertains. Il a fini par hausser vaguement les épaules, ses bras sont retombés le long de son corps et il s'est tu.

Toujours sans un regard pour son interlocuteur, hautain, méprisant, Fitz s'est frotté les mains pour les débarrasser du sable. Folkestone attendait. Fitz se frottait les mains. Lentement, très lentement. Même d'où nous nous tenions, la froide cruauté de cette pantomime ne nous échappait pas. Personne n'aurait pu supporter cela longtemps. Le sens en était on ne peut plus clair.

Bysshe, vaincu, a entrepris de quitter le désert à reculons, s'enfonçant dans le sable jusqu'aux chevilles. Chancelant, il est sorti d'Égypte pour gagner le Devonshire où le sable accumulé dans les revers de son pantalon est venu parsemer le faux gazon. Nous avons soudain manifesté un immense intérêt pour nos caméras, nos écritoires ou nos costumes. S'enfuyant, Folkestone a tourné le coin du cottage en papier mâché et, cherchant à tâtons à s'appuyer pour ne pas perdre l'équilibre, il a effleuré une toile de fond peinte, si bien que, l'espace d'une seconde, une légère perturbation a envahi un doux ciel anglais.

Le lendemain, un nouveau réalisateur était au travail.

La puissante Hispano-Suiza, moteur ronronnant doucement, grimpe parmi les collines qui, à la suite du récent boom immobilier, ont vu surgir des haciendas de trente pièces, des villas italiennes et des demeures de style Tudor érigées pêle-mêle pour le compte des membres du gratin d'Hollywood menant une course effrénée en vue de surpasser leurs rivaux du box-office. Mary Pickford et Douglas Fairbanks ont donné le signal du départ avec « Pickfair », leur pavillon de chasse tenu par un modeste personnel de quinze domestiques, et depuis, chacun cherche à faire plus grand et plus luxueux que le Roi et la Reine en titre du cinéma. Harold Lloyd possède une propriété de huit hectares avec son golf privé et sa cascade artificielle illuminée la nuit par des projecteurs de différentes couleurs. Bientôt, John Barrymore rachètera « Bella Vista » qui avait appartenu à King Vidor et qui, au fil des ans, comportera jusqu'à seize dépendances et quarante-cinq chambres, auxquelles s'ajouteront deux piscines, un étang à truites, un stand de ball-trap, une volière, une bibliothèque ne renfermant que des éditions originales et une salle des trophées où l'on pourra admirer le seul œuf de dinosaure détenu par un particulier. Ses invités disposeront en outre de deux bars où s'imbiber – une taverne anglaise et un saloon du Far West en provenance d'Alaska, démonté et expédié pièce par pièce.

À en croire Rachel Gold, ces folies ne ressemblent en rien à celles, beaucoup plus inspirées, de Buster Keaton qu'on voit souvent au volant d'un autobus de près de dix mètres de

long, coiffé d'une casquette d'amiral, un autobus panoramique construit spécialement pour lui par la Fifth Avenue Bus
Company, équipé de deux salons et de couchettes pour six
personnes. Au contraire des autres, dit Rachel, Keaton sait
combien le mauvais goût peut être drôle.

C'est au travers d'un univers bien étrange que Fitz conduit
l'Hispano-Suiza, un univers mi-sauvage, mi-artificiel. Des
lapins traversent la chaussée et filent dans la lueur des phares,
des coyotes dont les yeux brillent se glissent dans les fossés.
La plupart des collines, couvertes seulement d'une maigre
végétation, ne dominent que le désert, de même que les
canyons ne débouchent que sur le vide. Et puis, d'un seul
coup, les phares éclairent un mur de pierres qu'on n'attendait pas là, et les yeux se détachent de ceux qui étincellent
au bord de la route pour se poser sur le toit d'une ferme
normande, une tourelle ou une cheminée Tudor. Un instant
plus tard, l'architecture européenne se fond dans les ténèbres
et on se retrouve au sein d'un paysage lunaire de collines
dénudées où des chouettes planent, prises dans les pinceaux
de lumière incandescente. La grosse voiture poursuit son chemin. Ses phares balayent les broussailles, tandis qu'elle soulève sur son passage des tourbillons de poussière.

Soudain, le capot pointe vers la gauche, s'engage entre les
grilles d'un portail en fer forgé, puis la voiture emprunte une
longue allée. Devant nous se dresse un manoir Tudor dont
le toit imitant le chaume se découpe comme une meule de
foin dans le ciel nocturne et dont quelques-unes des fenêtres
à petits carreaux sont éclairées. C'est « Mina », la propriété
que Howard Adilman a nommée ainsi en l'honneur de sa
femme mais qu'il n'a pas eu le temps d'achever avant que
Damon Ira Chance n'achète Zenith et, en même temps, cette
demeure digne d'un nabab du cinéma.

Fitz se gare devant le manoir, coupe le moteur et m'invite
à descendre. Il ouvre la porte d'entrée à l'aide d'une clé. Le
vestibule donne sur un salon dépourvu du moindre mobilier.
Nos pas résonnent tandis que Fitz me précède dans un large
escalier à révolution qui mène au premier étage. Jetant un
regard par-dessus mon épaule, je distingue par une porte

entrebâillée ce qui me paraît être une salle de bal. Elle est entièrement vide à l'exception d'un fauteuil à dossier à barrettes posé sur le sol de marbre, juste au centre sous un énorme lustre de cristal. Rien n'indique la présence de domestiques et je n'entends aucun bruit dans la maison, ni voix, ni phonographe, ni portes qui grincent ou claquent. La vaste demeure est silencieuse. Nous longeons un couloir et une rangée de portes fermées. Les murs sont peints en blanc, à l'instar de ceux des pièces que nous avons traversées. Jusqu'à présent, je n'ai aperçu ni tableaux, ni tapis, ni photographies, ni meubles, hormis le fauteuil échoué au milieu de l'immense salle. Mon cœur cogne dans ma poitrine et j'ai la bouche sèche.

Fitzsimmons s'arrête et frappe doucement à l'une des portes. Une voix nous dit d'entrer. Chance, assis sur un canapé face à un écran installé sur le mur opposé, nous tourne le dos. C'est la première pièce meublée que je vois. Il y a d'un côté une bibliothèque dont les étagères vont jusqu'au plafond, munie d'une échelle coulissante, de l'autre, des cartes de l'ouest des États-Unis, et au fond, une large fenêtre à petits carreaux qui ouvre sur la nuit. Mon regard englobe un projecteur monté sur chariot, trois fauteuils tapissés de chintz, un parquet de chêne encaustiqué et un bar en acajou rempli de bouteilles qui luisent derrière les portes vitrées.

« Qu'est-ce que vous avez regardé ce soir ? » demande Fitz.

Chance ne juge pas nécessaire de se retourner. *« Judith de Bethalie. »* La voix a l'air fatiguée. Puis, avec un regain d'énergie : « Faites une note, Fitz. Dans ce film, Griffith attife Bobby Harron d'une tunique. Grossière erreur. Harron a des jambes affreuses. Veillez à ce qu'aucun de mes metteurs en scène n'affuble un premier rôle masculin d'une tunique courte sans que vous ayez auparavant vérifié ses jambes. Vous, et vous seul.

– D'accord.

– Pas mentalement, Fitz. Une note écrite. »

Fitz sort un carnet et griffonne quelques mots. « Je vous ai amené Vincent, dit-il en finissant d'écrire.

24

– Présentez-le-moi », dit Chance, nous tournant toujours le dos.

Fitz me dirige par le coude vers le canapé sur lequel est assis un homme vêtu d'un costume trois-pièces en tweed beige. Ses cheveux clairsemés sont coiffés avec soin, ses habits coupés avec élégance et ses richelieux marron si bien cirés qu'ils dégagent toute la richesse du chocolat. On croirait un professeur de l'une des universités les plus prestigieuses d'Amérique, mais un professeur qui serait issu d'une bonne famille et jouirait par ailleurs de confortables revenus. Tout dans son apparence est parfait, si ce n'est son teint gris, le teint malsain d'un homme qui ne voit guère le soleil.

« Mr. Vincent, c'est fort aimable à vous d'avoir accepté de venir ainsi à l'improviste. Je vous en prie, asseyez-vous, dit-il en tapotant le canapé à côté de lui. Je regrette que Fitz n'ait pas pu arriver un peu plus tôt, sinon vous auriez visionné avec moi l'un des films de Mr. David Wark Griffith – un de ses vieux films, encore que je ne trouve Mr. Griffith nullement daté. »

Fitzsimmons intervient : « Vous devriez changer et regarder de temps en temps autre chose. » Nous dominant de toute sa taille, il évoque un père en train de réprimander ses enfants. « Quand je veux subir un prêche, je vais à l'église, reprend-il.

– Fitz préfère les Keystone Kops, Chaplin, Buster Keaton ou Harold Lloyd, explique gaiement Chance.

– "Fatty" Arbuckle, voilà le type qui me fait vraiment rire.

– Personne ne rit plus de Mr. Arbuckle, Fitz, je vous le garantis. Il n'est plus qu'un objet de moqueries. »

Chance se réfère à un scandale qui a secoué Hollywood l'année dernière. Une starlette, Virginia Rappe, est morte à San Francisco dans la chambre d'hôtel du comique pendant une soirée très arrosée. Arbuckle a été accusé d'avoir violé miss Rappe au moyen d'une bouteille de Coca-Cola ou de champagne (ou même d'un glaçon, selon certains) qui lui aurait perforé la vessie, provoquant ainsi une péritonite fatale. Une grande partie de l'Amérique a été saisie alors d'une hystérie anti-Hollywood, tandis que les condamnations pleuvaient du haut des chaires ; des femmes lacéraient les écrans sur lesquels on projetait les films d'Arbuckle, et dans le Wyoming, des cow-boys les criblaient de balles. Bien que l'acteur ait été acquitté à l'issue de toute une série de procès, la Paramount avait résilié le contrat de trois millions de dollars qui la liait à cet homme jovial et bien en chair, puis mis à la poubelle trois de ses films déjà en boîte. Du jour au lendemain, Arbuckle « le Gros » était devenu Arbuckle « le Chômeur », une vedette à qui plus personne ne voulait donner de travail.

« Et par la faute de Mr. Arbuckle, nous avons cet insupportable Hays sur les bras, enchaîne Chance. Ce n'est certainement pas lui que j'aurais choisi, mais messieurs Zukor, Loew, Goldwyn, Laemmle, Fox et Selznick n'ont pas estimé bon de me consulter. Je n'appartiens pas à leur clique. »

Son jugement sur Hays me laisse interloqué. Hays, le petit homme aux oreilles en ailes de chauve-souris et aux dents de rongeur, est uniformément détesté par les scénaristes, les acteurs et les réalisateurs, car considéré comme l'œil des patrons des studios, l'instrument destiné à discipliner les « créateurs », sources d'ennuis. Il est donc plus qu'étonnant d'entendre Chance le décrire ainsi.

À la suite de l'affaire Arbuckle, et craignant l'instauration d'une censure gouvernementale sur le cinéma, les patrons des studios se sont empressés d'embaucher Will Hays, l'ancien ministre des Postes du président Harding, afin qu'il redore l'image d'Hollywood. Dès le début de son « règne », Hays a promulgué des diktats bannissant toute forme d'allusions aux choses de la chair tant à l'écran qu'en dehors. Des clauses morales ont bientôt figuré dans les contrats ; on pouvait vous virer pour vie privée inconvenante, de même qu'on pouvait se servir de ce prétexte pour se débarrasser de gens qui causaient d'autres types de problèmes.

« Je vous accorde que la censure peut se justifier sur le plan philosophique, reprend Chance. Si l'on soutient que les œuvres de Shakespeare et de Milton éclairent l'esprit, il n'est que logique d'affirmer que des œuvres moindres puissent l'aveugler. Mais la censure pour raison professionnelle, c'est une autre affaire. Et dans la mesure où nous ne pouvons pas

Comme des loups

y échapper, j'aimerais au moins que le censeur soit capable de distinguer le bien du mal. Et sur ce point, Mr. Hays ne me rassure guère. En tant que propriétaire de mon studio, je ne tiens pas à recevoir d'ordres de la part d'un natif de l'Indiana dont les goûts esthétiques ont été formés par les Chevaliers de Pythias, les Rotariens, les Kiwanis ou autres loges. Ce n'est pas pour cela que je suis venu à Hollywood. »

Sans réfléchir, je lui pose la question que le tout-Hollywood se pose derrière son dos : « Et pour quelle raison êtes-vous venu, Mr. Chance ?

– Mais voyons, pour apporter mon concours à la magnifique œuvre entreprise par Mr. Griffith, Mr. Vincent. Pour faire des films américains. » Il s'interrompt et étudie ma réaction. « À en juger par votre expression, vous n'êtes pas sûr de comprendre ce que j'entends par là. Vous vous dites sans doute : Est-ce que tous les films tournés à Hollywood ne sont pas des films américains ? Eh bien, non, ils ne le sont pas, Mr. Vincent. Pensez à Mr. Lasky, arrivant d'Europe, qui tient sur les quais une conférence de presse pour annoncer qu'il s'est assuré la collaboration des meilleurs scénaristes dont l'Angleterre puisse se vanter : James Barrie, Arnold Bennett, H.G. Wells, Compton Mackenzie, E. Temple Thurston et Max Pemberton. Comment des scénaristes anglais pourraient-ils écrire des films américains ? Quant à Samuel Goldwyn, il a engagé Maurice Maeterlinck uniquement parce que Mr. Maeterlinck a reçu le prix Nobel de littérature. Il paraît que Goldwyn le garde sous la main pour être à même de le présenter à ses visiteurs de marque comme "le plus grand écrivain du monde", en ajoutant, "et il travaille pour moi". »

Fitz l'interrompt brusquement : « Quelqu'un désire boire un verre ?

– Denis me rappelle à mes devoirs d'hôte auxquels j'ai manqué. Comme vous pouvez vous en rendre compte, je me laisse parfois emporter. » Chance a un sourire d'excuse. « Nous avons un excellent scotch qu'un ami de Fitz nous a apporté du Canada. À moins que vous ne préfériez autre chose ?

– Un scotch avec un peu d'eau plate me conviendrait parfaitement.

– Eau gazeuse pour le mien. Comme d'habitude, Denis. »

Pendant que Fitzsimmons prépare les whiskies, Chance se tourne vers moi.

« Voyez-vous, Harry... vous permettez que je vous appelle Harry ? Voyez-vous, Harry, je veux produire des films enracinés dans l'histoire et l'expérience de l'Amérique, ainsi que Mr. Griffith nous a montré la voie. Je suis fatigué de tous ces gens qui font des films sur Marie-Antoinette. Ou des productions du genre *Prisonnier de Zenda*. Le kitsch dégoulinant, les drames historiques, les chevaliers et les châteaux, Robin des Bois. Pourquoi pas une biographie filmée de George Washington au lieu de celle d'Henry VIII ? Vous comprenez ce que je veux dire ? »

J'acquiesce d'un signe de tête. Fitz nous sert à boire, puis il s'assoit à l'écart dans un coin. Seuls le bas de son pantalon et ses chaussures émergent de l'ombre.

« C'est à cela que je songe en disant que je souhaite poursuivre l'œuvre de Mr. Griffith », explique Chance avec une trace de suffisance.

On a du mal à imaginer que Griffith n'est mort qu'en 1948, il y a seulement cinq ans. Je ne pense pas que son nom signifie encore grand-chose aujourd'hui, sinon pour les vrais mordus de cinéma. Il est mort alcoolique, honteusement ignoré par l'industrie dont il a été le pionnier, une figure oubliée, pathétique et grandiloquente. Pourtant, près d'une décennie durant, il a dominé le cinéma comme personne depuis et comme peut-être personne après lui ne le fera. Il a commencé sa carrière de réalisateur quand les films étaient tournés à l'aide d'une caméra fixe comme s'il s'agissait de pièces de théâtre avec des acteurs et des actrices qui font leurs entrées et leurs sorties. C'est Griffith et Billy Bitzer, son cameraman, qui ont inventé la majeure partie du vocabulaire cinématographique : les plans serrés (le public voulait savoir ce qui se passait aux pieds des acteurs), les plans de coupe rapides d'une scène à l'autre et d'un personnage à l'autre, les fermetures en fondu, les flous artistiques, les travellings.

Griffith a même utilisé une forme de couleur en imprimant des scènes nocturnes sur un film bleu et des scènes diurnes sur un jaune. C'est lui qui le premier a demandé que le cinéma soit considéré comme un art et c'est lui qui a fait en sorte que cela devienne possible. Il a réalisé les premières superproductions hollywoodiennes avec *Naissance d'une nation* et *Intolérance*, de même que quelques petits films intimistes comme *Le Lys brisé*. Ses films étaient le reflet de leur réalisateur, mélange d'emphase, de gros effets, de sentimentalité et de haute ambition artistique.

Griffith était un excentrique, un obsessionnel dont l'une des obsessions touchait à l'Histoire. Il employait une importante équipe chargée d'effectuer des recherches pour ses films d'époque, et harcelait archéologues et historiens afin qu'ils vantent dans la presse ou ailleurs « l'authenticité » de ses films. Il ne s'arrêtait pas là. Il affirmait que la caméra mettrait un terme aux conflits quant à l'interprétation du passé. Tous les événements significatifs seraient ainsi enregistrés et les films fourniraient la preuve irréfutable de ce qui avait réellement eu lieu. Les vastes archives publiques de films documentaires rendraient l'histoire démocratique ; en visionnant les preuves, les citoyens pourraient vérifier la réalité des faits et s'assurer par eux-mêmes de la vérité.

Au début, Griffith était tout le temps entouré d'admirateurs, des gens à qui il ne serait pas venu à l'idée de rire quand le grand homme énonçait ses théories naïves, se coiffait de chapeaux de paille ridicules percés de trous afin de prévenir la calvitie ou déclamait comme un Shakespeare de pacotille. Pour eux, il était Mr. Griffith, le Génie.

Tel est l'homme sur qui Chance entreprend de me faire un cours dans un style évoquant une allocution devant le Congrès. Il m'explique qu'il s'est livré à une étude et une analyse approfondies des films de Griffith, ce qui l'a amené à un certain nombre de conclusions. Griffith est l'homme qui a donné l'Amérique aux Américains. L'Amérique réclamait du pain et n'a reçu que des pierres jusqu'à ce qu'arrive Griffith. C'est lui qui a répondu à la demande de pain avec du pain, lui qui a empli le vide spirituel de l'Amérique avec une

29

vision d'elle-même. Il a pu faire cela parce que c'était un homme simple, un autodidacte qui n'a jamais oublié ses racines ancrées dans le fin fond du Kentucky, un homme qui présentait nombre de points communs avec cet autre self-made man, Abraham Lincoln. Si Griffith avait eu le malheur d'aller à l'université, un quelconque professeur à la manque lui aurait sans doute donné honte de sa condition et fourré dans la tête les inepties traîtresses d'Henry James sur la supériorité ineffable de l'Europe. Au contraire, Griffith, assis aux pieds de son père, le colonel, s'était imprégné des récits de ce dernier sur la guerre de Sécession et il les avait repris dans *Naissance d'une nation* avec la fougue de celui qui aurait été présent lors des grandes batailles et de l'émouvante reddition à Appomattox. Cette confiance en soi et son côté brut, presque primaire, avait produit une *Iliade* à l'américaine, empreinte de poésie et de conviction, devant laquelle le peuple américain avait réagi comme les Grecs devant Homère. Chance manifeste lui-même une conviction qui semble étonnante dans la mesure où, selon les rumeurs, il aurait passé sa vie à l'étranger. C'était comme si un personnage d'Henry James s'en prenait à son auteur.

Il s'interrompt soudain, l'air embarrassé par son excès d'enthousiasme et de passion, et il m'adresse un petit sourire. « Et Mr. Griffith, par son exemple, nous a enseigné également autre chose : comment tirer profit des faits. Jusqu'à ce jour, aucun film n'a rapporté autant que *Naissance d'une nation*. C'était un coup de génie de sa part que de présenter le film comme une réalité. Les Américains sont pragmatiques, ils aiment les faits. Les faits sont concrets, fiables. L'Américain moyen se sent idiot quand il lui arrive d'apprécier une histoire inventée, il se sent puéril, tout penaud, il a l'impression d'être dans la lune, un rêveur. Par contre, distrayez-le avec des faits et vous lui donnez la licence de s'amuser sans se sentir coupable pour autant. Il n'a pas le sentiment d'être escroqué ou trompé, d'être un péquenaud qui se serait fait rouler par un bonimenteur de foire. Il préfère se sentir vertueux pour avoir appris quelque chose d'utile, pour s'être informé et amélioré.

« Retenez bien ce que je vous dis, Harry, un jour viendra où le public n'avalera plus nos histoires tant qu'il ne les croira pas réelles. Tout le monde désire, ou pense désirer la réalité. La vérité est plus étrange que la fiction, a dit je ne sais plus qui. Ce n'est peut-être pas vrai, mais c'est plus satisfaisant. Les faits sont le pain que l'Amérique désire manger. La poésie des faits est la poésie de l'âme américaine.

« Naturellement, nuance-t-il, au cinéma, les faits doivent être modelés par l'intuition.» Il se tait un instant, puis reprend d'un ton théâtral : « J'ai appris cela chez Bergson lui-même. Je suis bergsonien», déclare-t-il, un peu comme quelqu'un qui se déclarerait chrétien après avoir eu une révélation.

Je me demande ce que peut bien être un bergsonien. On dirait quelque chose comme la théosophie, ou peut-être pire.

« Bergsonien ? dis-je.

– À Paris, avant la guerre, j'ai assisté à ses cours au Collège de France. Un philosophe fascinant. La salle était bondée – femmes du monde, étudiants, écrivains, artistes. Il fallait des tickets pour entrer, et j'ai eu le privilège d'être parmi les élus. Bergson enseignait que les idées reçues, les habitudes, la routine transforment l'homme en automate, en robot. Et ce qui distingue l'homme du robot, c'est l'intuition et non pas l'intelligence – on peut en effet concevoir qu'il soit un jour possible de construire une machine capable de dépasser l'homme sur le plan des facultés de raisonnement. D'après Bergson, l'intelligence est destinée à appréhender l'univers extérieur mais elle ne peut pas sonder l'univers intérieur des choses. Ce n'est pas l'outil qui convient, Harry. L'intuition plonge ses racines au plus profond de notre être, un être dont nous avons à peine conscience, et précisément à cause de cela, il demeure notre moi le plus vrai, le plus pur. Mon intuition, ma volonté sont la clé de mon moi caché. Grâce à l'intuition, je peux analyser tout ce qui partage ma nature fluide et changeante – les autres êtres humains, l'art... l'Histoire. L'analyse place l'homme à l'extérieur de ce qu'il étudie, tandis que l'intuition le place à l'intérieur. L'analyse conduit donc à une

31

connaissance partielle, alors que l'intuition conduit à une connaissance absolue.

– Très intéressant », dis-je.

Chance m'examine, sourcils froncés. « Ne sous-estimez pas l'intuition, Harry. Après tout, elle m'a mené à vous. » Mal à l'aise, je change de position sur le canapé. « Comment cela, Mr. Chance ?

– J'ai perçu quelque chose en vous. Je vous ai regardé traverser la rue, et j'ai deviné en vous un... un potentiel. Un jour, vous désignant, j'ai demandé à Fitz : "Qui est ce jeune homme ?" Il ne connaissait pas votre nom. Je lui ai demandé de se renseigner et de m'apporter votre dossier. En le lisant, tout est devenu clair. J'ai appris que vous étiez scénariste, que vous saviez la sténographie et que vous aviez travaillé dans un journal.

– C'est exact. »

Chance se tourne vers le coin sombre où Fitz est assis. « Denis, prenez donc la bouteille et venez nous rejoindre pour porter un toast. » Fitz quitte son fauteuil et le haut de son corps se détache de l'ombre pour apparaître dans la lumière. Le parquet gémit sous son poids, cependant qu'il se dirige vers le canapé pour nous resservir. Chance lève son verre de whisky. « Au film qu'Harry, je l'espère, nous aidera à réaliser. À la poésie des faits. » On trinque. Ignorant à quoi je bois, je suis en porte-à-faux et je me sens ridicule, mais le scotch est bon et je ne vois pas de raison de le gaspiller. Chance contemple un moment le fond de son verre, puis il dit : « Fitz a entendu parler d'un vieil homme, un figurant qui a eu aussi quelques petits rôles dans des westerns. Il paraît que les cow-boys le considèrent comme une espèce d'idole, un peu comme le dernier bison du Far West. Un tas d'histoires circulent à son propos. Si ce qu'on raconte est vrai, il pourrait constituer l'élément principal de mon film sur la poésie des faits. Puisque le colonel Griffith a donné *Naissance d'une nation* à son fils, ce vieil homme me donnera peut-être le film que je veux produire. Je n'exagère pas. Pensez à Al Jennings. »

Je sais de qui il s'agit. Al Jennings était un avocat de l'Oklahoma qui a mal tourné et s'est mis à attaquer des trains et des banques jusqu'à sa capture en 1897 par l'U.S. marshal Bud Ledbetter. À sa sortie du pénitencier, il s'est servi de sa réputation de desperado prêt à tout pour faire carrière à Hollywood. Puis, profitant de sa célébrité, il s'est présenté au poste d'*attorney general* de son État natal, utilisant le slogan suivant, censé inspirer confiance : « J'ai été un bon pilleur de trains et je serai un bon procureur. » Ayant échoué, il a tenté en vain, après une excellente prestation, d'obtenir l'investiture démocrate pour le poste de gouverneur. Sa carrière politique en plan, il était de retour à Hollywood où il tournait de nouveaux films sur... Al Jennings. Il n'était pas le seul ancien hors-la-loi à faire fructifier ainsi sa notoriété. Emmett Dalton, membre de la célèbre bande, était la vedette de *Beyond the Law*, un film qui, en 1920, a battu tous les records du box-office à New York et à Los Angeles. Le légendaire Wyatt Earp lui-même a tenu un rôle de figurant dans *Le Métis* d'Allan Dwan, mais un vieil homme, borgne de surcroît, n'avait pas beaucoup d'avenir en tant qu'acteur, même s'il jouissait encore d'un peu de sa gloire passée. Parmi ceux qui, en 1929, ont porté son cercueil figuraient les stars du western William S. Hart et Tom Mix.

« Je vois, dis-je. Vous comptez faire de cet homme le nouveau Al Jennings.

– Mieux encore. Un Al Jennings filmé avec les moyens. Un Al Jennings devenu une œuvre d'art.

– Bien, mais quel rapport ai-je avec Al Jennings et avec l'art ?

– Vous avez été reporter. Les reporters sont supposés savoir retrouver les gens. »

En tant que reporter de *The Sentinel*, le journal d'une petite ville, je n'avais guère de mal à retrouver ceux qui faisaient l'information. Une simple promenade dans la rue principale vous amenait auprès du maire, et un peu plus loin, il y avait le siège de la police locale. Ils fournissaient au journal l'essentiel des nouvelles. Il ne fallait pas non plus chercher très loin pour découvrir la femme qui avait fait pousser une pomme de terre qui présentait une ressemblance frappante avec

Theodore Roosevelt. Bien sûr, j'ai gardé ces réflexions pour moi. J'aurais paru désinvolte.
« Ce n'est pas moi mais un détective privé qu'il vous faut.
– Pas de privés », grogne Fitz. Il est resté si longtemps sans prononcer un mot que son intervention me fait sursauter.
« Je suis d'accord avec lui, approuve Chance. Un homme qui vend des informations ne peut pas être entièrement digne de confiance. Il est toujours susceptible de les vendre à un autre. Je préférerais engager quelqu'un qui partage mes idéaux. De plus, il ne s'agit pas seulement de retrouver cet homme.
– C'est-à-dire ?
– Nous voudrions qu'on prenne ses récits par écrit, et vous savez la sténo, Harry.
– Oui.
– Et vous avez une formation de journaliste. »
Je hausse les épaules. « J'ai arrêté l'école à quatorze ans, pour aider ma mère. J'ai été vendeur dans une épicerie. Puis, dans l'espoir de meilleures perspectives, j'ai suivi des cours du soir – dactylographie, sténographie, comptabilité, ce genre de choses.
– Parfait. Et quand vous l'aurez retrouvé, vous l'interviewerez ; je tiens à ce que chacune de ses paroles soit notée pour m'être rapportée. Il y a par ailleurs d'autres points sur lesquels votre avis et votre expérience nous seront précieux. Cet homme pourra-t-il être utilisé dans le cadre d'une campagne publicitaire ? La presse et le public s'enticheront-ils de lui ? » Chance marque une hésitation. « Se montrera-t-il coopératif ? C'est très important. Vous voyez ce que je veux dire, n'est-ce pas ?
– Oui.
– Bien. Et n'oubliez pas, si nous réussissons, à un moment ou un autre ce matériau brut deviendra un scénario. Et qui serait plus qualifié pour l'écrire que celui qui a recueilli l'histoire de la bouche même de l'intéressé ? Jusqu'à présent, vous n'avez rédigé que des cartons. Vous tiendrez là l'occasion unique d'écrire le scénario d'un grand film, vous ne croyez pas, Harry ? »

Nous laissons tous deux la question sans réponse, car celle-ci est trop évidente.

« Alors, sur qui suis-je censé mettre la main ? Comment s'appelle-t-il ? »

Chance lève un doigt en guise d'avertissement. « Ne le prenez pas mal, Harry, mais avant que je ne vous livre son identité, il me faut certaines assurances de votre part. La promesse que tout ce que nous avons dit demeurera strictement confidentiel. C'est une affaire qui ne regarde que nous trois et personne d'autre. Je n'ignore pas quelle est ici ma réputation. Le fils choyé d'un milliardaire qui se plaît à tâter du cinéma, un parfait amateur. Et pour cette raison, je préfère que rien de mes projets ne filtre. Si jamais on apprenait ce que je compte faire, mes ennemis s'en empareraient pour me tourner en ridicule. Je risquerais de devenir la risée du tout-Hollywood.

– Je sais tenir ma langue, affirmé-je. Mais au bureau, on s'interrogera. Il est impossible de cacher quoi que ce soit.

– Votre travail n'exigera pas que vous alliez au bureau. Dispensez-vous de vous y rendre. Du moins pour l'instant.

– Mon absence elle-même éveillera... »

Chance me coupe brusquement la parole : « Fitz arrangera cela. Vous n'avez pas à vous en préoccuper.

– Bien. Laissons faire Mr. Fitzsimmons. Mais je ne sais toujours pas qui je dois rechercher. »

Chance se penche pour ramasser une boîte de film qu'il brandit ensuite en direction de Fitzsimmons. « Denis, mon garçon, mettez-nous cela dans le projecteur. » Fitz s'exécute avec adresse et efficacité ; en quelques secondes, tout est prêt. « Éteignez les lumières, Fitz. La séance va commencer ! » s'écrie joyeusement Chance.

Le projecteur tourne, la lampe s'éteint et les images sautillantes apparaissent sur l'écran. Elles m'évoquent les rushes de l'un de ces westerns à trois sous que tous les studios débitent à la chaîne en Californie du Sud. Il n'y a pas de cartons, si bien qu'il est difficile de suivre l'intrigue. Voici ce que j'en ai compris :

Il y a un procès. Le méchant est condamné sur le témoignage d'une belle jeune fille. Le séduisant représentant de la loi la serre ardemment dans ses bras pendant qu'on entraîne dans sa cellule le bandit qui hurle des imprécations et se débat pour tenter d'échapper à ses geôliers. On voit ensuite des plans d'un convoi de chariots puis de la jolie jeune fille assise sur le siège de l'un d'entre eux, qui semble chanter, son beau visage levé vers le ciel. Et... une évasion ! Des coups de revolver, d'honnêtes citoyens abattus en pleine rue comme des chiens, des chevaux au galop, des tourbillons de poussière.

Après quoi le méchant, agenouillé à côté des ornières creusées par les roues des chariots, brandit le poing, réclamant sans doute vengeance à ce même ciel à qui l'héroïne adressait sa sérénade. Arrive la nuit. Les chariots ont formé le cercle, un feu flambe dans un geyser d'étincelles et des volutes de fumée mystérieusement lumineuses s'élèvent dans le ciel noir. Trois hommes raclent des violons silencieux, un garçon fait vibrer sans bruit une guimbarde et un concertina muet se déplie comme un serpent entre les mains de celui qui en joue. Des hommes en grosses bottes font tournoyer des femmes en robes de calicot et chapeaux à large bord.

Je devine Chance qui s'agite et se tend à côté de moi sur le canapé. Je jette un regard dans sa direction. Il fixe l'écran avec une telle intensité que son visage rond paraît aussi rigide que celui d'un bouddha de granit. Soudain, il bondit sur ses pieds, tire d'un geste sec sur le pli de son pantalon et va se planter près de l'écran. La lumière du projecteur éclaire ses traits auxquels elle confère comme un vernis, ce qui lui donne la curieuse apparence d'une poupée de porcelaine.

La caméra passe à un petit chien qui danse sur ses pattes arrière. La langue pendante, il tourne et tourne. Un vieil homme se joint à lui, gambadant avec entrain, un peu désarticulé, les bras levés au-dessus de sa tête. Le chien saute contre ses jambes sans cesser de lancer des aboiements muets.

« Lui », dit Chance, le doigt pointé sur le vieil homme. Comme à son commandement, la caméra effectue un gros plan et un visage envahit l'écran de la manière dont un rêve envahit l'esprit. Un vieux visage, tout buriné. Il rit, et les poils blancs de sa barbe de plusieurs jours sont hérissés, pareils à ceux d'un sanglier furieux. Ses orbites noires comme du charbon de bois ont l'air d'avoir été creusées dans son visage par un tisonnier porté au rouge. « Lui. Il s'appelle Shorty McAdoo. Trouvez-le-moi, Harry. »

Il est plus de trois heures du matin quand Fitz et moi sortons de chez Chance. Nous avons discuté et établi des plans. J'aurai une voiture à ma disposition, une certaine somme pour couvrir mes frais. Mon salaire passera de soixante-quinze dollars par semaine à cent cinquante. Je dénicherai Shorty McAdoo et j'enregistrerai son histoire. Et je le ferai sans révéler pour qui je travaille.

En prenant congé de moi, Chance ajoute : « Désolé de vous avoir retenu si tard, Harry, mais je ne dors pas bien. J'oublie parfois que les autres n'ont pas les mêmes horaires que moi.

– Vous dormiriez mieux si vous ne teniez pas de grands discours au milieu de la nuit, dit Fitzsimmons d'un ton désapprobateur.

– Je ne tiens pas de grands discours, réplique sèchement Chance. Je pense à voix haute. Oui, je pense à voix haute, Denis. »

Remis à sa place, Fitz hausse les épaules.

En ce petit matin, tandis que je longe le couloir aux murs blancs puis que je descends l'escalier à révolution, j'éprouve le même sentiment d'anxiété qu'en arrivant. Dans le silence et la nudité du décor, je deviens trop sensible. Je regarde ma main glisser sur la rampe, mon pied se planter sur la marche suivante. Du coin de l'œil, j'aperçois le fauteuil et son dossier à barrettes étrangement isolé sur le sol en marbre froid de la salle de bal.

3

En cette matinée du 16 avril 1873, il faisait anormalement beau pour la saison, si bien que les vagues paradaient autour du pont-promenade du *Yankton*. Le bateau à roues aurait dû quitter Sioux City, Iowa, à dix heures tapantes, mais charger cent quatre-vingts tonnes de fret ainsi que dix cordes de bois destinées à alimenter les chaudières prit plus de temps que prévu. Afin de manifester leur impatience, quelques-uns parmi les beaux messieurs sortaient leurs montres de gousset qui étincelaient dans le pâle soleil de printemps, tandis que les breloques, de petites pépites attachées à la chaîne, souvenirs des mines d'or du Montana, tintaient doucement. D'autres arpentaient le pont, l'air stoïque et grave, et leurs redingotes déboutonnées laissaient voir des gilets à motif cachemire et des pantalons fuseaux à carreaux de couleurs vives dont le bas était glissé dans des bottes montant jusqu'aux genoux. Avec la précision d'une horloge, ils soulevaient leurs chapeaux devant les deux mêmes dames qu'ils croisaient au cours de leur ronde autour du poste de pilotage, encore que, parfois, ils s'arrêtaient pour se pencher au-dessus du bastingage et cracher des jets impressionnants de jus de chique brun dans les eaux marron sale du Missouri.

Sur le quai, une foule de plusieurs centaines de personnes s'agitait fiévreusement, en proie à l'excitation qui accompagnait toujours le premier départ de l'année pour Fort Benton, non loin de la source du « Grand Boueux ». On souhaitait bon voyage aux parents et amis agglutinés au bastingage du pont inférieur ; des enfants et des chiens couraient et se heurtaient aux obstacles que constituaient les jambes et les jupes, tandis que les débardeurs échangeaient de grasses plaisanteries avec les matelots. Légèrement en retrait, un vieux Noir aveugle, tendant son chapeau, chantait avec beaucoup de ferveur et peu de profit, jusqu'à ce qu'un conducteur de chariot le menace de lui ôter la peau du dos s'il ne virait pas son sale cul de nègre du passage. La petite-fille du loqueteux, haute comme trois pommes, le prit par la manche pour l'écarter du chemin.

Le soleil poursuivait sa course et les deux cheminées du *Yankton* lâchaient dans le ciel calme des colonnes de fumée noire et d'étincelles, cependant que la vapeur montait dans les chaudières. La sirène du bateau hurla à plusieurs reprises pour appeler à bord les derniers passagers ; les dames agitèrent comme des drapeaux leurs mouchoirs de batiste et crièrent d'une voix de fausset des au revoir qui furent soudain couverts par les couinements à déchirer les tympans d'une truie en liberté attaquée par deux chiens dont l'un avait les crocs plantés dans son arrière-train, l'autre dans l'une de ses oreilles.

À ce moment précis apparut l'Anglais, qui fendit la foule comme Moïse les eaux de la mer Rouge, puis grimpa la passerelle d'une démarche nonchalante, vêtu à la dernière mode d'un costume de cycliste : veste de tweed, pantalon galonné, bottines de toile et chapeau melon, toutes merveilles qui réduisirent un instant la multitude au silence et éclipsèrent les jeunes du pont supérieur dont l'un fit remarquer d'un air sombre : « Qu'est-ce qu'on voit pas quand on n'a pas une arme à la main ! » Derrière l'Anglais, courbé sous le poids d'étuis à fusil et de sacs de voyage en peau de porc, le pas pesant, venait un jeunot en bottes éculées, le visage à moitié dissimulé sous un chapeau à large bord avachi et verdi par le temps.

Une fois les deux retardataires embarqués, l'équipage releva adroitement la passerelle puis, au milieu des acclamations et des hurlements de sa sirène, le *Yankton* s'éloigna du

39

quai. Le bateau tout entier vibrait et frémissait sous l'effort de ses machines, pareil à un être vivant, cependant qu'il commençait de remonter le courant du fleuve. Petit à petit, Sioux City s'effaça, si bien que ne s'offrit plus aux yeux des matelots et des passagers que le paysage brun du Missouri dont la monotonie n'était brisée que par la menace d'obstacles imprévus ou de bancs de sable ainsi que par les brusques changements de temps. Sur le pont-promenade, tandis que la brise fraîchissait, les jeunes boutonnèrent leurs manteaux puis se précipitèrent dans le salon pour déboucher un cruchon de bourbon et entamer une partie de poker qui se prolongerait un mois durant.

Malgré la fâcheuse impression qu'il avait laissée lors de son arrivée à bord, l'Anglais, qui s'appelait John Trevelyan Dawe, ne tarda pas à s'assurer la sympathie des passagers et de l'équipage. Il perdait de l'argent au poker sans manifester la moindre mauvaise humeur, tenait fort bien l'alcool, de même qu'il engageait des conversations galantes et édifiantes avec les quelques dames qui passaient pour respectables. Quand on lui demandait ce qu'il faisait dans cette partie du monde, Mr. Dawe répondait qu'il était un sportsman venu compléter sa collection de trophées. Il parlait beaucoup, avec volubilité, mais de manière intéressante, en sorte qu'on lui pardonnait.

Certains parmi les messieurs, et en particulier ceux du Sud, n'approuvaient pas qu'il qualifiât de « serviteur » le garçon blanc qui l'accompagnait. Selon eux, s'il avait besoin d'un domestique, il aurait dû engager un nègre. Leur contrariété se trouva cependant atténuée lorsque l'Anglais se plaignit que le garçon se refusait à le raser, à brosser ses vêtements ou à cirer ses bottes. Les messieurs firent remarquer qu'ici, on n'était pas en Angleterre. En Amérique, tous les nègres étaient pareils : noirs. L'Anglais répliqua que si c'était cela la démocratie, c'était scandaleux.

Le garçon consentait néanmoins à entretenir le matériel de chasse de son employeur. La plupart des après-midi, on le voyait assis devant leur cabine, entouré par l'arsenal de

Comme des loups

l'Anglais, occupé à aiguiser couteaux et hachettes, à nettoyer et huiler le pistolet Colt, la Winchester, le Henry, le Sharps pour les bisons, lequel se chargeait par la culasse, et le Westly Richards pour les tigres. Cette dernière production de l'industrie anglaise de l'armement intriguait les hommes en redingote. Pendant que le garçon travaillait, ils s'attroupaient autour de lui et débattaient avec animation des mérites et inconvénients du canon de deux pieds de long, calibre 65, de la balle d'une once qu'il tirait ou de l'ingénieux ressort qui commandait la détente.

Une semaine après le départ de Sioux City, Dawe appuya ce même canon sur le bastingage du deuxième pont, visa un bison solitaire qui se tenait à une centaine de mètres sur une crête surplombant le Missouri, puis tira, et le recul l'envoya tournoyer sur les planches du pont comme un maelström de poussière. La fumée se dissipa. Le bison était toujours là, immobile comme une statue au sommet d'un fronton. On se moquait déjà de la maladresse de l'Angliche et de ses armes quand soudain, réduisant les moqueries au silence, le bison s'écroula tel un sac de boucher en papier kraft froissé par une main invisible, puis bascula et dévala la pente, suivi d'un cortège de saules déracinés et de pierres qui rebondissaient, avant de s'immobiliser dans les bas-fonds au bord du fleuve, montrant dans la poitrine un trou assez large pour qu'on y passât le poing. Comme le dit plus tard l'un de ces messieurs : « Vous tuez un tigre avec ça, et la seule façon de se faire une carpette avec sa peau, c'est de prendre son matériel de couture pour recoudre les petits morceaux. » Un seul coup de feu suffit pour valoir la célébrité à l'Anglais qui, jusque-là, avait été surtout un objet de curiosité. Un passager changea même radicalement de politique et, ce soir-là, lui paya à boire.

Le *Yankton* poursuivait sa navigation en amont, lent et disgracieux. Il s'échouait souvent, et il lui fallait se dégager des bancs de sable par de petits bonds de sauterelle, comme on disait, grâce à l'action de ses roues à aubes et des treuils attachés à de longues perches plantées dans la vase de part et d'autre de la proue. On connut d'autres contretemps. Des

41

vents violents l'obligèrent à rester à quai. La chaudière subit des réparations après avoir trop chauffé. Un matelot tomba à l'eau et se noya ; on dut rechercher son corps et le brûler. On avait quitté Sioux City depuis dix jours quand un troupeau de bisons transforma le lit du fleuve en une espèce de pont, noir et meuglant, si compact qu'un homme aurait pu traverser à gué en sautant d'un dos à l'autre. Les passagers sortirent les fusils et le bourbon, et bientôt le bateau se trouva cerné par de petits nuages de fumée bleue jaillis du canon des armes et sillonnés d'éclairs orange comme dans un tableau représentant la bataille de Trafalgar. Les messieurs installés sur le pont-promenade déversaient un déluge de feu sur le fleuve et, actionnant leurs Winchester comme s'ils pompaient de l'eau, ils éjectaient un flot continu de douilles de cuivre qui faisaient dans l'air comme des arcs-en-ciel. Certains des énormes animaux étaient si près du vapeur que dans l'entrepont, les hommes pouvaient se pencher au-dessus du bastingage et poser le canon des fusils sur leurs bosses avant de tirer. Des dizaines de cadavres tourbillonnaient dans le courant, créant des affluents de sang, tandis que les bêtes blessées beuglaient, emportées vers l'aval. Les chasseurs, saisis de frénésie, ne voulant pas perdre un seul coup de fusil, couraient de bâbord en tribord, criaient, juraient, se bousculaient pour s'octroyer la meilleure place, jetaient les carabines vides sur le pont et prenaient leurs revolvers qu'ils déchargeaient sur la masse grouillante. Pendant ce temps-là, un prospecteur arpentait le pont en raclant *Dixie* sur un violon, tandis que les cadavres passaient en tournoyant comme des bancs de sable arrachés au lit du fleuve.

Plus le bateau, remontant le Missouri, approchait de sa destination finale, plus les retards exaspéraient les passagers. On s'arrêtait souvent pour prendre du combustible, soit dans les dépôts des scieries, soit en pleine nature où des hommes débarquaient pour couper du bois. Dans ces cas-là, par crainte de mauvaises rencontres, le capitaine veillait à ce qu'un détachement de gardes armés les accompagnât, pour lequel l'Anglais, suivi de son serviteur, se portait toujours volontaire.

Une fois à terre, ces messieurs, qui avaient combattu les Indiens et s'étaient vantés sur le pont-promenade des scalps qu'ils avaient pris, s'efforçaient de dissimuler leur inquiétude et se querellaient pour désigner celui qui devait aller se poster en guetteur à la lisière des bosquets de peupliers. Le caractère égal et les manières onctueuses de Dawe leur tapaient sur le système et leur apparaissaient comme un reproche vivant, à eux qui crevaient de peur. Ils attribuaient son attitude à l'ignorance : l'Anglais ne se doutait pas à quel point les Indiens étaient des ennemis fourbes, cruels et méprisables. Sa façon de parler les agaçait, en particulier quand il se frayait bruyamment un chemin au milieu des saules sans baisser sa voix tonitruante aux accents snobs, comme s'il cherchait à annoncer à grandes sonneries de trompette aux Blackfoots qu'ils pouvaient ouvrir la chasse. Il rendait tout le monde nerveux, sauf le gamin chétif qui ne le quittait pas et qu'on désignait toujours comme « le garçon de l'Anglais ». Personne ne s'était soucié de lui demander son nom, et quelqu'un l'eût-il fait que la réponse serait demeurée sujette à caution. L'Anglais le savait peut-être, mais on ne l'avait jamais entendu l'appeler autrement que « garçon ».

Le garçon de Dawe avait ce visage émacié et ce teint cadavérique propres aux enfants de fermiers pauvres, l'air de l'avorton que la mère n'a laissé téter qu'après les autres et qui a été frappé à coups de bâton, de licou ou de tout autre objet similaire qui tombait sous la main. Ses yeux couleur anthracite parlaient pour lui. N'espérez aucune pitié, disaient-ils. Et n'en accordez aucune. Il avait une figure aussi blanche et froide que le cul d'un puisatier. Il n'alignait jamais plus de cinq mots à la file et personne n'arrivait à situer son accent. Il avait dix-sept ans mais il en paraissait à peine quinze, probablement à cause d'un régime alimentaire à base de pain, de lard et de thé très fort. Tout le monde pensait qu'il s'était enfui de quelque ferme où régnait une misère noire. Dans l'Ouest, les gens comme lui grouillaient comme les puces sur un chien errant.

Bardé des armes magnifiques de l'Anglais, il offrait un

drôle de spectacle avec son allure d'épouvantail à la mine guerrière, revolver Colt à crosse de nacre glissé dans la poche de sa veste rapiécée, Winchester ciselée au creux du bras et cartouchière en bandoulière. Dans ses bottes éculées, il marchait comme un chasseur, posant toujours le talon d'abord, seul au milieu des feuilles arrachées par le vent et des arbres en bourgeons. Il s'enfonça dans la forêt cependant que les voix derrière lui commençaient à s'estomper et à se fondre avec le tintement des haches et le grincement des scies. Ayant repéré un arbre qui convenait, il passa la Winchester autour de son cou, attachée par une lanière de cuir, puis il entreprit de grimper, leste et léger, de plus en plus haut, jusqu'à la dernière branche capable de supporter son poids. Et là, près de la cime, se balançant sous la brise, il scruta les plaines brunes qui s'étendaient au loin, à la recherche d'Assiniboines, de Sioux ou de Blackfoots. Il resta un moment ainsi, un sourire aux lèvres. Il avait entendu l'un de ces types demander à l'Anglais pourquoi il avait emmené le gamin. Est-ce qu'il savait se servir d'un fusil ? Parce que s'il ne savait pas, il n'y avait aucune raison qu'il les accompagne. « J'ignore s'il sait ou non se servir d'un fusil, avait répondu Dawe, mais je vous garantis qu'il se battra jusqu'au bout. »

Le garçon de l'Anglais ne souriait pas souvent. Même quand la lune brillait, belle et bleue, entre les cheminées du *Yankton,* que les étoiles étincelaient comme des éclats de glace dans la grande prairie du ciel ou que le bateau tanguait doucement sur l'eau ridée de vaguelettes, il ne se laissait pas aller à un sourire. Et surtout pas lorsqu'il dansait. Les gens de la haute aimaient que les nègres et les pauvres Blancs sourient quand ils s'amusaient. « Vas-y, plus vite, plus vite, petit ! » l'encourageaient-ils. Il s'exécutait. Mais il ne distribuait aucun sourire. Au-dessus de la taille, il était raide comme une planche, les bras collés le long du corps, le visage impassible. En dessous, par contre, les jambes graisseuses de son pantalon claquaient et tournoyaient de concert avec ses mollets et ses cuisses maigres, tandis que ses bottes martelaient les planches du pont, fort, de plus en plus fort. « Des claquettes, des claquettes ! » réclamaient les femmes, et les pièces de monnaie, blanches comme du givre, commençaient de pleuvoir et de rebondir contre ses bottes saisies de frénésie. Il tourbillonnait, offert ainsi qu'une danseuse de saloon aux regards de la foule dont le cercle se refermait sur lui qui faisait des gambades et des cabrioles, vite, de plus en plus vite, au son des couinements de la guimbarde et des raclements du violon qui avaient du mal à suivre la cadence, tandis que les visages flous semblaient danser autour de lui sur la toile de fond de l'eau noire et du ciel noir, des visages qui luisaient, comme chauffés à blanc, à la lumière des lampes à pétrole. Allez-y, prenez-en plein la vue, bande de salopes. Allez-y, lancez-moi votre argent. Le fils de chienne danse sur vos tombes. Vous pouvez me croire.

Et là, suspendu entre le ciel désert et la terre déserte, avec le vent qui lui chuchotait dans les oreilles, l'œil en alerte comme un faucon prédateur, il souriait. L'Anglais, lui au moins, le connaissait.

4

J'ai un nom et un visage, et je peux donc me mettre en quête de Shorty McAdoo. Mais d'abord, après mon entretien avec Chance, je dois m'occuper de ma mère. Je téléphone au directeur de la maison de retraite à qui je demande de l'installer dans une chambre plus grande, une chambre avec plein de soleil et plein de fenêtres où elle pourra passer son temps à faire le ménage. Grâce au doublement miraculeux de mon salaire, je suis en mesure de me le permettre. Ma mère a eu une vie difficile, et l'une des choses les plus difficiles a été mon père. Comme il travaillait dans la construction des chemins de fer, on ne le voyait pratiquement jamais entre le moment où le sol dégelait et celui où il regelait. Cela me convenait à merveille, mais l'hiver venu, on le payait cher car, enfermés dans un appartement exigu où ma mère et moi devions marcher sur la pointe des pieds pour ne pas déclencher sa fureur, il nous fallait supporter jour après jour ce tyran aux joues creuses. Les seuls moments où une fissure apparaissait dans le personnage, c'était quand il était soûl. Alors, il devenait parfois terriblement larmoyant, il pleurait et demandait pardon à ma mère de l'avoir frappée, ou bien il me prenait sur ses genoux, m'écorchait la figure avec sa barbe de plusieurs jours et versait des larmes de crocodile sur ma boiterie.

Enfin, l'année de mes dix ans, il a oublié de revenir à Saskatoon pour l'hiver. Il nous avait abandonnés. Ma mère l'a fort

46

mal vécu ; les soucis d'argent l'acculaient toujours au désespoir. Elle a commencé à faire des ménages, et nous sommes
allés de désastre financier en désastre financier, survivant souvent grâce aux aides sociales de la mairie ou aux aumônes de
l'église. Cela n'a pas été sans conséquences, et pendant les
quatre années qui ont suivi, le comportement de ma mère est
devenu de plus en plus fantasque et bizarre. Plusieurs fois, en
rentrant de l'école, alors qu'elle aurait dû être au travail, je
la trouvais couchée sur le canapé, déprimée, tous les rideaux
tirés, l'appartement à l'atmosphère confinée plongé dans la
pénombre. Quand je lui parlais, elle ne répondait pas. Quand
j'essayais de la convaincre de manger, elle refusait. Je passais
de plus en plus de temps dehors, et je fréquentais beaucoup
la bibliothèque où il faisait chaud et où la bibliothécaire, une
vieille fille, me traitait avec gentillesse. Au début, je lisais des
biographies de garçons pauvres qui avaient réussi comme
Thomas Alva Edison, Henry Ford ou Andrew Carnegie, pensant apprendre ainsi comment gagner l'argent nécessaire
pour sauver ma mère. Puis, après avoir comme elle perdu
espoir, je me suis tourné vers Walter Scott, Robert Louis Stevenson et G. A. Henry.

À quatorze ans, j'ai senti la catastrophe arriver. Ma mère
n'était plus capable de garder le moindre travail, si bien que
j'ai quitté l'école pour l'aider. J'ai commencé par être magasinier et livreur dans une grande épicerie où, gravissant les
échelons, j'ai fini par occuper un poste de vendeur. J'aimais
l'école et elle me manquait, mais je ne désespérais pas. La
reine Victoria n'était pas morte depuis longtemps et le
xixᵉ siècle avait jeté une pointe de chaleur dans le cœur des
institutrices, maintenant que Dickens avait contribué à faire
aimer et plaindre les infirmes. Je détestais ces maîtresses
d'école qui, le temps d'un instant, prenaient devant moi une
expression toute de douceur empreinte de pitié. Ce n'était
certes pas leur intention, mais leur regard me poussait
dehors, m'excluait. Et ce sentiment d'exclusion est devenu
un état d'esprit. Peut-être est-ce cela que Chance a perçu en
moi, ajouté à une certaine tristesse. Grâce à lui, et pour la
première fois de mon existence, j'avais l'impression de parti-

ciper à quelque chose d'important, d'être admis dans un cercle.

En 1914, la guerre a éclaté, et ma patte folle m'aura au moins préservé de la boucherie des Flandres et probablement sauvé la vie. Par contre, rien n'aurait pu sauver ma mère. À mesure que les années s'écoulaient, son état empirait, et l'apathie et la dépression alternaient avec des périodes d'activité frénétique. De retour du travail, je trouvais les meubles de l'appartement empilés au milieu de la pièce pendant qu'elle « faisait le ménage », frottant et récurant tout ce qui lui tombait sous la main avec une détermination farouche. Un jour, je suis arrivé alors que l'immeuble était en ébullition : elle était entrée dans l'appartement d'une voisine dont la porte n'était pas fermée à clé, et elle y avait « fait le ménage », allant jusqu'à brûler une partie du linge sale de Mrs. Kenzie dans un fût qui traînait dans l'arrière-cour. La police est venue, puis ma mère a comparu devant un magistrat qui l'a fait interner à l'asile de North Battleford.

Un an plus tard, après que les médecins m'eurent annoncé qu'elle était incurable, j'ai quitté la Saskatchewan. Au cours de ma dernière visite, tandis qu'elle était dans une salle, entourée d'une quarantaine d'autres femmes à l'esprit dérangé, elle a demandé une seule chose à son fils : de lui acheter une nouvelle robe pour que si j'oublie son visage, je puisse la prochaine fois la reconnaître à ses vêtements.

Pendant l'hiver 1919, je suis parti pour les États-Unis, en quête d'un avenir. Pendant les deux ou trois ans qui ont suivi, j'ai été d'un endroit à l'autre le long de la côte Pacifique à faire tout un tas de boulots. Le travail que j'ai gardé le plus longtemps, c'est pour *The Sentinel*, l'hebdomadaire d'une petite ville de l'État de Washington. Quand le journal a fermé, j'ai repris mon baluchon et j'ai fini par atterrir à Los Angeles. C'est là que Rachel Gold m'a lancé une bouée de sauvetage. Je logeais au YMCA, je me limitais à un repas par jour, des œufs au bacon, le plat le meilleur marché, que je prenais au comptoir, quand un jour, une femme s'est assise sur le tabouret à côté du mien et a entamé la conversation à propos du livre que je lisais, *Le Talon de fer* de Jack London.

C'était plutôt insolite ; à l'époque, même dans cette Babylone qu'était Los Angeles, du moins à en croire la plupart des Américains, les femmes n'engageaient pas la conversation avec des inconnus. Je n'ai pas mis longtemps à m'apercevoir combien Rachel Gold était en effet un personnage insolite. C'était la première « femme nouvelle » que je rencontrais, une femme du modèle d'Anita Loos et de Dorothy Parker, une intellectuelle dure, cynique et pleine d'esprit, et extrêmement jolie. Elle m'a demandé sans préambule ce que je pensais du livre, un roman qui prédisait la disparition du mouvement ouvrier et le renversement du gouvernement américain par une organisation fasciste. J'ai répondu que je le trouvais bizarre. Aussitôt, elle a pris le contre-pied, se trémoussant sur son tabouret et tortillant ses cheveux noirs comme de la laque, coupés court à la Clara Bow, l'air d'une femme qui s'efforce de mettre de l'ordre dans son cerveau bouillonnant d'idées. Je n'ai pas discuté, je me suis borné à rire et à hausser les épaules. Quelles étaient mes autres lectures ? désirait-elle savoir. Qu'est-ce que je pensais de Mencken ? Après quelques minutes, on s'est découvert une admiration commune pour Dreiser et Norris. Quand elle parlait, il se dégageait d'elle une impression de vivacité, un magnétisme tel qu'on restait à la regarder, fasciné. Elle était menue, elle parlait vite, avec des gestes brusques ; ses yeux marron foncé étaient vifs eux aussi, qui prononçaient leurs jugements une fraction de seconde avant ses lèvres. Elle était vulgaire et drôle ; elle m'amusait beaucoup. De Dreiser, elle a dit : « C'est le plus grand romancier américain qui n'écrit pas en anglais. » Elle m'a défini ainsi son deuxième mari : « Un type qui excellait à dépenser l'argent des autres sur les champs de courses. » Elle ignorait ce qu'était la vie privée, et quand elle m'a demandé ce que je faisais, son charme m'a poussé à dire la vérité : que j'étais sans travail. Au bout d'une heure, elle a écrasé sa dernière cigarette, a sauté à bas de son tabouret puis m'a tendu une petite main blanche. « Rachel Gold », a-t-elle dit. Je me suis présenté à mon tour et on a échangé une poignée de main. Elle a voulu savoir où j'habitais. Après quoi, elle m'a lancé : « À bientôt », et elle est sortie en trombe du restaurant, petite femme de un mètre cinquante, dotée de hanches ensorcelantes.

Le lendemain matin, il y avait un mot dans mon casier du YMCA avec une adresse, au cas où le poste m'intéresserait. C'est ainsi que je suis devenu assistant scénariste à la Zenith Pictures. Aussi incroyable que cela puisse paraître, ce genre de choses arrivait à Hollywood en ce temps-là. L'industrie du cinéma était encore balbutiante et, avant de devenir ce qu'elle allait être, tout demeurait provisoire, à l'état brut, une simple esquisse. Des plombiers comme Fatty Arbuckle ou des blanchisseuses comme Mabel Normand devenaient du jour au lendemain des stars. On apprenait sur le tas ; il n'existait rien qui ressemble aux diplômes. On connaissait quelqu'un. Et la personne que je connaissais – et encore, à peine –, c'était Rachel Gold, une scénariste que je ne savais pas être aussi respectée et recherchée à Hollywood que Frances Marion, Elinor Glyn ou Anita Loos, des femmes qui, en coulisses, détenaient alors plus de pouvoir qu'aucune femme n'en a exercé depuis dans les studios hollywoodiens.

Sur la recommandation de Rachel Gold, j'ai donc été embauché. Mais, comme elle disait : « Ici, si tu donnes un coup de pied au chat, tu as intérêt à bien viser, sinon tu es viré dès le lendemain. » Je suis devenu son protégé, une sorte d'adjoint officieux. On dit souvent que les hommes divisent les femmes en deux catégories, les vierges et les putains, je crois que Rachel procédait de même avec les hommes ; pour elle, il y avait les *mensches* et les gigolos. Un *mensch,* c'était un homme avec qui on pouvait parler mais avec qui on ne couchait pas, et un gigolo, un homme avec qui on couchait mais à qui on n'avait pas envie de parler. Son premier mari, un optométriste juif qu'elle avait épousé à dix-sept ans, était un *mensch.* Son deuxième mari, un goy de Caroline du Sud, un mufle qui honorait de sa présence les hippodromes et les arrière-salles de jeu, était un gigolo.

Aux yeux de Rachel, j'entrais sans l'ombre d'un doute dans la catégorie des *mensches,* ce qui lui permettait de travailler avec moi. Je passais des heures entières à feuilleter des livres pour ses scénarios, des mélodrames épouvantablement mau-

50

vais qu'elle ne pouvait pas se résoudre à lire. Elle s'y décidait uniquement après que je lui avais recommandé un ouvrage. Le reste du temps, je rédigeais des cartons qui apparaissaient à l'écran afin d'aider les spectateurs à suivre l'intrigue du film. Lors de mon premier jour de travail, Rachel m'a gratifié d'un cours intensif sur l'art d'écrire un scénario, employant la rhétorique menckenienne qu'elle affectait quand elle parlait de l'industrie du cinéma et des abrutis qu'elle engraissait. « Il n'y a qu'un seul principe à appliquer pour écrire une comédie à succès : foutre son pied au cul de ce qui symbolise l'autorité. Et une fois le Postérieur du Pouvoir dûment botté, toutes les petites gens, de Mobile à Minneapolis, seront pliées de rire. Alors, mon petit Amoureux de la Vérité, botte-leur le cul ! » En ce qui concernait les cartons des films historiques à grand spectacle en vogue à l'époque, elle me conseillait ainsi : « Pour tout ce qui se passe avant 1600, que ce soit à Babylone ou dans l'Angleterre des Tudor, tu pompes la version King James de la Bible. Ça satisfera tous les bigots qui savent lire, encore qu'il leur arrive de se mettre dedans en déchiffrant la parole de Dieu, ce qui peut engendrer quelques confusions au cours des réunions religieuses. Pour les drames historiques américains, la Déclaration d'Indépendance, modèle de discours de qualité, constitue une source inépuisable et fiable. Et quand on en arrive au charabia des westerns, je me contente de reproduire les conversations de table des parents de mon ex-mari. Je parle du goy. »

Elle se plaisait aussi à dire : « Le véritable test pour un scénario, c'est de le lire à un cameraman. Ces types-là sont invariablement irlandais et invariablement ivres. Si, au travers de leur brouillard éthylique, ils comprennent l'intrigue, la morale et le thème de ton histoire simpliste, tu peux être certain de te situer au niveau intellectuel requis. Et si l'un de ces fils d'Érin pleure en entendant ton chef-d'œuvre, c'est rien moins que l'Eldorado que tu peux espérer ! Un sage conseil : ne consulte jamais un chef scénariste au sujet de ton travail. Ce sont des gens qui nourrissaient autrefois de hautes ambitions littéraires, qui rêvaient, par exemple, de publier des nouvelles dans les meilleurs magazines féminins. Une construction bancale finit toujours par s'effondrer, Vincent, et les chefs scénaristes sont des êtres tiraillés, des êtres bourrelés de remords qui se reprochent de s'être vendus pour un bol de soupe. Ce sont des putains qui se bercent de l'illusion de n'avoir fait que prêter leur virginité. Moi, je sais exactement qui m'a dépucelée, quand, où et pour combien. »

Je dois beaucoup à Rachel Gold. Je lui dois un boulot à soixante-quinze dollars par semaine qui m'a permis de faire venir ma mère du Canada et de la placer dans la maison de retraite du mont des Oliviers. Et à la suite d'une chaîne d'événements qu'elle a déclenchée, me voilà devenu davantage qu'un scénariste : je suis désormais détective.

5

Après un voyage de trente-deux jours, le *Yankton* arriva en vue de Fort Benton. Lorsque le vapeur apparut au débouché du coude de la rivière, la ville entière, avertie par le panache de fumée qu'on avait aperçu de loin, se prépara à l'accueillir et à fêter la levée du siège hivernal. Depuis trois semaines, il n'y avait plus ni tabac, ni farine, ni fruits secs, ni mélasse, ni bacon. Le whisky Minnie Rifle, coupé d'eau, puis ravivé au poivre de Cayenne, se vendait un dollar le verre dans le seul saloon à ne pas être en rupture de stock. Quinze jours durant, la population de toute la région, Indiens, trafiquants, trappeurs, muletiers, conducteurs de troupeaux, avait convergé vers Benton pour attendre les marchandises.

Le canon du vieux fort en adobe tonna en guise de bienvenue, et l'écho se répercuta dans la vallée, tandis que de jeunes braves, galopant le long de la berge du fleuve sur leurs chevaux couverts d'écume, tiraient des coups de feu en l'air. Sur le quai, les riches marchands, manteaux noirs et chemises blanches à col cassé, formaient un groupe sombre à côté du drapeau américain qui pendait mollement dans l'espoir d'un peu de brise. Deux ou trois prêtres français, un prédicateur méthodiste, des employés et le gratin des commerçants étaient attroupés, l'air d'une bande de corbeaux disparates. Derrière eux se tenaient les trappeurs et les trafiquants de whisky, les cheveux huilés à la graisse d'ours leur tombant jusqu'aux épaules, bardés d'armes, vêtus de chemises mi-lin, mi-laine et de pantalons en peau qui

sentaient mauvais, chaussés de bottes ou de mocassins à semelles en cuir épais et coiffés de toques en fourrure de jeune
renard ou de feutres achetés en ville. Les joueurs profession-
nels de pharaon et les convoyeurs, les tenanciers de saloon et
les pensionnaires des bordels, le péché et la civilisation, se massaient sur la berge. Il y avait aussi les Français, les Métis du
Canada, les Créoles de l'embouchure du Mississippi, les inter-
prètes, les bateliers, les haleurs en capotes et mocassins ornés
de perles, une large ceinture nouée autour de la taille. Il y avait
aussi leurs épouses, des femmes de toutes les tribus des Plaines,
ainsi que quelques Blanches en robes de calicot dont la lingerie
festonnée apparaissait sous l'ourlet, tandis que les autres, le
visage rond et brillant, portaient des robes en peau couleur
ivoire tendre, des châles de Boston drapés autour des épaules
et des broches de pacotille épinglées sur la poitrine. Légèrement en retrait, on voyait les Blackfoots venus vendre les peaux
de bisons, rassemblés dans le grand campement établi à l'extérieur de Benton, composé de cent cinquante tipis disséminés
sur la plaine et entourés de troupeaux de chevaux qui brou-
taient paisiblement, cependant que s'élevaient des volutes de
fumée bleue imprégnée de l'odeur de la viande grasse en train
de cuire et que la nuit, la lueur de centaines de feux à l'intérieur des tentes dansait comme des lucioles au son des tam-
bours et des sifflets en os à l'effigie d'un wapiti, tandis que les
jeunes faisaient la cour aux filles en âge de se marier. Pour
saluer le *Yankton*, les guerriers célibataires s'étaient parés de
leurs plus belles tuniques bordées de fourrure de belette et
peint le visage au moyen d'argile ocre et blanche et de vermillon chinois. Alors que le capitaine descendait la passerelle
pour aller serrer la main des employés de la compagnie
I.G. Baker, suivi des passagers qui, dans leur hâte de débarquer,
se bousculaient, les Blackfoots observaient les cérémonies de
l'homme blanc avec un désintérêt qui frisait le mépris.
   Le dernier à quitter le bateau fut John Trevelyan Dawe,
porté dans une couverture par trois membres d'équipage et
le garçon. Ils le couchèrent sur le plancher d'un chariot, installèrent ses bagages autour de lui, puis lui couvrirent le
visage d'un manteau afin de protéger ses yeux du soleil.

« Qu'est-ce qu'il a, ton ami ? » demanda avec inquiétude au garçon le conducteur du chariot. Il n'aimait pas trop la façon dont l'Anglais claquait des dents.
« De la fièvre, répondit le garçon.
– T'es sûr que c'est pas la maladie de la tique ?
– Je viens de te le dire. » Le garçon posa le pied sur la roue du chariot et se hissa sur le siège à côté de l'homme. « T'as eu ton argent, alors fouette-moi ces sacs d'os. » Il désignait les mules.

Ils s'engagèrent bientôt dans Front Street, tandis que, secoué par les cahots, l'Anglais ne cessait de gémir. Front Street n'était qu'un ruban de poussière blanche bordé de constructions délabrées en rondins, en bardeaux et en adobe, et jonché de crottin de cheval, de cartes à jouer déchirées ainsi que du contenu des pots de chambre que les filles des bordels de Fort Benton déversaient par leurs fenêtres. Des hommes aux yeux hagards erraient au milieu des chariots et des cavaliers au risque de se faire piétiner ou écraser. Des acclamations ponctuées par les accords énergiques de pianos de bar plaqués par les « professeurs » de saloon saluaient les premiers tonneaux de whisky que l'on mettait en perce, amenés sans perdre un instant du *Yankton* par boghei. Il régnait une atmosphère d'allégresse unanime. Maintenant que le whisky coulait à flots, son prix était tombé à deux *cents* le petit verre.

Le patron de l'Overland Hotel ne tenait nullement à avoir un malade dans son établissement, prétextant que cela pourrait faire fuir la clientèle. Le garçon de l'Anglais demeura un instant silencieux, puis il dit : « Y a rien de pire pour le commerce qu'un incendie. »

L'homme demanda ce qu'il entendait par là.

« On sait jamais avec le feu, répondit le garçon. Des fois, y prend n'importe où, y rôde comme un voleur la nuit. »

On lui donna une chambre. Pendant trois jours, l'Anglais frissonna et baigna dans une sueur pareille à du beurre fondu, comme si, sous l'effet de la fièvre, il était en train de frire dans une poêle telle une tranche de porc. Le garçon resta tout le temps à son chevet. Un ange de miséricorde. Son père était mort d'une maladie de ce genre, tout feu et glace, la rate gonflée à l'exemple de celle de l'Anglais et qui faisait sous les côtes une boule dure comme du chêne qu'on surnommait « un gâteau ».

Le garçon sommeillait par terre et se réveillait quand Dawe se mettait à délirer et à s'agiter sur sa paillasse, réclamant à grands cris une femme du nom de Nanny Hooper. Le garçon avait vu beaucoup de gens mourir, et c'était souvent qu'aux derniers instants, à l'heure fatidique, ils appelaient leur mère, revenus aux années où ils lui tétaient le sein. L'Anglais, lui, appelait juste sa Nanny Hooper, sans qu'on sache qui elle était.

Puis vinrent les convulsions. À califourchon sur la poitrine de Dawe, comme en selle sur un cheval sauvage qui se cabrait, le garçon l'empoignait par les cheveux pour lui maintenir la tête sur l'oreiller, cependant que son visage virait lentement au noir, que ses yeux roulaient dans leurs orbites et que ses talons battaient le tambour sur le dur matelas de paille.

Le troisième soir, installé sur une chaise inconfortable, il ne put qu'écouter le bruit de la respiration rauque qui s'affaiblissait. Vers deux heures du matin, Dawe s'écria soudain : « Nanny ! Nanny ! Nanny ! » d'une voix aiguë de petit enfant, puis il se pelotonna sur sa paillasse et mourut. Le garçon lui déplia les membres, l'étendit, lui fit sa toilette mortuaire, lui attacha la mâchoire à l'aide d'un mouchoir, puis il lui ferma les yeux. Ignorant quelles paroles d'adieu convenaient pour un Anglais, il se rassit et, les mains sur les genoux, chanta *Amazing Grace* pour le corps nu et blanc, le visage couleur aubergine et les paupières jaunes.

Fouillant les affaires du mort, il fut étonné de découvrir si peu d'argent, tout juste quarante-cinq dollars en pièces d'or. Il avait entendu l'Anglais dire qu'il avait un compte chez I.G. Baker, mais un mort ne pouvait pas retirer d'argent ni acheter des marchandises, et le garçon n'avait pas touché ses deux derniers mois de gages.

Il s'appropria la veste en tweed et le chapeau melon de Dawe, l'un et l'autre bien trop grands pour lui, mais le chapeau, il pourrait néanmoins le porter en le rembourrant de vieux journaux que l'Anglais s'était refusé à jeter car, disait-

il, ils lui parlaient avec le doux accent de chez lui. Le garçon
enfila la veste et s'examina dans la glace piquetée de rouille.
En retroussant le bas des manches, ça irait quand même. Elle
était chaude et solide. Il glissa une boîte de balles de revolver
dans la poche gauche, et une boîte de cartouches pour la
carabine dans la droite. Après quoi, il passa deux cartouchières en croix sur sa poitrine, mit à sa ceinture le Colt dans sa
gaine et prit en bandoulière la Winchester dans son étui de
selle. Selon ses calculs, et en ajoutant une prime pour le risque qu'il avait couru en soignant l'Anglais, c'était ce à quoi
il avait droit. Les autres biens et possessions terrestres de l'Anglais, il les laissa.

Le propriétaire de l'hôtel n'était pas là. Seul un employé
de nuit somnolait dans un fauteuil. Le garçon cogna sur le
comptoir et demanda à régler. La note se montait à quinze
dollars pour les trois nuits d'hébergement, six dollars pour
les repas froids servis en chambre, cinq dollars pour la bouteille du whisky qu'il avait administré à Dawe quand celui-ci
était pris de frissons. Soit vingt-six dollars au total. Se livrant
à une rapide évaluation des ennuis que pouvait causer un
cadavre, il tendit quarante dollars au réceptionniste et garda
pour lui les cinq qui restaient.

L'employé désira savoir si ces quatorze dollars étaient pour
payer le séjour de son ami. Combien de nuits pensait-il occuper sa chambre ?

« Jusqu'à ce que vous l'enterriez, répondit le garçon. J'ai
pris ce qu'il me devait. Ses affaires personnelles, ses autres
armes, tout ça, c'est à vous maintenant.

— Hé ! vous allez pas laisser un cadavre dans l'hôtel ! s'écria
l'homme, tandis que le garçon se dirigeait vers la porte. Hé !
Arrêtez ! »

Le garçon ne se retourna pas. Il se disait qu'en enterrant
Dawe, ils n'y perdraient certainement pas. Là-haut, dans la
chambre, ils trouveraient des brosses à cheveux en argent et
une montre en or, sans compter des boutons de manchettes
et des bagues dans un coffret à bijoux, des armes luxueuses
et des habits de commis voyageur. Il aurait pu tout prendre
et filer en douce par la fenêtre, mais agir furtivement n'était

pas son genre. Il se rappelait ce que l'Anglais avait dit à son sujet au bord du Missouri : qu'il se battrait jusqu'au bout. Sans ces quelques mots, il n'aurait jamais veillé ainsi le malade que, à dire vrai, il n'aimait guère. Son père l'avait prévenu : les riches, c'est les mots doux d'une putain, le cœur dur d'une putain, et la main dans votre poche. N'empêche que l'Anglais lui avait rendu justice et avait reconnu son courage, aussi lui devait-il bien cela.

Il déboucha dans la fausse aurore, simple annonce prémonitoire du matin. La veste et le chapeau trop grands pour lui et les belles armes lui donnaient une allure à la fois ridicule et un peu sinistre. Le réceptionniste de nuit sortit sur le pas de la porte, prêt à le forcer à revenir, mais en le voyant ainsi, éclairé par la lumière qui se déversait de l'entrée de l'hôtel, minuscule dans les vêtements d'un autre homme, minuscule par rapport à l'ombre rivée à ses talons qui s'étirait et ondulait sur la poussière pâle de la rue, il éprouva un profond sentiment de malaise et s'empressa de rentrer.

La porte claqua, et le garçon respira l'air froid de la nuit en promenant son regard autour de lui. Quelques chevaux sellés attendaient encore aux barres d'attache devant les saloons et, dans la lueur gris perle, leurs silhouettes évoquaient les chevaux fantomatiques qui galopaient au cours des derniers jours du monde dont sa mère lui avait lu l'histoire dans la Bible. Le garçon passa devant eux qui, apeurés, soufflèrent, hennirent doucement et secouèrent la tête, puis il longea les bordels aux volets fermés et les saloons, les comptoirs de traite I.G Baker et T.C. Power, une écurie, la forge du maréchal-ferrant, un dortoir pour cow-boys. Après trois nuits sans sommeil, il marchait comme dans un brouillard, mettant machinalement une botte devant l'autre. C'était une petite rue dans une petite ville, et il ne tarda pas à se retrouver en pleine nature sous un coin de ciel et dans un paysage perdus, preuve définitive qu'il était prisonnier de cet endroit. Il n'y avait nulle part où aller. Il n'avait pas de cheval. Dès qu'il avait déchargé sa cargaison et ses passagers, le *Yankton* était reparti en aval. De toute façon, ses cinq dollars ne lui auraient même pas permis de prendre un billet pour l'entrepont, tout comme ils ne lui permettraient pas d'acheter grand-chose dans une ville champignon où les prix flambaient. Il s'assit sur un rocher, le dos tourné au soleil levant, puis il s'emmitoufla dans la veste de tweed. Une chose était sûre : il ne supporterait plus de balayer le sol d'un saloon, de vider les crachoirs, ni d'obéir au doigt et à l'œil aux tenanciers de bar, aux pianistes dotés de deux mains gauches, aux prostituées et aux filles de joie. Il en avait terminé. Plutôt crever comme un chien dans un fossé que d'être sifflé par ces gens-là. Et les fossés, il les avait bien connus durant deux ans, après que son frère l'avait obligé à ficher le camp.

Encaisser des raclées de la part de son père, d'accord, mais il ne se serait jamais imaginé qu'à la mort du vieux, Dan aurait hérité en même temps que de la ferme du droit de lui en flanquer à son tour. Comme son frère avait quatre ans et vingt kilos de plus que lui, il les subit pendant un temps, mais un jour, poussé à bout, il s'empara d'une pelle et cogna de toutes ses forces sur la tête de Dan, comme pour enfoncer un clou. Un coup pour le mettre à genoux et deux autres pour l'étendre dans la poussière. Le son de la pelle sur le crâne de Dan lui avait paru plus beau que celui de n'importe quelle cloche d'église.

Son frère resta près de deux heures évanoui dans la cour, entouré de poules caquetantes qui regardaient avec curiosité le sang couler de son cuir chevelu et former de petites mares par terre. Dan finit par revenir à lui. Il se secoua, se releva comme Lazare ressuscité, puis se dirigea en titubant vers la cabane, le visage maculé de sang et de boue. Lorsqu'il en ressortit, le fusil à silex à la main, que pouvait faire le garçon avec sa seule pelle sinon prendre ses jambes à son cou ? Et maintenant qu'il possédait lui aussi des armes, une à la ceinture, l'autre en bandoulière, l'enfant de salaud qui oserait comme Dan faire siffler une balle à ses oreilles pouvait dire ses prières. Jamais plus il ne tournerait les talons devant qui que ce soit.

Le garçon de l'Anglais jeta un regard par-dessus son épaule en direction des falaises sur la rive opposée du Missouri. Le soleil levant enflammait une masse de nuages qui ressemblaient ainsi à une coulée de lave en fusion jaillie des entrailles de la terre, tandis que chacune des couches se détachait, rougeoyant d'un feu différent. On distinguait successivement le violet profond des scories qui commencent de refroidir, le rouge cerise d'un fer à cheval que l'on s'apprête à forger, puis des strates d'orange et de jaune qui se fondaient à l'endroit où des collines arrondies s'élevaient dans le ciel chauffé à blanc. Il se tourna de nouveau vers l'ouest où le soleil derrière lui éclairait les coteaux d'une lumière douce. Sur la crête, il vit trois petites silhouettes noires qui bougeaient. Elles se trouvaient encore trop loin pour qu'il puisse bien les distinguer, mais il présuma qu'il s'agissait de cavaliers. Le soleil apparut alors, qui illumina les plissements des falaises. Les silhouettes approchèrent, et elles semblaient nager dans la lumière de plus en plus vive. La main en visière, le garçon de l'Anglais les observait. Il se demandait si, en définitive, les trois hommes n'étaient pas à pied. Les Blancs ne se déplaçaient jamais sans chevaux. Il prit la Winchester et la mit en travers de ses genoux. Le Colt, il ne s'y fiait guère, car il n'en avait jamais eu et n'avait même jamais tiré avec un revolver. C'était sur la carabine qu'il comptait. En effet, il chassait depuis l'âge de sept ans et, au fusil, il ne ratait pas souvent sa cible. Il s'assit et attendit, la main négligemment posée sur la crosse de la Winchester.

Lorsque la grosse boule jaune du soleil flotta enfin au-dessus de l'horizon, il eut la certitude que les hommes qui descendaient la pente vers la berge du fleuve étaient bien à pied ; par contre, Dieu seul pouvait savoir s'ils étaient blancs ou rouges. À six cents mètres de distance, les têtes n'étaient que des points et les corps des bâtons. À quatre cents mètres, impossible de voir les visages. À trois cents mètres, les têtes étaient encore floues, mais il savait maintenant qu'il avait affaire à des Blancs. À deux cents mètres, ils devinrent des individus distincts.

Une seconde plus tard, ils arrivaient, trois hommes en vêtements puants, raides de graisse et couverts de sang séché. L'un portait un chapeau à large bord orné de plumes d'aigle fichées dans le ruban décoré de perles, tandis qu'un autre évoquait un tonneau de farine sur pattes et que le troisième, un rouquin à la barbe clairsemée de la couleur d'une queue de renard, avait le visage rougeaud et les lèvres blanches et craquelées de celui qui est affligé d'une peau ne supportant pas l'exposition au soleil et au vent. Ils s'arrêtèrent devant le rocher et s'appuyèrent sur leurs fusils.

« Salut », dit le rouquin.

Le garçon de l'Anglais se contenta de répondre par un petit signe de tête.

« C'est quoi, ça ? fit la barrique. C'est comme ça qu'on reçoit les gens ? » Il était manifestement de fort méchante humeur.

« Fais pas attention à Vogle, dit le rouquin au garçon. Il est furieux d'avoir marché. Il est pas très agile sur ses jambes, et pour lui, c'est une sacrée épreuve.

– Vous avez perdu vos chevaux ?

– Vingt qu'on nous a volés, répondit le rouquin. Dans notre campement à cinq miles d'ici, au bord de la Teton. On pensait que si près de Benton, on n'avait pas besoin de chevaucher de nuit, mais on se trompait. Ces salauds d'Indiens te voleraient des chevaux attachés devant ta porte.

– Dix mille fourrures de loups dans six chariots, et pas de chevaux pour les tirer, ajouta celui que le rouquin avait appelé Vogle.

– On empruntera des attelages à I.G., dit l'homme au chapeau à large bord. On ramènera nos fourrures. Je me suis pas gelé le cul tout l'hiver à écorcher des carcasses pour qu'au printemps, on écorche la mienne.

– T'inquiète pas, le rassura le rouquin. On les ramènera comme une fleur, on se lancera sur la trace de nos chevaux comme une fleur, et on foutra une branlée à ces voyous de Peaux-Rouges comme une fleur, pas vrai, les gars ?

– Tu sais, Hardwick, intervint Vogle, je jure devant Dieu que t'avais l'air aussi content qu'un cochon qui se roule dans la merde quand les Indiens ont piqué nos chevaux. T'avais juste besoin d'un prétexte pour leur tomber dessus. »

Le nommé Hardwick eut un sourire incertain. « Heureux celui qui accomplit l'œuvre du Seigneur, dit-il.

– Heureux, heureux, tu parles », dit l'homme au chapeau à large bord. Il ne sourit pas mais il cracha.

Ainsi, après avoir loué six attelages de mules et quelques chevaux pour les conduire vers la Teton, les trappeurs ramenèrent les peaux à Fort Benton comme une fleur, selon l'expression d'Hardwick. Remontant Front Street avec les chariots secoués par les cahots, ils avaient piètre allure, et leurs mâchoires serrées montraient qu'ils savaient être la risée de la ville pour s'être fait voler leurs chevaux au seuil de la civilisation. Dans les saloons, on n'était pas avare de plaisanteries soulignées de clins d'œil entendus sur les fantassins et les processions, de même que sur les cordonniers qui allaient avoir du boulot pour ressemeler certaines bottes. Du moins jusqu'à ce que Tom Hardwick, le rouquin, arrive. John Evans et lui offraient des tournées pour tenter de recruter une patrouille afin de récupérer leurs chevaux et de punir les Indiens. Les deux hommes étaient bien connus à Benton. Evans passait pour quelqu'un de plutôt accommodant et affable, tandis que son compagnon était considéré comme un homme dont il valait mieux ne pas se moquer.

À mesure que l'après-midi avançait, les chasseurs de loups devenaient plus ivres, plus susceptibles et plus assoiffés de sang. Les volontaires ne se bousculaient guère pour les aider à retrouver leurs chevaux, et leur manque d'empressement entraînait souvent des accusations de lâcheté et des échanges d'injures qui se terminaient parfois par des bagarres. Parmi les trappeurs eux-mêmes, on éprouvait du ressentiment envers Hardwick qui voulait les obliger à quitter si tôt Fort Benton pour poursuivre les voleurs de chevaux, les empêchant ainsi de s'amuser après tout un hiver passé dans le froid et la solitude. Philander Vogle, par exemple, s'efforçait de caser le maximum de plaisir possible au cours de quelques heures au bordel. Les filles y étaient très bon marché, mais elles ne vous autorisaient pas à ôter vos bottes, si bien que Vogle, planté au pied du lit, le pantalon aux chevilles, une bouteille à la main, attendait que Dame Nature lui redonne les ressources nécessaires pour remettre le couvert. Mais entre-temps, la paresseuse prostituée se bornait à somnoler, ce qui ne contribuait guère à encourager ladite Dame Nature. Tout au long de la journée, le garçon de l'Anglais se promena à travers la ville. Il n'avait nulle part où aller, rien à faire et rien à manger sinon une boîte de biscuits achetée dans une épicerie pour une somme exorbitante. Laissé dans la misère par la mort de l'Anglais, la famine le guettait. Fatigué de marcher, il se perchait sur le timon d'un chariot ou sur un tonneau, au milieu des mouches et de la poussière de Front Street, pendant qu'il grignotait ses biscuits secs et tâchait d'élaborer des plans. Il devrait peut-être échanger son beau pistolet contre un fusil à deux coups et des cartouches qui lui permettraient de se nourrir d'une grouse, d'un lapin ou d'un canard en civet. Seulement, aussi judicieuse que paraisse cette idée, il savait que, même mourant de faim, il ne se séparerait pas de ce pistolet, lequel lui donnait pour la première fois de sa vie le sentiment d'être l'égal de n'importe quel homme.

À la nuit tombée, Fort Benton s'animait davantage encore. Des saloons se déversaient de la lumière, de la musique et des ivrognes qui pissaient sur le trottoir et se battaient au milieu de la rue. Ces bagarres bruyantes, accompagnées d'insultes et de menaces hurlées à pleins poumons, énervaient terriblement les chevaux attachés devant les saloons. Ils se cabraient, roulaient des yeux et balançaient la tête de gauche à droite jusqu'à ce que la tension et la terreur leur deviennent insupportables. Ils se jetaient alors les uns sur les autres comme les hommes dans la rue, mordant et ruant, à la suite de quoi une longe cassait parfois, et le cheval emballé disparaissait au galop dans l'obscurité.

Le garçon de l'Anglais continuait à rôder, et il s'écartait prudemment quand un pochard d'allure belliqueuse s'approchait en titubant et en marmonnant. Le ciel clair annonçait une nuit glaciale, et la seule façon de chasser le froid qui lui pinçait les os était de marcher sans s'arrêter en attendant que le bureau de l'écurie ferme et qu'il puisse se glisser dans la grange pour dormir dans le foin.

Il arriva bientôt devant le Star Saloon, et il se demanda s'il allait ou non investir deux *cents* dans un verre. Une goutte de whisky dans le ventre et un établissement chauffé où se poser un instant l'aideraient à affronter les heures les plus froides de la nuit avant qu'il parvienne à trouver un endroit où se réfugier. La décision était difficile à prendre, l'argent en échange d'un peu de confort, et il hésitait encore lorsque, au travers de la vitre sale du saloon, il repéra le rouquin nommé Hardwick assis à une table de poker. La vue d'un visage de connaissance eut raison de ses tergiversations. Il entra.

La salle était bondée. À peine eut-il franchi le seuil qu'une forte odeur de fumée, de chaleur animale, de sueur âcre et de graisse rance l'assaillit. La puanteur des trappeurs, muletiers, prospecteurs et cow-boys mal lavés lui procura un choc après l'air pur de la nuit, même à lui qui ne se souvenait pas de la dernière fois où une brosse à récurer avait frotté sa peau. Au fond de la salle, derrière une petite barrière munie d'une porte battante, des durs à cuire faisaient tournoyer des filles au rythme endiablé d'un air massacré sur un piano désaccordé. Se frayant un chemin en direction du bar au milieu des tables de jeu, il se cogna à un homme titubant qui lui décocha un regard hostile. L'espace d'un instant, le garçon se demanda où il l'avait déjà vu, puis il reconnut le chapeau, un haut-de-forme en soie noire qui s'aplatissait et que l'Anglais conservait dans sa malle-cabine. L'homme qui le portait n'était autre que le patron de l'Overland Hotel, celui-là même que le garçon avait menacé pour qu'il leur donne une chambre.

Il atteignit le bar, commanda à boire, accrocha le talon de sa botte à la barre puis, son verre à la main, se retourna pour parcourir la salle du regard. L'homme coiffé du chapeau claque de Dawe avait les yeux rivés sur lui. Lorsque le garçon leva son verre à ses lèvres, la surface du whisky trembla légèrement. Il attendit qu'elle se stabilise et devienne lisse comme un carreau, puis il s'offrit une petite gorgée en guise de récompense pour le calme dont il faisait preuve, conscient que le type s'était approché pour s'arrêter tout près de lui.

« C'est toi le fils de pute qui ramasse pas derrière lui, hein ?

fit le propriétaire de l'hôtel. Qui laisse un macchabée dans mon meilleur lit. »

Le garçon ne répondit pas. Il but une nouvelle gorgée et observa les gens dans la salle.

L'homme lui fourra sa figure sous le nez. « Et une note impayée, aussi. Une note impayée et un Anglais décomposé par la chaleur.

– Je me suis arrangé avec votre employé, dit enfin le garçon. Vous avez eu tout ce que je vous devais, et même plus.

– T'as fauché les affaires de l'Angliche. Elles m'appartenaient de droit. Ses possessions me reviennent. T'as des choses à lui qui sont à moi. » L'homme désigna l'étui à revolver. « Ce pistolet à crosse d'ivoire, entre autres.

– J'ai rien à vous. Le pistolet, c'est pour les gages qu'y m'avait pas payés. »

Le type sourit. « Les gages du péché, c'est la mort, petit. » Il écarta le pan de son manteau pour le coincer derrière la crosse de son arme. Une bravade d'ivrogne.

« Pas de gages, c'est pas de quoi manger, et c'est la mort aussi, répliqua le garçon.

– Espèce de sale merdeux ! Oser menacer de mettre le feu à mon hôtel ! Toi et Sa Grandeur d'Anglais à la grosse tête.

– Pas si grosse que ça. Son chapeau vous va très bien. »

Autour d'eux, on commençait à suivre cette intéressante conversation. Un rire fusa.

Aiguillonné, le patron de l'hôtel s'écria : « Petit salopard ! J'aurai ce pistolet ou je te jure que j'aurai ta peau ! »

Haussant la voix, le garçon de l'Anglais déclara alors à la cantonade : « Cet homme a l'intention de me voler. Vous l'avez entendu. Vous êtes témoins. »

Ses paroles attirèrent l'attention. Les parties s'interrompirent à plusieurs tables de poker et de pharaon. Un homme corpulent au beau manteau et au beau chapeau hurla : « Qu'est-ce qui te prend, Stevenson ? Tu veux piquer le joujou du gamin ? » Autour de lui, chacun s'esclaffa.

« Je suis étranger dans cette ville, dit le garçon d'une voix couvrant les rires qui se calmaient. Je serai pas responsable de ce qui pourra arriver. »

Stevenson lui saisit soudain le poignet droit. Inutile de lutter. Le garçon sentait combien il avait de la poigne, et il savait qu'il n'aurait pas la force de lui faire lâcher prise. Il demeura parfaitement immobile. Stevenson colla contre le sien son visage fendu par un large sourire. « Bien le bonjour », dit-il, et il lui assena un violent coup de poing sur l'oreille. Le garçon chancela sous l'impact, retenu par le poignet. Étourdi, il lança à la salle : « J'ai rien contre cet homme et je cherche pas les ennuis. » Son oreille tintait, si bien que sa propre voix semblait provenir de quelque part au loin, comme si les mots dans sa gorge sortaient d'un puits sans fond.

Stevenson le frappa de nouveau. Son oreille s'enflamma, et le feu se propagea dans sa mâchoire, puis courut le long de son cou où il lui brûla les tendons. L'homme sourit et répéta : « Bien le bonjour. » Cette fois, le garçon de l'Anglais ne l'entendit même pas, mais il lut les mots sur ses lèvres. Stevenson ferma le poing, et aussitôt, d'un geste vif, le garçon porta sa main libre vers le haut de sa botte. Un éclair métallique brilla.

Une expression de stupeur se peignit sur le visage du patron de l'hôtel, tandis qu'il contemplait le couteau planté dans son épaule. L'acier mordit l'os comme un chien affamé, et les traits de l'homme se convulsèrent et en devinrent méconnaissables.

« Lâchez ma main », dit le garçon, soulevant Stevenson de quelques centimètres avec la pointe du couteau. Le sang qui coulait le long de la lame comme de l'eau d'un dégorgeoir imbiba le bas des manches de sa veste, puis ses doigts qu'il sentit devenir chauds, poisseux et puants.

Stevenson semblait hors d'état de comprendre. Sous le coup de la douleur, il serrait plus fort encore le mince poignet du garçon.

« Lâchez ma main », répéta celui-ci, enfonçant davantage le couteau qui, heurtant l'articulation, arracha un hurlement au patron de l'hôtel, lequel lâcha enfin prise.

À l'autre bout du saloon, le piano fit retentir un dernier accord puis se tut. Les danseurs s'immobilisèrent, le bras passé autour de la taille de leur partenaire, tandis que les joueurs se figeaient, les cartes à la main.

Tenant Stevenson embroché sur le poignard, le garçon tira son Colt et lui appliqua le canon sur la tempe. « Bien le bonjour », dit-il entre ses dents. L'homme avait les yeux exorbités de terreur. Quelqu'un entra dans le saloon et s'empressa de ressortir en voyant ce qui se passait. Les gonds de la porte battante grincèrent dans le silence.

« Pour l'amour du ciel, me tue pas, murmura Stevenson d'une voix étranglée. J'ai une femme malade dans le Missouri. »

Hardwick, installé à une table près de la fenêtre, se leva. Le garçon braqua son pistolet sur lui et, surpris par ce brusque mouvement, Stevenson tressaillit. Hardwick tendit les mains devant lui, paumes ouvertes, pour montrer qu'il n'avait pas d'arme. « Un conseil amical, fiston, dit-il. Si tu le tues, ils te pendront. »

La bouche du garçon se tordit, car il savait que c'était vrai. Il dégagea sèchement le couteau de l'épaule de l'homme puis, avec une incroyable vivacité, le lui planta à deux reprises dans les fesses. Le patron de l'hôtel poussa un grand cri, cependant que ses genoux se dérobaient sous lui et qu'il s'effondrait, évanoui.

Le garçon enjamba le corps étalé par terre, marcha vers le haut-de-forme qui avait roulé un peu plus loin et le piétina sauvagement sous la semelle de ses bottes sales. Personne ne bougea. « J'y suis pour rien, dit-il, se tournant vers la salle et brandissant le Colt afin que tous le voient. Je m'en vais, et si ce fumier a des parents ou des amis qui veulent jouer les malins, je les préviens que ce pistolet est armé. » Il fit un pas en direction de la porte, puis pivota sur ses talons et décocha un coup de pied dans la tête de l'homme sans connaissance. « Bien le bonjour », dit-il une dernière fois.

Il se dirigea vers la sortie, et la foule silencieuse s'écarta sur son passage, s'écarta de cet étrange petit bonhomme habillé des vêtements d'un mort qui tenait un Colt collé contre sa cuisse droite. Il franchit les portes battantes, effectua une dizaine de pas dans la rue obscure puis se retourna d'un bloc.

Quelqu'un le suivait. Levant son pistolet, il cria : « Un pas de plus et je tire ! »

La silhouette s'arrêta. « C'est Tom Hardwick. Je ne te veux pas de mal. » Le garçon baissa son arme. L'homme s'approcha et continua : « N'importe où ailleurs, je t'aurais conseillé de le descendre. Mais y avait trop de monde, et on aurait dit que tu l'as abattu de sang-froid. Y a pas beaucoup de lois dans cette région, mais quand même. » Il s'interrompit, prit un cigare dans la poche de sa chemise puis gratta une allumette. Tout en parlant, il alluma son cigare. « Si tu voulais tuer cet enfant de salaud et t'en tirer, fallait lui planter le couteau dans le ventre dès qu'y t'a frappé.

– Je lui ai donné une chance de laisser tomber, dit le garçon de l'Anglais.

– C'est pas un bon principe. Faut jamais donner une chance à qui que ce soit. » Ils se remirent en route, et Hardwick reprit : « À ta place, je ficherais le camp. Stevenson tient un hôtel et un bar, et j'ai jamais connu un type faisant dans le whisky qui manque d'amis.

– Je peux pas ficher le camp. J'ai pas de cheval, dit le garçon.

– Tu peux partir avec nous demain matin, si tu veux. Je me débrouillerai pour te trouver un cheval. »

Le garçon resta un moment sans rien dire. « Qu'est-ce que j'aurai à faire ? demanda-t-il enfin.

– C'est selon les circonstances », répondit Hardwick.

Vogle n'était pas partisan d'emmener le garçon. Il serait le treizième, et treize, c'était le nombre de ceux qui participaient au Dernier Repas, et y avait pas pire porte-malheur. Hardwick répliqua que, comme le seul à mourir au cours de cette expédition-là avait été le chef, il voyait pas ce qui pourrait inquiéter Vogle qui était le chef de rien du tout.

L'intéressé s'entêta : « Treize, c'est une mauvaise médecine.

– Ça, c'est l'Indien en toi qui parle », dit Hardwick.

6

Harry Vincent, détective, assis dans une voiture non loin du carrefour d'Hollywood Boulevard et de Cahuenga Avenue, surveille une construction grise en bois appelée le Waterhole. C'est un repaire de cow-boys bien connu à Hollywood, mi-bar clandestin, mi-bureau d'embauche. À l'intérieur du Waterhole, on joue au poker et on boit du whisky de contrebande servi dans des tasses à thé en porcelaine en attendant que des metteurs en scène en quête de figurants débarquent pour proposer du travail. L'établissement n'est fréquenté que par les cow-boys et les réalisateurs. Les curieux et les minables n'y sont pas les bienvenus, les flics eux-mêmes évitent soigneusement l'endroit, feignant d'ignorer qu'on y vend de la gnôle. La loi impose peut-être la prohibition, mais la police estime qu'interférer entre les cow-boys et leurs plaisirs simples ne vaut pas les ennuis qui ne manqueraient sans doute pas d'en résulter.

Je suis là depuis plus de deux heures, et je n'ai pas quitté l'entrée des yeux dans l'espoir de repérer Shorty McAdoo parmi les clients qui entrent ou sortent en titubant sur leurs bottes à talons hauts. Inutile de rester plus longtemps. Le moment est venu de me mêler aux cow-boys.

Après le soleil éblouissant de Californie, dès que je pousse la porte du Waterhole, je ne vois plus rien. Je me tiens sur le seuil, clignant des paupières, et je respire l'odeur qui se dégage de la salle – cheval et sueur, tabac et cuir, effluves désagréables d'alcool de mauvaise qualité – avant de m'habituer à la pénombre. Je commence par distinguer de la fumée qui tourbillonne comme les effilochures d'un épais brouillard jaunâtre qui semble se coaguler sous les ampoules nues de quelques lampes de plafond munies de petits abat-jour en fer-blanc. Ensuite, je remarque une masse de Stetson entourés de volutes de fumée, pareils à des champignons vénéneux enveloppés d'une nappe de brume qui, se dissipant, révèle les cartes et les tasses ornées de motifs roses qui contiennent le whisky illégal. La lumière cascade le long des visages comme une chute d'eau du sommet d'une falaise. Ils se rendent compte que je ne suis pas metteur en scène, aussi je ne rencontre que des regards durs et glacials.

Les réalisateurs de westerns aiment les choses qui brillent, car elles passent bien à l'écran, ce qui explique la manière dont les cow-boys sont habillés. Plus le chapeau est haut et le costume voyant, plus les chances d'être embauché sont grandes. Tandis que je me fraye un chemin vers le bar, je perçois l'hostilité des hommes attablés ; j'ai l'impression de débarquer dans une fête foraine où les bateleurs m'en voudraient de les regarder. Il est difficile d'ignorer les costumes extravagants, tellement ils sont conçus pour attirer l'attention : vestes indiennes décorées de perles, gants de cuir cloutés, gros éperons mexicains à molettes étoilées, jambières de cuir de tous styles – en forme d'ailes brisées, de tuyau de poêle, en peau de mouton ou en laine –, chemises criardes, chapeaux immenses et foulards à pois de la taille d'une petite nappe noués autour du cou. Des prostituées attifées afin d'accrocher le regard des hommes qu'elles méprisent.

Je dis au barman de me servir ce que les autres boivent, et à en juger par ce qu'il pose devant moi, c'est du thé froid et fade. Je tiens ma tasse comme les cow-boys, non pas par l'anse, mais au chaud dans le creux de ma paume, puis je demande au type s'il a vu Shorty ces derniers temps.

« Shorty qui ? désire-t-il savoir. Ici, ils s'appellent tous Shorty, Slim, Tex ou Yakima.

– Shorty McAdoo.

– Vous n'allez pas me raconter que vous êtes un copain à lui ?
– Non, non.
– Tant mieux. Parce que dans ce cas, vous seriez un foutu menteur.
– Depuis quand vous ne l'avez pas vu ?
– Quatre ou cinq semaines. Peut-être plus.
– Sinon, c'est un client régulier ?
– Rien n'est régulier chez McAdoo. Il va, il vient. Des fois, il cause. Des fois, il cause pas. Des fois, il boit. Des fois, il boit pas. Je dirais qu'il est plutôt irrégulier.
– Où croyez-vous que je puisse le trouver ? »

Le barman, un homme grand et fort, s'écarte du comptoir pour mettre un peu de distance entre nous, puis, comme pour se protéger, il croise les bras sur sa poitrine large comme un bow-window et ceinte d'un tablier crasseux. « Qu'est-ce que vous lui voulez à McAdoo ?

– Si vous m'aidez à le contacter, vous pouvez être certain qu'il vous remerciera. Il y a de l'argent à la clé pour lui.
– Il aime pas les remerciements.
– Alors, je pourrais m'en charger à sa place », dis-je. Je sors l'enveloppe qu'on m'a donnée pour mes frais et je pêche dedans un billet de dix dollars que je pose sur le bar. « Vous savez où il habite ? »

L'homme regarde l'argent, hésite. « Si vous êtes de la police, il me remerciera encore moins.
– Dans la police, on a plutôt l'habitude d'engager des gens dotés de deux bonnes jambes. Vous m'avez vu traverser la salle du bar, non ?
– C'est pas un bar, me corrige-t-il.
– Bon, d'accord. Appelons ça un salon de thé, si ça peut vous faire plaisir. »

À dire vrai, cela ne semble pas lui faire particulièrement plaisir.

« C'est à propos de ce metteur en scène ? demande-t-il.
– Quel metteur en scène ? » À mon ton, il comprend que je ne vois pas du tout de quoi il parle.

71

« Shorty est peut-être un vieil homme, dit-il. Mais c'est un vieil homme salement rancunier.

– Je n'ai aucune intention de lui donner motif à garder rancune. Ni contre moi, ni contre quiconque. Je ne tiens pas spécialement à me faire des ennemis. »

Il s'empare du billet, le froisse dans son poing comme s'il voulait que personne ne le voie. « Tout ce que je sais, c'est qu'y a deux mois, paraît qu'il créchait chez Maman Reardon.

– Maman Reardon ?

– Elle tient une pension. Elle aime bien les cow-boys, et elle leur réserve ses chambres en priorité.

– Vous avez l'adresse ? »

Le barman prend un bout de crayon logé derrière son oreille, puis il griffonne quelque chose sur le dos d'une enveloppe déchirée. « Je vous promets rien. C'est juste ce que j'ai entendu dire. Les cow-boys restent pas longtemps au même endroit.

– Je m'en doute. »

Il me tend l'enveloppe. « Si vous le trouvez, pas la peine de parler de moi. Je vous ai rien dit. »

Maman Reardon habite un bungalow minable non loin du terrain vague au coin de Sunset et Hollywood Boulevard où Griffith a construit un gigantesque décor babylonien pour son film *Intolérance*. Sur la fenêtre de devant, une pancarte rédigée à la main annonce : « Pension, à la semaine et au mois ». Je frappe. La vieille femme qui m'ouvre, mince et droite comme une lame de rasoir, porte une robe noire qui brille tant qu'elle semble mouillée.

« Je voudrais parler à Mr. McAdoo, dis-je.

– L'est pas là.

– Quand pourrais-je le voir ?

– Je sais pas. L'est parti.

– Vous avez une adresse où faire suivre son courrier ?

– Pas la peine. Y recevait jamais de courrier. »

La main appuyée sur l'écran-moustiquaire, je réfléchis une

seconde. « Il ne serait pas parti sans payer son loyer, par hasard ?

– C'est qui, pour vous ?

– Je suis son associé. Je pourrais éventuellement régler ses dettes. Et récupérer ses effets personnels s'il en a laissé derrière lui. »

Elle me lance un regard froid et perspicace, puis, secouant la tête avec une expression de regret, elle renonce à profiter de mon offre. « Nan, il a payé tout ce qu'y devait. Comme toujours. Un homme ponctuel.

– Vous avez une idée de l'endroit où il aurait pu aller ?

– Nan.

– Il n'a rien dit ? Fourni aucune raison pour expliquer son départ ? »

Maman Reardon me dévisage. On dirait un oiseau maigre et déplumé aux yeux en boutons de bottine. « Son associé, vous avez dit ?

– Façon de parler.

– Alors, vous devriez savoir qu'il est pas bavard. À la table du dîner, y disait jamais plus de deux ou trois mots. "Passe-moi le beurre." "Passe-moi les haricots." C'est tout ce qu'y demandait, de lui passer ce qu'il avait payé.

– Il est juste parti comme ça ?

– Ouais. Il est sorti de sa chambre un dimanche matin avec son sac et il a demandé sa note. L'est parti sans même déjeuner.

– L'air pressé ?

– Nan, pas vraiment.

– Tout à l'heure, quelqu'un a mentionné une histoire avec un metteur en scène. McAdoo y aurait-il fait allusion ?

– Je l'ai entendu dire deux ou trois choses sur les metteurs en scène. Rien de bien gentil. Je pense comme lui. En principe, je veux pas que les gens du cinéma, y mettent les pieds chez moi. C'est rien que putains et voleurs. Sauf les cow-boys. Y sont peut-être pas très raffinés, mais y sont honnêtes.

– Il recevait des visites ?

– Des jeunes gars venaient des fois. Juste pour le voir. Ils admiraient Mr. McAdoo. Y voulaient qu'il leur raconte des

73

récits de l'ancien temps. Un jour, je l'ai entendu répondre :
"Me demandez pas de parler de l'ancien temps. Laissez les
morts enterrer les morts. Et je suis pas mort."
 – Qu'est-ce qu'il voulait dire par là, d'après vous ?
 – Rien de spécial, je crois. C'est juste un truc qu'un vieil
homme dirait.
 – Vous connaissez le nom de l'un de ces jeunes ?
 – Nan.
 – Et vous ne voyez pas pourquoi il serait parti si brusque-
ment ?
 – Ça aurait pu être pour un tas de raisons. L'argent, entre
autres. Ça faisait des semaines qu'il avait pas travaillé. Les
gens en qui j'ai confiance, je leur fais crédit jusqu'à ce qu'y
trouvent de l'embauche. En Mr. McAdoo, j'avais confiance,
mais y m'a jamais demandé de lui faire crédit.
 – Vous avez parlé d'un tas de raisons. Quoi encore, par
exemple ?»
 Elle réfléchit un instant. « La veille où qu'il est parti, je suis
rentrée tard. J'avais été voir ma sœur. La nuit était tombée.
En général, le samedi soir les garçons sont sortis. J'ai traversé
le salon et j'ai allumé la lumière. Mr. McAdoo était assis devant
le poste de radio. » Elle s'interrompt une seconde. « Y pleurait. C'est bien la dernière chose que je me serais attendue à
voir... Shorty McAdoo en train de pleurer. C'est un sacré
coriace. Je me suis dit : Seigneur Dieu, qu'est-ce qui se passe ?
Il avait le visage inondé de larmes. Il les a essuyées d'un revers
de main. J'y ai demandé : "Mr. McAdoo, y a quelque chose
qui va pas ? Je peux vous aider ?" Y m'a répondu : "C'est la
lumière soudaine qui m'a blessé les yeux." Alors, j'ai dit :
"Dans ce cas, je vais aller vous chercher un gant frais pour les
baigner." J'ai été faire couler un peu d'eau sur un gant. Je
savais bien que c'était pas la lumière. Quand je suis revenue
au salon, il avait filé. Peut-être qu'il avait reçu de mauvaises
nouvelles de sa famille. Peut-être qu'il avait appris qu'il était
malade.
 – C'est tout ?»
 Elle a hoché la tête.

Comme des loups

Dans les jours qui ont suivi, je n'ai guère avancé. À la recherche d'une piste, je suis allé dans les endroits où il faut aller pour poser les questions qu'il faut poser. J'ai passé en vain une après-midi à traîner autour de Sunset Barn, l'écurie où nombre de vedettes du western mettent leurs chevaux. C'est un lieu très fréquenté par les vautours qui se perchent sur la barrière du corral dans l'espoir d'être remarqués par une personne importante. Pour les jeunes gens originaires du Montana, de l'Arizona, du Texas ou de l'Oklahoma, Sunset Barn est l'équivalent de ce que seront plus tard les comptoirs de drugstore pour les beautés du Middle-West nourries au maïs et les laitières du Minnesota aux joues roses. C'est là qu'on se fait découvrir. Ils parlent d'une voix traînante, crachent, jouent du lasso et roulent des épaules en exagérant leur démarche aux jambes arquées. Je n'y ai pas trouvé Shorty McAdoo, ni personne qui sache seulement où il était.

Le lendemain, je suis parti en voiture pour Mixville, le ranch où la grande star Tom Mix produit ses westerns chantants. Le responsable du ranch connaît McAdoo, mais il ne sait presque rien à son sujet. Shorty était là il y a trois mois pour tourner un film, mais personne ne l'a revu depuis. « C'est comme un tourbillon de poussière. Il va où le vent le pousse. » Je laisse mon numéro de téléphone au cas où Shorty débarquerait. Le seul plaisir que je retire de cette journée perdue, c'est d'apercevoir Tom Mix en smoking violet criard assorti à ses bottes et son Stetson du même violet qui se glisse au volant de sa Rolls blanche dont les portières sont frappées de ses initiales TM en or à quatorze carats. Il éclipse carrément le soleil couchant.

Je suis censé appeler tous les soirs Fitzsimmons pour lui faire un rapport sur mes progrès ou mon absence de progrès. Il veut des résultats, et il les veut vite.

« T'as de l'argent. Distribue-le.

– Si quelqu'un savait quelque chose, je ne m'en priverais pas. Mais personne ne sait quoi que ce soit.

– Comment tu peux en être sûr tant que t'as pas offert une petite prime d'encouragement, hein ? Agite-toi un peu,

75

Vincent. T'es pas payé cent cinquante dollars par semaine pour rien. Cent cinquante dollars, c'est une somme.

– J'en ai parfaitement conscience, Mr. Fitzsimmons. Et je m'agite depuis le moment où j'ai été engagé. Il y a tout un territoire à couvrir et je vous certifie que je m'y applique. Il semblerait que tout le monde ait entendu parler de Shorty McAdoo mais que personne ne le connaisse. Pas de femme, pas d'enfants, pas d'amis. Un vrai solitaire. Il peut se trouver n'importe où à faire n'importe quoi. En train de crever dans un asile de nuit. Ou en train de tourner un film. Il a peut-être foutu le camp au Kansas, au Montana ou en Arkansas, dans un endroit où on a besoin de quelqu'un pour donner la sérénade aux vaches du haut d'un cheval. Je ne sais pas, mais je cherche.

– Merde.

– Et à quoi bon vous téléphoner tous les soirs pour avoir droit à la même chanson ? La moitié du temps, vous n'êtes pas là. Il faut que j'appelle une dizaine de fois, et je poireaute jusqu'à minuit avant d'arriver à vous joindre. Pourquoi ne téléphonerais-je pas uniquement si j'ai du nouveau ?

– Mr. Chance l'exige. Voilà pourquoi.

– Alors, arrêtez de me casser les pieds. Je fais de mon mieux.

– Ah, tu trouves que je te casse les pieds, Vincent ? Attends un peu que je te casse autre chose. »

Les dix jours suivants, je les passe à rouler au milieu des ornières sur les routes en terre de la vallée de San Fernando, du désert de Mojave et des sierras de Lone Pine, tous endroits que les tempêtes de poussière adorent. J'y découvre une quinzaine d'équipes qui emploient des centaines de cow-boys. Je ne me serais jamais douté qu'il y en avait autant à Hollywood, mais en discutant avec eux, j'apprends qu'ils traînent en ville depuis dix ans à sauter à bas des chariots dans les parcs à bestiaux de Los Angeles, puis à disparaître pour un temps, embauchés dans les rodéos et les shows du Wild West ou dans les petits ranches qui parsèment le sud de la Californie. Ce sont tous des réfugiés d'un Ouest en voie de disparition. Avec la fin des hostilités en Europe, la demande en viande de bœuf a diminué de manière considérable, si bien que les vastes exploitations du Wyoming et du Montana ont réduit le nombre de leurs troupeaux et licencié leurs employés. Les cowboys errent dans Hollywood, à l'écoute du moindre bruit annonçant qu'il y a cinq dollars par jour à gagner en tant que cascadeur ou figurant dans les westerns que Broncho Billy, William S. Hart, Tom Mix et Art Accord ont rendu célèbres. Et ils espèrent devenir célèbres à leur tour. Ou en tout cas relativement prospères avec leurs cinq dollars par jour, gamelle fournie. Le seul problème, c'est qu'il y a trop de cowboys pour trop peu de places.

Je suis souvent mal accueilli quand je pose des questions sur Shorty McAdoo, peut-être parce que j'ai l'air de quelqu'un qui vient délivrer une citation à comparaître. Parfois, les jeunes, les pieds tendres, acceptent de me parler, mais en général ils ne savent rien au sujet de McAdoo. Pour eux comme pour moi, il n'est qu'une rumeur. Ils ignorent où il habite et qui sont ses amis. Petit à petit, il m'apparaît que je poursuis une réputation autant qu'un homme.

Au cours du week-end, je me rends au Saugus Ranch de Hoot Gibson, la star du western, pour assister au rodéo qu'il organise tous les dimanches. Assis dans les gradins en bois sous un ciel cuivré et dans une atmosphère privée du moindre souffle d'air, je promène mon regard sur la foule à la recherche du visage hagard et grisonnant qu'on m'a projeté sur l'écran de Chance. Je ne le vois pas. Retardé par une crevaison, je rentre tard chez moi, épuisé, et ma mauvaise jambe m'élance comme une dent cariée. Je ne suis pas d'humeur à appeler Fitz. Il attendra demain matin. Ou peut-être même demain soir. Qu'il aille se faire foutre.

Je me mets au lit et, à peine ai-je posé la tête sur l'oreiller, que le téléphone sonne. La sonnerie stridente, insistante, me vrille les tympans, puis elle s'arrête. Un quart d'heure plus tard, elle recommence. Je sais qui c'est. Je me lève et je décroche l'appareil. Retournant me coucher, j'entends encore la voix lointaine de Fitzsimmons qui hurle à l'autre bout du fil.

Dès l'aube, je pars pour Universal City, peuplée de davantage encore de Stetson que n'importe quel ranch de Californie du Sud. Le film de cinq bobines est roi chez Universal, et le roi du film de cinq bobines est le western, bon marché à réaliser et fort rentable. Oncle Carl Laemmle a sous contrat nombre des plus grandes vedettes du genre : Harry Carey, Neal Hart, Jack Hoxie, Art Accord, Peter Morrison, Hoot Gibson. Universal City, comme son nom l'indique, est une sorte de métropole, une ruche de plus de cent hectares qui possède sa propre police, sa propre brigade de pompiers, ses équipes de nettoyage, ses boutiques, ses forges, ses ateliers divers, son magasin d'accessoires, ses plateaux de studio et ses extérieurs, ainsi que toute une série de décors conçus pour le tournage des westerns, et le maire de cette métropole est Oncle Carl. Son usine à westerns possède également ses propres troupeaux, ses chevaux et ses mules qui paissent dans un immense pâturage, prêts à servir à tout moment. Il est indispensable d'avoir aussi sous la main un troupeau de bipèdes pour travailler comme doublures, cascadeurs et figurants. Pour résoudre le problème, Oncle Carl a fait construire à l'intérieur du périmètre de sa ville un vaste réservoir d'embauche clôturé afin d'y parquer les cow-boys et de les empêcher de faire des bêtises en attendant qu'on ait besoin d'eux. Tous ceux qui cherchent de l'embauche sont enfermés là jusqu'à ce qu'un réalisateur d'Universal les désigne d'un simple geste et les libère le temps d'une journée de filmage.

J'arrive à Universal City au moment où le soleil commence à éclairer les collines du nord d'Hollywood, et une quarantaine d'hommes sont déjà réunis dans l'enclos. La scène m'évoque un camp de prisonniers avec son grillage, son sol piétiné et ses visages marqués par la gamme des expressions que l'on voit dans les pénitenciers : ennui, apathie, bravade, ruse et méchanceté. J'entre et je circule parmi les cow-boys. Quelques-uns font une partie de dés sur un tapis de selle, deux hommes jouent à planter dans la terre un couteau assez grand pour couper la canne à sucre, tandis que d'autres somnolent, adossés aux poteaux, le chapeau rabattu sur les yeux pour les protéger du soleil qui se lève. Quelques-uns sont debout qui, se roulant une cigarette, semblent communier en silence ; deux ou trois, agrippés à la clôture, ont les yeux fixés sur les collines illuminées, comme s'ils attendaient que la cavalerie dévale la pente pour venir les sauver.

Distribuant sourires et bonjours tout en m'efforçant d'engager la conversation, je me promène parmi eux. À mesure que le soleil dissipe le froid du petit matin et les réchauffe, les figurants deviennent vaguement amicaux, daignant parfois accepter une cigarette et échanger quelques lieux communs sur le temps et la journée qui s'annonce.

Je m'entête à essayer de les amener à parler de Shorty McAdoo jusqu'à ce que, enfin, je réussisse à obtenir une réponse de la part d'un groupe de cow-boys d'âge mûr. L'un d'eux affirme qu'il est parti pour Bakersfield. Wichita, soutient un autre. Un troisième n'est pas d'accord. Non, McAdoo est toujours dans la région de Los Angeles. La seule chose sur laquelle ils s'entendent, c'est pour dire que personne ne l'a vu sur un plateau ou un lieu de tournage depuis au moins un mois.

« Y travaille plus à cause de cette histoire avec Coster », intervient un type coiffé d'un chapeau noir dont le ruban est orné de dollars en argent.

Personne ne semble savoir à quoi il fait allusion.

« Putain d'endroit ! Pas un timbre-poste d'ombre. Et même pas une louche d'eau à boire. Le vieux Shorty, il leur a pas mâché ses mots à ces fumiers, reprend en marmonnant l'homme au chapeau. Même qu'y te les lui a assénés. » Il se tapote les dents de devant. « On raconte qu'y lui a fait sauter les ratiches avec un marteau de maréchal-ferrant, au Coster.

– Eh ben, si c'est vrai, dit un type portant un Stetson canadien, le Coster, y pourra encore mieux tailler des pipes. »

Ils s'esclaffent.

« Paraît que c'était à propos du frère à Wylie, le simplet,

dit le cow-boy au chapeau avec les pièces en argent, montrant d'un signe de tête un gamin solitaire assis sur une selle.
– Le jumeau à Wylie, tu veux dire, corrige un grand type maigre.
– Qu'est-ce que tu me chantes, y se ressemblent pas.
– Y sont pas des identiques, mais peut-être qu'ils ont partagé un seul cerveau, parce qu'y sont identiquement aussi crétins l'un que l'autre », affirme le grand cow-boy.
Tous se tournent vers le gamin.
Depuis que je suis là, il n'a pas quitté sa selle, tassé sur lui-même, les genoux remontés presque jusqu'aux oreilles, relégué dans un coin de l'enclos. Son expression de chien battu, de tristesse et de mélancolie m'a incité à l'éviter. Il me rappelle ce genre de gosse qui, si vous lui dites un seul mot gentil, se collera à vous comme du papier tue-mouches.
« Ouais, reprend le grand échalas, c'est peut-être en rapport avec le frère à Wylie, vu que le Wylie, c'est sur la selle au Shorty qu'il est assis. Je l'ai reconnue tout de suite. Shorty, il a monté une paire d'étriers de l'armée dessus. Des étriers en acier. Y a une soudure en haut de l'un des deux. Shorty l'a fait réparer une fois. »
Avant même qu'il ait fini de parler, je me précipite, et ma patte raide oscille comme une porte sur des gonds rouillés. Tandis que je m'approche, Wylie enlève son chapeau et l'écrase contre sa poitrine comme le font les cow-boys dans les films lorsque le moment est venu de demander la main de leur belle. Avec ses oreilles en anses de cruche, ses cheveux coupés à la diable et ses tempes déjà blanchies, il offre un spectacle plutôt affligeant.
« Bonjour », dis-je.
Il tend le cou pour me regarder, et sa bouche s'ouvre comme le bec d'un oisillon dans l'attente d'un ver. Tout contribue à lui donner un air suppliant, depuis ses yeux timides jusqu'à sa lèvre inférieure à vif à force d'avoir sucé son pouce des heures durant. Il le prend de nouveau, et les coins de sa bouche s'affaissent, parcourus de crispations.
« Bonjour », je répète, un peu plus fort.

Il ôte son pouce ; son regard fuit le mien. « Oui, m'sieur », murmure-t-il.

Je pointe le doigt. « Il paraît que cette selle appartient à Shorty McAdoo. »

Ses yeux paniqués vont de la selle à mon visage. Il parle très vite, comme s'il récitait quelque chose d'appris par cœur : « Y me l'a prêtée. Les gens du cinéma, y vous embauchent que si vous avez une selle. Miles, il est salement amoché et moi, l'a fallu que je mette la mienne au clou, alors le vieux Shorty, y m'a dit : "Wylie, tu peux prendre ma selle pour quelque temps. Peut-être que ta chance, elle tournera. À moi, elle a porté bonheur." Voilà ce que Shorty, y m'a dit, et depuis, je m'en sers. Même si ma chance, elle a pas tellement tourné. En tout cas, je m'en sers... » Il s'interrompt, dresse la tête et me considère un instant pour voir si j'ai bien compris.

« Oui, mais c'était juste un prêt », dis-je.

Il ne tient pas compte de ma remarque et continue : « Vrai de vrai, Shorty, y m'a dit : "Wylie, garde-moi cette selle." Ouais, c'est ça qu'y m'a dit, Shorty. » Il se met à se balancer d'avant en arrière. « Y m'a dit ça, et je la garde pour lui. Je la surveille comme si qu'elle était à moi.

– Jusqu'à ce qu'il veuille la reprendre.

– Y m'a prêté sa selle pour que je travaille, répète Wylie avec entêtement. J'ai trouvé vingt dollars dans les sacoches. Je sais qui c'est qui les a mis là. » Son regard inquiet s'égare soudain ; il pense à autre chose. « Miles, reprend-il. C'est Miles. J'ai préparé le petit-déjeuner pour Miles. Sur la table. À côté de son lit. J'ai pas oublié.

– Shorty aimerait récupérer sa selle. Il m'a demandé de passer la chercher. »

Le gamin recommence à se balancer, de plus en plus vite, comme s'il galopait. Brusquement, il s'immobilise, les deux mains serrées si fort sur le pommeau que ses jointures blanchissent. Il vient de comprendre. « C'est pas vrai, dit-il.

– Si, c'est vrai.

– Y veut pas de cette vieille selle.

– Si, tout de suite, Wylie. Il la veut maintenant. Aujourd'hui. »

81

Wylie bat si vite des paupières qu'elles en deviennent floues.

« J'ai une voiture. Je vais t'emmener. Tu pourras la rendre toi-même à Shorty.

– Ouais, mais je l'ai même pas encore posée sur le dos d'un cheval, dit le gamin en sautant sur ses pieds et en tirant sur l'entrejambe de son pantalon. Mais si Shorty, y la veut...

– Oui, il la veut. »

Arrivé à la voiture, je demande à Wylie s'il sait conduire. Il hoche la tête avec solennité.

« Bon, dis-je, alors prends le volant. J'ai du mal à appuyer sur la pédale de l'embrayage à cause de ma mauvaise jambe. Je conduis seulement quand je ne peux pas faire autrement. »

Wylie me croit sur parole. Il s'installe puis démarre. Il ne prend pas la direction de Los Angeles ainsi que je m'y attendais, mais s'enfonce dans le désert qui reste encore accroché comme une bardane aux basques d'Hollywood. On emprunte des chemins de terre cahoteux, soulevant derrière nous de paresseux panaches de poussière. Presque tout le paysage que nous traversons est vierge d'habitations, car les terrains à bâtir sont entre les mains de promoteurs qui espèrent empocher le gros lot lors du prochain boom immobilier. Çà et là, on aperçoit cependant quelques petites fermes isolées et on croise de temps en temps une vieille guimbarde ou une charrette grinçante. Chaque fois que Wylie repère un autre véhicule, même à plusieurs centaines de mètres devant nous, il ralentit, roule à une allure d'escargot et se range tellement sur le côté qu'on est à deux doigts de verser dans le fossé. Quand le véhicule est passé, il se tourne vers moi, affichant un petit air de fierté. Je lui souris pour montrer combien j'apprécie sa manœuvre adroite et prudente, cependant que je me demande si nous avons encore à aller loin pour retrouver McAdoo et si Wylie sait seulement où il nous emmène.

Et puis, d'un seul coup, il se remet à parler à toute vitesse, racontant une histoire à propos du « fil de fer » et de son frère jumeau Miles. C'était en effet à l'aide d'un fil de fer qu'on faisait tomber les chevaux dans les scènes d'action avant que la Société protectrice des animaux ne fasse interdire cette pratique. Hors du champ de la caméra, on plantait un poteau surnommé « le mort », puis on attachait de la corde à piano aux boulets des antérieurs du cheval et on la faisait passer ensuite sous la sangle de la selle ; les longueurs restantes, on les enroulait à côté du « mort », puis on fixait solidement les extrémités au poteau. Le boulot du cascadeur consistait à partir au grand galop jusqu'à ce que le cheval arrive au bout de la corde, si bien que ses jambes se dérobaient sous lui et qu'il s'écroulait au sol. La technique dite du « fil de fer » a tué beaucoup de chevaux et blessé ou rendu infirmes beaucoup d'hommes. Les cow-boys ne l'aimaient guère.

« Miles, Shorty et moi, on travaillait dans la Vallée pour Mr. Coster. C'est comme ça que c'est arrivé. Le "fil de fer". C'était un mauvais homme, Mr. Coster.

– Ah bon, dis-je, feignant l'ignorance. Et qui est Mr. Coster ? » On ne sait jamais, peut-être que les informations que je glanerai me seront utiles.

« Le réalisateur ! le réalisateur ! s'écrie le gamin avec excitation. Toute la journée, y veut ce plan. "Du spectaculaire ! y gueule. Je veux du spectaculaire ! Donnez-moi du spectaculaire, nom de Dieu !" Mais c'est pas la faute aux cascadeurs. Y essayent, pas vrai ? C'est les chevaux, lui explique Shorty. C'est les chevaux. Parce qu'y sont tombés trop souvent, et quand on leur attache les fils de piano aux jambes, y comprennent. Shorty, il dit qu'y voudront pas galoper à fond parce qu'y savent ce qui va leur arriver. Alors, ils galopent pas. Les chevaux, y sont malins. Y veulent pas se faire mal une fois de plus, pas vrai ?

– Ça me semble logique.

– Alors, Mr. Coster, il insiste. Un cheval, et pis un autre, et pis un autre, et pis encore un autre. Mais Mr. Coster, il est toujours pas content. Du spectaculaire, il veut ! Et les cascadeurs, y se cassent la figure avec les chevaux et y tombent comme des pois au fond de la casserole. Alors, Mr. Coster, y demande au gars des chevaux d'aller chercher le grand hongre noir – Locomotive, qu'on l'appelle –, vu que Locomotive, on lui a jamais attaché de fil de piano avant et y sait pas ce que c'est. Un énorme cheval, un terrible, un "coupé", comme dit Shorty. Vous savez ce que c'est un "coupé" ? »

Je l'ignore.

« C'est parce qu'on lui a coupé les oreilles pour prévenir tout le monde que c'est un cheval méchant, les gens y font ça, m'a dit Shorty. Leur couper les oreilles. Les cascadeurs, ils veulent pas monter un cheval qu'est jamais tombé, et un vicieux en plus. Mr. Coster commence à les injurier, à les traiter de lâches, de poules mouillées et d'un tas d'autres choses, et du coup, y s'en vont tous.

« Alors, à nous, les figurants, tout ça, Mr. Coster, y demande : "Qui veut montrer qu'il est un homme ? Celui qui se met en selle sur ce vieux Locomotive, je double ses gages." Moi, je veux y aller, mais Shorty, il me retient. "Tu vas pas monter cette saloperie aux oreilles coupées, y me dit. C'est un tueur. T'en approche pas, Wylie." Je l'ai écouté, mais pas mon frère. Il l'a monté.

– Pourquoi, Wylie ?

– Parce que Mr. Coster, il a dit que dans son prochain film, y donnerait un rôle à Miles. Et Shorty, il a mis en garde Miles, mais Miles, il est pas très malin, non, ça non, et il a cru Mr. Coster et pas cru Shorty. Mais Shorty, y connaît bien Miles et y l'a aidé quand même, vous voyez ? Alors, il vérifie tout, il marche jusqu'où que le fil de piano, il va s'arrêter et il marque l'endroit avec un mouchoir planté dans le sol, et pis y dit à Miles : "Miles, dès que t'aperçois ce mouchoir blanc, tu dégages tes pieds des étriers, parce que, quand cette vacherie de Locomotive, il va arriver au bout de la corde et valser cul par-dessus tête, faut surtout pas que tu restes coincé dans les étriers. T'as bien compris : faut que t'aies dégagé tes pieds, pigé ? Sinon, y va t'écraser, t'écrabouiller comme un cageot de pommes. T'entends, Miles ? Tu vires tes bottes de ces putains d'étriers aussitôt que tu vois le mouchoir blanc."

– Je suppose donc que Miles n'a pas suivi son conseil », dis-je.

La voix de Wylie se réduit à un murmure : « Non, y l'a pas suivi. Miles, il éperonne Locomotive comme un cinglé. Ils déboulent à fond, et Miles, y cherche le mouchoir, y le cherche et y le cherche encore, et alors le Locomotive, y fait la culbute, un vrai soleil, et Miles, il est planté dans les étriers, et le Locomotive, il retombe sur lui. Y lui a cassé quelque chose à l'intérieur, et depuis, Miles, il chie du sang et il marche plus très bien.

– Pourquoi il n'a pas vu le mouchoir ?

– Quand personne regardait, Mr. Coster, il a envoyé le cameraman l'enlever. Pour avoir du spectaculaire. Pour pas qu'on voye le mouchoir. Moi, j'ai voulu me jeter sur lui, mais Shorty, y m'a retenu. Y m'a dit : "T'emporte pas, mais venge-toi." Voilà ce qu'il a dit, Shorty.

– J'ai entendu raconter que Shorty s'était vengé. Avec un marteau de maréchal-ferrant.

– Le "coupé", dit Wylie, se tortillant nerveusement sur le siège. "Faut marquer les chevaux vicieux, il a dit Shorty. Pour que tout le monde, il les reconnaisse." » Soudain, il pile. Je m'accroche au tableau de bord. Le paysage tressaute et le ciel bascule, cependant que la voiture, roues bloquées, dérape et vibre avant de s'immobiliser. Un souffle de poussière pénètre par la vitre ouverte, et j'ai les dents qui crissent. À quelques mètres derrière nous, sur la droite, il y a un chemin qui passe devant une boîte aux lettres cabossée qui pend sur un poteau vacillant comme un ivrogne, puis qui traverse une prairie roussie parsemée de touffes d'armoise et autres mauvaises herbes avant de disparaître derrière une petite butte.

« J'ai failli rater l'embranchement de chez Shorty », dit Wylie.

Saisissant le gamin par le bras, j'examine les alentours. Au bout du chemin se trouve sans doute une maison.

« Wylie, dis-je, je dois t'avouer quelque chose. »

Je commence par lui dire combien je suis fier de lui, et combien Shorty est fier de lui. J'ajoute que je n'aurais jamais imaginé qu'un homme dans sa position pourrait être aussi honnête. Je lui explique que j'ai parié avec Shorty qu'il ne reverrait jamais sa selle et que Wylie l'aurait revendue ou mise au clou avant qu'on ait seulement eu le temps de dire ouf. Mais Shorty croyait en lui. Il a affirmé que Wylie était un homme d'honneur, un homme sur qui on pouvait compter.

Et Wylie a montré que c'était vrai. Il a veillé sur le bien de Shorty et n'a pas hésité un instant quand je lui ai demandé de rendre la selle, alors même qu'il en avait besoin pour se faire embaucher.

« Permets-moi de te serrer la main. » Après quoi, je sors un billet de vingt dollars de mon enveloppe de frais. « Pour te dédommager du temps que tu as perdu, Wylie. Je pensais gagner mon pari, mais tu vois, je l'ai perdu. Il ne me reste plus qu'à manger mon chapeau.

– Shorty, y veut pas récupérer sa selle ?

– Non, dis-je. Pas tout de suite. » Je m'interromps un instant. « Ta chance a l'air de tourner, Wylie. Si la selle de Mc-Adoo continue à te porter bonheur, tu deviendras peut-être le prochain William S. Hart. Maintenant, je vais reprendre le volant. Laisse-moi jouer les chauffeurs et conduire un type bien où il désire aller.

– On va pas chez Shorty ?

– Pas aujourd'hui. Il est occupé.

– Shorty, y prête pas sa selle à n'importe qui ! s'écrie Wylie avec une expression de triomphe, tandis que je fais demi-tour. C'est pas tout le monde qui peut s'asseoir sur la selle à Shorty ! »

Je lui demande s'il veut que je le ramène chez lui, mais il préfère que je le dépose devant Universal. C'est idiot, car les tournages de la journée ont débuté depuis déjà un bon moment, et il n'y en aura pas d'autres avant le lendemain. Mais peut-être qu'il me croit et qu'il se figure que sa chance a en effet tourné. Je le laisse près de l'enclos, désert à cette heure. Le vent balaye le sol, soulevant des nuages de poussière ainsi que des papiers de bonbons et de chewing-gums qui viennent se coller au grillage. Je le regarde s'éloigner à pas lourds, la selle magique de Shorty en équilibre précaire sur son épaule, les étrivières en cuir qui claquent sous les rafales, les étriers qui se balancent, aveuglément convaincu que le porte-bonheur du vieil homme a le pouvoir d'accomplir des miracles dans sa propre existence.

7

Les treize hommes, en selle sur leurs chevaux dans le petit matin gris et calme, étaient rassemblés dans Front Street cependant que les nappes de brouillard s'élevaient de la surface couleur café crème du Missouri et demeuraient suspendues comme un rideau de mousseline entre la petite troupe et les falaises sculptées par le vent de l'autre côté du fleuve. Ils formaient une patrouille disparate, treize hommes montés sur des chevaux pie pour la chasse aux bisons ou sur des pur-sang bais et alezans, armés d'Henry, de Sharp, de Winchester, de Colt, de fusils à deux coups, de Derringer dans la poche de leurs manteaux, ainsi que de couteaux et de poignards, de hachettes, de sabres de la cavalerie confédérée glissés dans un fourreau accroché au pommeau de la selle, vêtus de peaux de daims imprégnées de fumée ou de manteaux de drap fin gardant des traces de nombreux passages dans les saloons, coiffés de tuyaux de poêle cabossés ou de toques de fourrure lustrées, affublés de chemises à carreaux criardes rapiécées, de cache-poussière en toile et de capotes de laine, chaussés de mocassins à semelles en cuir épais ou de bottes de cavalier à talons hauts. Les visages affichaient des degrés divers de vice ou de vertu, d'hésitation ou de résolution.

Le silence était presque total. Le garçon de l'Anglais entendait les oiseaux chanter dans les taillis au bord du fleuve et les chevaux s'ébrouer sur la chaussée, tandis que les selles

87

grinçaient comme les membrures d'un bateau à l'ancre ballotté par les vagues et que les éperons et les mors tintaient légèrement. Quelqu'un toussa. Personne ne parlait. Tous avaient les yeux fixés sur Hardwick. Celui-ci allumait son cigare. Il gratta une allumette sur l'ongle de son pouce et, dans la lumière blafarde, son visage jaillit soudain, éclairé par la flamme comme une figure dorée dans un tableau ancien. Au craquement de l'allumette, son cheval bai dressa les oreilles, puis il renâcla lorsque l'odeur de soufre lui piqua les naseaux. Hardwick se tenait en selle, l'air parfaitement à l'aise, les rênes enroulées autour du pommeau, les mains en coupe pour protéger la flamme. Il murmura des paroles apaisantes à sa monture qui poursuivait sa danse rétive.

L'espace d'un instant, tirant sur son cigare, Hardwick observa sa troupe. Il hocha la tête puis, sans hausser la voix, déclara : « J'ai une chose à vous dire, les gars, avant qu'on parte. Je veux pas de tire-au-flanc avec moi. Si l'un d'entre vous a l'intention de jouer les tire-au-flanc, il a intérêt à bien réfléchir ou à renoncer tout de suite. » Il se tut et parut lui-même réfléchir, après quoi il reprit : « Et j'espère aussi qu'y a pas de dégonflés parmi vous. Je partagerais jamais mon pain avec un dégonflé. » Il sourit. C'était déroutant, comme si son sourire était destiné à rattraper ou à corriger ce qu'il venait de dire. Le garçon de l'Anglais était cependant persuadé qu'il n'en était rien. « Bon, conclut Hardwick, faisant pivoter son cheval. Allons-y. »

Ils remontèrent la rue au pas, l'allure sinistre d'un cortège funèbre, passèrent devant la maison aux volets clos que le roi des marchands de Fort Benton, I.G. Baker, avait fait construire pour que sa femme ne soit pas obligée d'accoucher de leur premier enfant au fort, puis devant les chariots garés en face des entrepôts, devant les bordels et les maisons de jeu aussi noires à cette heure que le cœur du péché, et enfin devant le vieux fort en adobe, l'ancien ange protecteur de la ville, dont les quatre casemates massives apparaissaient dans l'aube pâle, grises et uniformes hormis les meurtrières qui perçaient leurs murs.

Pareils à des spectres, ils s'éloignèrent, accompagnés par le chant des alouettes, et dans l'air frais du petit matin, les muscles des chevaux commencèrent à s'assouplir. La file s'étirait dans la lueur rougeoyante du soleil qui se levait derrière elle. Hardwick et Evans chevauchaient en tête comme des généraux, tandis que les hommes adoptaient un ordre de marche naturel, les amis avec les amis, les connaissances avec les connaissances, les bêtes de somme et les chevaux de réserve au milieu, surveillés par le reste de la troupe chargé de ramener les éventuels animaux égarés.

Comme ils étaient tous deux étrangers, le garçon de l'Anglais et un journalier du nom d'Hank, employé dans une ferme située entre les rivières Teton et Marias où l'on avait également volé du bétail, cheminaient de concert. Son patron avait équipé Hank d'un cheval douteux ainsi que d'un fusil tout aussi douteux, puis il l'avait obligé à s'enrôler dans la patrouille pour aider à récupérer les bêtes. Il était manifeste qu'il aurait souhaité être n'importe où ailleurs plutôt que lancé à la poursuite d'Indiens. Il parlait tout le temps, comme si cela pouvait empêcher les Indiens de s'insinuer dans un coin de son esprit. Le garçon aurait bien voulu qu'il parle moins et qu'il s'occupe plus de son cheval, une grosse jument blanche à la robe sale et aux jambes incertaines qui n'arrêtait pas de trébucher.

Lorsqu'ils arrivèrent à l'endroit où les chasseurs de loups avaient campé, le soleil faisait une boule rouge sang à l'horizon. Là où ils avaient allumé un feu, on voyait encore quelques morceaux de bois calcinés et des cendres que commençait à disperser la brise qui se levait. Les traces de dix-neuf chevaux ferrés étaient aussi nettes que si elles avaient été imprimées sur une feuille de papier vierge. Philander Vogle, qui faisait office d'éclaireur, repéra également, au milieu des marques de sabots, des empreintes de mocassins à demi effacées.

« Ils les ont pas chassés devant eux, dit-il à Hardwick. Ces maudits diables se sont glissés parmi eux en silence. C'est pour ça qu'on a rien entendu. »

Il porta la main à son chapeau comme pour saluer ceux

qui avaient ainsi laissé leur signature sur la terre, puis la troupe repartit.

De l'autre côté des collines, une vaste plaine s'offrit à leurs regards. Ils longèrent une clôture de barbelés dont les poteaux jalonnaient l'horizon comme des fantassins montant la garde devant les prairies de Robinson, celui à qui on avait également volé des chevaux, le patron d'Hank. Devant le spectacle de tous ces poteaux qu'il avait lui-même plantés, Hank poussa sa haridelle pour rejoindre Hardwick en tête de la colonne puis, pointant le doigt vers l'ouest, il dit avec excitation : « Là. C'est par là qu'ils ont arraché la clôture et pris les chevaux à Mr. Robinson ! »

Hardwick répliqua : « Hé, toi le fermier, à quoi ça va me servir ?

— Eh ben, c'est... c'est juste une information, balbutia-t-il.

— C'est du réchauffé, dit Hardwick. Pas la peine de venir me donner des informations, à moins que tu saches où se trouvent les chevaux. Tu le sais, peut-être ?

— Euh, non. Non, je crois pas, reconnut Hank, déconfit.

— Alors, le fermier, tu nous laisses les Indiens. Et nous, on te laisse tes pois, tes haricots et tes patates. »

Tout contrit, Hank regagna l'arrière de la colonne. « Il avait pas besoin de me parler comme ça. J'aurais dû lui répondre, dit-il au garçon de l'Anglais.

— À ta place, je l'aurais pas fait.

— Pourquoi ?

— Parce que je suis pas idiot », dit le garçon.

Vers la fin de la matinée, on ordonna une halte. Vogle, qui était parti en éclaireur, revint. Un peu plus loin, leur apprit-il, il y avait un poulain mort. Castré depuis peu, il semblait qu'il se soit vidé de son sang en essayant de suivre le troupeau en fuite.

« C'est un de ceux à Mr. Robinson, confia Hank au garçon. Il l'a castré y a deux jours. »

Ce qui comptait, c'est qu'à l'endroit où le poulain était tombé, la piste bifurquait. Les Indiens avaient divisé le troupeau en deux, de sorte qu'une partie avait pris la direction du nord-ouest, et l'autre celle du nord-est. Ils mirent tous pied à terre pendant qu'Hardwick, Evans et Vogle tenaient conseil, accroupis près d'un arbre.

Hardwick demanda à Vogle s'il savait combien il y avait d'Indiens. L'éclaireur répondit qu'il n'avait pas découvert de traces de mustangs sans fers, ce qui signifiait qu'ils ne devaient pas être bien nombreux.

« C'est-à-dire ? »

Vogle haussa les épaules. « Deux, peut-être trois. Mais je peux pas être sûr. »

Hardwick réfléchit un instant. « S'ils sont que deux ou trois, ils appartiennent certainement à la même bande. Dans ce cas, ils n'ont pas à se séparer pour amener leur butin à des campements différents. À mon avis, ils vont se rejoindre un peu plus loin au nord. Y cherchent juste à nous lancer sur une fausse piste.

– Alors, qu'est-ce qu'on fait ? interrogea Evans. Je pars avec quelques hommes à l'ouest et toi avec le reste à l'est ?

– J'aime pas ça, dit Hardwick. Pas avec l'avance qu'ils ont sur nous. » Il posa une petite pierre devant lui. « Ça, c'est nous », dit-il. Puis il traça deux lignes dans la terre à l'aide de la pointe de son couteau, l'une dirigée vers le nord-est, l'autre vers le nord-ouest. « Ça, c'est eux. Et s'ils ont l'intention de se rejoindre quelque part au nord, mettons que ce soit là. » Il plaça une deuxième pierre un peu plus haut. « Et si c'est bien ce qu'ils ont prévu, faudra qu'ils obliquent par rapport au chemin qu'ils ont pris. » Il incurva les lignes et les fit converger vers la seconde pierre. « Le chemin le plus long entre eux et nous, c'est de suivre la courbe. Et si en plus ces bandits nous échappaient, toi et moi on aurait l'air malins. Jamais on les rattraperait.

– Qu'est-ce que t'as en tête ? demanda Evans.

– Eh bien, si on file droit au nord, répondit Hardwick en traçant une ligne juste entre les deux autres, on gagne du terrain sur eux. Et tôt ou tard, tant qu'on garde le cap, leur piste croisera la nôtre. Et à ce moment-là, on fonce après ces sales Peaux-Rouges.

– À condition que ce soit bien leur plan.

– C'est un risque à courir, mais je suis prêt à prendre les paris.

– Bon, dit Evans en sautant sur ses pieds. On y va. »

Hardwick accorda une heure aux chevaux pour brouter l'herbe rase et rêche pendant que les hommes mâchouillaient des biscuits secs et du pemmican qu'ils tiraient de sacs en peau. Ce mélange de baies, de saindoux et de viande de bison qu'on versait chaud dans un sac de cuir pour le laisser ensuite refroidir et durcir ne convenait guère à Hank qui avait été élevé dans l'Est civilisé. Pour lui, dit-il, c'est comme si on flanquait de la tarte aux pommes dans la sauce où nagent des côtelettes de porc. Le garçon de l'Anglais tint sa langue. Hardwick les écoutait et les observait.

L'homme que les chasseurs surnommaient Scotty, un Canadien qui avait emprunté avec eux la piste de Fort Whoop-Up depuis le nord de la frontière, alla chercher une bouteille de whisky dans ses sacoches et la fit circuler. « C'est du whisky écossais », précisa-t-il. Le garçon de l'Anglais n'en avait jamais goûté. Comme les autres, il but une gorgée et le remercia.

« De rien », dit Scotty.

Le garçon trouvait l'Écossais bizarre, surtout à cause de la drôle de lueur qui brillait dans son regard. Il ne semblait pas à sa place au sein de cette bande et ne paraissait même pas se rendre compte de ce qu'étaient en réalité ces hommes. Il s'exprimait un peu comme l'Anglais et il avait des airs de gentleman. Il ne blasphémait pas. Il était toujours propre, toujours impeccable. Le garçon l'avait vu écrire dans un petit carnet après qu'il avait fini de manger, exactement comme l'Anglais qui appelait ça un journal. Le garçon savait vaguement lire, mais il n'était jamais arrivé à écrire.

À midi, ils se remirent en selle et atteignirent bientôt l'endroit au-dessus duquel, une heure durant, ils avaient vu des charognards tournoyer dans le ciel. Les pies s'égaillèrent et allèrent se poser un peu plus loin dans l'attente de pouvoir reprendre leur repas. Les chevaux, humant l'odeur forte et douceâtre de la mort mêlée à celle d'un de leurs congénères, tendirent l'encolure, piaffèrent et, soufflant, bronchant, hennissant doucement, tentèrent de se dérober. Le poulain gisait sur son lit de mort constitué d'un tapis d'herbe rêche, les postérieurs raidis, habillés de longues balzanes de sang couleur rouille, les orbites vides, les entrailles répandues autour de lui, le corps noir de grosses mouches qui formaient autour de lui comme un filet déchiré.

Ils continuèrent leur chemin sous un ciel impassible moucheté de petits nuages blancs poussés par le vent ainsi que du duvet cotonneux de peupliers. Hommes et chevaux avançaient dans une alternance de soleil et d'ombres qui les enveloppaient soudain avant de courir devant eux dans l'herbe qui ondulait, pareilles à des vaisseaux bleus fuyant devant la tempête. Les cerfs et les cerfs-antilopes, les tétras, les lièvres, les coyotes, les renards et les grouses débouchaient ou s'envolaient de l'armoise à l'approche de la petite troupe pour se disperser dans le paysage désert.

Au milieu de l'après-midi, Hardwick s'arrêta un instant pour s'orienter puis, après avoir consulté sa montre de gousset, il éperonna son cheval qui partit au trot rapide. Au bout de deux ou trois kilomètres, il devint clair que la haridelle blanche d'Hank ne pourrait pas tenir l'allure. Petit à petit, le garçon de l'Anglais et le journalier glissèrent vers l'arrière. La distance entre eux et la patrouille ne cessa d'augmenter. Dix mètres, vingt, trente, quarante. Là, le garçon talonna sa monture et rejoignit la queue de la colonne. Hank réussit aussi à recoller, mais avec difficulté, et le terrain qu'il avait gagné, il le reperdit aussitôt. Trois fois encore, à l'exemple d'un élastique, il parvint à revenir sur le dernier de la file, mais la jument blanche s'épuisait. La sueur assombrissait son ventre et son poitrail, tandis que les flocons d'écume qui s'échappaient de son mors venaient éclabousser son encolure.

Personne ne se retournait, personne ne se souciait de leur sort. Hardwick ne leur accordait aucun répit. À la fin de l'après-midi, la distance atteignait plusieurs centaines de mètres. Une expression de panique envahit le visage d'Hank quand il comprit qu'Hardwick n'avait nullement l'intention de les attendre. « Bon Dieu ! pourquoi y ralentit pas ? Y voit bien qu'on peut pas suivre !

– Moi, je peux, répliqua le garçon.

– Je croyais qu'on restait ensemble, dit Hank. Ce maudit Hardwick, y nous laisse à la merci du premier Indien lancé sur notre piste.

– Y a pas d'Indiens lancés sur notre piste. C'est nous qu'on est lancés sur la leur.

– On peut pas savoir, dit le journalier. Y se sont peut-être glissés derrière nous. T'y as jamais pensé ? Les Indiens, y sont connus pour ça. Se glisser derrière toi et te scalper au moment où tu t'y attends le moins. »

Devant eux, les cavaliers arrivèrent en haut d'une butte, puis disparurent de l'autre côté.

« Regarde, gémit Hank. Maintenant, y nous laissent tomber. On est tout seuls, rien que tous les deux pour nous défendre.

– Si on est tout seuls, dit le garçon de l'Anglais, c'est à cause de ta vieille carne. »

Le front d'Hank se creusa. « Je me doutais pas de ça quand on m'a obligé à me joindre à cet Hardwick. Je connais pas un rouquin à qui on peut faire confiance. C'est tous des cinglés.

– Si t'arrêtes pas de râler et de pleurnicher, dit le garçon, ce rouquin, je vais aller le rejoindre. J'en ai assez de ton refrain. Ce qu'y raconte doit quand même être un peu plus marrant que ce que j'entends ici. »

Craignant d'être abandonné, Hank devint encore plus nerveux et inquiet. Il se tortillait sur sa selle et jetait des regards affolés par-dessus son épaule. « Dans les régions sauvages, la première règle, c'est de rester ensemble. Faut qu'on veille l'un sur l'autre, pas vrai, fiston ?

– Y a qu'une façon de rester ensemble, répondit le garçon. C'est que t'éperonnes un bon coup ton canasson.

– Je pourrais toujours l'éperonner, mais il est vidé, à moitié mort. »

Ils grimpèrent la pente à leur tour. Parvenus au sommet, ils virent la patrouille qui, à près d'un kilomètre devant eux, s'éloignait à travers la prairie.

Le garçon déclara : « S'ils continuent comme ça, même moi j'arriverai pas à les rattraper avant la nuit.

– C'est un péché de laisser un voyageur dans la détresse. Rappelle-toi ta Bible, fiston. Le bon Samaritain. » Hank mit la main dans sa poche. « J'ai un dollar, dit-il d'une voix pleine d'espoir en montrant la pièce. Je te le donne.

– T'as un cheval minable et t'es qu'un minable toi aussi, dit le garçon.

– C'est pas mon cheval. C'est celui à Mr. Robinson, corrigea Hank d'un ton plaintif. Qu'est-ce que j'y peux ? On peut pas tirer du sang d'une pierre. » Pendant qu'il plaidait ainsi sa cause, le garçon glissa la main dans sa botte pour prendre son couteau. À sa vue, le journalier pâlit. « Qu'est-ce que tu veux faire avec ça ? demanda-t-il avec angoisse.

– Tirer du sang d'une pierre. » Le garçon se pencha et piqua la jument dans la croupe. La bête poussa un hennissement, décocha une ruade, puis s'élança dans un galop lourd et maladroit, de sorte que son cavalier se trouva bringuebalé sur sa selle. Le garçon revint à sa hauteur et piqua de nouveau l'animal terrifié. Hank lui hurla d'arrêter.

Le garçon de l'Anglais n'arrêta pas. Il poursuivit homme et cheval, tel un ange harcelant les exilés, le glaive flamboyant brandi et le visage implacable, un drôle d'ange à la face blanche qui paraissait minuscule sous un chapeau melon trop grand, affublé d'une veste dont les pans battaient au vent, tandis que la lame de son couteau étincelait dans son poing. Voyant que ni les supplications ni les jurons ne le feraient renoncer, Hank finit par se taire et économiser son souffle, s'accrochant de son mieux à sa selle, secoué comme un ballot sur le dos d'une mule. Ils ne perdirent pas les chasseurs de vue, même si, en fin d'après-midi, ceux-ci ne ressemblaient plus qu'à une colonne de fourmis cheminant sur une table.

Lorsqu'ils arrivèrent près du campement dressé au bord de la Marias, le garçon jouait encore les conducteurs de troupeau, un couteau en guise d'aiguillon, son bétail limité à un cheval dont la robe blanc sale était sillonnée de filets de sang qui coulaient de sa croupe, monté par un homme mort de peur, assis raide sur sa selle. Les chasseurs se levèrent, bouche

95

bée. Le spectacle les réduisait au silence. La jument blanche traversa le camp au trot, droit devant elle, comme si le feu, les hommes tétanisés et les chevaux attachés n'existaient pas. Hank dut tirer de toutes ses forces sur les rênes pour l'empêcher de plonger directement dans la rivière. Elle s'immobilisa sur la berge, tremblante, la tête baissée entre ses jambes.

« Où est Hardwick ? » demanda le garçon.

L'un des membres de la patrouille tendit le bras. Boutonnant sa braguette, Hardwick déboucha de derrière un bosquet de saules. « Ces deux garnements sont en retard pour le dîner, dit-il. Où est ma badine pour que je les corrige ? » Les autres s'esclaffèrent.

« Cet homme a besoin d'un cheval, déclara le garçon.

– Ah, vraiment ? fit Hardwick.

– Il ne peut pas suivre.

– Comme c'est dommage.

– Il a besoin d'un cheval, répéta le garçon.

– Le fermier lui en a donné un.

– C'est un cheval qui vaut rien.

– C'est un homme qui vaut rien », répliqua Hardwick. Le garçon et lui s'affrontèrent du regard.

« Je veux plus m'occuper de lui », dit le garçon.

Hardwick haussa les épaules.

« Il a peur que les Indiens l'attrapent s'il est tout seul derrière, continua le garçon.

– Alors, fallait qu'y reste chez lui à contempler le cul de sa vache préférée. »

Reprenant ses esprits, Hank réagit : « J'ai pas demandé à venir ! s'écria-t-il. C'est Mr. Robinson qui m'a envoyé !

– Ferme-la un peu, dit Hardwick tranquillement. Je parle à ce garçon.

– Pourquoi vous aviez besoin de foncer comme ça ? reprit le journalier sans tenir compte de l'injonction d'Hardwick. Pourquoi vous étiez si pressé ?

– Pourquoi j'étais si pressé ? » Hardwick ne s'adressait pas à Hank mais au garçon. « Pourquoi j'étais si pressé ? J'étais pressé d'arriver où qu'y avait de l'eau. J'étais pressé de donner à mes hommes un peu de nourriture chaude avant que le soir tombe. Parce que je tiens pas à faire de feu la nuit. J'ai pas envie d'allumer un signal à l'intention de ces pillards d'Indiens. Ça te dérange ? »

Le garçon ne répondit pas.

« Ça te dérange ? répéta Hardwick.

– Non, dit enfin le garçon.

– Moi, ça me dérange ! hurla Hank. Et la façon que vous me traitez, ça va pas se passer comme ça avec Mr. Robinson. Et aussi ce que ce garçon, il a fait à son cheval. Y va réclamer des dommages.

– Si tu continues à gueuler comme ça, dit Hardwick, c'est toi qui vas avoir des dommages. »

Hank se mordit la lèvre puis se laissa glisser à bas de la jument devenue apathique. « J'ai pas très faim, dit-il, ne parlant à personne en particulier. Même si Mr. Robinson, il a donné dix dollars pour les provisions, je crois pas que je pourrais manger ma part de ce bacon en train de frire.

– Finalement, il a pas besoin de rentrer chez lui pour contempler le cul de sa vache préférée, dit Hardwick à ses compagnons. Il a qu'à se regarder dans une glace. »

8

Le milieu de la route longeant la crête est envahi de mauvaises herbes malingres, et en contrebas, un spectacle de désolation s'offre à mon regard. De la maison à demi effondrée, il ne reste que deux murs encore debout ainsi qu'un enchevêtrement de solives et de montants carbonisés, pareils à des doigts pointés vers le ciel. Je me gare et je descends de voiture. En m'approchant, je distingue des coulées de verre fondu, des clous tordus, des bardeaux en partie brûlés ainsi que des morceaux de ciment, de la taille d'un jambon, noirs de fumée. Sur un bout de plancher épargné par les flammes se trouvent un lampadaire en métal déformé par la chaleur et un canapé roussi. Des tas de mauvaises herbes ont poussé parmi les débris de ce qui fut la cave, preuve que l'incendie ne date pas d'hier.

De l'autre côté de la cour à l'abandon, j'aperçois une grange qui, elle aussi détruite par le feu, n'est plus qu'un amoncellement de cendres et de poutres calcinées. Dans les ruines de la charpente d'un moulin à vent, des oiseaux volettent de chevron en chevron, tandis que d'un tuyau rouillé l'eau goutte sinistrement dans un abreuvoir dont la surface est recouverte d'un tapis d'algues vertes. Alors que je me tourne lentement, le cœur glacé par ce tableau, je remarque une petite construction basse qui avait échappé à mon attention. Une unique fenêtre brille dans le soleil, car les autres sont masquées par du papier goudronné. Un homme se tient

sur le seuil et m'observe. Sans un mot, il entre dans le bâtiment, vraisemblablement une espèce de dortoir. Une minute
plus tard, il ressort vêtu d'une veste noire et, passant devant
quelques conduits d'irrigation empilés, une fourche abandonnée puis un boghei délabré, il s'avance vers moi, la
démarche lente et assurée. Parvenu à la hauteur de la voiture,
il s'arrête, pose un pied sur le pare-chocs, renoue un lacet
défait, après quoi il se redresse et demande : « Qu'est-ce que
vous voulez ? »

Rasé, les lèvres pincées, il a l'air beaucoup plus grave que
sur l'image de premier montage que Chance m'a montrée
– et beaucoup plus petit, aussi, quelque chose comme un
mètre soixante pour un corps sec et noueux d'une soixan-
taine de kilos tout en muscles. Le truc classique de la caméra :
faire paraître un homme plus grand qu'il ne l'est. Quand j'ai
commencé à travailler pour le studio, j'ai été souvent choqué,
et déçu, en voyant certaines stars en chair et en os. Elles
m'ont semblé n'être que des personnes ordinaires, insigni-
fiantes presque.

Distorsions de l'objectif mises à part, il n'y a pas à se tromper : c'est bien Shorty McAdoo. Les yeux surtout. Noirs
comme du goudron, profondément enfoncés dans leurs orbites, pareils à deux petits boulets de charbon qui couvent. Il
n'est pas habillé en cow-boy, mais porte un pantalon de travail banal, une chemise sans col sous une veste noire de costume qu'il a enfilée à l'intérieur du dortoir. En l'honneur de
son visiteur, apparemment.

« Mr. Shorty McAdoo ?

– Qui le demande ?

– Je m'appelle Harry Vincent. » Je lui tends la main. Il ne
la serre pas. « Vous n'avez aucune raison de vous inquiéter,
dis-je.

– Je m'inquiète pas », répond le vieil homme. Il m'évoque
l'un de ces jockeys sur le retour qui traînent sur les champs
de courses, un corps jeune et bien entretenu surmonté d'un
visage incroyablement vieux.

« Je vous cherche depuis plus de deux semaines, dis-je. J'al-

lais jeter l'éponge quand je suis tombé sur un garçon du nom de Wylie.
- Wylie, ah bon ? dit-il, sur ses gardes.
- On a parlé de vous.
- Et de quoi d'autre vous avez parlé ? »
Je m'empresse une nouvelle fois de le rassurer : « Ne vous inquiétez pas.
- Laissez tomber ça. Qu'est-ce que vous voulez ?
- Je ne suis pas là pour Coster. Je n'ai rien à voir avec lui.
- Si vous avez rien à voir avec Coster, pourquoi vous en parlez ? »
Mon regard balaye les terres sinistrées. « Ce n'est sans doute pas par hasard que vous avez choisi de vivre dans un tel endroit. Je me suis dit que c'était peut-être en rapport avec Coster. J'ai l'impression qu'on aura du mal à venir vous délivrer un mandat ici.
- Un mandat pour quoi ?
- Pour coups et blessures, peut-être.
- Y a pas de mandat contre moi. J'ai rien fait à Coster.
- Ne vous méprenez pas, dis-je. Si vous vous cachez ici, ça vous regarde. »
Il a un geste de dénégation. « Ça a rien à voir avec Coster. J'en ai juste marre de ces conneries de cinéma.
- Je crois comprendre. Certains parmi ceux qui vous connaissent m'ont raconté de quelle façon on vous traitait.
- Fini, je m'en lave les mains, dit-il d'un ton glacial dénotant une violence rentrée. Jouer les pigeons pour cinq dollars par jour, c'est terminé. Avec ces types qui te gueulent dessus dans leurs porte-voix. J'en pouvais plus. Je vais foutre le camp d'ici et partir vers le nord.
- Où ça ?
- Le Canada. Mais c'est pas vos oignons. » Il s'interrompt un instant. « Y a de l'espace là-bas. À une époque, un homme dans ce pays, aussi pauvre qu'il était, il pouvait aller partout sur les vertes prairies de Dieu. Mais les riches, y nous ont mis en laisse comme des chiens. Des lois contre les vagabonds, ils ont fait. Aujourd'hui, un homme comme moi, y peut aller en

prison rien que pour se tenir à un coin de rue les poches vides. »

Je le coupe : « Est-ce qu'on peut parler quelque part ?

– Parler de quoi ?

– Affaires. »

– J'ai pas envie de parler affaires avec vous. De quelles affaires je pourrais parler avec vous, Mr. Harry Vincent ?

– Accordez-moi dix minutes. Vous gagnerez peut-être votre passeport pour le nord. » Je lui présente cela comme un défi et c'est ainsi qu'il le prend. Sourcils froncés, il me jauge.

« Venez », dit-il enfin. Il se retourne et se dirige vers le dortoir.

Tout est silencieux, lugubre. Du coin de l'œil, j'aperçois la grange calcinée qui fait comme une grosse tache noire. Je sens dans mon dos la présence de la maison en ruine, tandis que de la carcasse du moulin jaillissent des moineaux qui tournoient et miroitent dans le soleil comme des feuilles de tremble, puis qui, les uns après les autres, se posent solennellement sur les chevrons noircis, l'air de pinces sur une corde à linge.

Je ne peux m'empêcher de demander : « Qu'est-ce qui s'est passé ? »

D'un geste, McAdoo englobe la maison, la grange et le moulin. « Ici ?

– Oui.

– Je connaissais le propriétaire, Austin Noble. Sa femme et lui, y venaient du Nebraska. Noble, c'était un acheteur de bétail. Un vieux couple, Austin et sa femme, pas d'enfants, rien qui les retenait au Nebraska ; ils en avaient soupé de l'hiver et y se sont dit : pourquoi qu'on irait pas manger des oranges en Californie ? Du coup, ils ont vendu ce qu'ils avaient et ils ont acheté ces terres ; lui, il élevait quelques chevaux, et elle, quelques poules, et ils ont embauché un ouvrier pour cultiver les champs. Y a un an à peu près, sa femme, elle est tombée malade, un truc avec le cœur ou avec les poumons. » Il hausse les épaules. « Ou peut-être bien avec les deux. En tout cas, elle est morte. Alors, un matin, y se lève et y met le feu à la maison. Y sort dans la cour, et pareil avec la grange. Et après, le moulin. Le journalier, il a tout vu. Il a couru se cacher dans le bosquet d'arbres, un peu plus loin. Austin, y se dirigeait vers le dortoir, mais il a dû se rappeler qu'y avait quelqu'un là. Y s'est arrêté net, il a pris un pistolet dans sa poche, il a fourré le canon dans sa bouche et il a pressé la détente. » McAdoo s'arrête à son tour et tend le bras. « Juste à cet endroit. » Il reprend sa marche. « La propriété, elle est revenue à un frère d'Austin qu'habite aussi dans le Nebraska, à Omaha. Y s'est imaginé qu'il allait la vendre à un des studios pour qu'ils en fassent un autre Universal ou un autre Inceville. Une idée à la con, ouais. Y savait pas que pour intéresser ces types-là, faut un paysage, une vue. Ici, rien de ce genre. Mais moi, ça me convient parfaitement. Lui, y reste à Omaha à attendre une offre, et moi je reste ici jusqu'à ce qu'il en reçoive une. »

Dans le temps, le dortoir devait abriter jusqu'à neuf ou dix journaliers, mais maintenant, il est dans un triste état. Les murs sont entourés des herbes desséchées de l'année dernière et des herbes vert-de-gris de cette année. Pour seul signe de vie, il y a les hirondelles qui filent autour des nids de boue séchée logés sous le toit et qui, en quête d'insectes, dessinent des enluminures sur le palimpseste du crépuscule. McAdoo pousse la porte, je le suis. L'intérieur est sombre à cause des fenêtres couvertes de papier goudronné, et une lampe à pétrole brûle sur un cageot de pommes au fond de la pièce longue et étroite comme un stand de tir. Sous cet éclairage, les draps d'un lit défait paraissent lumineux. Expressionnisme allemand, me dis-je aussitôt. Un tas de cameramen donneraient une fortune pour filmer ce plan.

Lorsque McAdoo me fait signe d'avancer, sa veste de costume s'entrouvre et j'aperçois la crosse d'un pistolet glissé dans la ceinture de son pantalon. Il rajuste sa veste pour le dissimuler. Avec la présence d'un homme armé dans mon dos, j'ai l'impression que la distance que j'ai à franchir s'étire sur des kilomètres.

Il y a encore des traces des anciens occupants. Le long de chacun des murs s'alignent les cadres métalliques de couchettes dépouillées de leurs matelas au pied desquelles s'entassent des piles de vieux magazines. Des calendriers jaunis, vieux de plusieurs années, sont punaisés çà et là. Je passe devant un poêle en fonte. Un seau à charbon est posé à côté. McAdoo s'arrête dans le rond de lumière. « Asseyez-vous », dit-il en me montrant une chaise en bois. Il se laisse tomber sur son lit. Sous le violent éclairage, ses yeux ont l'air encore plus profondément enfoncés dans leurs orbites, cependant que son front bosselé a pris une teinte cireuse. Son visage paraît sur le point de fondre. Il glisse la main sous sa veste, tire son revolver et le place sur le matelas contre sa cuisse. « Vous êtes armé ? demande-t-il doucement.

– Seigneur, non !

– Me racontez pas de salades.

– Je vous assure que je ne suis pas armé.

– Levez-vous et écartez les bras », m'ordonne-t-il. Il me palpe en expert, les flancs, les jambes, puis il tâte mes poches. « Bon, vous pouvez vous rasseoir, dit-il. On a plus à se préoccuper de ça. »

Je m'empresse de m'exécuter.

« On est jamais trop prudent dans ces endroits isolés, reprend-il. C'est la faute à ces gens du cinéma. N'importe quel bon à rien sait qu'on te paye cinq dollars par jour juste pour faire la foule, crier et agiter les bras. De l'argent facile, sans rien foutre, y s'imaginent tous. Une flamme où les voyous viennent se brûler les ailes. Y a une semaine, j'entre et je trouve un fils de pute couché dans mon lit avec sa tête pleine de poux. Un vagabond. Casse-toi, j'y dis. Vous savez pas ce qu'il a fait ? Avec un grand sourire, y me sort sa queue et me demande de le sucer. Si je chassais pas ces fumiers, ici ça finirait par ressembler à ces foutues missions qu'y a en ville. Je resterais des nuits entières à entendre tous ces vieux s'enculer. Non merci, je veux pas de ça. Ici, c'est chez moi. » Il se tait un instant. « D'ailleurs, je me souviens pas vous avoir invité.

– Exact. Vous ne m'avez pas invité.

– Non, en effet. » Il attend.

J'allume une cigarette. Mes mains tremblent. Je passe le paquet à McAdoo.

« Avec plaisir, dit-il. C'est ma première depuis une éternité. » Une seconde plus tard, il avale goulûment la fumée, puis me tend le paquet.

« Gardez-le », dis-je.

Il me le fourre dans la paume. J'ai l'impression que ses doigts ont été taillés dans une matière dure et froide, comme de l'ivoire.

« Si, si, gardez-le, vous ne devez pas avoir beaucoup de boutiques à proximité, dis-je, comme pour m'excuser.

– Je me débrouille très bien. J'ai fait des tas de provisions, réplique-t-il. Café, pois et haricots secs. J'ai aménagé un potager dans un coin et je vais bientôt avoir des légumes. Et puis, pour la viande, y a des cailles et des lapins. Le mois dernier, j'ai tué une petite biche. Y a encore des cerfs dans le secteur, pas beaucoup, mais quelques-uns.

– Vous vivez en sauvage.

– Avoir un toit, c'est pas vivre en sauvage !

– En tout cas, les cigarettes ne poussent pas en pleine nature, dis-je. Prenez donc le paquet. »

Cette fois, il accepte et le met dans la poche de sa chemise. Il doit cependant avoir le sentiment de s'être d'une certaine manière abaissé. Avec colère, il déclare : « Je vais vous dire une chose : Hollywood, c'est comme de la merde qui attire les mouches. » Furieux, il se lève d'un bond et va se planter devant le poêle. D'une voix à peine audible, il reprend : « Y a rien de plus froid qu'un poêle froid. Pourquoi ça ? Quand j'ai mal au crâne, je pose la tête sur le poêle froid. » Il se penche et plaque son front contre la fonte, les bras passés autour du foyer bombé. C'est un spectacle étrange, bizarrement dérangeant, comme s'il avait la tête nichée entre les seins d'une femme et les mains sur ses hanches. Pour se faire consoler. Le vieil homme ne bouge plus. Ma montre égrène les secondes de silence. Peut-être s'est-il évanoui d'inanition.

Inquiet, je me lève. « Mr. McAdoo ? Mr. McAdoo ? Vous vous sentez mal ? »

Il dresse la tête lentement, la tourne lentement. Il dit d'une voix douce, d'une voix triste : « Qu'est-ce que vous me voulez ? Qui êtes-vous ? »

Cette voix m'appelle, et je me sens m'éloigner de la lumière, me fondre à la pénombre dans laquelle baigne le poêle. Tout au fond de la pièce, je distingue une tache de lumière qui filtre par le carreau sale de la fenêtre et éclabousse le plancher. Sous le toit, les hirondelles gazouillent comme l'eau d'une source. Nous sommes face à face et ses yeux étincellent. Je lui réponds : « Je ne suis pas de la police.

– Je le sais, bon Dieu. Je suis pas né d'hier. Y a longtemps que j'ai été baptisé, fiston.

– J'écris.

– Dans les journaux ?

– Avant, oui. Mais maintenant, j'écris des livres et je voudrais en écrire un sur le Far West. Tout le monde m'a conseillé de m'adresser à vous. Vous connaissez des tas d'histoires, paraît-il. Et un écrivain a besoin d'histoires. On m'a dit partout que si je voulais la vérité, de l'authenticité, il fallait que je vienne vous voir. »

Curieusement, mon petit discours déclenche sa colère. « Je me fous de tous ces vieux trucs. C'est fini, mort. La vérité, je la connais.

– Mais c'est de l'Histoire, dis-je sans grande conviction. Nous avons tous le droit de la connaître.

– Alors, allez trouver Wyatt Earp. Il habite dans le coin. Y vous en fera bouffer de l'Histoire. Il en a jusque-là de l'Histoire !

– Ce n'est pas Wyatt Earp que je veux, c'est vous.

– Ouais, mais moi, je veux pas être mêlé à toutes ces conneries.

– Quelles conneries ? je réplique, exaspéré. De quelles conneries parlez-vous ?

– Des mensonges. »

Debout à un pas l'un de l'autre au milieu du dortoir désert, nous nous mesurons du regard. Par terre, la flaque de lumière bourbeuse tremble tandis que dehors, un nuage voile un instant le soleil.

« Les mensonges ne m'intéressent pas.

– Allez-vous-en, murmure-t-il.

– Comment comptez-vous vous rendre au Canada ? Atten-

Comme des loups

dre que des ailes vous poussent ? Vous êtes fauché. Je vous offre une somme conséquente rien que pour raconter. Un cascadeur est payé sept dollars et demi par jour pour risquer sa peau. Moi, je vous en propose autant pour rester assis sur une chaise et parler. C'est plus que correct, non ?

– Vous me payez sept dollars et demi par jour ? Et quel genre de cascades je dois faire pour gagner ce que gagne un cascadeur ?

– Pas de cascades. Juste faire ce que je vous demande. Me permettre de noter tout ce que vous me direz, au mot près. En sténographie. Pour que mon éditeur puisse lire ce que vous me raconterez et juger de l'accueil que le public pourrait réserver à vos récits. S'il estime que c'est publiable, il vous achètera les droits. L'argent que vous aurez reçu avant, vous le garderez de toute façon, en dédommagement du temps passé. Vous comprenez ce que ça veut dire ? » McAdoo se passe la main sur le visage, ce que j'interprète comme une marque d'indécision. « Beaucoup d'argent, Mr. McAdoo. Simplement pour raconter l'histoire de votre vie.

– Ma vie a pas d'histoire.

– Détrompez-vous, Mr. McAdoo. Toutes les vies ont une histoire.

– Alors, racontez-leur la vôtre.

– Vous avez vécu cette époque. Vous savez comment c'était en réalité.

– Chaud, pénible, la faim au ventre et le gosier à sec, voilà comment c'était. Comment c'est toujours. Inscrivez ça dans votre foutu bouquin.

– De l'argent facile.

– J'aime pas l'argent facile. Y a trop d'argent facile qui circule dans cette partie du monde. Et j'ai rien vu qui plaide en sa faveur. Y a rien de plus difficile que l'argent facile.

– De quoi vous méfiez-vous ? De moi ? De mes motivations ? » Je pêche l'enveloppe de Chance dans la poche de ma veste et j'en tire un billet de dix dollars que je pose sur le poêle. Je veille en outre à ce qu'il voie la liasse qu'elle contient. « J'ai dit que je vous dédommagerais pour votre temps. Je vous en ai pris et j'ai également abusé de votre

106

gentillesse et de votre hospitalité. » Nous avons tous deux les yeux fixés sur le billet, comme si nous nous attendions à ce qu'il s'enflamme. « Si vous acceptez de me consacrer encore un peu de temps, vous serez payé. Et dès que vous voudrez arrêter, vous arrêterez. Vous n'avez aucune obligation.

– Me sortez pas des trucs pareils, dit-il avec une note d'amertume dans la voix. Je suis comme une vieille pute. Rien qu'à vous écouter, ma chatte me fait déjà mal. Je sais très bien que si l'occasion se présente, vous me baiserez dans les grandes largeurs.

– Personne n'a l'intention de vous baiser, Mr. McAdoo. Vous recevrez tout ce qu'on vous doit au centime près. En fait, je me propose même de vous avancer tout de suite cinquante dollars. Comme preuve de ma bonne foi. »

McAdoo n'a pas touché à l'argent, mais il ne l'a pas quitté du regard. « C'est un homme riche, alors – çui pour qui vous travaillez ?

– Disons que c'est un monsieur qui ne manque pas de moyens. Mais surtout, j'ai une confiance absolue en son honnêteté.

– Mon père avait un dicton : on est tous logés à la même enseigne. Le riche a toute la glace qu'y veut en été et le pauvre a toute la glace qu'y veut en hiver.

– Il est peut-être temps que vous ayez un peu de glace en été, dis-je, extrayant de l'enveloppe d'autres billets que je place à côté de celui de dix dollars. Voici l'avance promise, cinquante dollars. Vous pouvez les prendre et filer, mais je pense que vous êtes un homme de parole.

– J'aurai juste à raconter ?

– Sept dollars et demi par jour. Réglés rubis sur l'ongle à la fin de chaque journée. Si je considère que vos histoires n'en valent pas la peine, j'arrête. De votre côté, libre à vous de faire de même. Pas de rancune, pas de récriminations.

– Mais vous allez me poser des questions, dit-il. Je le sais. » Cette perspective semble le chagriner.

« En effet, je vous poserai des questions. C'est mon boulot. Et c'est aussi mon boulot d'essayer de vous persuader de répondre. Mais si vous ne voulez pas, je ne pourrai pas y faire grand-chose, n'est-ce pas ? »

McAdoo prend les dix dollars, mais laisse les cinquante où ils sont. Il me tend le billet. « Cet argent, je l'ai gagné aujourd'hui, dit-il. Tenez, et allez m'acheter des crackers, du fromage et quelques boîtes de sardines. Et puis du tabac et du papier à cigarette. Et puis des boîtes de pêches au sirop. J'adore les pêches qui nagent dans un sirop bien épais. Vous me prenez tout ça et vous me le rapportez demain. »

Je m'efforce de maîtriser ma voix pour qu'elle ne trahisse pas mon exultation. « D'accord. »

À la réflexion, il ajoute : « Prenez-moi aussi une bouteille de whisky. Ça fait au moins un mois que j'en ai pas bu une goutte. » Il a un sourire malicieux. « Le whisky me déliera peut-être la langue pour mon petit sermon de demain. Mais si y a pas assez d'argent, oubliez le whisky.

— Je peux vous en faire l'avance.

— Pas question. Je veux pas avoir d'ardoise. » Il pousse brusquement les cinquante dollars vers moi. « Reprenez ça. »

Je range l'argent dans l'enveloppe. « Marché conclu, alors ?

— Ouais, mais renouvelable chaque jour. Vous m'apportez demain les provisions et on cause un moment. Un petit essai. Juste pour voir comment ça se goupille.

— Je n'en demande pas plus. »

On échange une poignée de main cérémonieuse. Sous le toit, les hirondelles qui tourbillonnent et regagnent leurs nids à la nuit tombante font de plus en plus de bruit.

« Je suis impatient d'être à demain, dis-je.

— Moi, je suis impatient de me régaler avec les pêches, dit McAdoo. Surtout, pensez à mes pêches au sirop. »

Je le laisse à côté du poêle. Arrivé à la porte, j'hésite. Je suis sur le point de lui demander vers quelle heure je dois venir, mais en le voyant, je me ravise. Il est penché, la tête religieusement inclinée sur le poêle en fonte qu'il étreint d'une manière à donner le vertige. Derrière lui, la lumière orange vacille sous le verre de lampe.

Dehors, il a commencé à pleuvoir. De grosses gouttes s'écrasent au sol. Je remonte le col de ma veste et, boitant bas, je me dirige le plus rapidement possible vers la Ford. Malgré la maison, la grange et le moulin à vent incendiés, je pourrais chanter de joie. De surcroît, le rideau de pluie ne tarde pas à me dissimuler ce sinistre spectacle.

9

Le lendemain matin, les chasseurs de loups entreprirent de construire des radeaux pour transporter de l'autre côté de la Marias les provisions, selles, armes et autres équipements. Un groupe coupait du bois tandis qu'un deuxième acheminait les rondins jusqu'au bord de la rivière où « Frenchie » Devereux les liait à l'aide de lanières de peau et de cordes. Hank qui, après une nuit de famine, avait cessé sa grève de la faim, se gavait de haricots et de bacon jusqu'à ce qu'Hardwick s'avance vers lui et lui tende une hache en disant : « Une vieille copine à toi, fermier. Serre-lui donc la pince. »

Au début de l'après-midi, toutes les bêtes de somme étaient passées à gué et, piétinant sur place, attendaient qu'on les rebâte. Trois radeaux pleins de marchandises, maniés au moyen de perches, abordèrent sur la rive opposée avant de revenir prendre une nouvelle cargaison. Les sédiments rendaient le courant aussi riche et épais que du chocolat liquide, et il coulait avec une force régulière, sinuant et ondulant sous la surface comme des muscles et des tendons jouant sous la peau.

Une fois le dernier chargement empilé sur le dernier radeau, Scotty ôta ses bottes et ses vêtements qu'il jeta sur le tas de marchandises, puis il se tint nu sur la berge, un étrange sourire aux lèvres, tout d'un écolier qui se prépare à faire une farce au mépris de la discipline de fer instaurée par le

110

maître d'école. Frenchie Devereux, Trevanian Hale et Ed Grace poussèrent leurs chevaux dans l'eau puis, dans une gerbe d'écume, entamèrent une course avec le radeau, tandis qu'Hank et Scotty restaient seuls sur la rive. De l'autre côté, les hommes se mirent à agiter les bras, à hurler des encouragements et à tirer des coups de feu en l'air pendant que sur le radeau, on s'activait sur les perches et que les cavaliers éperonnaient leurs montures.

Le cheval de Devereux l'emporta haut la main. Il grimpa la pente boueuse du gué, le seul endroit où, sur un ou deux kilomètres, la berge à pic ne surplombait pas la rivière, Frenchie collé à son dos comme une sangsue, cependant que l'eau qui dégoulinait de ses cheveux longs et de sa moustache tombante trempait la veste en peau de daim qui moulait son torse maigre. En selle sur son cheval aux yeux fous, il tourna au petit galop autour des hommes qui souriaient et s'écria : « Frenchie Devereux ! Il bat les bisons, yeah ! Il bat la rivière, yeah ! Un foutu fils de pute, pas vrai ?

– Un foutu poisson-chat, yeah ! répliqua Hardwick, désignant la moustache de Devereux. Un foutu saumon du Missouri, yeah ! Si les putains de Benton te voyaient, Frenchie, elles te prendraient pas dans leur lit. Elles te feraient frire au beurre dans une poêle ! » Les hommes lancèrent des cris moqueurs et s'esclaffèrent, tandis qu'Hardwick, d'un geste du pouce, désignait Scotty sur la rive opposée, nu comme un ver dans le chaud soleil de l'après-midi. « Les putes veulent pas des moustaches pendantes de poisson-chat, dit-il. Elles aiment mieux mordre à l'appât qui se balance entre les pattes du vieux Scotty. »

À cet instant, l'Écossais sauta sur le dos de son pur-sang et entra dans la rivière. On aurait dit une figure mythique sortie d'un livre de classe, un cavalier sur la frise du Parthénon, d'un blanc étincelant, sûr de lui, monté sur son cheval aux oreilles bien droites et aux naseaux dilatés qui fend les eaux brunes, telle la figure de proue intrépide d'un navire intrépide, Hank dans son sillage. Au milieu de la rivière, Scotty glissa par jeu à bas de son cheval et, accroché à sa queue, se laissa ainsi tirer sur quelques mètres avant de lâcher prise et de nager puissamment jusqu'à la rive, ses bras blancs qui montaient et descendaient avec aisance soulevant une pluie de gouttelettes scintillantes.

Quant au cheval d'Hank, à peine avait-il fait quelques pas dans les hauts-fonds qu'il s'arrêtait, humait l'eau et secouait la tête comme s'il ne parvenait pas à y croire. Le journalier cravacha, talonna, et enfin, à contrecœur, la vieille jument blanche s'avança dans la rivière et, quand l'eau lui arriva à hauteur du poitrail, elle se mit à hennir à l'intention de ses congénères sur la rive d'en face. Soudain, elle fit un écart, perdit pied et plongea dans le courant avec un grand éclaboussement. L'espace d'un instant, on ne distingua plus que les têtes de l'homme et de sa monture, pétrifiées de terreur, ballottées comme des débris sur un fleuve en crue, puis l'encolure du cheval se dressa et creva la surface sale.

Scotty, qui avait atteint la berge, se retourna. L'éclat de marbre de son corps nu était atténué par une gangue de boue. Le garçon de l'Anglais se souleva sur ses étriers pour mieux voir. Devereux jura en français.

Chaque fois qu'Hank tentait de diriger sa jument vers le groupe qui attendait sur la berge, la haridelle luttait un court instant avant d'être emportée un peu plus bas. Cheval et cavalier se trouvaient déjà au-delà du gué, tout près de l'endroit où les falaises, dont l'argile érodée laissait apparaître les racines à nu des arbres qui semblaient griffer l'air, ne permettraient plus de remonter sur la berge.

Le garçon de l'Anglais se rendait compte qu'ils étaient dans une situation fâcheuse. Et Hank aussi s'en rendait compte. Il faisait son possible pour essayer de revenir vers le gué mais, comme l'aiguille d'une boussole indiquant le nord, sa tête pointait toujours vers l'aval, vers la ligne de moindre résistance.

Tournant en direction de la rive un visage livide de peur, Hank cria d'une voix implorante : « Bon Dieu, les gars, aidez-moi ou je suis perdu ! »

Devereux, Hale et le garçon de l'Anglais poussèrent leurs chevaux dans l'eau, mais aussitôt ils renâclèrent et se cabrèrent. Ils avaient déjà traversé une fois et ils ne voulaient pas recommencer. Les mustangs, effrayés par les ruades des autres, s'énervèrent et refusèrent de même d'entrer dans la rivière. Hank se livra à une ultime et vaine tentative pour ramener la jument blanche vers la berge puis, en désespoir de cause, il se dégagea des étriers et se mit à nager en battant frénétiquement des bras. Le garçon de l'Anglais se dit qu'il avait dû apprendre à nager dans un tonneau d'eau de pluie. Il s'épuisait vite.

Hale s'empara d'un lasso et le lança, mais hors de portée du nageur qui, manifestement, ne tiendrait plus longtemps. Ed Grace et Charlie Harper se précipitèrent au milieu des chevaux paniqués pour mettre un radeau à l'eau, mais dans leur hâte, ils le renversèrent et, impuissants, ne purent que le regarder qui, tournoyant dans le courant, leur échappait.

Frappés de mutisme, tous restèrent figés sur place, les yeux fixés sur Hank qui, le visage levé, moucheté d'eau et de soleil, faiblissait, tandis que la jument blanche, arrivée sous la falaise, hennissait et essayait désespérément d'escalader la pente dont l'argile s'effritait sous ses sabots, si bien qu'elle retombait dans le courant pour être emportée un peu plus loin. Ils étaient muets devant ce spectacle de mort, cette bouche ouverte, au bord de la suffocation, entourés du chant des oiseaux dans les saules, de la chaleur miroitante prisonnière entre les berges à pic, de l'odeur douceâtre et oppressante du saule-loup, proche de celle, musquée et entêtante, de la mort. Un cauchemar qui se déroulait comme au ralenti.

Soudain, ils entendirent un bruit d'éclaboussement sur leur droite. Virent Scotty qui nageait vigoureusement. Virent Hank disparaître sous l'eau, hormis une main qui s'agitait comme si elle cherchait à agripper l'air. Le virent crever de nouveau la surface, poussé par la panique, une expression incrédule et affolée plaquée sur son visage. Virent Scotty l'attraper par-derrière au moment où il coulait une nouvelle fois, un bras passé sous son menton, puis, nageant sur le dos, tâcher de le ramener comme un poids mort vers le bord, criant : « Bats des jambes, mon vieux, bats des jambes ! » Luttant contre l'étau qui se refermait autour de leurs chevilles, contre ce qui les attirait par le fond, qui emplissait d'eau leurs bouches grandes ouvertes et qui lestait de plomb leurs membres. Ils allaient sombrer. Leur vie se jouait à pile ou face. Quatre des hommes s'avancèrent le plus possible et attendirent. Dans le silence tendu, ils percevaient les halètements rauques, les gémissements pareils à ceux d'une femme dans les douleurs de l'enfantement. Ils se mirent à leur souffler des encouragements, tandis que de petites vagues clapotaient contre leurs bottes. « Vas-y, Scotty, murmuraient-ils. Encore un effort. Vas-y, mon vieux, t'y es presque. »

Et puis, ils ne furent plus qu'à quelques mètres, à moitié submergés, roulés par le flot comme les rondins d'un train de bois. Devereux se pencha, Ed Grace le tint par la ceinture et par une manche.

Morts d'épuisement, les deux nageurs, entraînés par le courant, s'échouèrent enfin sur les bas-fonds. Scotty se redressa. L'eau lui arrivait à peine aux chevilles. Il fit trois pas en vacillant, s'écroula et resta assis, la tête entre les genoux, les bras encerclant ses jambes. Hank, soutenu par Devereux et par Grace, marcha quelques mètres encore, puis il tomba à quatre pattes, vomit, s'éloigna en rampant de son vomi, vomit de nouveau, avant de s'écrouler face contre terre, les doigts noués autour de l'herbe rase.

Vogle, chevauchant en haut de la falaise, revenait vers le gué, tirant la jument blanche au moyen d'un lasso attaché au pommeau de sa selle. Pendant qu'elle se cognait à la paroi à pic comme une mouche au carreau d'une fenêtre, il avait réussi à lui passer le nœud coulant autour de l'encolure. Ainsi, il amena sur la berge l'animal harassé, titubant et maculé de boue. Hardwick lui jeta un simple coup d'œil, puis il écarta les hommes agglutinés autour d'Hank pour aller se planter au-dessus de sa silhouette étalée par terre. Il le poussa du bout de sa botte. L'ouvrier agricole se contenta de se tortiller et de vagir comme un bébé qu'on veut arracher au sein de sa mère. Glissant sous lui la pointe de sa botte, Hardwick le retourna comme une tortue, et Hank, ébloui par le soleil, cligna des paupières cependant que ses dents claquaient entre ses lèvres bleues.

« "Une souris verte / Qui courait dans l'herbe, se mit à

chantonner Hardwick, penché au-dessus de Hank comme une mère au-dessus du berceau de son enfant. Je l'attrape par la queue / Je la montre à ces messieurs, / Ces messieurs me disent / Trempez-la dans l'eau." » Les hommes, mal à l'aise, échangèrent des regards surpris, tandis qu'Hardwick continuait à chanter d'une voix de fausset en se moquant d'Hank couché sur le dos. « "Je la mets dans l'creux de ma main / Elle me dit : Oui là c'est bien !" » Aussi brusquement qu'il avait commencé, il s'arrêta, dévisagea l'homme qui gémissait de terreur et frottait machinalement du revers de la main ses lèvres bleuies.

« "Je la montre à ces messieurs", reprit Hardwick. Et est-ce que ces messieurs ont déjà vu un spectacle pareil ? »

Evans se racla la gorge. « Tu vois bien qu'il est pas bien, Tom. Laisse donc encore une chance à cet homme. »

Hardwick mit un genou à terre à côté d'Hank. « C'est pas un homme, lança-t-il avec colère. Dans le meilleur des cas, ce qui aurait dégouliné le long des cuisses de sa mère, ç'aurait été un rat, mais elle a tout juste accouché d'une vilaine souris verte !

– Je me sens mal, dit Hank. Vraiment mal. J'ai failli me noyer.

– Ce que t'as failli noyer, répliqua Hardwick, pointant le doigt sur Scotty qui, toujours assis, le menton rentré sur la poitrine, tâchait de reprendre ses esprits, c'est cet homme-là, çui qui t'a sauvé la vie. C'est lui que t'as failli noyer, espèce de bon à rien avec ta petite queue de souris.

– C'est pas sa faute, intervint Evans. Y montait un mauvais cheval. »

Hardwick se releva et cracha. « Un mauvais cheval ? Un cheval aveugle, oui. Ce pauvre type monte un cheval aveugle depuis hier et y le sait même pas. Une souris verte de trouille sur un cheval aveugle.

– Un cheval aveugle ? » s'étonna Evans.

Hardwick se dirigea vers la jument blanche salie de boue jaunâtre. « D'après toi, pourquoi elle a raté le gué ? Pourquoi elle a essayé de grimper sur cette falaise ? » Il approcha son cigare de l'œil de la haridelle qui ne broncha pas. « Aveugle comme une taupe.

– Que je sois pendu ! s'exclama Evans.

– Elle réagit même pas devant un cigare allumé. » Hardwick sortit son revolver. « Pas plus que devant un pistolet braqué entre ses deux yeux », dit-il d'une voix égale, levant son arme et tirant dans le même mouvement.

Le cheval blanc s'effondra comme un mur lors d'un tremblement de terre. Ses jambes s'agitèrent pour un dernier galop tandis qu'il gisait, amas de chair agonisante, et creusait son empreinte dans la vase comme un enfant dont l'empreinte dessine un ange dans la neige.

« Attention aux sabots, les gars », dit doucement Hardwick en se reculant d'un pas.

Les jambes se raidirent. Le cheval frissonna et mourut.

Hardwick se frayait déjà un passage parmi les hommes abasourdis. « On a perdu assez de temps, dit-il. Chargez les chevaux. Dites à Scotty de s'habiller et de se préparer à partir.

– Et lui ? demanda Evans, désignant Hank. Il lui faut un cheval.

– Son cheval, il est là, répondit Hardwick, tendant le bras. S'y peut nous suivre, il est libre de le faire. »

Une heure plus tard, ils se mettaient en selle. Hank, assis à côté du fusil de Mr. Robinson, serrait contre sa poitrine le sac de jute rempli de bacon qu'Hardwick lui avait jeté. À chacun des cavaliers qui passait devant lui, il répétait les mêmes mots d'une voix éteinte : « Vous feriez mieux de pas m'abandonner. Mr. Robinson vous fera arrêter par le shérif du comté de Choteau. Réfléchissez bien. »

Selon toute apparence, ils avaient déjà réfléchi. Personne ne lui répondit ni même ne le gratifia d'un regard. Les jambes des chevaux défilaient, élégantes, précises et régulières comme des métronomes. Il resta ainsi jusqu'à ce qu'il n'ait plus personne à qui adresser la parole. « On se moque pas comme ça de la loi, dit-il. Non, monsieur ! » Il se leva et hurla en direction de la colonne qui s'éloignait : « On se moque pas comme ça de la loi ! »

Aucun des hommes ne se retourna. Les chevaux continuèrent à avancer. Hank n'entendit bientôt plus que le vent et ses propres sanglots. Il courut derrière eux, cramponné à son arme et à son bacon, mais trop encombré, il finit par lâcher le sac. Les silhouettes se firent de plus en plus petites et le ciel de plus en plus immense. Il n'y avait plus que la rivière, une rivière qui allait en s'élargissant, qui barrait tout l'horizon, entourée d'herbes ondulantes. Il se noyait de nouveau, le vent s'engouffrait dans sa gorge chaque fois qu'il ouvrait la bouche pour crier, et ses poumons le brûlaient.

La dernière fois que le garçon de l'Anglais l'aperçut, Hank courait, tombait, se relevait puis recommençait. C'était un spectacle trop lamentable, aussi se dispensa-t-il de regarder. Un peu plus tard, il y eut trois faibles détonations, pareilles à des pétards qui explosent au loin.

« Qu'est-ce que c'est ? demanda Evans, prêtant l'oreille.

– C'est cet imbécile qui fait joujou avec son pistolet à bouchon », répondit Hardwick.

Evans demeura un instant pensif. « Y s'est pas suicidé, dit-il. Pas trois fois.

– Moi, je parierais pas. Ce pauvre abruti a passé une journée entière sur un cheval sans s'apercevoir qu'il était aveugle. Y serait bien capable de se tirer trois balles dans le crâne, vu qu'y a rien dedans.

– Je sais pas quoi penser, dit Evans, diplomate. Ça me paraît quand même pas trop bien de le laisser comme ça.

– Si on lui avait donné un cheval, on se serait jamais débarrassés de lui. Y nous aurait collé au cul comme le petit agneau qui suit sa mère.

– C'est un pied-tendre.

– Tendre ? Il est tellement tendre que si t'y presses le nez, il en jaillit du lait.

– Puisque tu le dis, Tom.

– C'est un Jonas. Un oiseau de malheur. Maintenant qu'on l'a plus dans nos pattes, on est douze. Fini, d'être à treize. Pas vrai, Vogle ? »

Celui-ci approuva sagement. « Ouais, j'aime pas le chiffre treize.

– Jonas ou Judas, tout ça, c'est de la sorcellerie, marmonna Hardwick. En tout cas, maintenant, il est parti. »

Pendant ce temps-là, le garçon de l'Anglais songeait à la vieille jument blanche. Passée des ténèbres à une autre nuit sans fin. Quelle différence ? Sauf que dans le noir où elle est couchée, ou peut-être debout, elle a plus à se coltiner de cavalier sur son dos.

La dernière chose qu'elle a entendue, c'est la détonation de la balle qui l'a tuée. La nuit éternelle et le silence éternel. C'est pas juste. Mais la souffrance en moins. Ou peut-être pas. Difficile de dire. Difficile de savoir.

Si, quand même. Il préférait être à sa place qu'à celle de ce vieux cheval blanc.

Une image lui vint soudain à l'esprit. La jument blanche dans les ténèbres qui règnent de l'autre côté, montée par un cavalier que le garçon de l'Anglais ne parvient pas à identifier. Il ne peut ni déchiffrer son expression ni comprendre le sens de ses gestes, mais il sait que cela signifie que tout est pareil de l'autre côté, sinon plus noir et plus vague, et que l'homme en selle sur le cheval blafard est de nouveau avec eux, le porte-malheur, le maudit, le treizième.

10

Une heure après avoir quitté Shorty McAdoo, j'annonce à Fitzsimmons que j'ai réussi à retrouver le vieux cow-boy. Il transmettra à Chance, me dit-il. Puis il ajoute : « Me raccroche plus jamais au nez comme tu l'as fait hier soir, Vincent », puis il coupe la communication. Je reste à attendre un appel de Chance. Trois quarts d'heure plus tard, le téléphone sonne.

« Bonjour, mon petit Amoureux de la Vérité. Ça fait un bail qu'on ne t'a pas vu.

– Rachel », dis-je avec circonspection. Je me doutais bien qu'elle appellerait à un moment ou un autre, mais je n'étais pas préparé à éluder les questions qu'elle me poserait sûrement.

« Pourquoi tu ne viens plus au bureau ? Ton absence est cruellement ressentie.

– Je croyais que Fitz l'avait expliqué.

– Il a simplement dit qu'on ne te verrait pas pendant quelque temps. Je pensais qu'il s'agissait de deux ou trois jours. Or ça fait plus d'une quinzaine. Qu'est-ce qui se passe ? Tu n'es pas malade, j'espère ?

– Non, je travaille.

– Et sur quoi travailles-tu ?

– Sur un film.

– Ne me raconte pas de salades. Si c'était vrai, le chef scé-

119

nariste en aurait entendu parler. Ici, c'est celui qui est assis à la droite de Dieu, celui qui voit tout et qui sait tout.
– Il y a de plus hautes autorités, dis-je.
– Fitz ?
– Je ne peux pas en dire davantage.
– Qu'est-ce que tu fabriques pour ce sale bandit d'Irlandais ?
– Il ne s'agit pas de lui.
– De qui, alors ?
– Chance. »
Il y a un silence à l'autre bout du fil. Un bourdonnement. « Harry, tu as pris ta quinine ? reprend enfin la voix de Rachel. J'ai l'impression que ta malaria s'est réveillée. Elle produit des hallucinations fascinantes.
– Tu n'es pas obligée de me croire. »
Pourtant, elle me croit : « Toi ? Travailler pour le grand homme ? Tu as vraiment été dans son bureau ?
– Chez lui, en fait. » En dépit de moi-même, je commence à me complaire dans ma gloire nouvelle.
« Dans les collines ?
– Oui.
– Sur le mont Olympe ! Je brûle de curiosité. Des détails, Harry. J'exige des détails. Décris-moi tout, tu veux bien ?
– C'est juste une maison.
– Il n'y a pas de maisons là-haut. Seulement des œuvres d'art. Dis-moi, est-ce qu'il y a un morceau du Parthénon à l'intérieur ? Comme chez Mr. Valentino ? » Se moquer des goûts du gratin d'Hollywood est l'un des passe-temps favoris de Rachel. « Est-ce qu'elle croule sous le poids de meubles Louis XV et de fauteuils Sheraton ? Est-ce qu'il possède des douzaines et des douzaines d'œufs de Fabergé ? Et avec quoi les sert-il ? Tu ne sais pas la dernière ? L'une de nos vedettes féminines s'est plainte récemment que le caviar qu'elle avait acheté sentait le poisson. Chaplin lui a répliqué : « À quoi vous attendiez-vous ? Vous vous imaginiez que comme ce sont des œufs, ils sentiraient la poule ? »
Je ris. « Non, la maison de Chance n'a rien à voir avec ça.

J'ai l'impression qu'il vit dans les rares pièces qu'Adilman avait fait décorer avant de la lui vendre. Elle est presque vide.

– Eh bien, voilà qui permet de se faire une idée du personnage, non ? Autre et importante question : valet ou maître d'hôtel ? N'oublie pas, après que Mickey Neilan avait embauché ce majordome asiatique, tu n'étais rien si tu n'avais pas un larbin japonais ou philippin. Aujourd'hui, la tendance a l'air de s'être inversée. Les vrais maîtres d'hôtel anglais font fureur. Ils t'apprennent quelles fourchettes tu dois utiliser. Il paraît qu'on ne trouve plus une seule place à bord des paquebots – toutes les cabines des lignes transatlantiques sont prises par des valets, des Jeeves en puissance. Selon la rumeur, afin de répondre à la demande, on serait même obligé de stocker dans les cales comme autant de bois de chauffe tous ces Anglais snobs et raides comme des piquets. Alors, de quel côté penche Chance sur le problème capital de la domesticité, Orient ou Occident ?

– Je l'ignore.

– Et tu prétends être un intime du Grand Homme ? Pff, pff !

– Je ne prétends rien du tout. »

Rachel change brusquement de stratégie : « Alors, ce film, Harry ?

– Je ne peux pas en parler.

– Secret d'État ?

– Si on veut.

– Et pourquoi toi ? Comment se fait-il que tu sois au courant de ce secret ? »

Je suis tenté de lui répondre : grâce à une intuition, mais je préfère m'en dispenser. « Il faudra que tu le demandes à Mr. Chance.

– Ce n'est pas logique. Tu n'es pas scénariste, tu rédiges des cartons. »

Voilà qui n'est pas très gentil. « Peut-être quelqu'un m'estime-t-il capable de faire mieux.

– Non, Harry, dit Rachel avec beaucoup de sérieux. Tu écris des cartons. Et tu dois en être reconnaissant.

– Qu'est-ce que c'est censé signifier ?

– C'est mon secret à moi.» Elle marque une pause. «Reviens bientôt, Harry. Tu me manques.

– D'accord», dis-je, et Rachel raccroche.

Elle aussi, elle me manque, mais pas comme moi je lui manque. Moi, elle me manque incommensurablement. Quelques instants après que Rachel a libéré la ligne, le téléphone sonne de nouveau. Cette fois, c'est Chance. Ravi sans réserve de mes résultats. Il faut célébrer mon succès par une petite fête, un petit souper. Pourrais-je venir chez lui ce soir, vers onze heures ?

Chance m'accueille à la porte puis, m'adressant ses plus chaleureuses félicitations pour mon succès, il me conduit à travers le manoir plongé dans la pénombre. Après une succession de pièces vides, la salle à manger m'apparaît à la fois comme un soulagement et une anomalie avec son haut plafond à caissons, ses murs lambrissés de bois sombre, ses tapisseries et sa longue table sur laquelle les chandeliers, les plats en porcelaine, les carafes de vin et les bouquets de fleurs fraîchement coupées m'évoquent des îlots flottants sur une mer de lin blanc amidonné, le tout éclairé par un feu qui flambe dans une cheminée en pierres de taille.

«Les travaux de décoration entrepris par Mr. Adilman s'étaient arrêtés là quand j'ai acheté la maison, m'explique Chance en englobant la pièce d'un geste. La table est censée être du XIIIe siècle anglais.» Il tapote dessus du poing, puis il attire mon attention sur les murs. «Mr. Adilman se montrait particulièrement fier de ces tapisseries flamandes qu'il a achetées un an avant le début de la guerre en Europe. Le château dont elles ornaient les salles depuis trois cents ans a été détruit en 1914 lors d'un bombardement allemand, comme la bibliothèque médiévale de Louvain, aimait-il rappeler à tout un chacun. À l'entendre, l'acquisition de ces œuvres d'art relevait essentiellement de la clairvoyance et de la philanthropie. Il a été fort déçu que je ne marchande pas un à un le prix de ces meubles et de ces objets. Aujourd'hui, il doit sans doute s'amuser à mes dépens au cours des dîners qu'il donne, rire de ce naïf à qui il a vendu ses bouts de chiffon flamands avec un bénéfice de cent pour cent. » Il considère un long moment les tapisseries avant de reprendre : « Un jour, je les ferai décrocher et je laisserai Fitz essuyer ses bottes avec. »

Lorsqu'il dit cela, je suis en train de détailler l'une des scènes figurant sur une tapisserie. Un sanglier encore debout, les poils dressés, se débat dans les affres de la mort, tandis que des ruisseaux de sang représentés par des fils de broderie rouges coulent le long de ses flancs. Impavide, un noble monté sur un cheval blanc observe l'agonie de la bête, cependant que des paysans armés de lances et de serpes sont attroupés autour de lui, apparemment effrayés par les redoutables défenses de l'animal.

Chance me pose la main sur l'épaule puis me dirige vers la table. Constatant qu'elle n'est mise que pour deux, je m'inquiète de savoir si Mr. Fitzsimmons ne va pas nous rejoindre.

« Non, notre conversation risquerait d'ennuyer Fitz. Ne vous méprenez pas, Harry, je n'ai jamais eu d'ami plus fidèle que lui, mais il n'a pas l'esprit fait pour les abstractions. "L'Ermite d'Hollywood" – il met dans sa voix des guillemets en signe de dérision – trouve parfois sa solitude un peu lourde à porter. Une petite conversation intelligente sur de grands sujets est toujours la bienvenue. »

Un jeune Asiatique d'une beauté extraordinaire, presque le sosie de l'acteur Sessue Hayakawa, entre, poussant un chariot chargé de victuailles.

« Ah, Yukio ! s'exclame Chance. Voilà qui est superbe, splendide ! »

Nous nous installons et Yukio commence à disposer des plats de langoustines, de saumon fumé, d'huîtres, de salade et de tranches de viande froide accompagnés de petits pains chauds et de beurre. Chance hausse un sourcil pour déclarer sur le ton de la confidence : « Vous n'avez pas à vous soucier de Yukio. Il ne connaît que les quelques mots de pidgin nécessaires à son service. » Il désigne la viande et demande : « C'est du rosbif de très mauvaise qualité, n'est-ce pas ? » Yukio se contente de sourire en hochant vigoureuse-

123

ment la tête. « Vous voyez, me rassure Chance, rien de ce que vous direz devant Yukio ne sortira de cette pièce. »

Je m'apprête à répondre que je n'entretenais aucune crainte de cet ordre quand le bouchon d'une bouteille de champagne saute. Yukio emplit nos verres. Chance lève le sien pour porter un toast : « À une entreprise qui se présente sous les meilleurs auspices. Grâce à vous, Harry. » Tout en demeurant assis sur sa chaise, il me salue d'une raide inclinaison de buste.

Nous buvons. C'est peut-être à cause de l'euphorie du succès, toujours est-il que j'éprouve le besoin d'exagérer les difficultés que j'ai eues à retrouver Shorty McAdoo. Les yeux modestement baissés sur les bulles qui pétillent dans ma flûte, je raconte : « Je dois avouer que la tâche n'a pas été aisée. C'était un peu comme chercher une aiguille dans une meule de foin. Je n'ignore pas que Fitzsimmons manifestait quelque impatience, mais je ne crois pas qu'il comprenne... » Je lève les yeux et je laisse ma phrase en suspens.

Chance ne m'écoute pas. Il prend les plats et empile la nourriture sur son assiette avec une efficacité digne d'une chaîne de montage et qui réjouirait le cœur d'Henry Ford. Maintenant que je me suis tu, je prends conscience du bruit que font les couverts raclant la porcelaine ainsi que du choc sourd des plats qu'il repose sur la nappe en lin. Chance a pratiquement le nez dans son assiette, et j'entends le craquement du pain qu'il rompt entre ses mains, le petit sifflement et le léger halètement de sa respiration cependant qu'il enfourne la nourriture dans sa bouche. Il a le visage luisant de sueur, et ses yeux bleu clair, légèrement exorbités, se mouillent tandis qu'il mâche.

Il n'y a rien d'autre à faire que manger, mais pendant ce temps-là, je ne cesse de jeter des regards furtifs à mon patron. Soudain, il croise soigneusement son couteau et sa fourchette sur son assiette : la machine a fini de s'alimenter. Yukio s'empare de son assiette. Je lui fais signe de prendre également la mienne. Les flammes de la cheminée dansent sur les murs de même que sur l'argenterie et sur les verres et les carafes en cristal. Chance reste silencieux, les yeux rivés sur la nappe à l'emplacement de son assiette, l'expression aussi vide que l'endroit qu'il contemple ainsi. Derrière lui, impassible dans sa veste blanche amidonnée, Yukio se tient au garde-à-vous, et sur son visage figé joue le reflet des flammes ondoyantes qui jaillissent d'entre les chenets de fer forgé. Lorsque Chance lève enfin la tête, il semble à peine me reconnaître. Son sourire absent est pareil à celui qu'on adresse mécaniquement à un inconnu quand on se fraye un passage dans le couloir d'un tramway bondé. « Les années d'étude qu'il y a derrière ce film », murmure-t-il.

Une bûche s'effondre dans l'âtre et envoie une pluie d'étincelles. Mal à l'aise, je change de position sur ma chaise, puis je prends ma serviette, la repose. Je demande : « Vos années d'étude sur Griffith ? »

Ma question a l'air de le rappeler à la réalité. Il se met à pianoter sur la table avec une fourchette à dessert. « Non, pas seulement sur Griffith, dit-il. Griffith n'est qu'une pièce du puzzle. Une toute petite pièce. » Sa facilité d'élocution habituelle paraît lui revenir. « Vous pouvez dire que dix années durant, j'ai cherché à assembler les morceaux de ce film, à essayer ceci et cela, histoire, sociologie, économie, philosophie, en quête de fragments utiles que je gardais ou éliminais au fur et à mesure. Il y a eu de nombreuses impasses. Je me suis souvent égaré. » Il réfléchit un instant, boit une gorgée de champagne. « Ce n'est pas simple d'appréhender les principes élémentaires, et j'ai longtemps tâtonné. Ce n'est pas simple non plus de renoncer à ses préjugés en faveur de la vérité. Par exemple, dès ma plus tendre enfance, j'ai haï mon père. Son matérialisme me répugnait. Avec le temps, j'ai cependant compris qu'il n'était que l'esclave inconscient et involontaire des idées du XIXe siècle – le besoin d'accroître et de concentrer les forces matérielles. Carnegie, Gould, Rockefeller, leur indépendance et leurs initiatives tant vantées n'étaient en fait qu'une illusion, et eux, ils n'étaient que les agents inconscients de ce que les Allemands nomment le *Zeitgeist* – l'esprit du temps. Ces hommes n'étaient que les outils d'un processus de l'évolution dont ils n'étaient pas davantage conscients que les formes de vie inférieures ne le sont du processus de l'évolution biologique. Réalisant cela, j'en suis venu à avoir pitié de mon père, pitié de ses efforts aveugles, lui qui s'imaginait être le maître de son destin. La naissance des grands trusts industriels et commerciaux, l'unification de l'Italie et de l'Allemagne, la guerre que nous avons menée ici, dans ce pays, pour empêcher la désintégration de l'Union, et la naissance des empires européens n'ont été que des manifestations du même besoin, celui de combiner et de consolider les forces matérielles.

« Plus je pense à la vie de mon père, plus je m'aperçois que chaque homme est esclave de forces historiques – que personne ne peut échapper à l'esprit de son temps, pas plus qu'un poisson ne peut renoncer à l'eau en faveur de la terre. Mais les poissons qui connaissent les courants, les trous d'eau et les remous de la rivière où ils vivent sont ceux qui possèdent les meilleures chances de survie. Il en est de même pour les hommes qui connaissent les courants de l'époque dans laquelle ils sont confinés. De mon côté, j'étais bien déterminé à les connaître. »

Il hésite un instant, tel un orateur qui rassemble ses arguments en vue de les assener à son auditoire. J'attends, perplexe. Je n'ai pas la moindre idée de ce qu'il raconte avec son histoire d'« esprit du temps ». On dirait du spiritisme, genre les tables qu'on fait tourner pour entrer en contact avec les chers disparus, Madame Blavatsky ou les pandits hindous tellement en vogue à Hollywood. Je ne sais pas trop, car il y a quelque chose de différent chez lui.

« Ce qui nous ramène au présent, reprend-il. Avant et après la guerre, j'ai beaucoup voyagé en Europe. Il était pour moi évident que la guerre avait dynamité le XIXe siècle et tout ce qu'il incarnait. Cela, l'Amérique ne l'a pas compris. Ici, les affaires ont continué comme si de rien n'était. Une année de guerre n'a pas suffi à nous enseigner les dures leçons que l'Europe, elle, a apprises. La suprématie de l'Amérique dans le domaine de la production industrielle l'a rendue aveugle aux faits. La guerre qui l'a dévastée a infligé à l'Europe des souffrances créatrices, les douleurs d'un terrible enfantement, la parturition d'un esprit plus vif. Même si le développement du commerce et des armées, une production accrue de charbon et d'acier ont procuré des avantages indispensables à la survie au cours du XIXe siècle, cela ne suffira pas à l'assurer dans l'avenir. Au XXe siècle, la survie ne pourra venir que d'une consolidation des forces *spirituelles*. » Chance se penche en avant comme pour appuyer ses paroles.

L'excentricité est le privilège des riches. Ils peuvent se la permettre. Je repose doucement mon verre sur la table. « Les forces spirituelles, Mr. Chance ? Je ne suis pas certain de comprendre ce que vous voulez dire. Parlez-vous de la Société des Nations ? Des préceptes éthiques qui régissent la conduite des États ? »

Il a un sourire condescendant. « Non, Harry, la Société des Nations est bien la dernière chose à laquelle je pense. C'est Voltaire affirmant que l'appel à la raison a le pouvoir de maîtriser les pulsions primitives et la soif de sang. Quand je parle de forces spirituelles, je parle de cet aspect de l'homme que le XIXe siècle a nié à cause de son adoration pour la raison et la science.

– Quel aspect, en particulier ?

– L'intuition, la force vitale, ce que Bergson appelle *l'élan vital*, l'irrationnel. Le monde nocturne des visions et des illusions, le monde éveillé des rêves productifs. Le primitif perdu. La révélation, l'inspiration, l'impulsion, l'imagination. *L'instinct*, Harry ! La domination, la libération de la volonté. Le bouillon riche, chaotique et créatif de l'inconscient ! Mais ce ne sont que des mots, Harry, des noms dépouillés de tout, des ombres d'impulsions riches et complexes que les mots ne permettent pas de décrire de manière correcte. » Il sourit, comme s'il se rendait compte qu'il se laissait emporter, et il reprend plus calmement : « Entendez-moi bien, Harry, je ne veux pas suggérer qu'il faille tourner le dos aux bienfaits que la science nous a valus. Loin de moi cette idée. Le problème n'est pas de savoir si nous devons ou non rejeter les innovations technologiques et matérielles ; le problème est de savoir si nous, les Américains, nous allons faire appel aux forces spirituelles qui sommeillent en nous et les employer aux fins qui conviennent.

– Et ces fins, quelles sont-elles, Mr. Chance ? »

Apparemment, il n'est pas prêt à répondre à ma question. Il se radosse dans sa chaise et semble se détendre à l'évocation d'un souvenir : « Puis-je vous raconter l'un des événements les plus marquants de mon existence, Harry ? Cela se passait en août 1907, le jour où j'ai acheté mon premier billet d'entrée dans un nickelodeon, un cinéma à cinq sous. Vous vous rappelez ce qu'étaient les nickelodeons ? Une centaine de chaises pliantes dans une épicerie, une salle de billard ou une quincaillerie fermées à la suite d'une faillite. Occupées par des immigrants pauvres : Irlandais, Polonais, Russes, Scandinaves, Italiens. Un spectacle populaire pour le prix d'un *nickel*. Les étrangers aimaient ces nouvelles histoires fixées sur pellicule, car il n'était pas nécessaire de connaître l'anglais pour les comprendre, le film disait tout. Les nickelodeons avaient mauvaise réputation auprès des gens respectables ; la rumeur les qualifiait de temples du vice ; les gens de mon milieu les traitaient par le mépris, des distractions pour demeurés, ricanaient-ils. Une après-midi que j'étais à New York, ma curiosité l'a emporté. J'ai payé mon *nickel* et je me suis installé dans le noir sur ma chaise parmi la foule des spectateurs. La puanteur était incroyable ! Sueur rance, sous-vêtements sales, relents d'ail. À vous donner envie de vomir. Quand le film a débuté, j'ai d'abord pensé que ce n'était qu'un mélodrame débile, un tissu de niaiseries et de sentimentalisme dégoulinant. Seulement, il s'est passé quelque chose, Harry. La salle était fascinée, et je n'emploie pas le mot à la légère. Les gens étaient émus. Ils pleuraient sur l'innocence outragée, ils criaient leur haine contre le méchant. Vous vous souvenez de ce qui est arrivé à Eric von Stroheim, lui qui avait joué tant de rôles de Prussiens odieux ? Il ne pouvait plus se promener tranquillement dans la rue. Dès qu'on le reconnaissait, on jetait des pierres sur sa voiture. Cette après-midi-là, ç'aurait été la même chose. Si le traître était apparu en chair et en os, ils l'auraient mis en pièces, ils l'auraient lapidé et écartelé.

« Je n'avais jamais rien vécu de comparable. Les spectateurs hurlaient de rire, se balançaient sur leurs chaises bon marché, ils réagissaient comme le corps d'une seule et énorme bête, l'esprit uniquement préoccupé des images tressautantes qui passaient sur le drap blanc cloué au mur. Et moi, assis parmi eux, quelque chose m'a touché à mon tour, Harry. J'ai commencé à percevoir la pression muette de la foule, son désir profond d'englober, d'avaler tout le monde dans une grande goulée de sentiments, de témoigner d'une même voix. Et, comme les minutes filaient, je sentais naître en moi l'envie furieuse de me perdre dans les ténèbres protectrices, de me perdre au sein de la foule anonyme ! Et vers la fin, je me suis laissé aller, tandis que toute mon éducation puritaine, ma retenue et ma maîtrise de soi s'envolaient, cédaient comme un barrage délabré. Je me suis surpris à rire, à rire comme je n'avais jamais ri ! Je croulais de rire, je faisais des bonds sur ma chaise, je tapais du pied ! Et une seconde plus tard, je sanglotais, les joues inondées de larmes ! Et quand la foule a crié sa haine, je l'ai imitée ! J'ai crié, sifflé comme un serpent ! Toute une gamme d'émotions qui se libéraient, des émotions proches de l'instinct primitif perdu. »

Il a l'air pâle, vidé. Ses doigts pianotent sur une flûte à champagne oubliée. Une autre bûche s'effondre dans la cheminée et, de nouveau, des gerbes d'étincelles fusent au milieu des braises rougeoyantes. Il prend un cigare, le place entre ses lèvres. Yukio lui présente aussitôt une allumette. Chance tire quelques bouffées, le temps de se reprendre.

« Quand je suis sorti de ce nickelodeon, j'avais acquis quelque chose de très important. Je savais désormais que ce nouveau siècle serait gouverné par les images, que l'esprit du temps s'exprimerait par un défilé ininterrompu d'images, des images qui se succéderaient à la vitesse de la locomotive à vapeur, emblème du siècle précédent et symbole de toutes ses aspirations. Je savais que ces aristocrates de Boston parmi lesquels j'avais été élevé, les Cabot, les Lodge et les Lowell qui traitaient de haut ces films puérils et interdisaient à leurs enfants de les voir, n'étaient que des poissons stupides ignorants des courants qui risquaient de les emporter et de les détruire. Et, pendant qu'ils s'accrochaient aveuglément au passé, leurs chauffeurs et leurs jardiniers irlandais apprenaient le langage du siècle nouveau dans les nickelodeons, apprenaient à penser et à réagir dans le langage du cinéma. Vous avez remarqué le nombre de metteurs en scène irlandais ? »

Je me garde de le contredire, alors que je pourrais lui rétorquer que, à l'évidence, les Cabot, les Lowell et les Lodge tiennent encore solidement les leviers du pouvoir et que les Irlandais continuent à frotter l'argenterie des Cabot et à conduire les Lodge dans leurs luxueuses automobiles. Je me borne à dire : « Le seul Irlandais que je connaisse dans le domaine du cinéma, c'est Mr. Fitzsimmons. »

Chance ne paraît pas m'avoir entendu. Il a déjà repris : « Après que le président Woodrow Wilson avait assisté à une projection privée de *Naissance d'une nation,* il a déclaré que c'était "l'histoire écrite avec la foudre". La métaphore convient à merveille. Pensez aux souvenirs que nous conservons tous de ce film. Les scènes de bataille. L'assassinat de Lincoln. La reddition de Lee au général Grant. La formidable chevauchée du Ku Klux Klan. Regarder le film de Griffith, c'est regarder un orage éclater par une nuit noire d'été : des instants d'illumination où les choses s'éclairent sous vos yeux – un arbre qui ploie dans le vent, un fleuve en crue, la chaise de votre chambre – et se gravent dans votre esprit comme elles ne le feraient jamais à la lumière sereine du jour. Aucune explication logique ne permet de comprendre comment ou pourquoi cela se produit. Les images s'enracinent dans l'esprit, brûlantes et étincelantes, comme sur une plaque photographique. Une fois imprimées ainsi, on ne peut plus les gommer ni les effacer. Elles flambent indéfiniment dans l'esprit. Parce qu'on ne discute pas avec les films. On les accepte ou on les rejette. Ce qui passe sur l'écran passe trop vite pour autoriser l'analyse ou la controverse. On ne peut pas contrôler le flot des images comme on contrôle un livre – en relisant un chapitre, en relisant un paragraphe, une phrase. Le livre appelle la controverse, appelle la remise en cause, la réflexion. Le film est au-delà de la réflexion. À l'instar d'un sentiment, il *est,* un point c'est tout. Le principe du livre, c'est la persuasion ; le principe du cinéma, c'est la révé-

lation. C'est au cours d'un orage que Martin Luther a été
converti, une conversion par les tripes et non par l'esprit.
Une leçon que personne dans notre industrie ne doit
oublier. »
Je commence à m'intéresser à ce qu'il dit. Cela doit se voir
sur mon visage, car il se penche vers moi pour poursuivre :
« *Naissance d'une nation* est devenu une leçon d'histoire sur
la guerre de Sécession. Pour la première fois, tout le monde,
riches ou pauvres, nordistes ou sudistes, nés en Amérique ou
immigrants, s'est retrouvé dans le même cours d'histoire. Un
cours enseigné à Philadelphie comme à New York, dans les
petites salles de l'Iowa comme dans les anciens saloons du
Wyoming. Les cinémas sont devenus les plus grandes écoles
du soir dont un professeur puisse rêver, une immense salle
de classe qui s'étend du Maine à la Californie, une nation
entière assise aux pieds de Griffith. Rien qu'à New York, huit
cent mille personnes ont vu *Naissance d'une nation,* soit plus
qu'il n'y a d'étudiants dans toutes les universités de tous les
États de l'Union. Pensez-y, Harry. Si Lincoln a été le Grand
Émancipateur, Griffith, lui, est le Grand Éducateur. Le peu
que l'Américain moyen sait de l'Histoire, il l'a appris de Griffith. Griffith marque la naissance de l'américanisme spirituel.
   – Qu'entendez-vous par américanisme spirituel, Mr. Chance ?
   – Peut-être ne peut-on pas le définir à l'aide de mots,
Harry. Les films permettent plus facilement d'en appréhender le sens. Je suis un patriote. J'ai été élevé ainsi et je mourrai ainsi. Des années durant, une question m'a taraudé :
Pourquoi les Américains n'ont-ils pas produit de grandes
œuvres d'art ? Les Allemands ont apporté au monde leur
musique. Les Romains, leur architecture. Les Grecs, leurs tra-
gédies. Nous reconnaissons l'âme d'un peuple à son art. Mais
où est l'âme américaine ? me suis-je demandé. Puis la réponse
m'est apparue : *L'âme américaine ne pouvait pas s'exprimer au
travers de ces arts anciens parce que l'esprit du peuple américain était
incompatible, incapable de s'identifier à eux.* » Chance me lance
un regard triomphant. « Vous saisissez ? L'esprit américain,
c'est l'esprit de la Frontière, impétueux, pressé de se libérer
des contraintes, impatient de voir ce qu'il y a derrière la pro-

chaine colline, derrière le prochain coude de la rivière. La destinée américaine, c'est *la marche en avant*. Ce que les pionniers appelaient la marche vers l'Ouest. L'esprit américain a besoin d'un élan, d'une forme d'art aussi libre et audacieuse que possible. Une forme d'art telle que la marche vers l'Ouest. Elle n'attendait que le cinéma pour s'exprimer. Une forme d'art symbolisée par le *mouvement* !

– Je comprends, dis-je.

– Et pourtant, enchaîne Chance comme s'il s'apprêtait à révéler un important secret, partout où je regarde, je ne vois que peu de preuves de cet esprit dans les films américains. Vous en connaissez la raison, Harry ? » Il sort de sa poche une feuille de papier qu'il étale sur la table avant d'en lisser soigneusement les plis. « J'ai demandé à Fitz d'effectuer quelques recherches pour mon compte. Sur les patrons des grands studios. » Il commence à lire : « Adolph Zukor et Fox, nés en Hongrie. Warner et Goldwyn, nés en Pologne. Selznick et Mayer, nés en Russie. Laemmle, né en Allemagne. Voilà pourquoi le cinéma américain est en si triste état. Ce sont les Européens qui font nos films. Goldwyn emploie des scénaristes anglais. Adolph Zukor nous donne *Les Amours de la reine Élisabeth* avec Sarah Bernhardt pour vedette. Qu'il fait suivre du *Prisonnier de Zenda*. Le comble du kitsch européen. » Il replie la feuille et la glisse sous la nappe. « La salle de classe de l'âme américaine se trouve maintenant dans les cinémas. Les Américains y vont deux ou trois fois par semaine. Griffith a tourné l'*Iliade* américaine, et moi, j'ai l'intention de tourner l'*Odyssée* américaine. L'histoire d'un Odysseus, d'un Ulysse américain, un homme de l'Ouest, un marin des Plaines, un homme qui personnifie la vitalité brute de l'Amérique, cette vitalité qui sera notre seul salut dans l'avenir qui nous attend. Peut-être Shorty McAdoo est-il mon Ulysse. Qu'en pensez-vous, Harry ?

– C'est trop tôt pour le dire, je... je ne sais pas. »

Chance poursuit d'une voix songeuse : « J'ai vu beaucoup de choses à l'étranger. J'ai vu l'Europe redécouvrir l'esprit primitif, la source vitale, celle qui donne la vie et la mort aux nations ; je l'ai vue s'emparer du pouvoir des images. L'année dernière, Mussolini et ses Chemises noires ont marché sur Rome, et le gouvernement a cédé devant quelques milliers d'hommes armés de pistolets alors qu'il possédait les moyens de les combattre. Et pourquoi ? Parce que Mussolini orchestrait des images plus puissantes que l'artillerie servie par des hommes dénués de conviction spirituelle. Des milliers d'hommes en chemises noires sur les routes poussiéreuses, accrochés aux trains, entassés dans des automobiles. Ils défilaient à travers la campagne comme des images à travers un projecteur, fascinant les spectateurs. Et quand Rome est tombée, Mussolini a fait parader ses troupes dans la ville, sous l'œil des caméras, afin qu'elles puissent parader aussi souvent que nécessaire sur les écrans des cinémas depuis la Toscane jusqu'à la Sicile et que se grave ainsi dans le cerveau de chaque Italien l'image de la chemise noire et de la tête de mort argentée. Imaginez que Lénine l'ait imité ! Imaginez ce que nous serions alors devenus !

– Vous allez trop vite pour moi, Mr. Chance.

– Non, Harry, dit-il d'un ton ferme. Je suis convaincu que vous me suivez parfaitement. Et je suis convaincu que vous voyez au-delà de ce que les autres voient. Je sais ce qu'on raconte derrière mon dos. Que je ne suis là que grâce à la fortune de mon père. Un personnage ridicule, un sujet de plaisanterie dans tout Hollywood. "Il est incapable de coucher un film sur pellicule, et au contraire d'Edgar Kennedy, incapable également de coucher une actrice dans son lit." Un eunuque.

– Non, Mr. Chance, me crois-je obligé de protester, personne ne... »

Il me coupe. Ses paroles sont imprégnées d'une profonde mélancolie : « J'aurais tant aimé passer le flambeau à quelqu'un d'autre, mais il n'y a que Griffith et moi pour faire les films dont ce pays a besoin. »

À Hollywood, on se complaît dans le style grandiose. Je suis habitué à la boursouflure et à l'emphase, chaque film est supposé être « colossal », « sublime », « insurpassable », qualifié d'« épopée des épopées », mais ceux qui l'affirment n'y croient pas vraiment et l'on entend la pointe de cynisme qui perce dans leur voix, dans leurs morceaux de bravoure et leur prose grotesque. Par contre, il y a chez Chance un accent de conviction, une sincérité presque émouvante.

Il a brusquement l'air plus épuisé que jamais. Il tâtonne à la recherche du papier qu'il a glissé sous la nappe, puis il le reprend et le contemple longuement d'une manière étrange, exactement comme il a contemplé un moment plus tôt l'emplacement de son assiette, l'œil vide, le teint cireux. Serait-il en proie à une espèce de crise d'épilepsie ?

« Mr. Chance ? dis-je. Mr. Chance ? » Ni lui ni Yukio ne bougent. Le valet demeure planté derrière lui, le visage aussi inexpressif que celui de son maître. « Yukio, dis-je. Allez chercher un verre d'eau pour Mr. Chance. J'ai l'impression qu'il se sent mal. »

Yukio ne réagit pas, mais Chance finit par se secouer et me tendre le bout de papier. « Je désirerais que vous gardiez cela, en souvenir de cette soirée. Je n'en ai plus besoin. » Il se lève et me fourre la feuille pliée en quatre dans la main, comme un oncle qui donnerait un *nickel* à son neveu préféré. Et pareil au neveu dans un tel cas, je bafouille un remerciement embarrassé. « Harry, reprend-il. Je tiens à ce que vous sachiez combien ces heures passées en votre compagnie ont été précieuses pour moi. Je ne me sens plus aussi seul. Comme moi, vous estimez que le plus beau combat que l'esprit doit mener, c'est celui qui consiste à interpréter le monde sous tous les angles : science, philosophie, histoire, littérature, peinture... » Sa voix s'éteint. Il toussote. « Et nous, nous en ajouterons un autre. Nous réaliserons un grand film. N'est-ce pas, Harry ?

— Certainement, dis-je, y croyant à moitié.

— Et maintenant, vous voudrez bien m'excuser. Je suis très fatigué. »

Nous échangeons une poignée de main, puis Yukio me raccompagne à travers la maison vide. J'éprouve un léger sentiment de culpabilité à l'idée de ne pas avoir fait remarquer à Chance que, pour produire son grand film américain, il sollicitait l'aide d'un Canadien. Mais il y a la question de l'argent. De plus, je me suis rendu compte qu'en général, les Améri-

cains ne faisaient guère de différence entre nous. Alors, pourquoi me montrerais-je plus royaliste que le roi ?

Je démarre et, alors que j'effectue un demi-tour dans l'allée, mes phares balayent une rangée de portes-fenêtres qui
ouvrent sur le jardin. Il me semble aussi que, l'espace d'un
instant, ils ont éclairé Damon Ira Chance seul dans le noir au
milieu de la vaste salle de bal déserte, debout sur un fauteuil.

11

Le restant de l'après-midi, les douze hommes chevauchèrent le long des Bear Paw Mountains dont les faces de pierre se dressaient à l'est, mauves et abruptes. Au cours de la première heure après qu'Hardwick avait abandonné Hank le fermier à son sort, les autres gardèrent pour eux leurs pensées et leurs opinions. Ils savaient que c'était préférable lorsque Tom était ainsi d'humeur sombre et belliqueuse. Un certain nombre d'entre eux se sentaient cependant un peu coupables de ne pas avoir dit un mot en faveur du journalier et demandé qu'on lui donne au moins un cheval, ne serait-ce qu'un cheval de bât, en échange de celui qu'Hardwick avait abattu d'une balle entre ses deux yeux aveugles. Ce n'était pas la loi et le shérif qu'ils craignaient, mais la réprobation publique. Dans ces contrées, laisser un homme à pied se débrouiller seul ne se faisait pas, même si cela se passait dans une région pacifique et que, normalement, il était censé regagner sans encombre le ranch de son employeur au plus tard le lendemain. À condition toutefois qu'il parvienne à retraverser la rivière.

Ils devaient pourtant s'avouer qu'ils étaient ravis d'être débarrassés de lui. Quand il s'agissait de guerroyer contre les Indiens, les hommes établis n'étaient pas d'une grande utilité. Personne ne savait avec certitude si Hank possédait femme et enfants, mais en tout cas, il avait l'air d'un homme qui aurait voulu avoir une famille, ce qui jouait tout autant contre lui. Pour combattre les Indiens, il valait mieux s'être soi-même frotté à ces sauvages. Et c'était pourquoi Hardwick se montrait aussi impitoyable envers ces salauds de Peaux-Rouges : il avait été capturé dans le Wyoming par les Arapahos à qui il avait servi d'esclave avant de réussir à s'échapper. Depuis ce séjour involontaire chez eux, Hardwick avait tendance à tuer tout Indien qui se trouvait en travers de son chemin.

À l'exemple des autres, le garçon de l'Anglais s'était abstenu de prendre la défense d'Hank. Certes, il plaignait plus au moins ce pauvre type, mais il avait failli provoquer la noyade de l'Écossais, ce qui confirmait qu'il n'était pas seulement un imbécile, un tire-au-flanc et un porte-malheur, mais également un homme dangereux susceptible d'entraîner par le fond quiconque s'aviserait de l'aider. En outre, le garçon, sachant qu'il n'avait nulle part où aller sinon Fort Benton où les ennuis l'attendaient, n'était pas en position d'intervenir. Ici aussi, il flairait les ennuis, mais de ceux qu'il arriverait peut-être à éviter. Le cheval blanc lui avait servi de leçon. Hardwick ne faisait pas de cadeaux, et invoquer Dieu ne lui serait d'aucun secours. Si jamais Hardwick s'attaquait à lui, il savait dorénavant à quoi s'attendre.

Il lui faudrait utiliser de son mieux les cartes qu'il avait en main et, pour autant qu'il puisse en juger, il avait déjà vu plus mauvaise donne. D'ici deux ou trois heures, il mangerait du bacon et du pain rassis, ce qui constituait un sacré progrès par rapport à son dîner de l'avant-veille composé de crackers poussiéreux. Il avait une veste chaude, un bon chapeau, une arme, et il montait un cheval sain et costaud. Il ne lui manquait qu'une nouvelle paire de chaussures.

Mettant son cheval au trot, Scotty vint à sa hauteur. Le limon qui avait séché formait sur son visage une fine couche blanche et poudreuse qui lui conférait une apparence fantomatique, comme un mort qui se serait levé au son de la trompette du Jugement Dernier. Mais un mort avec une drôle de lueur au coin de l'œil.

« N'est-ce pas Harris tweed que je vois en ces terres sauvages ? demanda-t-il.

– C'est lequel, Harris Tweed ? » Le garçon jeta un regard autour de lui. Scotty effleura la manche de la veste du garçon avec une expression de convoitise. « C'est ça le Harris tweed.

– Le tissu ?

– Oui. Du Harris tweed coupé et cousu par un tailleur pour un gentleman.

– C'est pas un gentleman qui le porte.

– On ne rencontre pas beaucoup de gentlemen dans cette région. L'environnement ne leur est guère favorable.

– Ouais, le propriétaire de cette veste est raide mort », dit le garçon.

L'Écossais soupira. « Les dangers sont légion par ici. Bandits de grands chemins, maladies, tempêtes, serpents, Indiens...

– Rivière où plonge un idiot.

– En effet. »

Ils chevauchèrent quelques instants en silence, puis Scotty demanda sans trop y croire : « Tu n'accepterais pas de me vendre cette veste, par hasard ?

– Non.

– Elle est trop grande pour toi.

– Qu'est-ce qu'elle a, la vôtre ? »

L'Écossais baissa les yeux sur le devant de sa veste sale et usée. « Je suppose que c'est essentiellement une question de comparaison. Je veux dire... » Il se tourna vers le garçon. « L'étiquette sur ta veste, qu'est-ce qui est écrit dessus ?

– Je sais pas. Je lis pas très bien.

– Si je peux me permettre... ? » Ils s'arrêtèrent et Scotty examina la doublure d'un œil de myope. « *Cruikshank's, London* », dit-il enfin, reboutonnant la veste comme un père aimant qui rajuste les vêtements de son fils avant de partir pour le service du dimanche.

Le garçon leva le bras pour montrer l'endroit sur la manche où le sang du patron de l'hôtel avait séché. « Elle est toute tachée. »

Scotty pinça les lèvres d'un air contrit.

Ils repartirent, puis l'Écossais déclara : « Si je te disais que j'ai été autrefois un gentleman, tu me croirais ?

– Jamais j'oserais vous traiter de menteur.

– Je te pose la question parce que tu es le seul ici à avoir fréquenté un gentleman. Ma mère se plaisait à dire qu'un gentleman, c'est quelqu'un qui n'inflige jamais de souffrances. » Il réfléchit un moment. « D'un autre côté, on dit que l'habit ne fait pas le moine. Une veste Cruikshank ne peut nuire à personne, poursuivit-il d'une voix songeuse. Des hommes en peaux de bête... » Il lança un regard furtif en direction des métis vêtus de peau de daim. « Peut-être que ce qu'ils portent a déteint sur eux. Qu'en dis-tu ?

– J'y ai jamais pensé.

– Je regrette de ne pas avoir protesté contre le traitement réservé à ce malheureux. Mais à Rome... » Il laissa sa phrase en suspens

« Ça aurait servi à rien. Je crois pas qu'y ait un homme ici capable de faire changer d'avis à Hardwick.

– Même pas Evans ? »

La question reçut pour seule réponse un petit rire de dérision.

« J'avais mis mes espoirs sur lui, reprit l'Écossais.

– Autant les mettre sur l'âne.

– Il m'avait semblé déceler un fond de gentillesse chez Evans.

– En tout cas, si y a un fond de quelque chose chez son copain Hardwick, c'est certainement pas de gentillesse. Vous pouvez parier là-dessus. »

Scotty se tut, de plus en plus triste et désabusé. Ruminant des pensées au sujet d'Hardwick ou ruminant sa déception au sujet de la veste en tweed à laquelle il attachait tant de prix. Ou peut-être les deux, se dit le garçon de l'Anglais.

Au cœur du paysage vallonné, la colonne s'étire sur les crêtes et forme une ligne brisée avant de descendre dans des creux au fond desquels stagne une eau imbuvable entourée d'un ourlet blanc de dépôt alcalin pareil à un jupon qui dépasse d'une robe sale. Les silhouettes d'Evans et d'Hardwick se découpent contre un ciel d'azur lavé de tout nuage, puis elles disparaissent derrière une butte pour émerger, comme ressuscitées, petites figures noires dessinées sur le vide qui se mettent brusquement à onduler, à fuir et à se dissoudre ainsi que des caractères détrempés tracés à l'encre pâle.

Le garçon de l'Anglais somnole, avachi sur sa selle, le chapeau rabattu sur les yeux, les bottes sorties des étriers, les jambes pendantes et les mains croisées sur le pommeau, tandis que son cheval marche lourdement, berçant son cavalier comme une mère pleine de sollicitude. Au bruit d'un coup de feu, le garçon sursaute, soudain réveillé, l'oreille tendue, les yeux en alerte comme ceux d'un félin. Il retient sa respiration. Une deuxième détonation éclate, suivie d'un léger tintement, pareil aux dernières notes d'un diapason, un son vacillant qui se perd dans le vide bleu.

Scotty pousse un cri, talonne son cheval. Le garçon de l'Anglais tire sa carabine de son étui, engage une cartouche dans la chambre puis s'élance derrière l'Écossais. Devant lui, cinq hommes éperonnent leurs montures, fusils brandis. Ils grimpent une butte, disparaissent, réapparaissent sur le flanc d'une colline dénudée, poursuivis par des nuages de poussière qui leur mordent les mollets. Le long de la pente, le garçon se penche sur l'encolure de son cheval et, arrivé en haut, il se dresse sur les étriers, puis il se laisse retomber sur la selle, les pieds en avant, tandis que monture et cavalier dévalent l'autre versant dans un tourbillon de terre et de cailloux. Ils montent, descendent, montent, descendent, trois fois, quatre fois. Et là, brusquement, plus rien. Les buttes ont été arasées et un immense pan de ciel monochrome se précipite sur lui au milieu de l'armoise ternie, des touffes d'herbe desséchée et de la poussière grise. Une centaine de mètres plus loin, les cinq hommes galopent vers leurs compagnons qui, immobiles sur leur selle, sont alignés sur l'horizon comme des tasses au bord d'une table.

Alors qu'il approche, il entend des cris, des cris sauvages, et il distingue une forêt de fusils, des chevaux qui piaffent et

140

virevoltent. Il arrête son cheval écumant à côté de Scotty et se soulève sur sa selle pour voir quelle est la cause de ce tumulte. À une trentaine de mètres devant lui, Hardwick, monté sur sa petite jument, est face à un énorme bison.

« Vogle cherchait à repérer les traces des Indiens quand il a aperçu ce mâle solitaire, leur explique avec excitation un nommé George Bell. Hardwick a parié avec Vogle que, de là où il était, il arriverait pas à l'abattre d'une balle de son Sharp à bisons. Vogle a visé et raté. Le bison s'est enfui et Hardwick a tiré un peu au hasard, et le veinard, il l'a touché à une patte. » Il désigne l'animal qui titube et dont la tête hirsute se balance de droite à gauche comme une cloche d'église qui sonne, tandis qu'Hardwick pousse vers lui son mustang rétif.

Bell reprend avec un large sourire : « Tom s'amuse juste à harceler ce vieux bison. Y joue les toreros. Comme un de ces foutus Mexicains bouffeurs de haricots. »

Hardwick éperonne sa jument. Le bison baisse la tête et charge. Hardwick l'évite, la patte du vieux mâle cède sous lui et il s'écrase dans la poussière. Sa chute est saluée par des cris de guerre et des sifflements aigus.

Rendu fou, couvert de terre cendreuse, haletant, la bave qui pend de sa gueule comme des guirlandes argentées, le bison tente de se relever. Hardwick frappe violemment son mustang du canon de son fusil pour l'obliger à avancer, cependant que le bison mugit, plante ses cornes dans l'herbe et éventre la prairie dans une gerbe de terre qui retombe sur sa tête massive.

Les hommes mugissent en réponse à l'animal. Des beuglements profonds, retentissants. Des cris. « Tu le tiens, Tom ! Il est paniqué ! Attention qu'y t'encorne pas ! Achève-le, Tom ! »

Et Hardwick talonne son mustang, une expression froide et arrogante plaquée sur ses traits, la crosse de son fusil plantée sur sa cuisse. Le vieux mâle fonce sur la jument, mais sa patte blessée le trahit de nouveau et il s'abat sur le flanc. Les chasseurs de loups s'esclaffent, trompettent, beuglent. Hardwick tourne lentement autour de l'animal qui s'efforce une fois encore de se relever. Sa bosse et ses épaules tanguent, et sa patte fracturée se balance comme une branche cassée qui ne tient plus que par un lambeau d'écorce.

Hardwick pousse sa monture qui continue de renâcler vers le bison qui attend, une longue langue noire pendant de sa gueule, les yeux injectés de sang, ses cornes polies et incurvées plantées dans le ciel, et puis qui secoue la tête, envoyant voler des filaments de bave dans sa laine sale et emmêlée. Hardwick, droit sur sa selle, le regard fixé sur l'animal, éperonne sauvagement les flancs de son cheval. L'odeur de musc du vieux mâle emplit les naseaux évasés de la petite jument qui lève haut la tête, de plus en plus haut, l'encolure tendue à se rompre, les yeux fous, et qui décoche des ruades pareilles aux roulements de tambour précédant une exécution.

Ils crient tous à présent, certains en anglais, d'autres en français. Pour le garçon, le baragouin des « frenchies » ressemble aux paroles incohérentes qui résonnent entre les murs de l'asile de fous du comté. À côté de lui, Bell hurle des encouragements : « Vas-y, Tom ! Vas-y, attrape-le par la queue ! »

La lourde tête se dresse lentement, les yeux rouges s'immobilisent.

Le garçon de l'Anglais sursaute au bruit d'une explosion qui lui déchire les tympans. La monture d'Hardwick se cabre, et son cavalier s'accroche à l'encolure. Une odeur âcre de poudre se répand, et le garçon a l'impression de respirer des sels. Le bison tombe comme au ralenti, masse de viande et d'os qui s'effondre sous son propre poids, l'arrière-train qui vacille, la tête qui ballotte. Enfin, il s'écroule dans l'herbe avec un grognement, soulevant un tourbillon de poussière.

Voulant dire quelque chose à Scotty, le garçon n'entend pas le son de sa voix. Scotty non plus. Il a encore le fusil à l'épaule et il regarde, au bout du canon bleu acier, le vieux bison à l'agonie. Une volute de fumée bleuâtre se déploie lorsqu'il abaisse lentement la carabine. Maintenant, le garçon de l'Anglais entend Hardwick hurler avec colère pour savoir qui a osé lui gâcher ainsi son plaisir.

Le garçon de l'Anglais n'a jamais rien vu de tel. Vogle égorge le bison, et le sang jaillit, épais et brûlant, que deux métis recueillent dans des gobelets en fer-blanc comme s'il s'agissait d'eau à la pompe et boivent d'un trait. Devereux s'avance, fend le crâne à coups de hachette, puis saisit la cervelle à pleines mains. Les autres se bousculent autour des entrailles bleues et jaunes afin de s'emparer du cœur et du foie ; à l'endroit où les boyaux lovés comme des serpents se sont répandus, l'herbe est grasse et luisante. Charlie Harper tranche la bosse du bison ainsi qu'il le ferait d'une miche de pain.

Hardwick arrache le foie des mains de Duval. Celui-ci ne dit rien, ne proteste même pas tandis qu'Hardwick s'éloigne d'une démarche raide et, l'air maussade, va s'accroupir un peu à l'écart. À l'aide de son couteau de chasse, il coupe un morceau de foie puis, entre deux bouchées, il raconte d'une voix forte l'histoire du chasseur anglais qui les a accompagnés durant une saison et qui n'a pas hésité à manger de la viande crue. « Il était pas prétentieux, pas snob, et il a fini par l'aimer comme ça, toute crue, et ses femmes, pareil : rouges et juteuses. Il prenait pas ses grands airs, lui, hein, les gars ? » conclut-il, les yeux rivés sur l'Écossais qui a refusé de se joindre au festin.

Ne tenant pas trop à se faire remarquer, le garçon de l'Anglais se réfugie au milieu des chevaux attachés.

L'Écossais, assis seul dans l'herbe, a le regard fixé au-delà du banquet sanglant. Comme un passager choqué après un accident de chemin de fer. Se refusant à voir.

12

À sa manière d'attaquer les provisions que je lui ai apportées, je soupçonne que le vieil homme se nourrit presque exclusivement de lièvre depuis un bon moment. Il commence par le fromage, le cheddar qu'il découpe en tranches fines comme du papier avant de les poser sur ses crackers. Il mâche lentement, régulièrement, savourant chaque bouchée, ses yeux de tortue plissés de plaisir. Après quoi, il ouvre une boîte de sardines qu'il pêche une à une au moyen de la lame d'un couteau de poche, puis il sauce l'huile jusqu'à la dernière goutte avec un croûton de pain qu'il a pris dans le cageot à côté de son lit.

« Un vrai régal ! » s'exclame-t-il, s'emparant ensuite d'une boîte de pêches au sirop. Les fruits dodus et sucrés, il les prélève un à un, cérémonieusement, puis les fait rouler longuement dans sa bouche pour les déguster. Le jus, il le boit avec un soupir de satisfaction, tandis que sa pomme d'Adam monte et descend au milieu des plis de son cou. Et enfin, il débouche la bouteille de whisky, en verse une rasade dans la boîte de conserve qu'il agite pour bien récupérer autour des parois la pellicule sirupeuse, puis il prend une première gorgée et sourit avec béatitude, puis il recommence, sourit et recommence tout en étudiant l'étiquette qui représente une pêche ronde et dorée.

Je me lève pour aller respirer un peu d'air frais ; il règne une chaleur étouffante dans le dortoir. Je contemple la maison et la grange incendiées, le moulin donquichottesque à demi calciné. Ce ranch à l'abandon, cette terre nue et stérile pourrait passer pour le négatif de la Californie, le « Golden State ». Hollywood n'est censé être que fleurs d'oranger, eucalyptus, jasmins, palmiers nains, poivriers du Pérou, géraniums, bougainvilliers, roses et poinsettias couvrant d'un tapis multicolore le flanc des collines. Hollywood n'est censé être que brises légères, regards languissants que semblent adresser les yeux bleus des piscines, vagues du Pacifique qui lèchent des kilomètres de sable blanc. N'être que fleurs et beauté, « Bathing Beauties » – les pin-up de Mack Sennett –, séducteurs à la Rudolph Valentino. L'attirance, le désir, la fascination. Voilà ce que la Californie est censée être. Amour, richesse, célébrité, rêves, espoirs fous. Et non pas bâtiments noircis, carbonisés, vieillards à demi morts de faim qui se gavent de fruits au sirop douceâtres, poussière qui pourchasse la poussière, fenêtres aveugles et serrures rouillées, image arrêtée, manivelle de la caméra bloquée. Image arrêtée, et impossibilité de trouver la clé pour faire fonctionner la serrure rouillée, voilà à quoi se résume le reste de la matinée.

Je ne progresse guère, car je suis trop frustré, trop impatient. Je voudrais rattraper le temps perdu à rechercher Shorty McAdoo. Je sens que ma vie s'accélère et me pousse à l'exemple de cette marche en avant du cinéma dont Chance m'a parlé.

Seulement, la marche en avant et Shorty McAdoo, cela fait deux. Je l'interroge sur les combats contre les Indiens, et il répond : « Ce qui manque à ces pêches, c'est une bonne cuillerée de crème fraîche. Bien mélangée au sirop épais... Rien que d'y penser, j'en ai l'eau à la bouche.

– Je vous en apporterai demain », dis-je.

Il hoche lentement la tête, se passe lentement le pouce sur la lèvre inférieure.

Je laisse tomber les Indiens. Il y a sûrement quelque chose à creuser de ce côté-là, mais ce sera pour un autre jour. J'ai le sentiment que McAdoo a envie de parler. À la mention des Indiens, ses mâchoires se sont crispées, un peu comme celles d'un alcoolique repenti qui passe devant l'entrée d'un bar.

145

Donc, j'abandonne le sujet, mais je garde mon stylo et mon carnet bien en vue pour qu'il s'habitue à leur présence, pour qu'il les considère comme faisant partie intégrante de moi au même titre que mes oreilles ou mon nez et qu'ils ne l'intimident plus. J'essaye d'immerger Shorty McAdoo dans la conversation comme on s'immerge dans une baignoire remplie d'eau brûlante. Le problème, c'est qu'il a connu beaucoup plus de situations brûlantes que moi. Je lui pose des questions simples. Il me fournit des réponses compliquées.

Où est-il né ? Il gonfle sa joue avec sa langue et contemple le plafond. Il ne sait pas vraiment. Il n'a pas les papiers où c'est écrit.

Alors, où *pense-t-il* être né ? Il n'y a jamais vraiment *pensé*, dit-il. Sa mère racontait qu'elle l'avait trouvé dans un chou, mais elle n'a jamais précisé dans quel carré. C'était une sainte femme, une chrétienne, un femme droite, aussi il l'a crue sur parole jusqu'à ce qu'on lui démontre plus tard que c'était faux. Elle était morte de la maladie de la pierre quand il avait dans les sept ans, si bien qu'elle n'avait jamais donné d'autre version.

Qu'est-ce que faisaient ses parents ? Fermiers.

Où ? Tout au bout de cette foutue terre.

Au bout de quelle foutue terre ? Peu importe. Si je voulais l'adresse du plus proche bureau de poste, je n'avais qu'à écrire *Enfer*.

« Je ne me livre pas à une enquête sur vous, dis-je. Quelle différence si vous me disiez la vérité ?

— En effet, répond-il. Quelle différence ? »

Je lui demande pourquoi c'était un enfer.

« On travaillait plus dur et on mangeait plus mal que les mules.

— Qu'est-ce que vous cultiviez ?

— Des pierres. »

A-t-il encore de la famille ? Il hausse les épaules. Son père est mort. Quand il avait douze ans, d'une maladie indéterminée. Il a un frère, mort ou vivant, il ne sait pas, et peut-être des enfants, il ne sait pas non plus. Il a mis le plus de distance possible entre l'enfer et lui, et le plus vite possible.

Où est-il allé ? À droite à gauche.
Mais où ? Nulle part en particulier. Partout. Ici et là.
Quel âge avait-il quand il est parti ? C'était il y a longtemps.
Il avait peut-être treize ans, peut-être quatorze, il ne sait pas
précisément. Un jour, il a décampé. Juste comme ça. Passant
l'été à faucher des légumes dans les potagers et à prendre du
gibier au collet. Il ne faut pas que je le répète, mais il a aussi
volé quelques poulets et trait une vache ou deux qui ne lui
appartenaient pas.
Et après ? Après, bof. D'abord la neige, et puis un shérif
qui l'a arrêté pour vagabondage ou mendicité, quelque chose
de ce genre. Le comté l'a vendu à un fermier qui a payé
son amende de cinq dollars. Il était en liberté conditionnelle
jusqu'à ce qu'il ait remboursé le bon Samaritain. Condamné
à six mois. Il travaillait pour quatre-vingt-trois *cents* par mois,
logé, nourri. M. le Bon Samaritain pensait qu'il filerait à la
première occasion, en quoi il ne se trompait pas, aussi, tous
les soirs, il l'enchaînait dans la soue. Sans ça, il serait peut-
être mort de faim ; il enfournait de la nourriture à cochons
par poignées, car le fermier ne donnait presque rien à manger à cette graine de bagnard. Il aurait dû être libéré en mai,
mais le fermier a prétendu qu'il avait cassé une scie de cinquante *cents* et qu'il devait d'abord la rembourser. Bon, d'accord, a-t-il dit. C'est pas grave. Encore un mois et, de toute
façon, je serai mort de faim avant. Mais M. le Bon Samaritain
savait qu'il guettait le moment favorable. Il se tenait sur ses
gardes. Lui, il s'en foutait. On le pendrait, mais il voulait
d'abord voir le fermier engraisser les vers. Dès que l'occasion
se présenterait, il lui planterait une fourche dans le ventre,
une serpe dans le crâne, une hache dans le dos et il lui écra-
bouillerait la cervelle avec une pierre. Et s'il ne le tuait pas,
il flanquerait le feu à sa grange ou à sa maison.
 « Et alors ? je demande.
 — Y m'a donné un verre de lait caillé et une miche de pain
chaud, avec du beurre. Il a glissé un peu de porc salé dans
ma besace. Il a dit à son nègre d'ôter ses bottes et de me les
passer. Un homme va plus vite avec des bottes aux pieds. » Il
me lance un regard dans lequel brille une lueur malicieuse.

147

« Vous croyez que mon histoire va plaire à votre riche patron ? Qu'elle va se vendre ?

– Peut-être, mais il en faudrait davantage. Racontez-moi qu'après avoir quitté cette ferme, vous avez rencontré en chemin un ange de miséricorde qui a changé votre vie et a mis le pardon dans votre cœur. Et puis que vous êtes devenu un homme d'affaires prospère et que vous avez fondé un grand nombre d'orphelinats. Auriez-vous fait tout cela, Mr. McAdoo ? »

Il sourit pour montrer que nous nous comprenons. « Bon Dieu, non, Harry, bien sûr que j'ai rien fait de ces choses-là. »

Je referme mon carnet et je range mon stylo. « C'était juste un petit entraînement, dis-je. Ma sténo est un peu rouillée et vos souvenirs semblent l'être également. Je ne doute pas que nous allons l'un et l'autre nous améliorer au fil des jours. » Je prends mon portefeuille et je lui tends l'argent. « Nous verrons demain où nous en sommes.

– Oubliez pas ma crème fraîche, me rappelle-t-il. Sans crème, les pêches sont pas les pêches.

– J'y penserai.

– T'as intérêt ! me crie-t-il alors que je me dirige vers la porte. T'as intérêt ! »

13

Le garçon de l'Anglais, assis le fusil en travers des genoux, avait les yeux levés sur le ciel nocturne. Toutes ces étoiles, ça vous donnait à réfléchir. Elles lui rappelaient le temps des semailles, quand il parcourait les champs de son père, jetait à la volée les graines d'avoine contenues dans le sac accroché à sa ceinture qui criblaient le terreau sombre comme les étoiles criblent le manteau noir élimé du ciel. Il contemplait bouche bée ces graines célestes, le badigeon de la Voie lactée, les étoiles isolées qui clignotaient et brillaient comme les étincelles que fait l'acier contre le silex. Il avait le torticolis. Le ciel tout entier tournait paresseusement dans sa tête, une roue de constellations, des bandes et des ceintures de feu qui lançaient des flammes cuisantes.

Jour et nuit de feu, soleil aveuglant de midi, lumière saline des étoiles de minuit, braises rougeoyantes qui pénétraient au-dedans de lui par les yeux et le brûlaient pour le laisser nu et pur. Pur comme ce pays dont il aimait l'odeur, rien à voir avec celle de la porcherie, du poulailler, du maïs qui surit dans les mangeoires, ni avec la puanteur de la merde du frère haï quand il poussait la porte des cabinets. Il en avait fini de tout ça.

Ici, le parfum de l'armoise s'élevait dans la chaleur d'un soleil de plomb, les rafales de vent apportaient des effluves d'herbe et de terre desséchées. Quand un homme ouvrait sa blague à tabac à dix mètres de lui, le garçon plissait le nez.

Dans l'air pur, son odorat était aiguisé. Les bouses de bison elles-mêmes brûlaient avec une senteur piquante qu'il préférait à celle du charbon.

Mais il n'y avait pas de feu en ce moment. Hardwick l'avait interdit. Quand les ombres qui entouraient le troupeau de chevaux commencèrent à lui agacer les nerfs et les yeux, à trembler et à frissonner, il contempla le ciel. Et quand le ciel commença lui aussi à bouger, à s'agiter et à tournoyer, il contempla le rideau des ténèbres.

Il aurait aimé contempler un feu.

C'était peut-être les paroles de l'Écossais qui l'avaient perturbé. Après qu'il avait tué le bison d'Hardwick, l'homme s'était mis à tenir de drôles de discours. Il disait que cet endroit était pareil au pays des Juifs de la Bible. Chaleur et soleil, vent et désert, pas le moindre coin ou recoin où se cacher. Rien ne pouvait échapper au regard du Tout-Puissant.

Scotty devait surtout avoir la frousse. Il n'ignorait pas qu'il avait commis une erreur en gâchant le plaisir d'Hardwick. On savait bien que les gens malades de peur ou de la tête se mettaient souvent à déblatérer sur la Bible. Et l'Écossais, lui, paraissait un peu malade et de peur et de la tête. L'après-midi entière, il avait radoté sur le désert, débitant ses inepties à toute allure, quarante jours et quarante nuits, murmurant des prêchi-prêcha à propos d'un soleil marteau et d'une terre enclume avec le pécheur qui souffre entre les deux, battu jusqu'à ce qu'il se brise en éclats comme du fer froid ou qu'il soit chauffé à blanc, torturé par des visions.

C'était le sort réservé aux Juifs de la Bible, disait l'Écossais, et aux sauvages à la peau rouge. Marcher dans le désert, fouettés par le vent, la langue desséchée, le ventre tenaillé, vide, jusqu'à ce que Dieu parle. Le Dieu barbare des songes et des visions. « Vos jeunes gens auront des visions, et vos anciens auront des songes », déclamait-il. Des prophéties couvées par le soleil, promises par la Bible.

Puis, dans un chuchotement, il déclara qu'il avait quelque chose à confier au garçon de l'Anglais, à lui et à lui seul, parce qu'il n'avait pas participé au sabbat du diable, n'avait pas bu la coupe de sang impur, mangé la chair crue. L'Écossais savait qui ils étaient, oh oui, il le savait. Les dix impies. En regardant le sang sur leurs lèvres et leurs mentons, il les avait vus changer sous ses yeux, avait vu leurs vêtements pourrir et tomber en lambeaux pour révéler d'horribles vieilles femmes toutes ridées, le rouge de la mort peint sur leurs lèvres, et qui frottaient des morceaux de viande rouge entre leurs cuisses en gémissant avant de les porter à leurs bouches ricanantes, la communion de Satan, couverte d'une nuée de mouches bleu-vert, le cœur du diable dans la bouche du diable.

Le garçon de l'Anglais frémit en repensant à l'expression de l'Écossais quand il avait dit ça. Il avait semblé changer lui aussi, juste sous les yeux du garçon. Lequel rêvait d'un feu. Il était trois heures du matin et le froid le pénétrait jusqu'à la moelle des os.

Si Hardwick ne l'avait pas vu discuter avec l'Écossais, il ne veillerait pas ainsi. Hardwick, hurlant toute la journée, la voix tranchante comme un couperet, mécontent de tout, Hardwick qui avait besoin de passer sa colère sur quelqu'un. Vogle n'avait pas repéré d'empreintes de chevaux, ce qui signifiait que les voleurs n'avaient pas obliqué vers eux comme Tom l'avait parié.

Le lendemain, ils atteindraient la Milk River, la Ligne Médecine – la frontière au-delà de laquelle s'étendait le pays de la reine d'Angleterre, un pays sans loi, peuplé de grandes assemblées d'Indiens. S'ils ne trouvaient pas trace des chevaux avant la Milk, Hardwick avait l'intention de traverser la rivière pour entrer au Canada et se diriger vers le nord et les Cypress Hills. Il y avait de nombreux comptoirs à whisky dans les collines, aussi les hommes avaient-ils accueilli ce plan comme un véritable cadeau de Noël.

L'idée du whisky ne plaisait pas au garçon de l'Anglais. Mauvais œil et whisky faisaient une potion redoutable. Tuer ce cheval blanc allait porter malheur. Il aurait bien voulu filer, mais filer où ? Derrière lui, à Benton, il y avait le patron d'hôtel qu'il avait poignardé, et à l'ouest, un nid de Blackfoots qu'il préférerait également éviter.

Ses yeux le trompaient de nouveau, et les ténèbres menson-
gères prenaient de nouvelles formes. Là, dans le ventre de la
nuit, il voyait la vieille jument blanche aveugle et la silhouette
juchée sur son dos, cependant que les ombres s'entrouvraient
et se refermaient convulsivement pour donner naissance à
cette présence, pour enfoncer dans son esprit centimètre par
centimètre cette chose terrifiante, blanche comme la mort.

C'est pas une vision, se dit-il, arrachant ses yeux de cette
apparition pour les lever vers le ciel. Va-t'en. Laisse-moi. Je
veux pas être un prophète juif. Tu m'entends ?

14

Shorty McAdoo a traîné les pieds et, pendant trois jours, il s'est contenté de me fournir des réponses évasives. Tous les soirs, Fitz appelle et m'agonit d'injures quand je lui dis que je n'ai encore rien qu'on puisse exploiter. J'ai essayé en vain de joindre Chance pour lui expliquer la situation. Je viens de rentrer chez moi et j'ai trouvé ce mot glissé sous la porte :

> Mon très cher petit Amoureux de la Vérité,
>
> Rachel Gold vous prie instamment de l'accompagner ce soir et d'être son cavalier. Elle passera vous prendre en taxi à huit heures précises. Tenue exigée : smoking *et* chaussures. Chaussures cirées, il va sans dire. Et puisqu'elle doute que vous possédiez un nécessaire à cirage, sachez que vous pouvez employer le même sous-vêtement sale avec lequel, à en croire la rumeur, vous essuyez vos verres à cocktail. Appliquez le cirage, puis frottez vigoureusement. Les chaussures, pas les verres à cocktail. N'oubliez pas de vous peigner et de vous raser.
>
> Aucun de ces termes n'est négociable.
>
> Sincèrement vôtre,
>
> Rachel Gold

Elle va probablement me cuisiner à propos de Chance. Il n'y a pas moyen d'échapper à la curiosité insatiable de

Rachel. « Décris-moi Mr. Chance en utilisant quatre adjectifs et pas un de plus. » Un jeu de société de son invention. Quatre ne couvrent pas le champ entier, se plaît-elle à dire, mais ils te donnent au moins de quoi réfléchir sur la personne en question. Tout en m'habillant, je cherche, et j'arrive à ces quatre-là : *obsessionnel, mystique, excentrique, impitoyable.* Un seul de ces adjectifs m'étonne. Jusqu'à cet instant, je ne m'étais pas rendu compte que je considérais Chance comme quelqu'un d'impitoyable. Le qualificatif ne semble pourtant guère convenir à un homme aussi réservé, mais je le maintiens. Impitoyable, il l'est certainement.

Ce jeu des adjectifs m'amène au mot *artiste.* Peut-être Chance en est-il un. Trois de ces épithètes – obsessionnel, excentrique, impitoyable – peuvent s'appliquer à deux des plus grands artistes d'Hollywood : Erich von Stroheim et D.W. Griffith. C'est aussi ce qui les détruit petit à petit. Peut-être Chance possède-t-il en outre les deux ingrédients qui font le grand artiste parfait : le mysticisme et l'argent.

Je suis habillé, smoking impeccable et chaussures tout aussi impeccables, et il n'est que sept heures et demie. Je décide d'attendre dehors. L'air est doux et la rue presque déserte, car c'est l'heure du dîner. Quelques voitures passent et quelques starlettes déambulent en se déhanchant à la manière des mannequins comme le veut la mode d'aujourd'hui. On les imagine très bien avec un fume-cigarette d'un mètre de long. J'habite un quartier plutôt pauvre où résident essentiellement des acteurs de music-hall ratés, des jeunes gens aux cheveux gominés et aux fines moustaches, des danseuses qui ondulent du ventre dans des rôles de figurantes dans les superproductions de Cecil B. DeMille, des violonistes qui raclent leur instrument pour créer un fond musical permettant aux acteurs et actrices d'exprimer les émotions appropriées lors des scènes de folle passion. La nuit, ce quartier est le théâtre d'étranges allées et venues, voitures qui pétaradent dans les rues à trois heures du matin, cris et jurons d'ivrognes, bruits de bouteilles cassées, hurlements de femmes.

Un taxi se range le long du trottoir. J'ouvre la portière arrière et me glisse à côté de Rachel Gold. « Quel plaisir de revoir un vieil ami après une si longue absence, m'accueille-t-elle.

– Trois semaines. »

Elle sort son poudrier, vérifie son maquillage et tente de faire disparaître le léger nuage de taches de rousseur sur l'arête de son nez. « Trois semaines, seulement ? Mon Dieu, comme le temps file quand quelqu'un s'amuse.

– Qui a dit que je m'amusais ?

– Tu t'es toujours amusé quand tu travaillais pour moi, non ? »

Elle a une peau lumineuse comme de l'ivoire, de grands yeux en amande, très verts. Leur impact a beau être moindre en noir et blanc, ils l'ont malgré tout aidée à obtenir de petits rôles dans les films jusqu'à ce qu'elle choisisse de les écrire plutôt que de jouer dedans. Ce soir, elle a mis une robe de soie coupée à la garçonne, rayée de trois nuances de vert, si bien que par souci d'harmonie, ses yeux changent légèrement de couleur chaque fois qu'elle bouge.

« Où allons-nous, madame ? demande le chauffeur de taxi.

– Cocoanut Grove.

– Oh, merde ! » Je me prends la tête entre les mains.

« Ne sois pas comme ça, Harry. Il faut qu'on ait une conversation sérieuse. » Elle pose la main sur mon genou pour montrer qu'elle y tient. Elle devrait se dispenser de ce genre de geste.

« C'est vrai, admirer le cul de singes empaillés rendrait n'importe qui sérieux. » Je déteste le Cocoanut Grove. Je déteste son fameux décor. Quand Jimmy Manos, le patron, a entendu raconter par Rudolph Valentino que le studio s'apprêtait à se débarrasser des palmiers artificiels utilisés pendant le tournage du *Cheikh*, il s'est empressé de les récupérer pour son nouveau night-club. Il a ajouté une touche charmante : des singes empaillés dans les palmiers, qu'on peut faire grimper et descendre à l'aide d'une corde. Le pire, c'est quand Manos invite les hommes à « rejoindre » les singes. Les bousculades autour des palmiers se terminent souvent par des bagarres d'ivrognes. Le Grove est célèbre pour ses échanges de coups de poing. La tradition est née deux ans auparavant lors de la soirée d'inauguration où Jimmy Manos en personne a mis deux vedettes K.-O. ; il arrive que les employés de deux studios concurrents s'affrontent sur la piste de danse en une véritable bataille rangée.

Je n'y suis allé que deux ou trois fois en compagnie de Rachel – seul, on ne me laisserait pas entrer, mais Jimmy Manos trouve Rachel superbe et très exotique dans le décor mauresque. Rachel est assez belle pour y être admise même le mardi soir, le soir où il faut être vu au Cocoanut Grove, le soir où Mary Pickford et Douglas Fairbanks, Bebe Daniels, Theda Bara, Gloria Swanson, Pola Negri, Barbara La Marr, Chaplin, Ben Lyon, Nita Naldi et autres débarquent en foule pour juger les concours de charleston et assurer le prestige des lieux.

Ce soir, comme on est jeudi, il ne devrait pas m'être trop difficile de franchir l'obstacle du portier. Le taxi s'arrête devant l'Ambassador Hotel et, d'un pas glissé, Rachel nous fait pénétrer dans le saint des saints, Rachel, visage de gamine poudré, blanc comme un drap, cheveux noirs coupés au carré vibrants d'énergie, la dynamo qui fonctionne au ralenti, la légendaire électricité Gold réduite à un bourdonnement, cependant que, ondulant des hanches, elle se faufile parmi les tables, conduite par Jimmy en personne. Rachel, prête à libérer ses forces, à envoyer des décharges à haute tension pour que ses cheveux noirs aux reflets bleutés se dressent sur son crâne comme pour hurler : Regardez ! Gold arrive !

Toutes les têtes se tournent. Elle est si belle.

La table n'est pas la meilleure – le Grove est plein pour un jeudi – mais elle est relativement isolée. Rachel ouvre son sac et en sort deux flasques, une de gin, l'autre de brandy. « À toi l'honneur, mon cher », dit-elle, et je nous sers deux verres sous la table. Nous contemplons la piste de danse où de jolies petites choses des deux sexes se démènent au son d'une musique dominée par les cuivres. Dans un éclat et un froissement de soie, Rachel croise les jambes puis se met à battre furieusement la mesure du pied. Une de ses mains jaillit, agrippe une mèche de ses cheveux et entreprend de la tordre, de la tirer, de la martyriser, signe indéniable qu'il y a une question qui la tracasse drôlement.

« De quoi voulais-tu me parler, Rachel ? »

Elle ne quitte pas les danseurs des yeux. « Hier, un des types de la comptabilité a appelé Donner pour s'assurer qu'il n'y avait pas d'erreur sur le montant de ton chèque. C'est une sacrée augmentation, passer de soixante-quinze dollars par semaine à cent cinquante. Il désirait savoir si les instructions venaient de Donner. Non, a répondu celui-ci, il doit y avoir un sac d'embrouilles quelque part. Une heure plus tard, le type rappelle : "Désolé de vous avoir dérangé. L'ordre émane de là-haut." » Elle lâche sa mèche de cheveux, se tourne vers moi, boit une gorgée. « Ça fait jaser les gens du service scénario, Harry.

– Dans quel sens ?

– Ils se demandent comment un type qui rédige des cartons peut voir ainsi son salaire doublé d'un seul coup. Ils se demandent pourquoi tout cet argent.

– Peut-être que ce n'est pas leur affaire. Tu ne leur as pas répondu ça ?

– Certains prétendent que tu es payé pour moucharder », dit-elle d'une voix égale. Elle guette ma réponse.

« Pour moucharder qui ou quoi ?

– D'après eux, peut-être que tu es censé communiquer les noms de ceux qui parlent de syndicat. » Les idées politiques de Rachel, bien qu'assez vagues, sont indiscutablement ce qu'on appelle progressistes.

« Tu es la seule personne de Best Chance que j'aie jamais entendue plaider la cause des syndicats. Tu crois que je t'ai dénoncée ? »

Elle se penche au-dessus de la table, et son visage blanc flamboie à la lueur des bougies. « Non, Harry, je ne crois pas. Mais ce n'est pas moi qu'il faut convaincre. Nombreux sont ceux qui trouvent bizarre ce qui se passe. Ils aimeraient avoir une explication. Et peut-être que tu m'en dois aussi une à moi qui suis ton amie.

– Peut-être qu'une amie devrait changer de ton si c'est une

véritable amie. J'ai l'impression que tu me fais subir un inter-
rogatoire.

— C'est Gibson qui pense que tu dénonces les sympathi-
sants syndicalistes. Il dit que Fitz a tout le temps l'oreille col-
lée aux portes au cas où il surprendrait quelqu'un à
prononcer le mot de syndicat.

— Gibson a trop bu d'alcool trafiqué. Il a le cerveau grillé.
J'ai un boulot sur un film, rien d'autre.

— C'est bien ce que je leur ai dit. Mais avec tous les événements de ces deux ou trois dernières années, les gens sont
devenus nerveux. Hays et les clauses de moralité dans les
contrats. Les détectives privés qui sillonnent Hollywood, qui
graissent la patte des femmes de chambre, qui regardent par
les trous de serrure, qui lisent le courrier pour le compte des
patrons des studios. Et lesdits patrons des studios sont bien
déterminés à ce qu'il n'y ait plus le moindre scandale. Arbuckle
n'était que la partie visible de l'iceberg. William Desmond
Taylor se fait assassiner et la moitié d'Hollywood est soupçon-
née, y compris des stars comme Mary Miles Minter ou Mabel
Normand. Et puis, voilà que les journaux racontent que
Mabel Normand s'envoie pour deux mille dollars par
semaine de cocaïne. Zelda Crosby se suicide. Dorothy Daven-
port fait interner chez les fous Wallace Reid, son mari mor-
phinomane, qui meurt dans une cellule capitonnée. Toute
une succession d'affaires fâcheuses. Et, à l'exemple de la
reine Victoria, le public américain ne s'amuse plus ; à Des
Moines, à Poughkeepsie, on chuchote : Sodome et Gomor-
rhe. La panique gagne les cadres de l'industrie du cinéma,
ils se tordent les mains, ils transpirent à grosses gouttes. C'est
trop affreux d'y penser ! Le brillant avenir, la magnifique
entreprise qu'on a bâtie de ses propres mains, la poule aux
œufs d'or, tout cela pourrait-il être réduit à néant par la faute
d'une bande d'irresponsables ? Par la faute de ces *shmucks*,
de ces *shickers*, de ces *pishers* ? » Rachel est lancée à présent.
Elle fait de grands gestes et son pied bat si fort la mesure
qu'on dirait un tic. « Il nous faut un sauveur ! s'écrient les
patrons des studios. Un chevalier à l'armure étincelante ! Un
petit con hypocrite et moralisateur à la réputation aussi

immaculée que de la neige vierge ! Et voilà qu'arrive William Hays, le Tireur de ficelles, l'homme qui a organisé la campagne électorale du président Harding, ex-membre de son illustre gouvernement, un politicien véreux qui a ses entrées à Washington, un ancien législateur qui assure aux hommes influents, intègres et intelligents, que la censure officielle n'est pas nécessaire – qu'on laisse Willie tirer cette ficelle-là ! Et il faut avouer qu'il s'est montré à la hauteur ! Souviens-toi de sa célèbre déclaration où il dit que les films peuvent exercer une immense influence dans les domaines de la morale et de l'éducation, et que notre devoir sacré vis-à-vis de la jeunesse américaine est d'œuvrer de concert avec les professeurs et les hommes d'Église afin de former son esprit.» Rachel s'enfonce deux doigts dans la bouche et fait mine de vomir. « Et les patrons des studios, les Zukor, les Loew, les Fox, les Goldwyn et les Warner, tous de hocher gravement la tête en signe d'assentiment. "Qu'il en soit ainsi, disent-ils. Modelons en douceur l'esprit de la jeunesse américaine pour qu'elle dépense son fric à voir nos films. Mais ne la détournons surtout pas du droit chemin. Si nous devons lui dévoiler les mystères du corps féminin, les *nichons* par exemple, que ce soit Cecil B. DeMille qui le fasse, avec bon goût, dans un film *religieux* de grande élévation d'âme comme *Les Dix Commandements*. Des nichons qui se balancent dans l'Égypte impie, ça, c'est parfait. Des nichons qui ballottent, des danses du ventre, des culs qui se trémoussent considérés d'un point de vue éducatif et moral. Éducatif dans le sens où on montre que ceux qui avaient le malheur de ne pas être américains vivaient autrefois dans une misère à vous faire ballotter les nichons. Et moral dans le sens où on montre que Dieu punit aussi impitoyablement que Will Hays lui-même ceux qui permettent aux nichons de se balancer. Tel est le message que nous devons délivrer à la jeunesse américaine ! Pas de nichons qui ballottent ! Pas de nichons à reluquer ! Sauf pour la bonne cause ! Celle que, sur le plan moral et éducatif, nous nous sommes engagés à soutenir aux côtés du clergé et du corps enseignant américains !" »

Un serveur attend pour prendre notre commande. Il se

tient un peu un retrait, impressionné par la véhémence de Rachel à qui je fais signe que nous avons de la compagnie. Elle n'a pas consulté le menu, mais elle sait ce qu'elle veut. Ce que tous deux nous voulons. « Deux steaks. Bleus. Champignons sautés. Asperges. »

Le serveur déguerpit. Rachel poursuit, moins fort, plus calmement : « Avec Hays, plus personne n'a le courage de ses opinions. Les studios ont engagé des détectives privés chargés de déterrer d'éventuels scandales, et nous n'allons pas tarder à nous moucharder les uns les autres. La presse Hearst peut toujours dénoncer la terreur que les Rouges font régner en Russie, mais bientôt les bolchevistes n'auront rien à nous envier. Peut-être que les employés du studio s'imaginent que tu donnes à Chance des détails sur leur vie privée. »

Je me radosse dans ma chaise. « Bien sûr que non. » Je laisse l'information pénétrer dans l'esprit de Rachel, puis je reprends : « De plus, Chance déteste Will Hays autant que nous.

— Tu voudrais me faire avaler ça ? Un patron de studio qui déteste Mr. Hays ? à qui ils doivent tout ? Le flic qu'ils payent de leurs propres deniers ? De qui tiens-tu cette formidable exclusivité ? De sa femme de chambre ?

— Il me l'a dit lui-même.

— Ah oui, j'oubliais. L'homme de qui il est plus difficile d'obtenir une audience que de Louis XIV à son époque a choisi de se confier à mon petit Amoureux de la Vérité.

— Je ne pense pas qu'on puisse appeler ça "se confier". Nous avons simplement eu quelques conversations au cours de ces deux dernières semaines. »

Elle hausse un sourcil. « Quelques conversations ? Au pluriel ? »

À cet instant, Bill Heidt, un scénariste de la Fox, s'approche en titubant de notre table pour inviter Rachel à danser. Elle le chasse d'un geste, comme elle chasserait une mauvaise odeur. « Je n'ai pas le temps, mon petit Billy. Les pieds de Rachel sont fermement plantés sur la route de Damas. Une révélation l'attend. Va donc prendre un peu l'air. »

Marmonnant, Heidt rejoint ses copains en zigzaguant. Son échec est salué par des applaudissements de dérision.

« Alors, raconte-moi. Quels sont les sujets de vos quelques conversations, Harry ? »

Je sais que toute allusion à Shorty McAdoo est exclue, mais je ne risque rien à me cantonner dans les généralités : « Ils ne sont guère différents de ceux que nous abordons au bureau. Il aime bien exposer ses idées. Ce n'est pas facile à expliquer... c'est une sorte d'historien et de philosophe amateur.

– Dans ce cas, qu'est-ce qu'il fabrique à Hollywood ? D'après ce que j'en sais, les millionnaires amateurs comme Joe Kennedy, William Randolph Hearst ou Damon Ira Chance ne s'intéressent à l'industrie du cinéma que pour deux raisons : les pin-up et l'argent. »

Sans réfléchir, je lâche : « Il a l'intention de produire *le* grand film américain.

– Bien modeste ambition !

– Surtout, ne le répète pas. Sous aucun prétexte, tu me le promets ?

– Donne-moi des détails. Mes lèvres sont scellées. » Elle remplit nos verres de gin, une petite récompense.

« Bon, moque-toi si tu veux. Cet homme, quand il parle de films, emploie des mots comme *art*. C'est un idéaliste. Il veut faire des films du genre de ceux de Griffith.

– Que voilà un noble dessein ! dit Rachel. Des films où les Noirs sont représentés comme stupides, indolents et n'ayant pour seul but que d'assouvir leurs désirs pour les femmes blanches. Quel formidable travail de relations publiques pour le Klan et la promotion du lynchage !

– Ce n'est pas parce qu'on admire Griffith qu'on doit nécessairement adhérer aux thèses du Ku Klux Klan.

– J'ai du mal à séparer les deux, Harry. Mais il est vrai que je suis un peu chatouilleuse sur le chapitre du Klan. En tant que juive, il me semble que j'ai toutes les raisons de l'être.

– Tu ne me mets pas dans le même sac, j'ose espérer ? Je ne défends pas le Klan. Pas plus que je ne défends le film de Griffith. Je veux simplement dire qu'un sale type peut très bien être un grand artiste. Exemple : Byron. Grand poète, sale type. Tu vois ?

– Et Chance, c'est quoi ? Un type bien ou un sale type ?

– À en juger par le ton de ta voix, j'ai l'impression que ton opinion est déjà faite. Tout ce que je suis en mesure d'ajouter, c'est qu'il m'a traité on ne peut plus correctement.

– Peut-être que les gens qu'il fréquente ont renforcé mes doutes.

– C'est à moi que tu penses ?

– Non. À cette ordure de Fitzsimmons. »

Là, je me sens en terrain glissant. J'allume une cigarette. « Je t'accorde volontiers que Fitz n'est pas un personnage particulièrement sympathique. Je me suis accroché avec lui à plusieurs reprises. Il est brutal et ignorant. Sur ce plan, il ne dépare guère l'ensemble des responsables des studios. En quoi est-il différent de Louis B. Mayer ?

– Il n'est pas juif.

– Je ne vois pas ce que c'est censé signifier.

– En effet, tu ne peux pas voir.

– Dans ce cas, peut-être que tu devrais m'expliquer. »

Rachel me tend son verre afin que je la resserve. « La seule chose que j'aie à dire, commence-t-elle tandis que je lui verse une giclée de gin, c'est que, quand je suis arrivée à Hollywood, il y avait des pancartes sur chaque meublé, où il était inscrit : "Ni chiens, ni acteurs, ni Juifs". » Elle se tait.

« Et alors ? Ces pancartes n'ont pas servi à grand-chose, me semble-t-il. Parce que, sauf erreur, aucun des trois ne manque dans l'Hollywood d'aujourd'hui.

– C'est exact. Hollywood a fini par aimer les chiens et les acteurs. Tout le monde adore Rintintin. Il est tellement craquant. Mais les Juifs... eh bien, on ne les aime pas aussi naturellement qu'on aime les chiens et les acteurs. Les Juifs, les youpins. Comme Mary Pickford le dit à Douglas Fairbanks quand il devient insupportable : "Attention, Doug, c'est le Juif en toi qui ressort." Pauvre Doug, lui qui, en plus, n'est qu'à moitié juif.

– C'est honteux de sa part, mais quel rapport avec Fitz ?

– Il est antisémite. »

Je bois une gorgée. « Henry Ford aussi, mais c'est de notoriété publique. Il a acheté un journal pour faire valoir ses
idées. Quelles preuves as-tu en ce qui concerne Fitz ?

– Sa façon de me regarder.

– Ça, pour un argument décisif ! La façon dont il te
regarde ! »

Elle se met soudain en colère et ses yeux lancent des éclairs
verts. « J'ai grandi à New York, et je connais ce genre de
regard, Harry, tu peux me croire. Mes frères se sont fait assez
souvent traiter d'assassins du Christ et tabasser par des petits
durs de catholiques irlandais pour que je sache de quoi je
parle.

– Je me couvre la tête de cendres. Tous les catholiques
irlandais sont donc antisémites ?

– Pourquoi le défends-tu ? s'écrie-t-elle. Pourquoi me sou-
mets-tu à une espèce de contre-interrogatoire ? Pour qui te
prends-tu, l'avocat du Klan ?

– J'aimerais soulever un point de procédure, répliqué-je.
Fitz ne peut pas devenir membre du Klan : il est catholique.
Peut-être que vous avez tous les deux plus de choses en
commun que tu ne l'imagines. »

Nos steaks arrivent. Le serveur les place devant nous dans
un silence tendu. L'orchestre a fait une pause et le Grove
paraît plus calme qu'il ne l'a jamais été. Rachel et moi man-
geons sans échanger un mot. Je finis par ne plus pouvoir le
supporter. « Écoute-moi », dis-je. Elle ne lève pas les yeux. Je
cogne sur la table avec le manche de mon couteau. « Écoute-
moi ! » Elle dresse la tête à contrecœur. « Il faut que tu me
croies, Rachel. Ils ne m'ont rien demandé à propos de qui
que ce soit du studio. Rien du tout. Je te le jure. » Je tends le
bras. Il ne manque plus qu'une Bible sur laquelle poser ma
main. « Je ne dénonce personne. »

Rachel me regarde d'un air suppliant, puis elle agrippe si
fort la manche de ma veste que ses jointures blanchissent.
Comme si, vacillant au bord d'un précipice, elle s'accrochait
à moi. « Tu ne comprends donc pas, Harry ? murmure-t-elle
avec feu. Je te mets en garde contre ce qui pourrait arriver.
À moi comme à toi. Je gagne plus d'argent en un an que

163

mon père n'en gagnait en dix. Et plus j'en gagne, plus je crains de le perdre. Les chaînes en or sont les plus difficiles à briser. » D'un geste, elle englobe le Grove et les clients attablés. « Tu te figures que quelqu'un ici a déjà ne serait-ce qu'envisagé qu'il pourrait un jour devoir renoncer à tout ça ? Une telle idée les a-t-elle seulement effleurés ? J'ai commencé à travailler dans le cinéma parce que c'était amusant. Aujourd'hui, je ne m'amuse plus et je suis toujours là. Et pourquoi ? Parce que j'aime les beaux vêtements, le luxe, une certaine forme de célébrité. Mais je préférais de beaucoup le temps où on écrivait un scénario le mardi pour tourner le film le lendemain. Dès le mercredi, il était dans la boîte. Tout le monde se situait en marge de la loi. On se fichait des brevets, et des gens, des indépendants plus ou moins véreux, débarquaient et repartaient deux jours après. On apprenait sur le tas. Et tu sais quoi, Harry ? Ce n'était pas respectable de faire du cinéma. Les acteurs de théâtre réputés se refusaient à apparaître sur les écrans ; ils considéraient les films comme le baiser de la mort. Hollywood était le bout de la terre, l'endroit où, selon les cartes du Moyen Âge, vivaient les monstres. Et les monstres, c'était nous, les inadaptés et les cinglés, les rêveurs et les intrigants. Mais petit à petit, pas à pas, l'argent nous a changés jusqu'à ce qu'un jour, on se réveille, devenus des seigneurs. On gagnait plus d'argent que le président des États-Unis. Et on exerçait peut-être même plus d'influence que lui. Notre enfance était finie, Harry. Nous n'étions plus ces gosses qui s'habillaient dans les vêtements choisis par maman, qui se racontaient des histoires folles et qui s'écroulaient de rire. Il y a quinze ans, tu pouvais faire un film pour à peine un millier de dollars. Maintenant, à New York, on affiche le coût d'une production de von Stroheim et on s'en vante. "Oh, là, là ! plus d'un million !" s'exclament les gens. » Elle se ressert. Les effets de l'alcool commencent à se voir. « On tournait des films idiots à l'époque. Ils étaient drôles. Encore plus drôles à tourner qu'à regarder. On tourne encore des films idiots, mais on ne s'amuse plus à les tourner. Les enjeux sont trop importants. À la sortie de chacun de nos films idiots, on croise les doigts et on prie pour qu'il ne som-

Comme des loups

bre pas comme le *Titanic,* parce qu'on est tous sur le pont et que le problème qui se poserait, c'est comment avoir une place à bord des canots de sauvetage. »

Un nouvel intrus. Sammy Burns, venu de la table de la Fox.

« En parlant de films idiots, voici le roi des films idiots, dit Rachel. Personne ne peut en écrire de plus idiots que Sammy. »

L'intéressé est trop soûl pour réagir. « Viens, Goldie, dit-il d'une voix qu'il voudrait enjôleuse. Sois chou, viens guincher avec ton vieux pote Sammy. » Il exécute quelques pas de danse incertains, une main plaquée sur le ventre, l'autre levée à la verticale. Il a le visage luisant de sueur et la cravate blanche toute de travers.

« Toi aussi, sois chou, Sammy, et va donc jouer les petits choux à la table de tes copains. Je ne suis pas d'humeur à danser. »

Burns interrompt brusquement son numéro. « Si j'étais toi, je me montrerais un peu plus gentille avec les gens. Tu auras peut-être besoin d'un ami quand ton monsieur de la côte Est aura fini de conduire son studio à la faillite. Je sais comment ça se passe.

— Un conseil, Sammy, rétorque Rachel. La modestie te va très bien. Tu devrais y aspirer davantage. Et le jour où j'aurai besoin de ton aide pour trouver un boulot dans cette ville, c'est celui où Gog et Magog régneront sur la terre. »

Sammy se balance sur ses talons. « Hein ?

— Exactement. Et dis aux autres don Juans de la Fox de ne pas se donner la peine de venir parader ici. J'ai déjà respiré mon quota de fumée de cigares au bureau. Et maintenant, va faire joujou ailleurs. C'est une table de grands, ici. »

Sammy repart, l'air profondément vexé.

Rachel me demande : « Alors, qu'est-ce que tu fais en réalité pour Chance ?

— Des recherches.

— Dont tu ne peux pas parler ?

— En effet.

— Et ensuite ?

— Je pense qu'il me donnera le scénario du film à écrire.

165

– C'est un grand pas en avant.

– Je sais. »

Rachel lève son verre avec une légère moue. « Félicitations. À Harry Vincent, scénariste. » Elle constate que son verre est vide. « Il y a encore du gin ? »

Je secoue la flasque. « Non. Il ne reste plus que du brandy.

– Eh bien, sers-moi, mon petit Amoureux de la Vérité. Sers-moi. »

Je m'exécute. Ni elle ni moi ne semblons avoir envie de reprendre la conversation où nous l'avons laissée. Je sens planer entre nous le malaise et l'amertume qui peuvent exister entre deux personnes obstinées. J'attribue son comportement à la jalousie. Elle n'est pas contente que Chance lui ait pris son élève. Bien qu'elle soit toujours persuadée d'avoir raison, elle ne l'est pas au point de vouloir se passer de quelqu'un qui l'écoute. Et une année et demie durant, j'ai écouté et approuvé tous ses projets de scénarios, et quand elle a exprimé son admiration pour Mencken, Dreiser et Norris, je l'ai écoutée et approuvée de même. Tout comme lorsqu'elle a exposé sa théorie sur les films. Je ne connaissais personne d'autre. C'est Rachel Gold qui m'a appris mon boulot.

À dire vrai, je ne sais pas pourquoi je défends ainsi Fitz. Mes motifs sont complexes. Cet homme, je ne l'aime pas et je ne le respecte même pas, alors que j'aime et j'admire Rachel depuis le jour où elle s'est précipitée sur moi au comptoir de ce snack-bar de Los Angeles comme une louve sur la nourriture avant de planter ses crocs dans mon cœur.

Je l'aime de la seule manière qu'il me soit permis de l'aimer, de loin et en silence, humblement et discrètement. Je n'ignore pas qu'elle ne s'intéressera jamais à un grand échalas à lunettes et au physique si ordinaire qu'il souhaiterait être réellement laid pour qu'on le remarque enfin. Je ne passe pas des nuits à rêver l'impossible. Du moins, plus maintenant. Son amitié est le mieux que je puisse espérer. Je l'aime avec résignation.

C'est peut-être la raison pour laquelle je parviens à la juger assez lucidement. Je sais qu'elle boit trop, qu'elle se jette dans les bras d'hommes séduisants et stupides. Je sais que ses idées progressistes (elle se dit parfois socialiste) sont en contradiction avec son goût du luxe, et que sa gaieté fragile et son visage poudré de blanc sont des masques sous lesquels se cachent sa mélancolie de Juive et sa rage.

Trente ans après, je ne comprends toujours pas pourquoi je l'aimais d'un amour presque conjugal plutôt qu'avec la passion aveugle qu'une femme comme elle semblait appeler, mais c'était ainsi. Par contre, je sais ce que j'admirais en elle. Il n'y avait pas de calcul chez elle, ce qui ne veut pas dire qu'elle faisait n'importe quoi. Elle n'ignorait rien des conséquences de ses aventures et elle les assumait. Elle ne cherchait pas d'excuses. Ses erreurs, elle les commettait sur une grande échelle. Elle se faisait amis et ennemis avec une belle désinvolture, puis elle les affichait comme des décorations. Elle portait la tête haute. Elle avait la beauté du courage et de l'intelligence, et on la lisait sur son visage, dans ses yeux, dans ses mains vives, passionnées et avides. Et c'était elle-même une femme vive, passionnée et avide. Rachel Gold confondait parfois impolitesse et sincérité, mais jamais la sincérité avec quoi que ce soit d'autre.

Je pense à tout cela quand je vois William DeShane s'avancer. Mon expression me trahit. « Qu'est-ce qu'il y a ? » demande Rachel d'un ton brusque. Je ne réponds pas. Je le regarde. William DeShane n'a pas éveillé que mon attention ; nombreux sont ceux qui ont interrompu leurs conversations et délaissé leurs cocktails de crevettes ou leurs meringues pour le suivre des yeux comme des affamés.

William DeShane est un homme élégant, capable de traverser une salle sans ciller sous des centaines de regards inquisiteurs, car il sait parfaitement qu'on ne lui découvrira pas le moindre défaut. Ce soir, il attire plus de regards que n'importe quelle star n'en attirerait, parce que les clients du Grove sont des gens du métier et qu'une star en devenir fascine davantage les gens du métier qu'une star arrivée. Personne ne sait vraiment jusqu'où William DeShane ira, mais on devine que ce sera loin, sans doute tout en haut de l'affiche. Chacun se demande vers quelle table il se dirige, et qui parmi l'assemblée des dîneurs pèse assez lourd pour avoir l'honneur de recevoir la visite de William DeShane. Nous ne sommes pas mardi. Le jeudi, c'est le jour du menu fretin. Il s'arrête à notre table et s'adresse à Rachel : « Miss Gold ? » Je devine que cela flatte sa vanité de sentir tous les yeux rivés sur lui.

« Oui, dit Rachel.

– Permettez-moi de me présenter. Je m'appelle...

– William DeShane », achève-t-elle à sa place.

Il s'incline. « Je suis flatté que l'un des fleurons de notre industrie connaisse mon nom. Il va sans dire que je suis un grand admirateur de votre travail.

– Dites-le quand même. S'il te plaît, Harry, demande-lui de le dire.

– Eh bien, dites-le.» Je m'efforce de paraître le plus blasé qu'il soit humainement possible de l'être.

DeShane me tend la main. « William DeShane.» Je la lui serre. Sa paume est fraîche et sèche comme celle d'un homme sûr de lui. Je ne peux pas en dire autant de la mienne.

« Harry Vincent.»

Je n'existe déjà plus pour lui. Ses yeux effectuent un lent panoramique sur la salle. Je dois lui reconnaître une chose : cet homme est un acteur. Il imagine des caméras partout, chacune braquée sur lui. J'éprouve une mince satisfaction en constatant que ses yeux sont un poil trop rapprochés, ce qui le met à un centième de centimètre de la perfection.

« Voulez-vous danser, miss Gold ?

– Si tu veux bien nous excuser, Harry... », dit Rachel en se levant.

Il y a une façon dont les femmes s'enveloppent dans les bras d'un homme quand ils valsent qui ne trompe pas. C'est écrit noir sur blanc. Tout le monde les regarde parce qu'ils forment un beau couple. Le *mensch* payera l'addition. La soirée du gigolo ne fait que commencer.

15

La soirée de la veille au Cocoanut Grove m'a laissé quelque peu désespéré et découragé, en sorte que je ne suis pas en avance pour mon rendez-vous avec Shorty McAdoo. Assis sur les marches du dortoir, il affûte au moyen d'une lime la lame rouillée d'une pelle. Cette occupation m'a tout l'air d'une simple manière de tuer le temps, et je m'excuse pour mon retard, invoquant sans grande conviction des « complications ».

McAdoo repose soigneusement la pelle. « À propos de complications, l'ami Wylie est à l'intérieur.

– Qu'est-ce qu'il fait ici ?

– Il est avec son frère. »

McAdoo a le don de mettre ma patience à l'épreuve. « Bon. Et son frère, qu'est-ce qu'il fait ici ?

– Il est mort.

– Mort ? je répète stupidement.

– Aussi mort que Ponce Pilate. On va l'enterrer ce matin. » D'un geste vague, il désigne un endroit au-delà des ruines calcinées de la maison. « Wylie l'a amené dans une voiture de laitier. » Voyant mon expression, il m'invite à m'asseoir en tapotant aimablement la marche à côté de lui, puis il baisse la voix et reprend : « Y savait pas quoi en faire. Wylie a pris tout son argent jusqu'au dernier centime, il a acheté un cercueil pour Miles, il l'a fait embaumer, mais il a pas pensé à ce que coûte une place au cimetière. Alors, le Miles, il est là, tout beau et sans nulle part où aller. Le comté s'en serait chargé, mais Wylie, y veut pas que son frère finisse dans la fosse commune. Du coup, il l'a transporté ici.

– Dans une voiture de laitier, ajouté-je.

– Wylie connaît un type qui livre le lait. Y a plein de glace dans une voiture de laitier. Ils ont emporté Miles avec eux, et une fois la tournée terminée, y sont venus ici.

– Et tous les deux, vous allez donc l'enterrer ce matin.

– Ici, c'est pas une voiture de laitier. Y va pas rester frais bien longtemps. Plus tôt qu'y sera sous terre, mieux que ça vaudra. »

Nous gardons le silence. Je songe que j'aurais aussi bien fait de rester au lit.

« On y peut rien, reprend enfin McAdoo. Je sais que tu voulais encore me poser des questions ce matin.

– Mon éditeur commence à s'impatienter. Il veut des Indiens.

– Peut-être que j'ai pas d'Indiens à lui fournir.

– Ce n'est pas ce que j'ai entendu dire.

– Et pourquoi tu rendrais pas un dernier hommage au défunt ? demande McAdoo, changeant de sujet comme chaque fois qu'il se sent coincé.

– Je ne le connaissais pas. Je ne l'ai même jamais vu. »

Le vieil homme se lève. « Wylie, tu le connais, et ça lui ferait plaisir que tu sois là pour dire adieu à son frère. C'est pas la mer à boire. »

Nous entrons dans le petit bâtiment. Un cercueil bon marché en bois d'un jaune criard est posé sur deux chaises. Wylie est assis à côté, triturant entre ses mains le bord de son chapeau de cow-boy. Le couvercle du cercueil est appuyé contre le mur, juste derrière lui.

« Mr. Vincent est venu rendre un dernier hommage à ton frère, dit McAdoo. Tu te souviens de Mr. Vincent ? »

L'air sinistre, Wylie se met debout puis, avec toute la solennité d'un diacre, il me serre la main. Lorsque je veux la retirer, il s'y accroche comme un chien au bâton qu'il tient dans sa gueule. Il semble qu'il ait l'intention de me conduire jusqu'au cercueil pour m'offrir un plan d'ensemble du corps du défunt. Étant donné la situation, je n'ai guère le choix.

Un jeune homme est couché là, la tête sur un coussin de satin, la peau d'un blanc aux légers reflets bleutés qui rappelle la teinte du lait écrémé. Les seules taches de couleur sur son visage sont la couture rouge que forment les paupières closes et les bords à vif des narines tournées vers nous. Ce qui paraît le plus mort chez lui, ce sont ses cheveux d'un blond pâle, raides et cassants comme des éteules grillées par le soleil.

« On y a coupé les cheveux chez les pompes funèbres, explique Wylie. Je savais pas qu'on faisait ça.

– Qu'est-ce qui est arrivé ? » Je veux parler des circonstances de sa mort.

Wylie me regarde. Regarde son frère. Me regarde de nouveau. « C'est sa chute à cause de la corde à piano. Y s'est démoli à l'intérieur. Le foie, il a dit le docteur, et autre chose aussi... » Il s'interrompt. « C'est comme s'il était vivant, non ? » Wylie, les yeux fixés sur le visage de son frère, s'empare une fois encore de ma main. Entourés d'une poche de silence, nous sommes spectateurs d'un silence plus profond, un silence enfermé dans le cercueil. « Il aurait été content que vous soyez là », me confie Wylie.

Je jette un coup d'œil en direction de McAdoo mais, la tête baissée, il écrase sa cigarette sur le poêle. Aucun secours à espérer de ce côté-là.

« Oui ! s'écrie soudain Wylie d'une voix perçante. C'est là qu'on reconnaît ses vrais amis ! Et mes amis, je les connais !

– Bien sûr que tu connais tes amis, intervient Shorty calmement. Et maintenant, laisse un peu Mr. Vincent tranquille et revisse donc le couvercle sur ce pauvre Miles. Il est grand temps. »

Pendant que Wylie s'exécute, McAdoo me fait signe de le suivre dehors.

Sur les marches, je ne peux que secouer la tête d'un air navré. Un choc sourd retentit, puis on entend le raclement du bois contre le bois cependant que Wylie se débat avec le couvercle, sans doute pour l'aligner correctement avec les trous forés pour les vis.

« J'y ai dit qu'il pouvait crécher ici jusqu'à ce qu'y se remette, dit le vieux cow-boy.

– Vous n'avez pas pensé que ça pourrait prendre un certain temps ?

– Tu vois, avec l'argent que tu me payes, je suis plutôt à l'aise maintenant. Sept dollars et demi par jour, ça permet de tenir un bon moment, même à deux.

– Je croyais que vous économisiez pour aller au Canada.

– Peut-être qu'on partira ensemble vers le nord. C'est quoi, le proverbe déjà, quand y en a pour un, y en a pour deux ?

– On emploie plutôt ça pour les couples. Et s'il y a quelqu'un avec qui je n'aimerais pas faire équipe, c'est bien Wylie.

– Oh, dit Shorty, t'inquiète donc pas pour moi, je saurai l'empêcher de me casser les pieds. J'y apprendrai peut-être à prendre les cailles au piège et à tirer les lapins. Y nous cultivera un carré de patates. Je l'installerai comme il faut dans le dortoir, et le Wylie, y m'obéira au doigt et à l'œil. » Il se tourne et appelle : « Ça y est, t'as fini, Wylie ? »

Le jeune homme apparaît sur le seuil. « J'ai perdu une vis.

– Eh bien, cherche-la encore un peu. Si tu la trouves, tant mieux. Sinon, ça aura pas beaucoup d'importance. »

Wylie rentre.

« On y fera porter le côté le moins lourd, çui des jambes. Toi et moi, on prendra çui de la tête, propose Shorty.

– Au cas où vous ne l'auriez pas remarqué, j'ai une jambe qui cloche.

– On va pas loin. Je parierais que t'arriveras sans problème à faire ta part du boulot. »

Après quelques tâtonnements – il faut que je me mette à gauche pour éviter que ma mauvaise jambe ne vienne cogner contre le cercueil –, le maigre cortège funèbre s'ébranle.

Malgré son âge, McAdoo s'en sort mieux que moi. J'admire sa mâchoire volontaire, les tendons noueux de son cou mince et musclé. Moi, les bras me cuisent, et au bout de trente ou quarante mètres, je supplie pour qu'on s'arrête. On pose le cercueil, on souffle un instant puis, sur un signe de McAdoo, on le soulève et on repart. Nous atteignons ainsi le ranch en ruine, puis nous continuons vers une petite butte que Wylie a choisie comme dernière demeure pour son frère.

Une fois le cercueil calé par terre, je promène mon regard autour de moi. Wylie va chercher les outils. Sous mes pieds, il n'y a que de la poussière et des plantes en passe de redevenir poussière. La maison calcinée se découpe sur l'horizon indistinct qui ondule sous l'éclat du soleil engloutissant le bleu du ciel dans sa fournaise.

Je m'assois. « Il aurait pu au moins l'enterrer sous un arbre. Il y avait l'oranger non loin du dortoir.

– Tu sais, dit Shorty, ces gars-là, les Easton, y viennent des grands espaces. Wylie, il veut que Miles, il ait une vue dans toutes les directions. »

Wylie est de retour avec les outils. McAdoo lui prend la pioche des mains. « Le sol ici, il est plus dur que le cœur d'une putain. Va falloir que je l'attendrisse un peu avant que tu puisses utiliser ta pelle. » Il se met au travail. Chaque fois qu'il brandit la pioche, il se balance sur les talons, se dresse sur la pointe des pieds puis frémit de tout son corps quand elle s'abat. Lorsqu'il heurte une pierre, l'acier tinte résolument. Le visage de plus en plus rouge, Shorty marque le rythme de ses mouvements par un grognement de basse, tandis que près de moi, les genoux remontés sous le menton, Wylie exalte d'une voix monocorde les mérites du cercueil qu'il a acheté, son vernis imperméable, ses vis en inoxydable, ses poignées en zinc.

Au bout d'un quart d'heure, le vieil homme, dégoulinant de sueur, s'arrête pour souffler. « Le sol m'a l'air un peu plus mou, dit-il à Wylie. Essaye avec la pelle. » Puis il se laisse tomber à côté de moi. Wylie s'empare d'une pelle et commence à creuser avec ardeur.

J'annonce à Shorty que je dois partir.

« Pas maintenant. Pas avant les prières. Wylie le prendrait mal.

– Je n'en ai rien à faire de vos prières. Ce Miles, je ne le connaissais ni d'Ève ni d'Easton. Je suis venu pour une seule et unique raison : parce que je suis payé pour recueillir vos histoires. Puisque vous êtes occupé, je n'ai aucune raison de m'attarder.

– T'énerve pas, dit McAdoo, me tapotant le genou. Tout à l'heure, on boira quelques verres. Pour dire au revoir à Miles avec classe. »

Je me lève et je m'époussette. « À demain, si vous êtes d'accord. »

Le vieux cow-boy agrippe le bas de mon pantalon, un éclat dur et minéral dans les yeux. « Non, je suis pas d'accord. »

Je vois qu'il ne plaisante pas. « Bon, je reste, mais en échange, je veux des Indiens. »

Maintenant qu'il a obtenu ce qu'il désirait, il se détend un peu. « Quel genre d'Indiens tu veux que je te serve ? Apprivoisés ou sauvages ?

– Sauvages, naturellement.

– Bon Dieu, faut pas que tu comptes trop sur moi pour t'en donner. Ces Indiens-là, ceux que l'armée flanquait en prison quand ils s'échappaient de la réserve, à peine qu'ils étaient enfermés, y se flétrissaient et y mouraient. Les Indiens sauvages, ils avaient besoin de liberté. Je suis sûr que si t'enfermes un Indien sauvage entre les couvertures d'un livre, y lui arrivera pareil. Il mourra.

– Vous êtes trop profond pour moi, Shorty.

– Tu parles ! Si j'étais une mare et que tu marches dedans, ta semelle serait même pas mouillée. Voilà comment que je suis profond. »

Le trou, lui, commence à l'être, profond. Wylie a déjà creusé une vingtaine de centimètres.

« Dans ce cas, je me contenterai pour l'instant d'un Indien apprivoisé.

– J'ai connu un célibataire d'âge mûr nommé Harp Lewis qu'a épousé une Indienne apprivoisée. Y l'a tirée d'une école de la réserve dirigée par un pasteur méthodiste, dit McAdoo, soudain lancé.

– Une seconde. Je prends mon carnet et mon stylo.

174

Comme des loups

— Donc, y va trouver le pasteur, y lui explique qu'il se cherche une femme, et est-ce qu'il en aurait pas une pour lui ? Le méthodiste, il lui dit de revenir dans une semaine pour qu'il en parle au Seigneur. Le pasteur, il en parle et à sa femme à lui et au Seigneur, et tous les deux, ils semblent d'accord. La semaine d'après, quand Harp revient, le pasteur lui dit qu'il a une fille qui pourrait convenir à un homme blanc, Ruth Big Head, elle s'appelle. Pas vraiment une beauté, mais bien obéissante et tout. La femme du pasteur, elle l'emmène à l'école pour qu'y lui jette un coup d'œil par la fenêtre. C'est une fille saine, solide, mais qu'a le visage tout marqué de petite vérole. Bien sûr, c'est pas ça qui va arrêter Harp – y devait approcher de la cinquantaine et y savait qu'il était pas le prince charmant. C'était dans l'ordre naturel des choses. Le vieux Harp Lewis, il était reconnaissant aux méthodistes d'avoir élevé cette fille et de pas vouloir qu'elle se marie avec un garçon de sa race. En général, les Indiennes chrétiennes, quand elles épousaient un jeune brave, elles redevenaient sauvages. Et Ruth Big Head, c'était la plus grande réussite que les méthodistes avaient jamais eue avec une squaw, et ils tenaient pas à ce que tout leur boulot, il soit foutu en l'air. Y lui avaient appris à cuisiner, à coudre, à laver le sol, à jardiner, à traire les vaches, à lire la Bible et à chanter des cantiques. Y disent à Harp que c'est la meilleure chrétienne qu'il pourra trouver en secouant un arbre à Boston. "Bon, dit Harp, alors, je la prends." Y donne cinq chevaux au père de la fille, et au pasteur, y donne quarante dollars pour la mission et dix autres pour qu'il les marie.

« Harp, il a pas eu à se plaindre. Ce que les méthodistes avaient dit sur la fille, c'était la sainte vérité. Ils lui avaient ôté tout ce qu'y avait d'indien en elle, et elle aurait pu donner des leçons à un tas de femmes blanches de la région sur le chapitre du maintien et de la tempérance. Sa maison, elle était impeccable. Et elle aussi, elle était impeccable – toujours une capeline amidonnée et un tablier propre. Elle était tout le temps fourrée à l'église, tout le temps en train de prier. C'était la plus chrétienne des Indiennes, sauf pour une chose : pas question de lui faire enfiler des chaussures de chrétienne. Elle les supportait pas. Elles te lui mordaient les pieds comme un chien, qu'elle disait. Elle voulait mettre que des mocassins.

« Le Harp, c'était un de ces types qui se soucient de l'opinion des gens, et il encaissait mal que sa femme porte pas de chaussures. Il avait honte qu'elle soye pas tout à fait civilisée. Quand les voisins, ils invitaient les Lewis chez eux, Harp les observait sans arrêt pour voir s'ils lorgnaient pas en douce les pieds de sa femme. Ils étaient mariés depuis vingt ans, et à chaque occasion, anniversaire, Noël ou autre fête, y lui offrait une nouvelle paire de chaussures achetée par correspondance. Et la nouvelle paire de chaussures, elle finissait à l'église dans la caisse des dons pour la Chine. Le vieux Harp Lewis, il a dû faire plaisir à toute une armée de Chinoises.

« Y avait juste là que ça collait pas. Elle lui a donné six enfants au Harp, et tout le monde disait que c'était les enfants les mieux élevés et les plus polis qu'on puisse rêver. Et on reconnaissait que c'était aussi grâce à elle. Naturellement, c'était alors une si bonne chrétienne que les gens, ils en oubliaient qu'elle était indienne. Ça leur était sorti de la tête. Et Harp, qu'était pas tellement du genre à passer souvent le seuil d'une église, il disait que c'était lui le sauvage de la famille. Mais c'était pas vraiment vrai. Y avait qu'un seul Indien dans le clan Lewis.

« Au cours de l'hiver 1910, ou dans ces zones-là, il a attrapé une pneumonie. C'était déjà un vieil homme, soixante-dix ans ou même plus, et il a toussé, toussé, toussé. Ruth Lewis l'a soigné, elle a prié nuit et jour pendant une semaine. Pratiquement sans dormir, sans manger, et à la fin, elle avait l'air d'un fantôme à la peau brune. Quand le Harp, il est mort, elle y a fermé les yeux et elle est sortie de la chambre. Pas un cri, pas une larme. Son fils aîné, il lui a laissé quelques minutes pour rester seule avec son chagrin, et ensuite, y l'a rejointe dans la cuisine. Elle s'était déjà coupé le petit doigt de la main gauche avec un couteau de boucher. Y avait du sang partout. Et elle s'attaquait à celui de la main droite.

– Mon Dieu ! m'écrié-je.

– Y me semble que c'était une Crow, continue Shorty. Les

Crows, y font ça quand quelqu'un meurt, se couper un bout de chair en signe de deuil. Un doigt, un morceau de muscle. Le pasteur, il en a fait tout un plat, il a rappelé à Mrs. Lewis que le corps, c'est le temple du Saint-Esprit et que ce qu'elle avait fait, c'était mal, comme une profanation. Elle en a pas cru un mot. Autant essayer de la convaincre de renoncer à ses mocassins. Jamais elle a reconnu qu'elle avait eu tort de faire ça. Et à l'enterrement de Harp, elle a pas porté de chaussures, non plus. » Il marque une pause. « Elle a donné deux doigts au vieux Harp en gage d'amour. Et c'était une Indienne apprivoisée. Ça te fait réfléchir. »

Nous relayant, nous finissons de creuser la tombe vers le début de l'après-midi, puis nous retournons au dortoir. Shorty allume le poêle et met de l'eau à chauffer. Après qu'on s'est récurés, Shorty et Wylie se rasent avec un rasoir à main de McAdoo. Une manche de la chemise de Wylie est déchirée, aussi le vieil homme lui en prête une propre, puis il lui époussette son pantalon à l'aide d'un balai jusqu'à ce qu'il le juge présentable en vue des funérailles. Ensuite, il dit à Wylie de s'asseoir sur le lit et d'attendre tranquillement pendant qu'il fait frire du bacon, des oignons et des pommes de terre. Nous sommes en train de manger quand une rafale de vent ébranle les murs du bâtiment. Shorty lève les yeux de son assiette et tend l'oreille. Une deuxième bourrasque envoie un tourbillon de sable cribler l'unique fenêtre munie d'un carreau, et un bourdonnement envahit la pièce tandis que le vent tombe dans un sanglot.

« On va avoir du sale temps, on dirait. » Le vieux cow-boy repousse son assiette. « Je m'habille, et on ferait mieux d'y aller. » Il tire de sous sa couchette un carton dans lequel il prend une redingote noire, du style de celles que personne ne porte plus depuis la fin du siècle dernier. Ainsi vêtu, il a un côté anguleux, les épaules et les coudes pointus, le visage plus profondément ridé, le regard plus aigu. Il ressemble à un daguerréotype d'antan, de ceux où l'on sent peser au travers des années les figures sévères de nos ancêtres qui nous considèrent comme des êtres insignifiants.

« Coiffe-toi », dit-il à Wylie.

Nous sortons tête nue. Wylie a les cheveux mouillés et brillants, lissés au moyen d'un peu de savon. Shorty tient un rouleau de corde dans chaque main. Le vent me plaque un poing brûlant sur la bouche et le nez, me coupe la respiration. Dans le ciel brumeux et cireux, un soleil torride luit derrière un voile de poussière. Des boules d'herbe roulent, poussées par le vent, et les broussailles ondulent autour de nous. Courbés sous les rafales, nous longeons les décombres calcinés du ranch, puis nous grimpons péniblement la pente en nous protégeant les yeux.

McAdoo nous montre comment descendre le cercueil dans la tombe, une corde passée en diagonale dans les poignées fixées à chaque coin. Le vent se calme d'un seul coup, et on entend le cercueil cogner contre les parois du trou, grincer et gémir, cependant que les poignées menacent de céder. Alors qu'on s'efforce de ralentir la chute de la lourde caisse, la corde me brûle les paumes et je suis à deux doigts de perdre l'équilibre. Le cercueil atterrit avec un choc sourd. Le vieil homme pousse un juron et se penche pour regarder.

« Ça va, crie-t-il pour couvrir le mugissement du vent qui a repris. Il a tenu. »

Nous nous emparons des pelles pour nous attaquer au monticule de terre et combler la fosse. À chaque pelletée, des traînées de poussière s'envolent comme des serpentins puis nous reviennent dans la figure. L'air lui-même a un goût de terre. J'en ai sur les lèvres, sur les dents, et je la sens qui tapisse le fond de ma gorge, qui me gratte les yeux. Partout, la poussière empanache le paysage, rampe vers l'horizon comme des tourbillons de fumée annonciateurs de dévastation. McAdoo se tient là, le dos raide dans sa redingote noire, encadré par Wylie et moi. Trois silhouettes sombres, fantomatiques, entourées par les nuages de fumée jaillis de la terre.

Ainsi se déroulent les funérailles de Miles Easton, au milieu d'une immense tache grise qui s'étend sur le paysage et envahit le ciel comme une souillure. À quoi s'ajoute le souvenir d'un étranger et des rites funéraires d'une femme crow qui se coupe un morceau d'elle-même afin de l'unir à ce qu'elle a perdu.

La veillée mortuaire se prolonge au-delà de minuit, au-delà d'une bouteille et demie de whisky. Wylie Easton s'est écroulé sur l'une des couchettes. Après avoir pleuré, sangloté et ragé, il s'est endormi d'un sommeil d'ivrogne. La mâchoire pendante, la poitrine qui se soulève et s'abaisse régulièrement, il dort maintenant comme un bébé. Le vent cogne contre les murs du petit bâtiment ainsi qu'une mer démontée contre une digue. McAdoo a allumé la cuisinière à charbon et laissé ouverte la porte du four, lequel diffuse une lumière qui palpite et qui, pareille au vent, enfle et s'apaise. McAdoo et moi sommes plongés dans une ivresse peuplée de curieuses rêveries empreintes de mélancolie. Je ne cesse de penser à la soirée d'hier et à Rachel. Le vieil homme et moi n'avons plus échangé le moindre mot depuis une bonne trentaine de minutes et nous n'avons pratiquement pas bougé, sinon pour prendre la bouteille posée par terre entre nous et boire une gorgée au goulot avant de la reposer avec précaution. Pour la première fois, je remarque sur le visage de McAdoo cette expression brutale, hantée, qui était la sienne dans l'extrait de film que j'ai visionné chez Chance.

Il finit la bouteille, la remet à sa place puis, d'un doigt, la fait basculer. La bouteille roule dans la pièce silencieuse. Le vent s'est calmé.

« Un autre cadavre », dit-il, la poussant du pied. Elle roule un peu plus loin.

Je broie du noir. Ma jambe me fait mal, une douleur sourde, lancinante, comme aux plus mauvais jours. J'ai sur moi un sachet de marijuana que Rachel m'a donné à l'occasion de mon anniversaire. Elle m'a conseillé d'en fumer quand je souffrais trop. Ce matin, lorsque je l'ai glissé dans ma poche, je pensais en faire un autre usage, mais le moment me semble venu de m'offrir un peu de soulagement. McAdoo m'observe.

179

« Vous avez déjà essayé ? je lui demande en allumant la cigarette que je me suis roulée.

– Y a pas grand-chose que j'ai pas essayé en mon temps. Passe-le-moi. »

Je lui tends le sachet, puis je souffle la fumée que je gardais dans mes poumons. « C'est de la bonne herbe, dis-je, contemplant l'extrémité rougeoyante du joint.

– Autrefois, je suis resté au Mexique pendant un hiver entier, déclare soudain Shorty. J'ai fumé plus de ce truc-là que de tabac. Je préférais ça à cette saloperie de mezcal, avec tous ces vers dedans.

– Vous avez drôlement voyagé. Vous avez dû en voir des choses, dis-je pour l'encourager à parler.

– Ouais, quelques-unes », acquiesce-t-il d'une voix sans timbre.

Je me demande s'il n'est pas précisément en train de les revoir, ces choses, et si ses yeux ne sont pas tournés au-dedans de lui, vers le passé. Ils me paraissent voilés, mystérieux. Il tire une profonde bouffée de sa cigarette de marijuana. Assis chacun sur notre couchette, nous fumons un moment en silence. McAdoo est tellement immobile qu'il me semble à peine humain à la lueur du feu qui couve dans la cuisinière.

« Et vous avez dû aussi en faire des choses, non ? je demande pour l'inciter de nouveau à raconter.

– Ouais, j'en ai fait. » Son regard rencontre le mien. Et soudain, la flaque de lumière rougeoyante dans laquelle nous baignons prend le caractère clos et intime d'un confessionnal qui nous rapproche et nous unit face aux ombres qui rampent dans la pièce et à tout ce qu'elles peuvent cacher ou abriter.

J'insiste : « Bon Dieu, Shorty, la journée a été longue. Je ne voudrais pas rentrer les mains vides. »

Il se tait.

« Donnez-moi quelques Indiens sauvages.

– T'abandonnes pas facilement, hein ?

– Ce monde-là a disparu. Vous pouvez le faire revivre pour nous. Le ressusciter d'entre les morts comme Lazare.

– Vincent le prédicateur ! »

Dehors, le vent souffle, un vent sombre, une force élémentaire à l'instar de la vie que, j'imagine, l'homme devant moi a vécue. L'espace d'une seconde, je voudrais me jeter comme un affamé sur toute la sauvagerie que McAdoo renferme en lui, non pas pour Chance, mais pour assouvir le besoin que je ressens en mon for intérieur.

« Racontez-moi », dis-je dans un murmure.

À cet instant, Wylie bouge sur sa couchette. Il se soulève sur un coude et nous considère, comme ahuri, le visage tout ensommeillé. « Shorty, Shorty, appelle-t-il, tel un enfant qui se réveille dans un lit inconnu.

– Je suis là, Wylie, rendors-toi. Tout va bien », le rassure McAdoo.

Le jeune Easton se rallonge. Bientôt, entre deux rafales, nous entendons sa respiration régulière qui fait comme le bruit d'un balai qu'on passe sur le sol.

Shorty se tourne de nouveau vers moi. « Je l'emmène au Canada. C'est le mieux pour lui. J'y ai déjà été. » Sa voix change d'intonation, comme s'il parlait du fond d'un gouffre. Un gouffre de regret, ou de chagrin peut-être. « Je suis devenu indien au Canada.

– Vous voulez dire que vous avez vécu parmi les Indiens ? »

Il garde le silence. Je perçois en lui toute la souffrance d'un animal qui ronge sa patte prise dans un piège.

« C'est là qu'on devient indien, dit-il enfin, posant un doigt sur sa tempe. Dans sa tête. Indien, c'est une façon de penser. Dans les studios, tous ces types de l'Est, y font que jouer aux cow-boys et aux Indiens. Ils apprennent sur les Indiens dans les bouquins pour enfants, peut-être un bouquin du genre de celui que tu veux écrire avec mon aide, des bouquins qui te disent comment c'est le langage des signes, comment on taille une pointe de flèche au moyen d'un bois de cerf, comment on fabrique une coiffe de guerre avec des plumes de dinde. C'est pas les livres qui font les Indiens. C'est le pays qui fait les Indiens.

– Comment ça ? je demande doucement. Expliquez-moi. »

Il tend la jambe et referme la porte du four avec la pointe de sa botte. La lumière se réduit à quelques rais incandescents qui filtrent par les ronds de la cuisinière. Le bout rougeoyant de la cigarette de marijuana éclaire par intermittence ses yeux caverneux, ses pommettes saillantes. D'une voix sèche, lointaine, détachée, il commence : « Ça faisait cinq mois que j'étais seul là-bas. Pas une âme à qui parler. À tuer pour manger et à chercher de l'eau. Pas de café, pas de thé, à peine un morceau de sucre. Si t'as jamais vu un homme blanc qu'a passé cinq mois sans pain, sans crackers et sans haricots, eh ben, t'en as un devant toi.

« J'en avais soupé des gens, je voulais plus voir personne, mais un pays désolé, ça amène la désolation. J'ai chanté toutes les chansons que je connaissais pour essayer de faire taire les discours indiens dans ma tête. Tous les jours, je les entendais, de plus en plus fort. C'est le pays qui faisait ça. Le ciel était un ciel indien, le vent était un vent indien, chaque chose sur laquelle mes yeux ils se posaient, c'était une chose pour un Indien.

« Je me suis coupé de ceux de ma race. J'en avais marre des Blancs. Dès que j'apercevais le moindre signe d'eux, des chariots, des trains de marchandises, je me cachais. La seule piste que je suivais, c'est la piste des animaux. Je voyais un faucon, je suivais le faucon. Le faucon me conduisait à un cerf, je suivais le cerf. Le cerf plantait ses bois dans le soleil, je suivais le soleil. Des fois, je parcourais à cheval plus de soixante kilomètres dans une journée, vers l'est, vers l'ouest, vers le nord ou vers le sud, j'avais rien qui me retenait. J'abreuvais mon cheval dans la Frenchman, dans la Saskatchewan, dans l'Oldman, dans la Bow ou dans le Grand Boueux. Je bougeais tout le temps. »

Sous le couvert de la pénombre, mon stylo aussi bouge, griffonne une histoire racontée également sous le couvert de la pénombre. Je tourne sans bruit les pages de mon carnet, sténographiant en aveugle. Mes yeux finissent par s'habituer à la semi-obscurité, et je distingue la silhouette du vieil homme assis maintenant sur sa chaise, la tête droite, la cigarette qui pend dans sa main.

« J'ai vécu de cette manière pendant un mois, et après, je suis tombé malade. J'ai eu le mal des os, de la fièvre, du sang dans la merde. Un jour, je me suis retrouvé accroupi à côté d'une mare à bisons, nu comme un ver, blanc comme une branche de saule écorcée. En levant les yeux, j'ai vu le soleil à quatre heures, et moi, incapable de me rappeler comment j'avais atterri là. Je savais même plus où j'avais fourré mes habits. Et voilà que je m'entends... chanter. Et tout de suite après, y fait nuit. Perdu là, dans la prairie déserte au milieu de la plus terrible des tempêtes que t'as jamais vue, mais mes vêtements, y m'étaient revenus tout seuls. Le tonnerre grondait, le ciel se fendait comme un mur de plâtre lézardé, des coups de tonnerre si forts que ça te déchirait les oreilles, et puis des éclairs de feu jaune-vert qui allaient du ciel à la terre, et le monde entier tremblait et brûlait comme une maison qui s'effondre en flammes au-dessus de ta tête, avec les poutres qui se fendent, le plancher qui cède sous tes pieds, le toit qui s'affaisse.

« Deux boules de feu roulent vers moi sur l'herbe rase, elles craquent et elles sautent comme des gouttes d'eau dans l'huile chaude d'un poêlon. Les cheveux se dressent droit sur ma tête, je me couvre les yeux avec mes mains pour pas voir ce qui va m'envoyer dans l'autre monde... y a une lumière bleue tout autour de mes mains... comme des faux soleils qui tournent. Je me sens soulevé, les bottes qui pendent dans l'air.

« Le ciel s'ouvre tout grand. La pluie me plaque au sol, me renverse, me pilonne tellement qu'elle réduit mes vêtements en lambeaux qui collent à ma peau comme des journaux trempés. Je peux à peine respirer, j'avale toute la flotte. On dirait un torrent, le flot et l'écume qui bouillonnent au-dessus de ma tête, et au bord du torrent, y a des éclairs comme de vieux troncs d'arbre qui plient dans le vent blanc, leurs racines fourchues enfoncées dans la terre et qui plongent au cœur de l'enfer.

« Tout d'un coup, voilà que je suis piqué de partout, attaqué par des abeilles glacées. C'est de la grêle. Elle fait un bruit pareil à la faux qui coupe l'herbe, et y a le sang qui rugit dans mon crâne. J'ai rien d'autre pour me protéger que mon cheval. Je jette mon manteau sur sa tête et je me glisse sous son ventre. Les cailloux de glace tambourinent sur lui et il se met à hennir. On dirait un cochon qu'on égorge, jamais j'ai entendu un truc comme ça.

« Dieu sait combien de temps ça a duré. Je me bouche les oreilles pour plus entendre et, assis par terre, je reste là, je fais juste que me balancer. Soudain, le cheval, il se tait, un silence de mort. La faux a fini de couper, le sang a fini de rugir. Plus d'éclairs, plus de tonnerre. Je sens le froid qui s'évapore de la terre, je vois la glace blanche qui fume. Je sors à quatre pattes de sous le cheval. Je rampe. Je sais pas où je vais et je m'en moque. Les grêlons craquent comme du verre brisé, me rentrent dans les genoux. Tout est blanc, tout est gelé, un nuage de brume s'élève du sol, et je me traîne au milieu. Je transpire, j'ai de la fièvre, j'ai peur, et je braille comme un bébé. Je continue à ramper, je cherche un trou où me blottir, où me rouler en boule. Brusquement, je peux plus avancer, mon corps refuse de me porter et je m'écrase, le visage dans les grêlons, marmonnant, la bouche dans les grains de glace, pendant que l'orage, lui, marmonne au loin.

« Je me réveille à l'aube. Le ciel est vert pomme et moi, je suis à peu près bien dans ma tête, mais trempé, frigorifié et tout frissonnant. Je me dis que la grêle a peut-être aspiré la fièvre qu'était en moi. Sauf que je suis plus couché dans les grêlons mais dans l'eau. Couvert de boue. Je me relève et je regarde si je vois mon cheval. Pas de cheval. Il a décampé avec ma selle et mon fusil.

« Du coup, je m'abandonne au désespoir. Je m'affale dans la boue, incapable de me sortir de cette mare fangeuse. Je suis lessivé.

« Le soleil grimpe dans le ciel, la boue sèche sur ma figure, mes mains, mes cheveux, mes vêtements. Je reste assis, toujours incapable de me lever. Et puis j'entends des chevaux. Seigneur Jésus, je suis peut-être sauvé. J'arrête de contempler la boue qui fait une couche toute craquelée sur la jambe de mon pantalon, je dresse la tête, et qu'est-ce que je vois ? Trois jeunes Indiens qui s'approchent, montés sur leurs mustangs.

« Alors, je me secoue, bon Dieu, ça oui, je me secoue, et je me précipite pour prendre mon revolver. Seulement, j'ai plus de revolver. Avec toutes mes aventures de la nuit, j'ai dû le perdre quelque part. Je cherche partout autour de moi, mais je vois que des flaques où le soleil se reflète, de l'herbe hachée par la grêle et de la gadoue. Pas de Colt. La seule arme que j'ai face à ces Indiens, c'est un malheureux couteau.

« Y sont là. Ils ont arrêté leurs mustangs juste sous mon nez, et y me regardent comme les Indiens, ils te regardent : le visage impassible, l'air solennel. Et je devais faire un sacré spectacle. Un Blanc vêtu de haillons que même un Indien qui traîne autour des forts voudrait pas porter. Les cheveux emmêlés, salis de boue séchée, et tout le reste de mon corps couvert d'une croûte d'au moins un arpent de la terre du bon Dieu.

« C'étaient de beaux gars, parés comme pour une fête avec leurs peintures et leurs plumes. Çui qui semblait être le chef de l'expédition se tenait droit comme un canon de fusil, ses cheveux noirs d'Indien qui lui descendaient jusque dans le creux des reins, la moitié de la figure peinte en jaune, et l'autre en rouge, et autour du cou, un collier de clochettes en cuivre qui tintaient chaque fois que son cheval grattait le sol de son sabot.

« Y me montre du doigt, dit quelque chose à ses copains dans son baragouin. Leurs rires sont pas très encourageants. Il fait avancer son mustang qui me bouscule un peu, puis il me tapote le sommet du crâne avec sa cravache. D'une grosse voix, y dit un truc qui ressemble à une question. Probablement du genre : Qu'est-ce que tu fais là à me gâcher mon paysage et l'air que je respire ?

« Seigneur Dieu, que je me dis, Seigneur Dieu, c'est des Blackfoots. J'ai entendu des tas d'histoires sur les bûcherons et les chasseurs qu'ils ont massacrés le long du Missouri. Y laissent pas de bien jolis cadavres. Des cadavres avec la bite enfoncée dans la bouche.

« Visage Rouge et Jaune me file encore un petit coup de cravache et il lance un truc à ses copains qui se boyautent comme des malades. Je me dis que ce qui les fait rigoler, c'est que je soye aussi sale qu'un cochon. Un homme, y ferait n'importe quoi pour sauver sa peau, moi compris. Alors, je me fous à quatre pattes, je lève le cul en l'air et je commence à pousser des cris à réveiller les serpents puis à fouiller la terre du groin comme un porc dans son enclos. Putain, la tête qu'y font les Indiens ! Ils ont jamais vu ça. Une fois la surprise passée, ils se mettent à hurler de rire. C'est bon signe. Personne va te tuer tant que tu l'amuses.

« Ce maudit Visage Rouge et Jaune, il me désigne encore, et il répète tout le temps le même mot. Et les autres, à chaque fois, y font oui, oui, oui de la tête. Je pense que ce gars-là, il a été dans le monde, y connaît les forts de l'homme blanc et il a déjà vu des cochons. Donc, quand y prononce le mot, moi aussi je fais oui, oui, oui de la tête, je souris et je grogne de plus belle. Je vais jusqu'à me rouler dans une flaque de boue plus profonde et, allongé sur le dos, à agiter les bras et les jambes. Normalement les Indiens, y méprisent les cochons, mais voir comme ça un Blanc jouer les cochons, ça devait les réjouir.

« Mais ce qu'y savaient pas, c'est qu'en fouillant comme ça la boue à quatre pattes, en tortillant du cul, en fait, je cherchais mon foutu revolver. Et que quand j'aurais mis la main dessus, j'avais bien l'intention de tirer Visage Rouge et Jaune et ses potes comme si c'étaient des dindes perchées sur une barrière.

« Je cherche et je cherche en priant : S'il te plaît, Dieu, fais que je retrouve ce revolver. Une ou deux fois, craignant de plus intéresser les Indiens, je m'assois comme une grosse truie, et je fais des pets mouillés avec mes lèvres en flanquant mes mains de chaque côté de la tête pour imiter des oreilles de cochon. Dès que les Indiens, ils s'esclaffent, je me remets à fouiller le sol pendant qu'y font tourner leurs chevaux pour rien rater du spectacle.

« La fièvre m'a beaucoup affaibli, et au bout d'un moment, je suis complètement vidé, mais je me dis : Continue, continue, jusqu'à ce que t'aies récupéré ton Colt. Je me le dis sans arrêt. Et je fouille, je fouille, les mains plongées dans la vase qui suce mes dernières forces, et j'ai les bras si lourds que j'arrive à peine à les soulever. Continue, je m'exhorte. Ce revolver, c'est ton seul espoir.

« Dans ces cas-là, tu penses plus qu'à une seule chose, tu pries pour que tes yeux, ils accrochent un éclat métallique, et le bruit dans ta tête, il est pareil à çui d'une scie qu'entame le bois en gémissant. Et c'est le bruit de ta propre respiration, mais faut que tu continues, que tu continues. Ta vue se brouille, comme du sang dans l'eau qui coule goutte à goutte, et l'eau, elle devient trouble, et puis claire, et puis trouble, jusqu'à ce qu'y reste plus que le sang rouge, écarlate, et là, tu te dis d'un seul coup que le bruit, c'est çui d'une scie qui te découpe le cœur, et que le sang, à chaque coup de scie, il jaillit dans toi, et il monte, monte jusqu'à ce que tu te noyes dedans, dans le sang jailli de ton propre cœur.

« Et je me suis noyé. J'ai chaviré. Sombré. J'avais plus la force que pour une seule chose : prendre le poignard glissé dans ma botte. Mes doigts tâtonnent, se posent dessus, mais ils refusent de se refermer autour du manche. Je comprends que c'est fini. Je suis étendu là, la figure dans la boue, haletant, un cochon qu'on va égorger. J'attends. Y vont venir, y vont me faire comme aux bûcherons au bord du Missouri, me découper en petits morceaux.

« C'est le silence, un silence inquiétant. Un peu comme dans une maison déserte, mais plus grand, plus bizarre. Un monde désert, me disait ce silence. J'attendais. Rien ne venait. J'ai roulé sur le dos, je me suis relevé en chancelant. J'aurais juré qu'y avait pas une âme à cent kilomètres à la ronde. Les Indiens, ils s'étaient évaporés, comme de la fumée dans le vent.

« Pendant deux heures, j'ai tourné en rond à la recherche de mon revolver. Les trois Indiens en annonçaient peut-être d'autres. J'ai trouvé mon chapeau. Et un coq de bruyère à l'endroit où la grêle l'avait tué. En le voyant, j'ai eu tellement faim que je l'ai plumé et dévoré cru, là, sur place. Ça faisait une éternité que j'avais rien mangé.

« J'avais le chapeau, le coq, mais j'ai jamais retrouvé le Colt. À l'heure d'allumer les chandelles, j'ai pris la direction du sud, vers la frontière. Je marchais comme un mort vivant. J'ai marché toute la nuit. Le soleil s'est levé et j'ai retrouvé une troisième chose : mon cheval, qui lui aussi allait vers le sud. »

Il se tait longuement. Je l'entends tirer sur la cigarette de marijuana, mais le bout ne rougeoie pas ; elle s'est éteinte entre ses doigts. Je m'apprête à refermer mon carnet, mais il se remet à parler d'une voix qui n'est plus ni dure ni sèche, mais empreinte de tristesse et de mélancolie comme au début.

« Ces vrais Indiens d'autrefois, y partaient tout seuls dans les régions sauvages pour chercher leur esprit-gardien, dit-il. C'est là qu'ils le trouvaient. »

Je lui demande ce qu'il entend par esprit-gardien.

« L'esprit-gardien, répète-t-il. L'esprit qu'ils partagent avec certaines créatures, le grizzly, le wapiti, le coyote, ou le corbeau. C'est les épreuves et le pays qui les aident à le trouver. » Il s'interrompt de nouveau. « Et le mien, c'est quoi ?

– Votre quoi ?

– T'as pas écouté, hein ? » dit-il.

Le lendemain matin, je tape une transcription de nos entretiens. Après réflexion, je me contente d'envoyer le dernier, parce qu'il possède ce ton de sincérité absolue dont Chance est en quête. Je pense qu'il marque un progrès, qu'il montre comment McAdoo, à mon instigation, s'approche de plus en plus de ce que nous nous efforçons d'obtenir : la vérité.

Le soir même, alors que je me prépare à aller me coucher, on frappe à ma porte. C'est un coursier qui me remet un message de Chance :

Cher Harry,

Un film sur un fou égaré dans les plaines n'est pas précisément ce que j'avais à l'esprit. Faites-le parler des guerres indiennes.

Bien à vous,

Damon Ira Chance

16

Contemplant la note de Chance dans laquelle il traite avec tant de mépris le récit que m'a fait McAdoo de l'orage sur la prairie et de l'épisode où il a joué le cochon devant les Indiens, je me sens idiot, les idées confuses. Mon inquiétude s'accroît quand je vois que mes transcriptions de la semaine suivante ne donnent lieu à aucun retour, à aucun commentaire. Mr. Chance n'est pas content de moi.

Je m'en veux de m'être stupidement imaginé que des mots sur une page pouvaient traduire ce que j'ai appris sur McAdoo. À savoir qu'il cache quelque chose qu'il a besoin de dire. J'ignore de quoi il s'agit, mais j'en perçois tout le poids, toute la pression derrière ce qu'il m'a raconté ce soir-là. De simples phrases sur le papier sont incapables de l'exprimer. C'était l'enterrement, la tombée de la nuit, le vent incessant, la manière dont il se tenait sur sa chaise, la pointe de sa botte refermant la porte du four de la cuisinière, l'obscurité soudaine, la voix qui faisait des gammes dans le noir, d'abord monocorde comme quand on dicte, puis qui se troublait, qui s'interrogeait. Je me dis tout à coup qu'il y avait plus important que ses paroles ; ce qui donnait le sens de son récit, c'était le sentiment qui s'en dégageait.

Et c'est la raison pour laquelle ma transcription n'intéresse pas Chance, elle est trop prosaïque à ses yeux, un travail assidu mais sans imagination. Pourtant, je ne suis pas seulement un sténographe dépourvu d'imagination. Non. Pour employer le mot préféré de Chance, j'ai l'intuition que ce qu'il y a à obtenir de McAdoo, il ne suffira pas de le demander. Il faudra le gagner.

Shorty McAdoo n'est pas un vantard. Chance peut trouver ici, à Hollywood, des centaines de cow-boys qui, en l'espace de quelques heures, lui raconteront assez de mensonges pittoresques pour remplir les écrans du pays. Mais l'ambition de Chance est d'aller au-delà du simple divertissement et de faire un grand film, un film véridique. C'est son vœu le plus cher. Et je désirerais lui dire que ce n'est qu'à force de délicatesse et de patience qu'on arrachera la vérité de la bouche de Shorty McAdoo.

J'ai ma fierté. Je ne supporte pas que Chance m'ait ainsi expédié d'un trait de plume, et je ne veux pas être méconnu ni incompris. Il faut que je le voie pour le lui expliquer, ou au moins que je lui parle au téléphone.

Le problème, c'est que je n'arrive pas à le joindre. Chaque fois que je l'appelle à son bureau, sa secrétaire me répond qu'il est occupé et qu'il ne peut pas me prendre. Je commence à soupçonner que Fitzsimmons lui a donné l'ordre de ne pas me passer Chance.

J'ai besoin de progresser avec McAdoo. Aussi j'arrive avec le pistolet.

« C'est quoi ? me demande McAdoo.
– D'après vous ? »
Il parle du revolver que j'ai acheté dans une boutique de prêteur sur gages de L.A. dans l'espoir de l'amener à me faire des révélations.
« Ce que je voulais dire, c'est pourquoi tu me le montres ?
– J'aimerais que vous m'appreniez à m'en servir.
– Range ça avant de blesser quelqu'un !
– Allons, Shorty, vous vous y connaissez en armes. Le premier jour où je suis venu ici, le pan de votre veste s'est écarté et j'ai aperçu le revolver glissé dans la ceinture de votre pantalon.
– C'était exprès. Si tu l'avais pas vu, je te l'aurais montré.

– Pour m'avertir ?

– Je suis un homme prudent.

– Apprenez-moi à tirer.

– J'aime pas tirer. J'ai jamais aimé.

– Vous aviez pourtant l'intention de tuer ces trois Indiens, non ?

– Je craignais pour ma vie.

– Pourtant, ça n'aurait pas été facile pour un mauvais tireur.

– De si près, suffit de viser et d'appuyer sur la détente. C'est comme pointer le doigt. » Il fait le geste en guise de démonstration.

Je lui tends le revolver. « Montrez-moi. »

Un instant, je suis persuadé qu'il va refuser tout net, mais il le prend, le soupèse, puis il abaisse et relève plusieurs fois le canon comme un peintre qui passe une couche sur le poteau d'une clôture, un geste lent et délibéré. Après quoi, il dit : « Attends ici », puis il s'éloigne à grands pas. À voir ses enjambées, je comprends qu'il mesure une distance. Je me mets à compter, sept, huit, neuf. McAdoo s'arrête, pivote. « Surtout, bouge pas », me prévient-il.

La détonation sèche et le jaillissement de poussière à côté de mon pied droit me semblent se produire dans le même temps que le mouvement du canon. L'acier étincelle de nouveau dans le chaud soleil, un autre coup de feu retentit et la terre, cette fois, crible ma botte gauche.

Je reste rivé sur place, l'estomac noué, la tête qui tourne. Sa voix me fait sursauter. « Juste viser et appuyer, dit-il doucement. Viser et appuyer.

– Pour l'amour du ciel, Shorty ! »

McAdoo revient vers moi d'un pas tranquille, le pistolet qui pend au bout du bras. Je ne quitte pas l'arme des yeux avant qu'il soit en face de moi. « Voilà pour ta leçon, dit-il, me présentant le pistolet innocemment posé dans sa paume. Prends-le. »

Je m'exécute, car il me paraît plus en sécurité entre mes mains qu'entre les siennes. Ma langue est pareille à un bout de cuir craquelé dans une chaussette de laine.

191

« Je suis pas un de ces tireurs fantaisistes, dit-il. Mais je vais te confier un secret : une arme, elle a qu'un seul but. Et ce but, c'est tuer. »

Ma langue me gêne, elle est tout engourdie.

« Un pistolet, c'est pas pour faire ton malin, c'est pour voir si t'as du cran. Il sert juste à une chose sur cette terre, à abattre un homme. Un homme qui voit ton visage et que toi, tu vois son visage. C'est pas un jouet. Je connaissais des gars capables de te transpercer une carte à jouer en plein milieu, des gars qui te faisaient danser une boîte de conserve tout autour d'une cour comme si elle était attachée au bout d'une ficelle. Ceux-là, fallait pas les emmerder. » Il pose la main sur mon épaule et me désigne l'épouvantail que Wylie a planté dans le potager. Une salopette en loques et une taie d'oreiller bourrée de paille sur laquelle un visage a été grossièrement dessiné au charbon de bois. « Maintenant, suppose que çui-là, y t'emmerde. Vas-y, tu vises et t'appuies », dit-il.

Je fais non de la tête. J'ai la main qui tremble.

« Tu la voulais, Vincent, ta putain de leçon de tir. Alors, vas-y. »

Je lève le pistolet. Un poids colossal pèse dans ma main, comme si j'essayais d'arracher avec le canon l'épouvantail enfoncé dans la terre du potager. Je presse la détente. L'arme tressaute comme un petit animal qui se débat dans mon poing.

« Un peu plus haut et un peu plus à droite, dit simplement Shorty. Tu vises et t'appuies. »

Le choc s'est propagé le long de mon bras jusqu'à l'épaule. Je m'efforce d'ajuster le centre de la salopette, mais il bouge à chacun des battements de mon cœur. J'ai beau bander mes muscles, rien n'y fait. Je tire. Un petit nuage de poussière s'élève dans le champ au-delà de l'épouvantail.

« Recommence, m'enjoint McAdoo. Vas-y, recommence. »

Je tire deux autres balles, le plus vite possible. Je veux en terminer au plus tôt. Le revolver se cabre dans ma main sous l'effet du recul, et l'odeur de la poudre emplit mes narines. Et puis, soudain, le chien claque dans le vide, et l'épouvantail, indemne, me considère avec un petit sourire ironique. D'un geste, Shorty écarte le canon du revolver.

« T'as appris quelque chose ? » demande-t-il.

Derrière le vieux cow-boy, j'aperçois Wylie qui, chaussé de ses bottes de cheval, court maladroitement, les genoux haut levés et les épaules rejetées en arrière. Longeant le ranch incendié, il prend au passage une poutre à demi calcinée, puis il fonce vers nous.

« Laisse tomber les armes à feu, Harry, me conseille Shorty. C'est pas pour toi. » Sentant quelque chose, il se retourne et voit Wylie. « Tiens, reprend-il, voilà la cavalerie. »

Ladite cavalerie déboule sur nous. « J'ai entendu des détonations, Shorty ! J'arrive ! crie-t-il, hors d'haleine. T'as rien, Shorty ? » Il brandit la poutre de laquelle dépasse un grand clou rouillé.

« Du calme, le rassure McAdoo. Y a pas à s'inquiéter. »

Le regard de Wylie va de McAdoo à moi. Il a remarqué le revolver, et il paraît à la fois furieux et confus. « Pourquoi vous tirez ? me crie-t-il. Shorty dit que vous voulez le faire parler de trucs qu'il a pas envie de parler. » Il fait un pas menaçant vers moi. « Laissez-le tranquille. Y vous doit rien.

– Fiche-lui la paix, intervient McAdoo. Je faisais que donner une leçon de tir à Harry. »

Wylie se mord la lèvre, puis il se met à la sucer en quête d'une consolation tandis que ses yeux se plissent, pleins de ressentiment. « Et à moi, pourquoi que tu me donnes pas une leçon ? se plaint-il auprès du vieil homme.

– Oui, Shorty, pourquoi vous ne lui donneriez pas une leçon à lui aussi ?

– Il a pas besoin de cette leçon-là, répond McAdoo.

– S'il te plaît, Shorty, j'ai tiré au revolver que deux ou trois fois. Laisse-moi essayer.

– Wylie a pas besoin de leçon comme toi, monsieur l'Écrivain. Tu l'as vu accourir à la rescousse ventre à terre avec rien qu'un bout de bois à la main, prêt à réduire quelqu'un en charpie. » Il m'adresse un sourire carnassier. « Wylie, faut pas l'emmerder.

– Ouais, pour sûr, approuve celui-ci après une courte hésitation. Faut pas m'emmerder.

– Tu venais pour sauver la peau au vieux Shorty, pas vrai, mon gars ?

– J'ai entendu les coups de feu. Alors, je m'ai dit : peut-être que Shorty, il a des ennuis, et j'ai couru comme le vent. »

Je tends à McAdoo l'arme ainsi qu'une boîte de cartouches. « Montrez-lui, dis-je.

– Oui, montre-moi, Shorty, supplie Wylie. J'y arriverai, Shorty. »

Sans un mot, le vieux cow-boy casse le revolver, le charge, puis le referme d'un coup sec. Avant de le confier à Wylie, il dit d'un ton ferme : « Pointe le doigt.

– Sur quoi, Shorty ? Où ça ?

– Là, sur cette saloperie d'épouvantail que t'as fabriqué. »

Wylie obéit.

« Dis *boum*.

– Boum, dit Wylie.

– Baisse le bras. »

Wylie baisse le bras.

« Maintenant, tu le lèves et tu dis boum – en même temps.

– Boum.

– Bien. » McAdoo lui colle l'arme dans la main. « Tu fais pareil avec ça, tu pointes et tu presses la détente. »

Wylie lève le revolver dont le reflet métallique file le long de son bras puis éclaire son visage rayonnant. *Boum !* La salopette tremble sous l'impact de la balle. Les deux suivantes déchirent la toile de Nîmes. L'épouvantail est tout de guingois.

« Tu vois ? me dit McAdoo. Il est impeccable, ce pistolet. » Il se tourne vers Wylie. « C'est comme viser une vache dans un couloir, hein ? »

Ravi, Wylie sourit. « Ouais, facile, dit-il. Facile.

– À présent, la tête. »

Les mots sont à peine prononcés que le canon étincelle dans le soleil. Je perçois trois détonations, si rapprochées que l'on dirait un bégaiement, et la tête de l'épouvantail oscille comme le fouet d'un boghei.

McAdoo et moi demeurons silencieux cependant que quelques fétus de paille volettent et atterrissent lentement sur le sol. Wylie a fait un trou au milieu du front de l'épouvantail, un autre dans l'œil droit et le troisième, à cinq centimètres au-dessus du gauche.

« Seigneur Jésus, murmure McAdoo.

– Boum, dit Wylie, braquant le revolver vide. Boum, boum.

– L'arme est à lui, dis-je. Je n'en veux pas. Qu'il la garde. »

Je m'éloigne à grands pas. Wylie vise plusieurs cibles en faisant *boum*, de plus en plus fort. Il feint de tirer sur le moulin à vent, sur la fenêtre du dortoir, sur un poteau de la clôture. Après avoir fait démarrer ma voiture à la manivelle, je jette un dernier regard derrière moi. Wylie me tient dans sa ligne de mire. « Boum ! hurle-t-il. Boum ! Boum ! » Il rit. Tandis que je m'installe au volant, McAdoo abaisse d'une petite tape le bras de Wylie.

17

La traversée de la Milk River fut beaucoup plus facile que celle de la Marias : pas d'imbécile ni de jument blanche aveugle à sauver de la noyade. Une fois sur l'autre berge, les hommes se débarrassèrent de leurs vêtements qu'ils mirent à sécher sur les branches des saules, puis ils firent un feu et, en tenue d'Adam, ils mangèrent leur petit-déjeuner en attendant de pouvoir se rhabiller. À présent qu'ils se savaient au nord de la Milk River, les chasseurs semblaient plus détendus, car ils se trouvaient hors de la juridiction du shérif du comté de Choteau, des marshals fédéraux, de l'armée ou des agents indiens. Du côté canadien de la frontière, il n'y aurait pas de représentants de la loi, galonnés ou non, qui s'intéresseraient de trop près à leurs affaires.

Et si leur moral avait remonté, cela tenait sans doute aussi au fait que tous signes des voleurs de chevaux avaient bel et bien disparu. Pur soulagement, se disait le garçon de l'Anglais en remarquant que le nœud qu'il avait lui-même à l'estomac s'était quelque peu relâché dès qu'ils avaient perdu les traces. Les vantardises touchant à ce qu'ils feraient aux Indiens étaient une chose, mais la réalité en était une autre. Il y avait des brutes au sein de la bande, mais même les brutes y réfléchissent de temps en temps à deux fois quand il leur arrive de fermer la bouche pour penser une seconde.

Hardwick fit traîner le café matinal ; maintenant que la piste s'était évaporée, il n'y avait nul besoin de se presser. Les voleurs avaient pu disparaître n'importe où, et même reprendre le chemin du sud. Hardwick avait cependant parié qu'ils prendraient la direction des Cypress Hills situées à environ quatre-vingts kilomètres au nord, un excellent terrain de chasse pour les tribus. Et pas seulement pour les Crees, les Saulteaux, les Assiniboines ou les Blackfoots qui s'y réunissaient pour danser, chasser, guerroyer et tailler des perches dans ces arbres minces, droits comme des flèches et pratiquement dépourvus de branches, si prisés pour confectionner les tipis et les travois. En effet, les collines étaient également fréquentées par des bandes de Métis qui avaient donné son nom à la *montagne des cyprès,* des chasseurs de bisons qui fournissaient à la Compagnie de la baie d'Hudson le pemmican pour nourrir ses agents et ses employés installés dans le Nord-Est. Et par des négociants aussi. Rien que l'année dernière, à en croire Vogle, Isaac Cowie, ce salaud de la Compagnie, avait récupéré cent cinquante fourrures de grizzlys et mille cinq cents peaux de wapitis, bien que le monopole de la Compagnie eût été brisé par des indépendants qui vendaient le mauvais whisky que celle-ci se refusait à vendre. Et l'idée de whisky, bon ou mauvais, ainsi que la perspective d'une longue rasade avaient sans aucun doute contribué de même à l'amélioration du moral des troupes.

Aux alentours de dix heures, Hardwick donna l'ordre de se remettre en selle. Ils quittèrent le campement au bord de la rivière, et la colonne serpenta au travers d'un paysage désolé, semé de rochers de la couleur du cuir tanné, avant de déboucher sur une plaine ridée comme une planche à laver. La chaleur de ces derniers jours s'était un peu atténuée, mais le vent soufflait en rafales. Aussi loin que portait le regard, l'herbe rase ondulait et frissonnait sous l'assaut invisible des bourrasques. Le garçon de l'Anglais chevauchait, luttant contre le vent, courbé comme un homme qui ouvre une porte battante d'un coup d'épaule, le chapeau melon enfoncé jusqu'aux oreilles. Les nuages sombres qui filaient dans le ciel jetaient sur l'herbe luisante des ombres qui tournoyaient comme des pièces de monnaie qu'on lance négligemment sur le tapis vert d'une table de jeu de saloon éclairée par une lampe. Une soudaine averse accompagnait parfois un gros nuage qui disparaissait aussitôt pour céder de nouveau la place au soleil qui fondait sur eux, violent et sanguinaire comme un puma.

Scotty, un sourire plaqué sur les lèvres, chevauchait au côté du garçon de l'Anglais. Au début, celui-ci se demanda si le vent n'avait pas relevé les coins de la bouche de l'Écossais à l'exemple des extrémités d'une moustache que l'on a fait friser. Maintenant, il se rendait compte que cela n'avait rien à voir avec le vent, mais plutôt avec le cerveau dérangé de Scotty. Il le surprenait à parler tout seul, une suite de mots marmonnés, apparemment sans signification, tandis qu'il hochait la tête au bout de son long cou, telle une marionnette, afin de manifester son accord avec ses propres assertions. Chaque fois qu'il cessait de radoter, son sourire s'élargissait au point que le garçon de l'Anglais craignait qu'il ne lui déchire la bouche ; et après, le sourire se figeait à chaque fois davantage, une grimace qui semblait ne devoir jamais s'effacer, aussi bizarre que la lueur fixe qui brillait dans les yeux bleus et larmoyants de l'Écossais.

Le garçon talonna son cheval, abandonnant Scotty à ses simagrées, et il alla rejoindre le trio composé de James Hughes, Charlie Harper et Ed Grace. Autant profiter de l'occasion pour se débarrasser de ce canard boiteux. Parce que les canards boiteux, il en avait eu assez jusqu'au restant de ses jours. D'abord Dawe, l'Anglais, qui était tombé malade et était mort pratiquement dans ses bras, puis ce pauvre type d'Hank, et pour couronner le tout, cet Écossais au sourire de cinglé. Il avait déjà suffisamment à faire à s'occuper de lui, à essayer de sauver sa peau.

Les manteaux des trois hommes penchés sur l'encolure de leurs montures claquaient dans le vent, et Hughes cria pour couvrir le rugissement des rafales : « Hardwick, y nous emmène au comptoir de Farwell. Et s'il commence à dépenser son fric là-bas, y tardera pas à oublier les voleurs de chevaux. On va passer quelques jours à picoler, à se balader dans le coin, et on rentrera à la maison. C'est sûr.

— Tu parles qu'y va oublier, dit Harper. Les Arapahos qui

l'ont gardé prisonnier, ils ont dû lui laisser un drôle de mauvais souvenir à ce vieux Tom. Je sais pas trop ce qu'y lui ont fait, mais on peut pas dire qu'il aime beaucoup nos frères à la peau rouge. Tu te rappelles ce qui est arrivé en avril dernier dans les Sweet Grass Hills ? Il a fait un carton sur une bande d'Assiniboines qui venaient vendre des peaux. C'est pas recommandé pour le commerce de tirer sur les clients. »
Le garçon de l'Anglais observait Ed Grace avec attention. C'était un homme tranquille qui n'exprimait pas souvent son opinion, mais là, mâchouillant sa chique, il avait l'air de réfléchir à quelque chose. Grand, maigre, chauve, le nez crochu, les paupières lourdes, on le surnommait L'Aigle. Il se cala sur sa selle, tourna la tête puis cracha sous le vent un jet d'épais jus de chique par-dessus son épaule. « Les Assiniboines, c'est pas grave, déclara-t-il d'une voix rauque. Ceux-là, c'est des Indiens plutôt minables. Ils ont pas beaucoup de chevaux et, comme armes, rien que des fusils à silex à canon scié de la baie d'Hudson. Mais dans les Cypress, il doit y avoir des Blackfoots. En tout cas, l'année dernière, y en avait. Ils ont surpris soixante guerriers crees qui récoltaient de la résine d'épicéa et y les ont massacrés tous, sans exception. Les Blackfoots, eux, ils ont plein de chevaux – même les squaws et les jeunes montent de bons mustangs – et plein de fusils aussi, des sérieux, des Henry et des fusils à aiguille. La Cavalerie de Spitzee, comme on appelle la bande qui écume la région, fait rien pour essayer de leur reprendre les carabines à répétition, et ces Indiens-là, ils hésitent pas à les employer contre les Blancs. Et l'épidémie de variole qui les a frappés récemment a rien fait pour les rendre plus gentils ou pour accroître notre popularité. Je me fiche de savoir quel mauvais souvenir les Indiens ont laissé à Hardwick, mais il a intérêt à pas s'en prendre à la légère aux Blackfoots, sinon, nos scalps risquent de se balancer à leurs ceintures. »
Les paroles de Grace, constata le garçon de l'Anglais, ne furent manifestement pas très bien reçues, surtout par Hughes qui répliqua : « C'est pas un maudit Indien qui va faire peur à Tom. Tom, c'est un renard. Et c'est pas un Indien qui va être plus rusé que le renard.

– En tout cas, on a L'Aigle pour nous protéger contre les Blackfoots, dit Harper en pouffant de rire, dévoilant ses dents pourries. De ce côté de la frontière, les Indiens, y sont à la reine Victoria. Et comme L'Aigle, il est canadien, c'est à lui de nous accueillir comme il faut, de veiller à ce que nous, les Yankees, on prenne du bon temps et à ce que les Indiens anglais, y touchent pas à nos cheveux. L'Aigle, c'est le représentant de la reine. Pas vrai, L'Aigle ?

– Dieu seul sait ce que je suis, répondit Grace. Mais je peux te certifier une chose, c'est que je ne suis pas content. La situation me plaît pas. Je me demande bien ce que je fous ici. J'ai rien à y gagner, pour sûr.

– T'es là au nom de l'amitié, non ? hurla Hughes parmi les bourrasques. On a passé l'hiver ensemble et on a traversé toutes les épreuves contre vents et marées, non ? Les amis doivent s'entraider, hein ?

– Et qui donc était l'ami d'Hank le fermier ? riposta Grace. Qui a pris sa défense ? »

Hughes et Harper échangèrent un regard gêné.

« Pas moi, reprit L'Aigle. Et pas vous non plus. » Il désigna le garçon de l'Anglais. « Et à lui, demandez-lui s'il est avec nous au nom de l'amitié. »

Les deux autres se tournèrent sur leur selle et considérèrent le garçon comme s'ils le voyaient pour la première fois, comme s'ils s'efforçaient de sonder son cœur, son esprit et son âme pour y dénicher quelque sombre motif. Devant l'expression du garçon, Grace se contraignit à sourire. On aurait dit un chat de gouttière, le poil hérissé devant deux chiens errants tout galeux.

Harper dit alors : « Le gamin, il est avec nous parce qu'y s'est empressé de foutre le camp de Fort Benton après avoir poignardé le patron de l'hôtel. Il a pas trop envie de s'y repointer.

– Exact, dit Grace. C'est la peur qui l'a conduit là. Comme nous. Mais nous, c'est Hardwick qui nous flanque les jetons.

– Bon Dieu, s'écria Hughes avec colère, j'aime pas beaucoup ta remarque. Pourquoi tu compliques les choses ?

– Je complique rien. Ça s'est compliqué tout seul. Je le sais

200

et tu le sais aussi bien que moi, répondit Grace. On a tous la trouille du "Renégat de la Green River".

– Il aime pas qu'on l'appelle par ce nom, avertit Hughes.

– Pourquoi ? Il a pourtant travaillé dur pour le mériter.» Harper, qui avait remâché son indignation, se rengorgea soudain comme un paon. «J'ai pas la trouille de Tom Hardwick. Çui qui dit le contraire est un menteur.

– C'est vrai qu'il a pas peur de lui, confirma Hughes. Et moi, je suis taillé dans la même étoffe. Jimmy Hughes a peur d'aucune créature à deux pattes qui marche sur la terre verte de Dieu. J'ai affronté des hommes bien plus dangereux que Tom Hardwick.

– Dans ce cas, je me demande ce que des types aussi courageux que vous fabriquent en compagnie de deux lâches comme nous», dit Grace. Il marqua une pause. «Alors, pourquoi vous deux, les héros, vous foutez pas le camp pour aller vous épingler chacun une décoration sur la poitrine ?» Il se pencha en arrière et cracha de nouveau par-dessus son épaule. Le geste, le ton de sa voix étaient pareils à deux gifles, une couche de mépris ajoutée à une couche de mépris. Hughes poussa un juron et tira si violemment sur les rênes que le mors blessa la bouche de son cheval qui, les yeux exorbités, dressa la tête et se cabra.

Grace et le garçon de l'Anglais poursuivirent leur chemin sans même un regard derrière eux. Hughes et Harper les injurièrent, mais le vent emportait les mots comme un chiffon efface la craie sur un tableau. Tendant cependant l'oreille, le garçon surprit quelques bribes : «Salaud... attends que je te rattrape... tu vas voir... Jimmy Hughes... oublie jamais... on se vengera...»

L'Aigle ne montra pas qu'il avait entendu. Il se passa la main sur le visage comme pour chasser une mouche. «J'aurais peut-être dû tenir ma langue un peu plus longtemps, dit-il. Mais j'aurais explosé. C'est le pire hiver de ma vie, coincé avec ces bons à rien, ces fils de pute. Je me disais qu'une fois à Fort Benton, je serais enfin débarrassé d'eux, et voilà que juste avant d'arriver, ces maudits Indiens nous piquent nos chevaux. J'ai jamais eu de pot. J'ai dix pour cent sur l'équiva-

lent de vingt-cinq mille dollars de fourrures de loups et tu te
figures que je toucherais ma part si je disais à Hardwick que
j'ai aucune envie de l'aider à récupérer les chevaux ? » Il se
tut et, distraitement, ruminant ses noires pensées, il se mit à
fouiller dans la poche de son manteau d'où il sortit une pas-
tille de menthe toute sale. « Je peux pas en manger, dit-il en
la tripotant entre ses doigts. À cause de mes mauvaises dents.
Mais un gamin, ça aime les sucreries. »
Il tendit le bonbon au garçon qui l'enfourna. « Je suis pas
un gamin », dit-il, commençant à le sucer.

Au début de l'après-midi, Evans suggéra une halte, or, quelque part après le petit-déjeuner, Hardwick avait modifié ses
plans. Renonçant à son idée de promenade tranquille, il leur
demanda de presser l'allure. Evans ne protesta pas et personne ne réclama d'explication. Chacun savait qu'il valait
mieux ne pas discuter les décisions de cet homme. Pendant
les cinq heures qui suivirent, ils continuèrent sans ralentir, et
enfin, ils s'arrêtèrent pour abreuver les chevaux pendant que
les cavaliers se partageaient quelques crackers et un peu de
viande séchée. Vingt minutes plus tard, Hardwick leur
ordonna de se remettre en selle.
Vers le crépuscule, le vent faiblit et de gros nuages mena-
çants, couleur de raisin muscat, s'amoncelèrent au nord. La
rencontre entre eux et les chasseurs se produisit sur une crête
dans les dernières lueurs de jour, cependant que le monde
semblait vu au travers d'une vitre fumée. Une pluie lente et
régulière commença de tomber, tandis que la nuit s'abattait
d'un coup comme un sabre noir. Les hommes mirent pied à
terre, et les deux ou trois d'entre eux qui avaient un imperméable se hâtèrent de l'enfiler, alors que les autres se réfu-
giaient sous des couvertures et des manteaux tendus au-
dessus de leurs têtes, où, accroupis, ils passèrent une heure
à contempler dans un silence lugubre les flaques d'eau qui
s'élargissaient autour de leurs bottes.
Aussi brusquement qu'elle était venue, la pluie cessa. Les
hommes, trempés jusqu'aux os, frigorifiés, sortirent de sous

leurs abris de fortune, puis ils se deplierent en grognant pour faire jouer leurs articulations raidies et taperent du pied pour se degourdir les jambes. Clopinant dans les ténèbres, ils allèrent desseller et attacher les chevaux puis, pareils à des ombres, à des spectres pâles, ils étendirent les tapis de couchage et s'installèrent pour manger avant de se livrer aux autres tâches routinières. Pour seuls bruits, on n'entendait que des jurons étouffés, le tintement des boucles métalliques et le grincement du cuir ainsi qu'une toux sèche occasionnelle. On tâcha d'allumer quelques feux malodorants de bouses de bisons, mais ils prenaient mal. Ce soir-là, en effet, Hardwick les avait autorisés à fumer et à faire du feu, à condition, naturellement, de dénicher un combustible qui ne soit pas trop imbibé d'eau pour brûler. Une nuit longue et froide s'annonçait. Grace et le garçon de l'Anglais, enveloppés dans des tapis de selle qui avaient conservé un peu de la chaleur des chevaux, étaient assis devant un petit feu allumé à l'aide de brindilles que L'Aigle gardait en prévision de situations semblables. Le garçon présentait à la flamme afin de les faire sécher des bouses de bisons enfilées au bout d'un bâton. C'était l'idée de Grace, un homme doté d'un remarquable esprit pratique. Quant aux râleurs et aux pleurnicheurs, ils préféraient rester mouillés et se plaindre plutôt que de prendre les choses en main et rendre le moins inconfortable possible les quelques heures à passer ainsi. En revanche, tous deux, Grace et le garçon, s'en tiraient assez bien.

Peut-être, d'ailleurs, faudrait-il dire tous trois, car l'Écossais, tel un chien misérable, était venu se réchauffer à leur feu. Les bras encerclant ses genoux, il était assis à un mètre des flammes vacillantes qui léchaient la nuit et éclairaient par intermittence son visage qui se découpait alors sur le manteau des ténèbres. Il ne parlait plus tout seul, ni à personne du reste, mais son sourire ne l'avait pas quitté, encore que les coins de sa bouche paraissaient comme flétris et délavés par la pluie.

« Je vois pas pourquoi fallait se dépêcher comme ça, dit le garçon de l'Anglais. Ça a servi à rien, sauf à nous faire saucer. »

Grace, emmitouflé dans son tapis de selle, ne répondit pas tout de suite. À la lueur du feu, son visage semblait enduit d'un vernis jaune, et un grand foulard à pois bleus et blancs cachait son crâne chauve. Dans l'après-midi, le vent avait emporté son chapeau et l'avait envoyé rouler comme une boule d'herbe jusqu'en enfer. Inutile même d'essayer de le rattraper. Le garçon de l'Anglais avait pris des mesures pour éviter pareille mésaventure : son melon était attaché sur sa tête par une lanière de cuir passée au travers du bord et nouée sous son menton. Ainsi, il avait l'air d'un singe joueur d'orgue de Barbarie.

« Je suppose que c'est dans la logique d'Hardwick, dit enfin Grace en se roulant une cigarette. Y voulait arriver à une quinzaine de kilomètres des Cypress avant qu'on s'arrête. Comme ça, demain matin, on n'aura pas beaucoup de chemin à parcourir. Y fera grand jour et personne pourra nous attaquer par surprise ou nous tendre une embuscade. Sur la route du comptoir de Farwell, on pourra envoyer des éclaireurs dans la forêt pour être sûrs de pas déranger un nid de Blackfoots. On a été vite aujourd'hui pour pouvoir prendre notre temps demain. Le plan est pas si mauvais. » Il prit un tison dans le feu pour allumer sa cigarette, puis il résuma son opinion à l'intention du garçon : « Hardwick est un drôle de type. Capable de réfléchir, jusqu'à un certain point. Capable de sang-froid, là aussi jusqu'à un certain point. Mais il me fait penser à un homme qui se réveille dans une maison en feu et qui commence d'abord par passer son pantalon. Il le remonte à moitié, et quand il voit la fumée, il envoie le pantalon au diable en réalisant qu'il est temps de détaler. Et c'est comme ça qu'Hardwick, au cœur de l'action, se casse parfois la figure, le pantalon aux chevilles.

— Et vous croyez que ça va arriver ? demanda le garçon de l'Anglais.

— Qui sait ? Mais je vais te dire une chose, fiston. Si ça sent trop le roussi, y a personne dans cette bande qui prendra la peine de me sortir du brasier. »

Pour la première fois, le garçon, voyant l'Écossais pencher la tête, songea que celui-ci écoutait peut-être. Il secoua son

bâton pour faire tomber une bouse dans le feu. « Qu'est-ce
que vous allez faire, alors ?
– Faire ? dit Grace. Y a rien à faire. »
Le garçon contempla un moment les flammes qui bondis-
saient, se convulsaient. « Vous m'aidez, je vous aide. »
Grace étendit les jambes pour présenter à la chaleur du
feu ses bottes mouillées. Un petit nuage de vapeur s'éleva du
cuir. « Je te connais pas bien, dit-il d'un ton neutre.
– Bon, fit le gamin. Je suis pas là à vous supplier, vous
savez.
– T'as raison, reprit Grace. J'ai pas été éduqué comme ça.
Pourquoi je te battrais froid ? »
Ils ne dirent plus rien. Leurs deux visages dansaient à la
lueur des flammes. La bouche de l'Écossais, figée sur son sourire de cinglé, ne cessait d'apparaître et de disparaître au
milieu des ténèbres. Le garçon sentit qu'une occasion s'offrait. Son père avait été un homme cérémonieux, courtois, à
la manière des gens simples qui vivent dans des régions recu-
lées. Le gamin posa son bâton puis, le tapis de selle drapé
autour de ses épaules comme une cape, il tendit timidement
la main. Grace la lui serra longuement, théâtralement. Le
gamin reprit sa place et entreprit de rajouter des bouses de
bisons dans le feu.

18

Par un beau dimanche après-midi, Rachel et moi traversons la pelouse inondée de soleil où les pensionnaires se reposent dans des chaises longues en toile rayée, ou bien, guidés par des infirmières toutes de blanc vêtues, se promènent dans les allées dallées qui serpentent parmi les haies et les plates-bandes. Depuis qu'elle a appris que ma mère était ici, Rachel m'accompagne lors de la plupart de mes visites dominicales à la maison de retraite du mont des Oliviers. Je n'en aurais parlé à personne d'autre qu'elle. C'est son ouverture d'esprit qui m'en a donné le courage. Rachel est prête à aborder n'importe quel sujet avec n'importe quel interlocuteur. Pour ma part, rien ne m'a été épargné : compte rendu circonstancié des épreuves subies au cours de ses deux mariages, détails intimes sur ses fréquentes et calamiteuses liaisons.

Le soir de ma confession, j'ai dû abattre une à une les barrières que j'avais érigées au fil des ans. Il a fallu que je lutte de toutes mes forces, contre moi-même, contre mes souvenirs, contre Rachel elle-même. Mon dernier combat a consisté à étouffer mes larmes, mais je ne l'ai pas gagné davantage que les autres. Tandis que, assis dans mon fauteuil, je pleurais comme un enfant, Rachel m'a pris dans ses bras minces et nerveux et a pressé ma tête contre sa poitrine de garçonne où, à chaque sanglot, je respirais son odeur, mélange de tabac et d'eau de Cologne, réconforté par la chaleur de son corps fatigué. C'est, je présume, le moment où j'ai su que je l'aimais.

À mesure que les années passaient, ma mère n'a cessé de s'enfoncer dans un brouillard d'apathie de plus en plus dense. Elle mangeait ce que je posais devant elle, se couchait quand je le lui disais, se levait quand je le lui disais, ne parlait que rarement, ne souriait jamais. Comme si nous n'étions tous que des ombres, des présences fantomatiques dont elle ne parvenait pas à admettre l'existence. Exception faite pour Rachel Gold. Aux yeux de ma mère, Rachel est, autour d'elle, la personne la plus concrète, la plus réelle. Je m'en suis aperçu dès le début.

La première fois que Rachel est venue au mont des Oliviers, nous avons trouvé ma mère dans sa chambre, debout à la fenêtre, occupée à la seule chose qui ait jamais semblé l'intéresser : nettoyer le carreau avec son mouchoir.

« M'man, dis-je. Je t'ai amené de la visite. » Elle ne se retourna pas pour voir de qui il s'agissait. Le mouchoir, décrivant de petits cercles, crissait sur le verre.

« Maman, c'est Harry. »

L'espace d'une seconde, son bras s'immobilisa, puis il repartit, plus rapidement encore.

« Maman, arrête ! Viens dire bonjour. »

Le mouvement circulaire s'accéléra.

« Je sais très bien que tu m'entends, m'man. »

Elle se mit à geindre doucement, tandis que le mouchoir s'activait avec frénésie. Sous l'effort, sa tête était ballottée de droite à gauche, si bien que deux ou trois mèches folles s'échappèrent de son chignon.

J'allais ajouter quelque chose lorsque Rachel posa la main sur ma manche pour me retenir. Elle alluma une cigarette, puis traversa la chambre d'une démarche peut-être un peu moins brusque et assurée que d'habitude, ce qui n'empêcha pas sa jupe de voler autour de ses mollets. Elle alla se placer devant la fenêtre, à côté de ma mère. Celle-ci fit comme si elle ne la voyait pas ; elle continua obstinément à frotter le carreau, les yeux rivés sur un grand arbre qui déployait ses branches juste en face de sa chambre.

Rachel déclara alors : « Je suis une amie d'Harry. Je m'appelle Rachel Gold, et je possède quelques talents de manucure. Si vous nettoyez souvent les vitres, il faut absolument soigner vos mains. Et les vôtres sont très belles, très fines. Pas comme celles d'Harry qui a des pattes de terrassier. Et en plus, c'est un nerveux qui se ronge les ongles. Enfin, en tout cas, la prochaine fois, je vous ferai les ongles si vous voulez. Vous choisirez. Si vous êtes du genre classique, on utilisera un vernis incolore. Mais si vous avez envie d'un peu d'originalité, on prendra un rouge flamboyant. Et pendant ce temps-là, on bavardera. Vous savez, on se détend beaucoup en papotant pendant qu'on vous fait les ongles. Qu'est-ce que vous en pensez ? »

Ma mère s'arrêta de frotter le carreau, puis elle se tourna et dévisagea intensément Rachel.

« Eh bien, Harry, dit celle-ci. Je crois que ta mère et moi avons un rendez-vous pour la semaine prochaine. »

En prenant congé de ma mère cette après-midi-là, je constatai que son regard ne quittait pas un instant Rachel ; elle la suivit des yeux jusqu'à la porte. Jamais encore ce n'était arrivé.

Les séances de manucure devinrent une sorte de rite. Je remarquai bientôt un changement chez ma mère, rien d'extraordinaire ni de miraculeux, certes, mais elle se montrait un tout petit peu plus attentive. Jusqu'à présent, je n'avais réussi qu'à lancer des conversations minimales, et encore. Comment vas-tu ? Il a plu hier soir, non ? Les fleurs sont belles en cette saison, tu ne trouves pas ? Des questions qui rebondissaient sur son être solitaire comme un grésil glacé sur un toit de zinc. Du bruit, juste du bruit.

Avec Rachel, ce fut différent. Une espèce de complicité de filles s'établit entre elles, une complicité qui tournait autour de petites attentions et de petits luxes auxquels ma mère n'avait jamais eu droit au cours de la vie très dure qui avait été la sienne : soins de manucure, chocolats, connivence entre femmes comme souvent dans le cadre des salons de beauté.

Rachel joue alors les actrices, pour ma mère comme pour moi. Elle joue les esthéticiennes, imite leurs bavardages. Pourtant, il y a là davantage qu'une simple interprétation. Sous couvert de papotages, elle dit à ma mère des choses sur moi, tout comme elle me dit des choses sur moi-même. Cela ressemble en effet à une séance chez la manucure. Rachel est la médium par l'intermédiaire de qui ma mère et moi, appartenant au monde des spectres, communiquons. Longtemps, j'ai jugé inutile de parler de moi à ma mère. J'ai essayé de l'atteindre en l'interrogeant sur elle-même. Maintenant, par contre, si elle écoute – ce dont je suis de plus en plus convaincu –, maman apprend ce que moi, cet étranger, ce fantôme, je suis devenu depuis qu'elle est malade.

En ce dimanche, Rachel se livre à son numéro habituel.

« Vous savez, Tillie, je crois qu'Harry commence à révéler un côté de sa personnalité que ni vous ni moi ne soupçonnions. »

Un léger sourire naît sur les lèvres de ma mère qui regarde Rachel repousser les petites peaux de ses ongles au moyen d'un bâtonnet orange.

« Quel côté ? je demande.

– Son côté ambitieux. Je ne sais pas ce que vous en pensez, Tillie, mais je trouve cela surprenant. Parce que, franchement, lors de son arrivée au département des scénarios, personne n'aurait jamais imaginé qu'il avait les dents qui rayent le parquet. Il ne montrait pas beaucoup de punch, et il n'avait pas vraiment l'air d'un battant. Pour ne rien vous cacher, j'avais même l'impression que son travail ne l'intéressait pas beaucoup. Non qu'il n'ait pas fait preuve de reconnaissance à mon égard quand j'ai placé un mot en sa faveur pour lui obtenir ce poste, mais il m'a semblé qu'il était simplement content d'avoir *un* job, et pas particulièrement *ce* job-là. Je me disais que pour lui, cuisinier, conducteur de tramway, charbonnier, rédacteur de cartons, tout ça c'était pareil.

– Je fais mon boulot.

– Bien sûr qu'il fait son boulot. Mieux que la plupart, d'ailleurs. Mieux que Wilson, Dermott ou ce pauvre Ehrlich. Harry est capable d'écrire des cartons en dormant. Pour lui, c'est comme remplir des blancs, comme faire des mots croisés. Pour un garçon aussi brillant, c'est un jeu d'enfant. Ce que la caméra est incapable de traduire, il le couche sur un bout de papier. L'ennui avec les Trois Disgrâces susmentionnées, c'est qu'elles sont trop bêtes pour voir les blancs. Et quand on ne les voit pas, on ne peut pas les remplir, n'est-ce pas ? Tillie, vous n'allez pas me croire si je vous raconte ce que j'ai surpris Ehrlich à faire l'autre jour. Il rédigeait un carton pour une scène où le héros et l'héroïne sont carrément enroulés l'un autour de l'autre, en train de se bécoter. Ehrlich s'est borné à mettre : "Emily et Tom s'embrassent avec un désir inexprimable !" »

Je ne peux pas m'empêcher d'éclater de rire. Et maman sourit !

« Pour les Dermott, les Ehrlich et autres Wilson, contribuer à la littérature du grand écran, c'est énoncer des évidences. Mais pas pour Harry, pas pour notre petit Amoureux de la Vérité, Tillie, non, non, non, dit-elle en secouant la tête. C'est un être trop pur pour qu'il recherche le succès facile dans l'univers du cinéma. Il se figure que pour réussir dans ce domaine, il suffit d'être un imbécile intégral. Il n'a que mépris pour ce qu'il fait.

— C'est toi qui oses dire ça !

— Là, il a marqué un point, je suppose. Mais mon mépris à moi a ses limites. Je méprise peut-être les films idiots que j'écris, mais si je continue, c'est que, au moins, j'ai un but. Entre nous, de femme à femme, murmure Rachel à l'oreille de ma mère, un jour, je réaliserai un film.

— Et moi, je jouerai Hamlet !

— Vous savez, Tillie, aux premiers temps du cinéma, à l'époque des films d'une ou deux bobines, il y avait des femmes réalisatrices. Parce que ceux qui avaient l'argent estimaient que c'était sans importance. Les budgets n'étaient pas gros, autour du millier de dollars, aussi les enjeux non plus n'étaient pas gros. De toute façon, n'importe quel film, même si ce n'était qu'un tombereau de crottin, le public l'avalait. Tant qu'on ne voyait pas les mouches posées dessus. Les gens demandaient des images qui bougent, et ils se moquaient de savoir qui réalisait ces films merdiques. Mais aujourd'hui, les patrons des studios prétendent que les films sont devenus trop techniques pour les femmes. Rien à voir avec autrefois, une caméra fixe, une toile de fond peinte, jamais de tournage en décor naturel. Ils soutiennent que les équipes constituées d'hommes n'accepteront jamais de prendre des ordres d'une femme. Et que les femmes n'ont pas assez le sens de l'argent pour maîtriser les gros budgets – pas comme Erich von Stroheim, le parangon de la saine gestion. Attendez, vous allez rire, Tillie. Vous savez ce que notre Erich a fait pour *Folies de femmes* ? Il a exigé, au nom de l'authenticité, que les acteurs interprétant des officiers portent des sous-vêtements en soie monogrammés. Que, bien entendu, la caméra ne pouvait pas filmer. Alors, qui est-ce qui a le sens de l'argent ? Et pourtant, les excès de von Stroheim passent pour ceux d'un génie. Chez une femme, ils passeraient pour des caprices.

– De quoi te plains-tu ? dis-je. J'aimerais bien gagner autant que toi. Tu ne me parais pas spécialement maltraitée.

– Il ne m'a pas écoutée, n'est-ce pas, Tillie ? Parce que ce n'est pas d'argent que je parle, mais de pouvoir. Et je crois qu'Harry aussi recherche le pouvoir. Seulement, il y a une différence. Moi, j'annonce ce que je désire, tandis qu'Harry se dissimule derrière sa façade d'Anglais délicat et bien poli. »

Je la corrige : « Non, pas d'Anglais.

– De Canadien, exact. Excuse-moi si je ne parviens pas à faire la distinction. La politesse n'est pas un défaut, je présume, à condition qu'elle soit naturelle et qu'on ne la pousse pas trop loin. Mais ne comporte-t-elle pas une part d'hypocrisie ? Bien sûr, peut-être qu'Harry a subi un profond changement, peut-être qu'il n'est plus aussi gentil qu'avant. Après tout, il s'est rendu indispensable auprès de l'un des hommes les plus puissants d'Hollywood. Apparemment, Mr. Damon Ira Chance et lui s'entendent comme larrons en foire. »

Le sarcasme qui perce dans sa voix m'exaspère. « Qu'est-ce que tu en sais ? Rien du tout.

– Comprenez-moi bien, Tillie, je ne fais que tirer des conclusions à partir de preuves flagrantes. Mr. Chance a un homme à tout faire nommé Fitzsimmons qui monte la garde devant la porte de son maître comme s'il s'agissait de l'entrée du saint des saints. Et qui y est reçu ? De temps en temps une star célèbre. De temps en temps un réalisateur célèbre. Et qui d'autre encore ? Votre fils. Il a l'air de se débrouiller à merveille. Tant mieux pour lui. D'un seul coup, voilà un vulgaire rédacteur de cartons payé soixante-quinze dollars par semaine, un gagne-petit, qui accède au saint des saints, qui est admis en l'auguste Présence. Si vous me demandez mon avis, ça pue l'ambition.

– Ta démonstration est un peu vaseuse, Rachel.

– À moins qu'Harry ne soit pas réellement ambitieux. Peut-être qu'il n'est qu'un pauvre garçon à la dérive sur un océan de désirs. Il arrive qu'on soit emporté loin du rivage quand on dérive.

– Qu'est-ce que c'est censé signifier ?

– Moi, je sais où je vais. Harry le sait-il, lui ? »

Cette fois, elle me met en colère pour de bon. « Si tu as quelque chose à me dire, dis-le à moi, pas à ma mère. »

Rachel, penchée sur la main de ma mère, lève les yeux. « D'accord, Harry. J'ai à te dire ceci : Tu es un homme intelligent. Et gentil. L'un des plus gentils que j'aie connus. Tu le savais ?

– Non. » Puis je me reprends : « Peut-être.

– Je tiens à ce que tu ne l'oublies pas, car ce que je vais te dire ne te fera certainement pas plaisir. J'ai peur pour toi, Harry, parce que tu ne sais pas ce que tu veux et que tu es un faible. Tu n'as pas le courage d'assumer les responsabilités que t'impose ton intelligence. Tu préfères rédiger des cartons plutôt que d'écrire des scénarios parce que, ainsi, tu n'es pas responsable du résultat final. Tu restes celui qui se contente de remplir les blancs. Tu te sers de ton intelligence pour trouver les réponses aux questions que les autres posent, mais jamais pour trouver les réponses à celles que toi, tu désirerais peut-être poser. Un homme tout juste bon à faire des mots croisés. C'est ça que tu fais pour Chance ? Des mots croisés ? Les travaux intellectuels que ce débile d'Irlandais est incapable de faire ?

– À qui en veux-tu à ce point, Rachel ? À moi ? À Chance ?
Ou à notre idéalisme ?

– Pour autant que je le sache, le jury qui siège devant toi
ignore tout d'un supposé idéalisme chez Chance.

– Je t'en ai parlé. Il souhaite faire *le* grand film américain.

– Oui, je me souviens. Mais faut-il pour autant que je le
croie ?

– C'est un excentrique, Rachel. À l'exemple de la plupart
de ceux qui s'attellent à une grande œuvre. Edison. Alexander Graham Bell. Personne ne peut véritablement les
comprendre. Il se trouve que Chance pense que le cinéma
est l'art de l'avenir. Il pense que le cinéma peut saisir l'âme
américaine de même que Shakespeare a saisi l'âme de l'Angleterre élisabéthaine. Je reconnais que ça peut sembler
mégalomaniaque et ridicule, mais c'est son objectif. Je n'ai
jamais entendu quiconque s'exprimer ainsi. Les autres ne
parlent que dollars. Chance, lui, parle art.» Je m'interromps
pour laisser à Rachel le temps d'assimiler. « Ce que tu as dit
à mon sujet est sans doute vrai. Peut-être que je ne fais que
remplir les blancs pour le compte de Chance. Mais permets-
moi de te poser une question : Qu'est-ce qui est préférable,
jouer un petit rôle dans quelque chose de grand ou un grand
rôle dans quelque chose de petit ? »

Elle ne répond pas à ma question et réplique par une
autre : « Et d'après toi, qu'est-ce que l'âme américaine,
Harry ? »

Un seul mot me vient à l'esprit : « Le grandiose.

– Formidable ! Et rien de plus ?

– Le grandiose et tout ce que ça implique. Énergie, optimisme, confiance. Quelque chose qui évoque le vif-argent.
Comme les films eux-mêmes. Chance affirme que si seuls les
films peuvent saisir l'âme américaine, c'est parce qu'ils sont
pareils à l'Amérique elle-même. C'est un point de vue qui se
défend, non ?

– En théorie, peut-être. Mais moi, si j'avais besoin d'une
dose d'âme américaine, j'irais plutôt voir du côté de Walt
Whitman, Mark Twain ou Stephen Crane que du côté de
Mam'zelle Vedette.

– Tu n'as pas compris. Chance veut produire des films qui, sur le plan artistique, seront l'équivalent de *Feuilles d'herbe*. Il échouera peut-être, mais il a au moins le courage d'essayer. De plus, combien de gens ont lu *Feuilles d'herbe* dans notre "Sahara des Bozarts", comme l'appelle Mencken ? Ou dans tout le pays, d'ailleurs ? Et dans les quartiers ouvriers, dans les ghettos ? Les immigrants ne lisent pas l'anglais. Whitman est réservé à l'élite. Par contre, tout le monde va au cinéma. C'est le cinéma qui peut faire en sorte que tout un chacun – l'immigrant, le fermier du Kentucky, le chauffeur de taxi new-yorkais et peut-être jusqu'au professeur d'université – ressente la même chose, ressente ce que ça signifie d'être américain. La Constitution et la Déclaration d'Indépendance, c'est très bien, mais les Constitutions font les États, elles ne font pas un peuple.

– Tu es canadien, Harry. Pourquoi un Canadien tient-il tant à apprendre aux Américains comment être américain ?

– Parce que j'ai choisi de vivre ici. Et je ne suis pas le seul à Hollywood. Mary Pickford, "la petite fiancée de l'Amérique", est née à Toronto ; Louis B. Mayer est originaire de Saint John, Nouveau-Brunswick ; Mack Sennett a grandi au Québec. Le Canada n'est pas un pays, c'est une géographie. Il n'y a pas de mouvement là-bas, du moins pas du genre dont parle Chance. Il n'y a pas de Whitman, pas de Twain, pas de Crane. La moitié des Canadiens anglais voudraient être vraiment anglais et les autres voudraient être américains. Si tu veux exister, tu dois choisir. Même les catholiques ne considèrent pas les limbes comme quelque chose de permanent. Je me souviens, quand la débâcle de la Saskatchewan commençait, il arrivait qu'on soit réveillé en pleine nuit par un bruit qui ressemblait à un tir de barrage. On l'entendait à travers toute la ville, un immense craquement accompagné d'un rugissement lorsque la glace se brisait et que des blocs entiers étaient emportés en aval. Dès les premières lueurs de l'aube, tout le monde se précipitait pour regarder. Des centaines de gens se massaient sur les berges et restaient là tout au long de cette froide matinée de printemps, cependant que la rivière entière se fracturait, que l'eau fumait entre les fissures et que de grandes plaques de glace grinçaient et frottaient contre les piles du pont avec des gémissements plaintifs. Enfant, ce spectacle me captivait. Je tremblais d'excitation, je contemplais avec fascination cette débauche de mouvements. Nous applaudissions tous. Mais personne ne savait vraiment pourquoi. Aujourd'hui, ici à Hollywood, je me rends compte que ce souvenir constitue peut-être l'image la plus fidèle de mon pays, des gens rassemblés au bord d'une rivière acclamant le monde qui défile sous leurs yeux. Au fond de notre cœur, nous préférions la berge, nous préférions être spectateurs, vivre notre petit moment d'excitation, puis l'oublier. Chance, lui, ne veut pas que les Américains oublient de bouger. Je ne vois pas en quoi ce serait condamnable. »

C'est alors que s'élève la voix de ma mère, haute et claire. « Mon pays », dit-elle. Tous deux, Rachel et moi, sommes interloqués.

« Quoi, m'man ? »

Elle désigne la fenêtre.

« Quoi, m'man ? demandé-je à nouveau. Quoi ?

– Mon pays », répète-t-elle avant de se réfugier dans le silence.

19

Les chasseurs de loups se levèrent à l'aube, mangèrent rapidement un peu de pemmican accompagné de quelques crackers, puis ils sellèrent leurs chevaux et se mirent en route. Après les pluies de la nuit, l'air matinal était vif et tonifiant, et le ciel sans nuages d'un bleu cristallin. Hardwick, Evans et Vogle formaient l'avant-garde, suivis des autres qui encadraient les bêtes de somme et les chevaux frais. Ce matin-là, personne ne traînait, personne ne disait mot. Sous la conduite d'Hardwick, les chevaux allaient au trot sur l'étendue plate de la prairie avant d'être remis au pas le temps de reprendre leur souffle. Le soleil grimpait dans le ciel cependant qu'ils se dirigeaient vers le nord ; quelques fins nuages pareils à de petites touches de blanc, commençaient à apparaître dans le ciel.

Environ une heure plus tard, Grace désigna au garçon de l'Anglais les Cypress Hills, masse d'un bleu vaporeux plus foncé que celui du ciel, qui barraient l'horizon. Vers le milieu de la matinée, ils arrivèrent au pied des collines qui, dressées comme par miracle sur la prairie, composaient une surprenante montagne bleu-vert s'élevant sur la plaine d'une teinte cireuse. Hardwick ordonna une courte halte et enjoignit à ses hommes de demeurer vigilants et de tenter de repérer des traces éventuelles de Blackfoots, Saulteaux, Crees ou Assiniboines dont les collines constituaient l'un des repaires et territoires de chasse préférés. Pendant qu'il parlait, les hommes jouaient avec leurs fusils et lançaient des regards nerveux sur les collines aux flancs zébrés de bandes vert foncé d'épicéas et de pins douglas ainsi que de bandes de peupliers et de saules d'un vert plus clair, dont les branches se couvraient de jeunes feuilles. Ils s'engagèrent sur les pentes parsemées de potentilles jaunes, veillant à éviter la lisière des forêts où pourraient se cacher des Indiens prêts à fondre sur eux. La lente procession serpenta ainsi vers le comptoir de la Power Trading Company que tenait Abe Farwell au bord de la Battle Creek. Les chasseurs de loups, aux aguets, jetaient sans cesse des coups d'œil autour d'eux et se retournaient parfois sur leur selle pour regarder par-dessus leur épaule.

À midi, Philander Vogle, l'éclaireur de la petite troupe, repéra un cavalier solitaire sur une crête dénudée et donna l'alarme. Hardwick et ses hommes se rassemblèrent dans une prairie à une centaine de mètres de la forêt la plus proche. Entendant le cliquetis des cartouches que les hommes glissaient dans les chambres des fusils, le garçon de l'Anglais les imita, tandis qu'Hardwick étudiait longuement le cavalier en haut de la colline.

« On se met à couvert ? demanda Vogle avec inquiétude.

– Si ce sont des guerriers blackfoots, y nous tendent peut-être un piège, répondit Hardwick. Peut-être qu'ils essayent de nous attirer dans les bois. Et s'ils sont planqués là-dedans, y vont nous descendre comme des lapins. » Faisant passer d'un coup de langue son mégot de cigare d'un coin à l'autre de sa bouche, il réfléchit quelques instants. « Ici, on a un bon angle de tir, décida-t-il enfin. Si c'est rien qu'une bande qui attend derrière la crête, y vont pas débouler en terrain découvert. Et si jamais y chargent, on les stoppe avec une volée de balles puis on fonce vers les arbres. »

Dressés sur les étriers, ils observèrent la silhouette immobile qui se découpait sur le ciel. Personne ne faisait le moindre mouvement. Le garçon de l'Anglais sentait la tension qui figeait les visages autour de lui, sentait la chaleur de plomb qui s'abattait sur le groupe d'hommes. La silhouette bougea soudain. Son cheval s'engagea à pas prudents le long de la pente avant de prendre le trot.

« C'est pas un Indien », affirma alors Hardwick. À sa capote bleue, il avait en effet identifié un Métis français. Le cavalier s'approcha, tenant les rênes des deux mains pour bien montrer qu'il ne dissimulait pas d'armes. Arrivé devant Hardwick, il arrêta sa monture d'une manière qui se voulait spectaculaire. C'était un homme plutôt frêle à la barbe hirsute et aux yeux d'un bleu inattendu, héritage sans doute de quelque lointain ancêtre normand, des yeux qui détonnaient dans son visage brun. Il portait la large ceinture rouge propre à son peuple, à laquelle était attaché son « sac à feu » superbement décoré de perles.

Les deux hommes se saluèrent de la tête. « Vous parlez le anglais ? » demanda Hardwick en mauvais français.

Le Métis sourit et, avec un geste du pouce et de l'index, il répondit : « Un petit peu.

– Devereux, ramène ton cul de Français par ici ! rugit Hardwick. Viens m'aider à interroger ce type-là. »

Hardwick posa les questions que Devereux traduisit. L'homme s'appelait Hector Desjarlais et il vivait dans la colonie métis établie près des comptoirs de Moses Solomon et d'Abraham Farwell. Il leur apprit qu'une bande d'Assiniboines conduite par le chef Little Soldier campait elle aussi au bord de la Battle Creek. Les Assiniboines étaient furieux et ils cherchaient manifestement les ennuis. Ils avaient prévenu leurs frères métis qu'ils allaient tuer Solomon, incendier son fort et se repaître de la chair de ses bœufs. Solomon vendait du mauvais whisky. Les Métis, eux, ne tenaient pas à fourrer leur nez dans cette histoire de peur qu'on le leur tranche. Desjarlais conclut en disant que d'entendre parler de massacres autour des comptoirs, ça rendait les Métis nerveux. Ils entretenaient de bonnes relations avec les Blancs, mais... Il haussa les épaules de façon significative. Tout était possible. Les bravades de Little Soldier n'étaient peut-être dues qu'à l'abus de whisky, mais il y avait juste un mois, les Indiens avaient tué un trafiquant blanc nommé Paul Rivers.

« Quels Indiens ? De quelle tribu ? » demanda Hardwick.

Desjarlais ne savait pas.

« Ce salaud nous ment, dit Hardwick. Les Assiniboines sont

des Indiens minables. Même pas de fusils. Si y en a qui tuent des Blancs, ça peut être que des Blackfoots. J'ai comme l'impression que le Français s'imagine qu'on explore le coin pour implanter un comptoir. Tous ces Métis travaillent avec T.C. Power. Y veut nous foutre la trouille en nous racontant des salades à propos d'Indiens hostiles. Y croit qu'on est des concurrents de Power, et il essaye de nous faire peur.

– Non, je pense qu'il dit la vérité, affirma Devereux avec son fort accent.

– Eh bien, dans ce cas, si c'est vrai qu'y a un camp d'Assiniboines sur la Battle, peut-être que nos chevaux y sont. Peut-être que quelques jeunes braves avaient besoin de mustangs pour s'acheter une femme. C'est le printemps, pas vrai ? La saison des amours.» Réfléchissant, Hardwick se frotta le menton du dos de la main. «Mais si notre petit Français dit la vérité et si les Indiens ont vu une douzaine de jeunes revenir au campement avec des chevaux, y s'attendent à ce qu'on débarque en force pour les récupérer. Je tiens pas à dévoiler notre présence trop tôt. Je vais peut-être aller tout seul chez Farwell, comme un pauvre pèlerin égaré, et renifler le vent pour savoir si des fois on n'aurait pas vu des jeunes braves parader sur des chevaux qui leur appartiennent pas. Si c'est ça, je reviens, j'aurai en tête la disposition des lieux et on pourra préparer un plan. Sinon, on retourne tous chez Farwell goûter quelques-unes des bouteilles du whisky de ce bon père Abraham. Qu'est-ce que t'en dis, John ?

– Combien de temps tu seras absent ? s'enquit Evans.

– Je passerai la nuit là-bas. Si je traîne pas en route et que je pars de bonne heure, ça devrait coller.»

Evans afficha une expression soucieuse. «J'aime pas l'idée de camper ici, on sera comme des poules sans poulailler. Surtout avec des Indiens qui rôdent dans le secteur.

– T'inquiète pas. Vogle te dénichera un coin de forêt où qu'y aura pas d'Indiens.» Il pivota sur sa selle et indiqua le flanc d'une colline. «Tiens, là, ça me paraît bien. Faut surtout pas être surpris en terrain découvert quand y fait noir, parce que, s'ils déboulent et que tu te mets à courir, y t'abattent les uns après les autres. Au crépuscule, vous grimpez dans la forêt, et tu places des hommes en sentinelle. Si des preneurs de scalps s'approchent en douce, t'as l'avantage du terrain et plein d'endroits où te mettre à couvert. Allumez pas de feu. Je serai de retour demain matin. »

Le Métis ne quitta pas Hardwick du regard pendant que celui-ci communiquait ses instructions à Evans puis se tournait vers Devereux pour dire : « Explique à ce type que je vais lui faire cadeau d'un peu de tabac pour le remercier de ses informations. Ajoute que s'il parle de nous à personne, je lui payerai chez Farwell tout le whisky qu'y pourra boire. Dis-lui exactement ça. »

Une fois que Devereux eut fini de traduire, Hardwick donna à Desjarlais une blague de tabac, et lorsque le Métis lui tendit la main, il fit comme s'il ne la voyait pas. Le garçon de l'Anglais surprit un sourire fugitif sur les lèvres du Métis qui salua ensuite Hardwick avec une gravité empreinte d'ironie, puis fit pirouetter son cheval et repartit au galop vers la crête derrière laquelle il disparut.

Après le départ d'Hardwick, les hommes mirent pied à terre au centre de la prairie, puis ils attachèrent une rêne autour d'un antérieur de chacun des chevaux pour que, en cas de danger, on puisse les désentraver en un instant avant de sauter en selle et de filer au galop. Evans posta un guetteur aux quatre points cardinaux. Le reste des chasseurs de loups s'étendit dans l'herbe pour attendre la tombée de la nuit et le moment de se réfugier au milieu des arbres. Ils étaient tous mal à l'aise. Le garçon de l'Anglais le devinait à la manière dont, groupés les uns près des autres, ils chuchotaient comme s'ils se trouvaient dans une église ; il le voyait aussi dans les regards nerveux qu'ils jetaient en direction des collines environnantes et des lisières des forêts touffues qui cachaient Dieu sait quoi. Tous avaient le fusil à portée de main et ne quittaient pas les chevaux des yeux afin de s'assurer qu'ils ne s'éloignaient pas.

Contemplant le bout déchiré de sa botte droite, le garçon de l'Anglais mâchouillait un morceau de viande séchée quand Ed Grace vint s'asseoir à côté de lui. Le foulard noué autour de sa tête était trempé de sueur. Pour entamer la conversation, il dit : « Eh bien, fiston, que Dieu nous garde, mais je sens une odeur de merde dans le vent. »

Sous son épaisse veste de tweed dans laquelle il flottait, le garçon haussa les épaules. « Quel genre de merde ?

– D'abord, si le Métis a pas menti, celle des Indiens qu'ont bu trop de jus de punaises. Ensuite, celle de la politique.

– J'y connais rien en politique.

– Alors, tu ferais bien d'apprendre et d'apprendre vite, parce que t'es plongé dedans jusqu'au cou. » Grace baissa la voix. « Regarde autour de toi. Tous ces types-là, c'est des hommes à I.G. Baker. Y a deux partis dans cette région : celui de T.C. Power et celui de I.G. Baker. Ces deux compagnies règnent sur ce coin du monde. C'est les représentants de Dieu sur ce qu'on appelle le pays du Whoop-Up.

– J'ai jamais entendu parler de ce pays-là.

– Eh bien, t'y es, mon gars. Le pays du Whoop-Up s'étend sur une bande de 250 kilomètres entre Fort Benton et le confluent des rivières St. Mary et Oldman au nord d'ici. Dès que t'as traversé la Milk, tu laisses derrière toi les États-Unis et leur loi. Plus personne peut te toucher. Les agents indiens, les shérifs, les marshals fédéraux, tout ça, leur juridiction s'arrête à la Ligne Médecine, et au nord de la Ligne Médecine, les traités disent que t'es au Canada, mais c'est totalement faux, en réalité t'es dans le pays du Whoop-Up. Là, les démocrates et les républicains, c'est la Compagnie T.C. Power et la Compagnie I.G. Baker qui s'empoignent pour s'emparer du butin, pour mettre la main sur les fourrures et les peaux de bisons. Et comme tu peux t'en douter, ça en fait pas les meilleurs amis du monde. » Il arracha un brin d'herbe qu'il entreprit de mâchonner. « Hardwick nous conduit à un comptoir Power, et tous ceux que tu vois là sont des hommes dévoués corps et âme à Baker. Ils ont un crédit ouvert chez lui et y travaillent pour lui. Il les a mis dans sa poche. Et y a un an, la guerre a failli éclater entre eux. » De la tête il indiqua Evans qui étalait un jeu de cartes sur une couverture.

« Lui, c'est Mr. John Evans, grand manitou et chef de la Cavalerie de Spitzee en personne.

– La Cavalerie de Spitzee ?

– Tu sais donc pas ce qu'est la fameuse Cavalerie de Spitzee ? s'étonna Grace en se grattant le crâne sous son foulard. Ce que c'est que l'innocence ! L'année dernière, Evans et Kamoose Taylor se sont fourré dans leurs grosses têtes l'idée de contrôler le commerce dans cette région parce qu'on y vendait des fusils aux Blackfoots. Ils ont réuni une patrouille de "contrôleurs" et ils ont commencé à s'en prendre à tous ceux qui fournissaient des armes à la tribu. Y prétendaient que c'était pas bien que des fusils tombent entre de mauvaises mains. Le problème avec leur contrôle, c'est que les seules personnes qu'y contrôlaient, c'étaient les marchands qui achetaient leurs produits chez T.C. Power. En fait, c'était juste un moyen d'évincer les concurrents de Baker du marché. Y débarquaient à une vingtaine dans un comptoir et menaçaient l'agent de foutre le feu à son établissement, ou pire, s'il s'engageait pas par écrit à cesser de vendre des armes. La plupart des petits comptoirs signaient. Ils avaient pas vraiment le choix.

« Là où que ça s'est gâté, c'est quand ils ont voulu s'en prendre à John Healy de Fort Whoop-Up. Healy avait eu le cran de pénétrer loin dans le territoire des Blackfoots, des barbares qui haïssent les Blancs, et d'être le premier à y risquer sa peau. D'abord, il a construit quelques cabanes en rondins entourées d'une barrière qu'une bande de Blackfoots ivres a pas tardé à lui incendier. Le coup d'après, il a vu plus grand. Il a carrément construit un fort en rondins et des dépendances avec des toits en boue séchée pour que les sauvages puissent pas y flanquer le feu, puis il a installé des grilles en fer aux fenêtres et aux cheminées pour que ces singes de Peaux-Rouges hostiles puissent pas grimper dans sa salle à manger, et aussi de lourdes portes en chêne et des canons en bronze le long des murailles.

« Et un beau jour, la Cavalerie de Spitzee débarque à Fort Whoop-Up pour y dicter sa loi comme s'ils étaient les seigneurs de la création. Si ce vieux Johnny Healy l'avait voulu, il aurait pu rester derrière ses murailles fortifiées et pisser dans leurs chapeaux, mais y manquait pas de style, ça non, monsieur. Voilà qu'il les invite à palabrer autour d'un bon dîner. Après qu'ils ont fait honneur à la table de John, l'un des gars de Spitzee se lève et lit le papier qu'ils ont rédigé, l'accusant de vendre des armes aux Blackfoots, et y lui demande comment qu'il plaide, coupable ou non coupable. Paraît qu'Healy s'est contenté de se renverser dans sa chaise, de contempler longuement ce procureur crasseux et gonflé d'importance qui portait ses haillons et sa puanteur comme des titres de gloire, puis de leur éclater de rire au nez. Il leur a dit qu'il gèlerait en enfer avant qu'y reconnaisse à I.G. Baker le droit de le faire comparaître pour ses actes devant un jury composé de minables et de foies jaunes comme eux. Il avait l'habitude de se confesser uniquement à un prêtre, et étant donné qu'il en avait pas vu l'oreille d'un seul depuis cinq bonnes années, peut-être même qu'il en avait perdu l'envie. Oui, pour sûr. Les seules choses qu'ils obtiendraient de lui, y les avaient déjà obtenues : un ventre plein à ses frais et son absolution pour leur péché d'impertinence.

« Seulement, la Cavalerie de Spitzee avec ses papiers d'allure légale, elle se prenait tellement au sérieux, lâchant des "attendu que", des "comment plaidez-vous ?" et des "vous êtes accusé de…" comme autant de merdes de cochon dans le carré des pois, que les hommes, y se sont levés, furieux d'être envoyés paître par quelqu'un comme Johnny Healy. Evans a tiré son pistolet, sitôt imité par les autres, et ils ont tous pointé leurs armes sur Healy assis sur sa chaise, les pouces glissés sous ses bretelles. "Puisque tu nous traites comme ça, dit Evans. On va te rendre la pareille et t'expédier en enfer. T'embrasseras le cul du diable pour moi."

« Le Healy, y bronche pas, et y lance juste d'une voix forte : "Mr. Reese, je vous prie !" La porte de la cuisine s'ouvre à la volée et la Cavalerie de Spitzee se retrouve face à la gueule béante d'un des canons en bronze de Johnny Healy, et Mr. Reese est penché au-dessus, tenant tout près de la mèche un bâton de pitchpin enflammé. "Bien, messieurs, dit Healy, sachez que ce canon est chargé de trois pelles à charbon de clous ainsi que d'une bonne quantité de cailloux en prove-

Comme des loups

nance du lit de la rivière. Il contient en outre la quantité de
poudre requise et il est doté d'une mèche plus courte que la
petite bite de John Evans. Et si vous m'expédiez à lui, je suis
tout disposé à embrasser le cul du diable, mais n'oubliez pas
qu'il faudra d'abord que je fasse la queue derrière vous.
Aussi, vous pouvez soit écouter la raison, soit écouter tonner
mon canon. Alors, que choisissez-vous ?" »
Le garçon de l'Anglais rit de bon cœur.
« Le jury a soudain adopté une position radicalement différente : il a voté l'acquittement à l'unanimité. Healy a remer-
cié tous les membres pour leur sage décision et les a félicités
d'avoir ainsi veillé à ce que justice soit rendue. Il a ajouté que
s'ils désiraient siéger de nouveau devant le juge Canon, celui-
ci se ferait un plaisir de les recevoir. Faut reconnaître qu'y se
sont pas empressés d'accepter son offre. La Cavalerie de Spitzee a été dissoute peu après. Healy, ça a été le début de la
fin. »
Le garçon fouillait la terre avec le couteau qu'il avait tiré
de sa botte. Il leva la tête pour regarder Grace. « Qu'est-ce
que vous voulez dire ? Ça vous plaît pas d'être sous le
commandement d'Evans ?
– Bon Dieu, non. Mais lui, au moins, il a fait preuve d'un
peu de bon sens devant un canon. Tout l'hiver, j'ai entendu
Hardwick se moquer de lui pour s'être déballonné. À l'en
croire, le président du jury aurait dû prononcer un verdict
de culpabilité, juge Canon ou pas juge Canon. Abattre ce
salaud sur place.
– Et être réduit en chair à pâté ?
– Hardwick réfléchit pas avant d'agir », se borna à répondre Grace.
Le garçon de l'Anglais enfonça son couteau jusqu'au manche. « Alors, c'est quoi que vous cherchez à me dire ? »
Grace jeta un regard autour de lui pour s'assurer que personne n'écoutait, puis il tapota le genou du garçon. « Ce que
je cherche à dire, c'est que toi et moi, on est comme ce Métis :
ni Blanc, ni Indien. C'est dur d'être entre les deux, d'être
nulle part. Je suis pas un homme de Baker et toi non plus.
Peut-être que chez Farwell, on va être pris entre deux feux.

Si je suis ici avec cette bande de paumés, c'est juste pour veiller sur ma part dans la vente des peaux de loups. Et toi, c'est parce que Fort Benton est un endroit où t'avais pas intérêt à t'attarder. On a aucune raison de se faire tuer pour I.G. Baker. J'ai pas le goût du sang. Contrairement à Hardwick. »

Le garçon de l'Anglais essuya la lame de son couteau sur son pantalon.

« On pourrait filer ce soir, reprit Grace d'un ton pressant. Profiter qu'Hardwick est plus là. Evans, il nous poursuivra pas.

– Faites ce que vous voulez.

– Je tiens pas à partir seul. Dans ce pays, faut surveiller ses arrières. Et deux carabines à répétition valent mieux qu'une.

– Et on ira où ? On m'accueillera pas à bras ouverts à Fort Benton.

– Y a des comptoirs à whisky dans toute la région. On pourrait aller à Fort Kipp, Fort Slideout, Fort Whisky Gap ou au Robbers'Roost, n'importe lequel de ces repaires de hors-la-loi. »

Le garçon de l'Anglais se mura dans le silence. Sa réaction modifia l'humeur de Grace. Quand il reprit la parole, ce fut d'une voix triste et résignée :

« Je suis né dans le vieil Ontario. Ma mère avait un piano dans le salon. Et on avait des livres. Dans l'un d'eux, y avait l'illustration d'un centaure. » Il leva la tête. « Tu sais ce que c'est un centaure, fiston ? »

Le garçon fit signe que non.

« Un être moitié homme, moitié cheval. » Il s'interrompit, répéta, puis expliqua : « Ça fait dix ans que je traîne à travers ce pays, et crois-moi, ça te change un homme. Mais je suis pas encore complètement changé. Pas comme Tom Hardwick. Je suis entre les deux, moitié civilisé, moitié sauvage. Un centaure. »

Le garçon de l'Anglais attendit qu'il continue, mais Grace resta silencieux.

« Si j'étais un centaure, dit alors le garçon, je pourrais décamper d'ici au galop et tout seul. Mais je suis pas un centaure. J'ai que le cheval à Tom Hardwick. Et si je pars avec, je deviens un voleur de chevaux. Et les voleurs de chevaux, on les pend. Je préférerais me prendre une balle plutôt que d'avoir des gens qui me regardent la bouche ouverte en train de gigoter au bout d'une corde.

– Donc, tu partiras pas ?» Une question de pure forme.

«Non, mais si vous voulez, le marché qu'on a conclu tient toujours.

– D'accord, dit Grace. On surveillera quand même nos arrières.»

À la tombée du jour, ils entrèrent dans la forêt à la file. Grace consulta sa montre de gousset. Il était neuf heures moins le quart, mais le ciel répandait encore un peu de clarté. Ils serpentèrent au milieu des pins douglas dont les troncs lisses, droits comme des hampes de lances, s'élevaient jusqu'à une couronne de branches qui faisait ressembler les arbres à des goupillons géants. Il n'y avait pas beaucoup de broussailles et le sol sec craquait sous les sabots des chevaux. Nulle odeur de pourriture, de moisi ou de champignon n'imprégnait l'atmosphère, et on ne sentait que les effluves astringents de sève et d'aiguilles de pin.

Un peu plus tôt, Vogle avait repéré un amas d'arbres abattus qui formaient une barrière naturelle derrière laquelle ils établirent leur campement après avoir dessellé et entravé les chevaux, puis déchargé leur équipement et étendu des couvertures dans la pénombre qui s'épaississait. Evans désigna deux hommes pour monter la garde et deux autres pour prendre la relève dans le courant de la nuit. Les deux premières sentinelles s'éloignèrent le long de la pente boisée, pareilles à des spectres qui disparaissaient par intermittence dans la lumière cendreuse.

Pris d'un besoin urgent, le garçon de l'Anglais chercha un coin à l'écart du campement. Malgré l'heure tardive, les oiseaux perchés dans les arbres continuaient à chanter et à s'interpeller par le biais d'une cascade de notes aiguës à quoi succédaient de longs pépiements plaintifs qui semblaient flotter à dix mètres au-dessus du sol, là où les cimes des pins oscillaient sous la brise.

Le garçon s'arrêta et tendit l'oreille. Le contrefort faisait office de brise-vent, au pied de la colline tout était silencieux et l'air conservait encore un peu de la chaleur du jour, cependant que plus haut, les pins murmuraient et soupiraient comme des malades dans une salle d'hôpital, ce qui lui rappela la chambre d'hôtel où l'Anglais, John Trevelyan Dawe, avait rendu l'âme.

Chassant cette pensée de son esprit, il continua son chemin. Les pins espacés devenaient de plus en plus noirs, pareils à des colonnes d'ébène, à mesure que la nuit tombait. Les ténèbres gagnaient, à la fois brutalement et progressivement, comme un mouvement furtif qui s'impose – à présent, elles étaient là, indéniables.

Il se plaça derrière un arbre et défit sa braguette. Alors qu'il aspergeait le sol de son urine, il distingua au loin un bruit évoquant des canards qui se chamaillent. Y aurait-il quelqu'un, quelque chose d'autre que lui dans la forêt ? Des Indiens ? Un grizzly ?

Maintenant qu'il avait fini, il percevait la susurration des moustiques qui lui provoquait comme une démangeaison dans la tête, cependant qu'ils lui piquaient le dos, le visage et les mains comme autant d'orties, un nuage cruel qui se fondait à l'obscurité, un nuage qu'il maudissait et tentait en vain de chasser à l'aveuglette. Il se reboutonna en hâte et, butant sur les racines qui sillonnaient le sol, il repartit en direction du campement. Levant les yeux, il vit au travers de la voûte des arbres la lune qui paraissait marcher de concert avec lui en agitant sa face ricanante.

Il trébucha, tomba, puis se remit debout, le Colt à la main. Il entendait son souffle précipité, entendait ses pieds qui bruissaient sur les aiguilles glissantes, tandis qu'il décrivait un cercle, son arme braquée sur la silhouette confuse des arbres. Il repéra alors une espèce de ravine qui courait le long du flanc de la colline ainsi qu'une profonde piste creusée par le passage incessant des chariots. La pâle clarté de la lune avait en partie dissipé les ténèbres, à moins, tout simplement, que ses yeux ne s'y fussent habitués. Il regarda fixement, jusqu'à ce que tout commençât à miroiter dans la pénombre.

Un chemin s'offrait à lui, mais il n'ignorait pas qu'il ne fallait en aucun cas s'engager dans un chemin offert. Parmi les arbres, il n'y avait pas de route droite. Seul existait le sentier que l'on se traçait, qui tournait, qui serpentait, qui revenait en arrière, qui repartait, la voie où l'on se faufilait dès qu'on le pouvait. L'unique voie.

L'Anglais, mort. Hank, Dieu seul savait ce que ce pauvre type était devenu. Scotty, il l'avait vu ce jour-là griffonner dans son carnet comme Dawe le faisait, tellement vite qu'on n'arrivait pas à le croire. Écrire plus rapidement qu'un homme est capable de penser. Qu'est-ce qu'il pouvait donc noter comme ça ?

Et Grace. La tête entourée d'un foulard comme d'un bandage, voulant qu'il s'enfuie avec lui. Prétendant qu'il y avait une route droite que tous deux pouvaient emprunter d'un pas léger. Grace qui l'aurait fait pendre, pendre tout droit au bout d'une corde, comme les oies que son père pendait pour les laisser faisander, jusqu'à ce que leur cou se rompe.

Pourtant, elle était bien là, une route qui menait quelque part. Il en avait une boule dans la gorge. Il souffrait de la voir ainsi, toute droite, une promesse. Il souffrait de la voir si belle sous la lune. Mais il n'était pas idiot. Il savait que les routes droites n'existaient pas.

Aussi se faufila-t-il entre les pins, un fugitif, un animal, agile et sûr de lui maintenant, sans plus trébucher, la démarche souple et fiable sur le sol souple et traître de la forêt.

Le frappement répété d'un pivert le réveilla. L'aube pointait. Il se leva puis, tout habillé, il se dirigea vers l'amas d'arbres abattus. Au pied de la colline, la brume déroulait ses effilochures blanches. Tout autour de lui, les hommes étaient si bien emmitouflés dans leurs couvertures qu'on ne voyait même pas leurs têtes. La nuit avait été épouvantable. En dépit des nuages de moustiques, Evans n'avait pas permis qu'on allume des feux de braises de crainte qu'ils ne trahissent leur présence. Des heures durant, les hommes et surtout les chevaux avaient souffert le martyre. Le garçon de l'Anglais avait entendu leurs sabots marteler le sol et leurs queues fouailler sauvagement l'air puis, dans leur malheur, ils avaient commencé à émettre une plainte sourde, un grognement rauque et sonore. Le garçon de l'Anglais s'était extirpé de son couchage et, s'approchant de son cheval, il avait vu rouler follement ses yeux qui brillaient dans les ténèbres. Passant une main apaisante sur son encolure, il l'avait retirée pleine de sang.

Il le soigna de son mieux. Après l'avoir sellé, il prit les deux couvertures de son paquetage, enveloppa l'encolure du hongre dans la première et drapa la seconde sur sa croupe. Gardant ses vêtements, il alla ensuite s'allonger à même le sol et dormit peut-être une heure.

Adossé à la barrière naturelle formée par les troncs des arbres déracinés par le vent, il sentit que, mangé par les moustiques, il avait le visage tout enflé et l'œil gauche à demi fermé.

Derrière lui, un homme toussait et crachait, tandis qu'un autre marmonnait. Les chasseurs de loups se réveillaient à leur tour. Il perçut l'odeur de soufre d'une allumette suivie de celle du tabac à pipe.

Peu de temps après, ils descendaient vers la prairie où Hardwick leur avait dit de l'attendre. Une heure s'écoula, puis deux. Découragés, ils affichaient une expression maussade, tel un groupe d'écoliers abandonnés par leur professeur dans un lieu inconnu.

Un cri retentit soudain. Hardwick arrivait.

Il n'avait vu aucun de leurs chevaux dans le camp des Assiniboines. Ils passeraient donc la journée du dimanche au comptoir d'Abe Farwell.

20

Du côté de Chance, c'est le silence. Je commence à me demander si je n'ai pas fait une gaffe et gâché une occasion en or. En réalité, je ne sais pas, car je n'arrive pas à le joindre. L'incertitude me ronge. Deux soirs plus tôt, je me suis rendu dans sa maison au milieu des collines avec l'intention de débusquer le lion dans sa tanière, mais j'ai trouvé les grilles fermées. J'y ai certes songé, mais j'ai considéré qu'il serait par trop ridicule de laisser ma voiture au bord de la route pour tenter de les escalader. D'autant que, avec ma mauvaise jambe, je n'y serais sans doute pas parvenu.

Hier, j'ai appelé son bureau et demandé à lui parler. Après un bref temps d'attente pendant lequel j'ai perçu des froissements de papier, la standardiste m'a répondu : « Votre nom ne figure pas sur la liste de ceux dont Mr. Chance prend les appels.

– Dites-lui qu'Harry Vincent est au téléphone. Il me prendra.

– Mr. Chance est occupé. Je vais vous passer Mr. Fitzsimmons.

– Je n'ai rien à dire à Mr. Fitzsimmons. C'est à Mr. Chance que je souhaite parler.

– C'est impossible. Désirez-vous laisser un message ?

– Oui. Donnez-lui simplement deux noms : Harry Vincent et Shorty McAdoo. À votre place, je veillerais à les lui transmettre. »

J'ai attendu que Chance me contacte. En vain. C'est Fitz-simmons qui m'a appelé. Il semblait prêt à m'écorcher vif. « Qu'est-ce que Chance t'a bien recommandé ? De garder toute cette affaire top secret. Et toi, pauvre imbécile, qu'est-ce que tu fais ? Tu refiles le nom de McAdoo à une standardiste.

– Je pensais que ça attirerait son attention. Je n'arrivais plus à rien.

– T'es pas payé pour penser ! T'es payé pour faire ce qu'on te dit de faire, bordel ! Et une chose encore : quand Dorothy te dit que Mr. Chance est occupé, c'est qu'il est occupé. Ça signifie qu'il a pas de temps à te consacrer et que tu dois arrêter de le faire chier.

– À moins que ce ne soit vous qui ayez donné à Dorothy l'ordre de ne pas me le passer. Elle a parlé d'une liste. De quelle liste s'agit-il, Fitz ? »

Il n'a pas répondu à ma question et il a repris : « Et puis, qu'est-ce que c'est que cette histoire de pas vouloir me parler ? Je considère ça comme une insulte. Tu n'es qu'un petit con d'insolent. Pour cent cinquante dollars par semaine, tu es tenu de me parler. Compris ? » Il s'est interrompu. « J'ai essayé de lui dire que t'étais pas à la hauteur. Sur aucun plan. Mais il avait une de ses... » Il a cherché désespérément le mot. « Une de ses *intuitions* à ton sujet. Seulement, le résultat, c'est néant.

– Qui se plaint ? Mr. Chance ou vous ?

– Les deux, peut-être.

– À vous entendre, on dirait que vous et lui, c'est la même chose.

– Plus ou moins, oui.

– Et si je vous rédigeais une lettre de démission ? On verra si ça fait autant plaisir à Mr. Chance qu'à vous. »

Je l'ai entendu qui, à l'autre bout du fil, prenait une profonde inspiration. Son silence m'a fait craindre que mon bluff soit peut-être une erreur tactique. Lentement, pesant chaque mot, il a articulé : « Non, tu ne démissionneras pas.

– Et pourquoi donc, Fitz ? ai-je demandé avec le sentiment d'avoir raflé la mise.

– Parce qu'il vaut mieux pas que tu démissionnes, voilà pourquoi.

– Pour qui est-ce qu'il ne vaut mieux pas ?

– Peut-être pour ta mère dans sa maison de fous pour richards. Elle aimerait probablement pas se retrouver à l'asile. Je le sais. J'ai un cousin qui travaillait là-bas et il nous racontait des histoires pas drôles du tout. »

Comment était-il au courant pour ma mère ? J'ai d'abord éprouvé un sentiment de peur, puis de colère. « Laissez ma mère tranquille, espèce de sale Irlandais ! Vous m'avez compris ? »

Il s'est contenté d'éclater de son rire rocailleux qui, à travers le téléphone, paraissait encore plus terrifiant. « Sinon ? a-t-il demandé un instant plus tard. Sinon, qu'est-ce que tu feras, Vincent ? Tu japperas comme un chiot ? Un petit chiot qui tète sa mère. Ouah ! ouah ! Tiens, tu me rends malade. Tu démissionneras pas parce qu'on te permettra pas de démissionner. Et puis, oublie pas maman, Vincent. Et oublie pas non plus ta petite copine juive.

– Qu'est-ce qu'elle a, Rachel ?

– Ces poupées juives, elles aiment pas les garçons sans le sou. Tu le sais très bien. »

J'ai choisi mes paroles avec soin : « Je vous promets que Mr. Chance va en entendre parler.

– Et comment ! Je me ferai un plaisir de le lui dire moi-même.

– Dans ce cas, dites-lui tout, parce que moi, j'ai bien l'intention de le faire. Pensez à lui répéter vos remarques sur ma mère et sur miss Gold.

– Qu'est-ce qu'y a ? T'es pas content ? Je vais te dire, Mr. Chance se fout éperdument de ce que tu peux ressentir.

– Vous en êtes sûr ? Vous savez, peut-être que je le connais mieux que vous. Nous avons discuté. De choses qui dépassent sans doute votre compréhension, Fitz. J'ai l'impression d'avoir eu affaire à un honnête homme. Vous êtes absolument certain qu'il se fout de ce que je ressens ?

– Tu sais de quoi il se fout pas ? Par ordre d'importance. D'abord, lui. Et ensuite, moi. Parce qu'il me fait confiance pour veiller sur ses intérêts. Quand on me dit de fermer ma gueule à propos d'un dénommé Shorty McAdoo, je ferme ma gueule. Toi, quand on te dit de recueillir de ce même McAdoo des informations sur les Indiens et autres, tu le fais pas. Alors, des sentiments de qui il va se préoccuper ? Tu lui as rien donné, Vincent. Je peux même pas me torcher le cul avec le moindre de tes bouts de papier.

– Il y a une raison pour laquelle je n'ai encore rien obtenu. Et c'est ce que je veux expliquer à Mr. Chance.

– Tes explications, on s'en tape. Fais ton boulot, un point c'est tout. Je suis payé pour veiller sur ses intérêts et toi aussi. On est dans le même wagon, tiré par la même locomotive. Alors, toi et moi, on va où le train nous conduit.

– J'en serais ravi, Fitz. Mais je tiens à avoir la certitude d'être attelé à la bonne locomotive. Parce que ça fait un moment que je ne la vois plus. Les rails décrivent beaucoup trop de courbes.

– On t'a jamais dit que t'étais trop malin pour ton bien, Vincent ?

– Il y a beaucoup de gens qui se prennent pour une locomotive. Tout comme il y a beaucoup de gens qui, la main glissée sous leur chemise, se prennent pour Napoléon. Vous voyez ce que je veux dire ?

– Et comment que je vois ! Tu peux remercier ta bonne étoile que je sois pas dans la même pièce que toi.

– Je n'y manquerai pas. En attendant, je ne sais toujours pas à quelle locomotive je suis accroché. À moins que je ne me trompe ?

– Tout le monde au studio sait que je parle au nom de Mr. Chance.

– Pour les films à petit budget, peut-être. Mais celui-là, il lui tient bien trop à cœur.

– Fais ton boulot, a répété Fitz. C'est tout ce qu'il te demande.

– C'est un homme seul. Qu'est-ce qu'il en est de l'amitié ?

– Ne force pas ta chance, Vincent. L'amitié, il l'a. Toi, tu lui donnes les Indiens. »

« Je crois que le moment est venu de jouer cartes sur table », dis-je à McAdoo.

Il est occupé à fouiller dans le carton de provisions que je lui ai apporté. Le soir tombe et la lampe à pétrole projette de grandes ombres qui dansent sur les murs pendant que Shorty déballe le bacon, les haricots, le café, le sucre, les crackers ainsi que la boîte de munitions pour le revolver de Wylie. Quand les cartouches atterrissent sur la table, ce dernier s'empresse de les ramasser et de se précipiter vers sa couchette. Il s'empare de l'arme, la casse, puis la charge avec excitation.

« C'est trop tard pour s'exercer au tir, Wylie », lui dit Shorty.

Déçu, le garçon se tourne vers nous. « Y fait pas encore nuit. Y fait pas nuit du tout.

– Attends donc demain.

– Non, y fait pas nuit, s'entête-t-il. Je suis sûr que non.

– Y fait plus noir que dans le trou du cul du diable, dit McAdoo. Je vais pas te le répéter. Sors-toi cette foutue idée du crâne. »

Les coins de la bouche de Wylie s'affaissent, mais il ne proteste pas. Tristement, il entreprend de vider le revolver, l'air d'une jeune fille en mal d'amour qui effeuille une marguerite. Une à une, il pose les balles par terre, puis il les contemple un instant avant de les reprendre l'une après l'autre pour en renifler mystérieusement l'extrémité et les remettre en place.

« Qu'est-ce qu'il fabrique ? » je demande.

McAdoo hausse les épaules. « J'en ai pas la moindre idée. Dieu seul sait ce qui passe par la tête de ce garçon. Je crois pas que ce revolver, c'était une si bonne idée. Y nous crible la propriété de trous. »

Wylie est en train de disposer les cartouches en croix, dont il garnit les branches à l'aide de nouvelles munitions qu'il puise dans la boîte. Se mordant la lèvre inférieure, il joue avec les balles comme un petit garçon avec ses soldats de plomb.

« Bon, c'est quoi ces cartes que tu veux étaler sur la

table ? demande McAdoo sans quitter des yeux Wylie et son manège.

– Il y a quelque chose qu'il faut que je vous dise, Shorty. J'espère que vous ne le prendrez pas mal.

– Alors, dis-le.

– Toutes ces salades que vous m'avez racontées, je ne peux rien en faire. J'ai besoin d'autre chose. C'est mon boulot qui est en jeu. »

J'attends que McAdoo morde à l'hameçon. En vain. Aussi, j'enchaîne : « Au début, j'ai pensé : il faut que Shorty apprenne à me connaître et qu'il me fasse crédit avant de se confier à moi. Je me suis dit : l'argent que tu lui donnes, c'est une sorte de mise de fonds. Mais où est le résultat, Shorty ? J'ai semé, et où est la récolte ? »

Le vieil homme tient une boîte de haricots dans la main gauche. Il évite mon regard.

« Du coup, j'ai pensé qu'il valait peut-être mieux pour vous comme pour moi qu'on mette cartes sur table, dis-je. Moi, j'ai une mère malade dans une maison de retraite. Vous, vous désirez emmener Wylie au Canada avec vous. » À la mention de son nom, le garçon, l'air méfiant, lève les yeux. Je poursuis : « Vous et moi, nous avons des personnes qui dépendent de nous. Des responsabilités. Et des responsabilités qui coûtent de l'argent. Or nul ne donne d'argent sans rien demander en retour. Et mon employeur n'obtient pas ce qu'il veut. Il ne va pas tarder à fermer le robinet.

– Eh bien, qu'il le ferme. »

J'élève la voix et McAdoo tourne enfin la tête vers moi. « Ce n'est pas une réponse, Shorty. Je mérite mieux que ça. » Je désigne Wylie. « Comment allez-vous l'emmener au Canada sans argent ? Et une fois là-bas, comment ferez-vous pour vivre ? »

McAdoo se tait. Son visage n'exprime rien.

« Je me cantonne aux faits. Il y a une chance pour que vous puissiez partir avec une somme conséquente. Mais en échange, il me faut quelque chose que je puisse exploiter. Si vous ne voulez rien dire, nous perdons tous les deux notre temps.» Je marque une pause. «Vous savez parfaitement ce que je veux.

– Oui, tu veux te mettre de l'argent dans la poche.

– Si ce n'était qu'une question d'argent, vous ne croyez pas que je pourrais me débrouiller seul? Je m'installerais devant mes carnets, j'inventerais une histoire et je la signerais de votre nom. Je sais ce qu'il désire et je peux très bien le lui fournir. Je suis scénariste, après tout. Mais il y a autre chose que l'argent. Il y a le respect. Et l'homme pour qui je travaille, je le respecte. Il me fait confiance. Il veut la vérité, et je lui donnerai la vérité, sinon rien. Vous aussi je vous respecte, et je n'associerai pas votre nom à un mensonge. Parce que je ne pense pas que vous soyez un menteur.

– Non, j'en suis pas un.» Il affirme cela comme s'il témoignait à la barre d'un tribunal.

«Je suis ravi de vous l'entendre dire. Parce que, dans ce cas, ça signifie que certaines des choses qu'on raconte à votre sujet sont vraies.

– Ça dépend des choses, réplique-t-il sèchement.

– Par exemple, on raconte que vous avez été un combattant d'Indiens.»

La bouche tordue, il a un sourire contraint. «On sait très bien que tous les véritables combattants d'Indiens, y sont morts. Comme Custer.» Son ton n'est guère convaincant.

«Mais si jamais il en restait? Ceux-là auraient une sacrée valeur, non?»

Il continue à sourire. On dirait le rictus d'un cadavre.

«Seriez-vous un de ces survivants, Shorty?

– J'ai survécu à pas mal de choses.

– Vous avez combattu des Indiens?»

Il me dévisage longuement. «Un peu», reconnaît-il enfin. Le sourire s'est effacé.

J'ai le cœur qui bat. Je sens que je touche au but, mais j'ignore comment franchir l'ultime obstacle. «C'était si dur que ça?

– Qu'est-ce que tu veux, Vincent?

– Il ne s'agit pas de ce que je veux, mais de ce que lui, il veut. Il veut des Indiens. Des Indiens et la vérité.

– Pas la vérité. Ce type-là veut pas la vérité.

– Je vous assure que si. »

McAdoo a un rire amer.

« Affirmer ainsi qu'il ne veut pas la vérité, ça vous offre une porte de sortie, n'est-ce pas ? Comme ça, vous n'avez pas besoin de raconter quoi que ce soit.

– Je le sais. Il veut pas de ma vérité à moi. Elle sera pas à son goût.

– C'est votre point de vue. Pas le mien. Racontez, et on verra qui a raison.

– Pour de l'argent ?

– Oui, pour de l'argent, ou pour ce que vous voudrez. »

Shorty pose la boîte de haricots sur la table. « Wylie, aboie-t-il. Prends tes couvertures, ton revolver, et va attendre dehors. »

Wylie, mal à l'aise, se tortille sur sa couchette. Il empoigne la boîte de cartouches d'une main et la couverture de l'autre. « Pourquoi faut que j'aille dehors, Shorty ?

– Parce que t'es ici le meilleur tireur et que je te confie la mission de nous protéger.

– De qui je dois te protéger, Shorty ?

– Tu reconnaîtras les salauds en les voyant. Laisse personne approcher. Je compte sur toi. »

Le garçon se lève. « Je les reconnaîtrai en les voyant ? demande-t-il, sceptique.

– C'est des Mexicains, dit McAdoo. Tu vois un Mexicain, tu tires d'abord et tu poses des questions ensuite.

– Mon Dieu, ne lui dites pas des choses pareilles !

– Des Mexicains, répète Wylie, se parlant à lui-même. Des Mexicains.

– Fais un feu, lui dit Shorty. Tu vas monter la garde un bon bout de temps.

– Comment que je saurai si c'est des Mexicains ? interroge Wylie.

– À leurs grands chapeaux. Les Mexicains sont des fumiers coiffés de grands chapeaux. Des sombreros. Surveille les cha-

237

peaux. » Le vieil homme appuie ses paroles d'un geste des deux mains encadrant ses tempes. Wylie hoche la tête puis sort d'un pas décidé.

« Pourquoi faites-vous ça ? je m'étonne.

– Il a pas besoin de voir et il a pas besoin d'entendre.

– De voir et d'entendre quoi ?

– Toi et moi en train de s'engraisser sur le dos des morts.

– Je ne comprends pas.

– C'est ce qu'on va faire. S'engraisser sur le dos des morts. » Le sourire de McAdoo est plus que glacial, semblable à une blessure à vif qu'il se serait lui-même infligée. « Ça vaut quoi un Indien mort de nos jours ? Dix dollars ? Quinze ?

– Je ne vous suis pas. »

Shorty s'assoit. « J'essaye juste d'établir le prix de ce que tu demandes. Calculer le taux actuel. Y va me donner quoi pour une histoire d'Indiens, ton patron ? C'est quoi le prix de la vérité ?

– Si votre histoire lui plaît et qu'il veuille l'utiliser, il faudra qu'il vous l'achète. Ce sera à vous de poser vos conditions.

– Mais en gros ? Moi, je dirais que pour nous installer comme il faut au Canada, mille cinq cents dollars, ce serait pas mal.

– Je tiens à ce que ce soit bien clair : je n'ai pas le pouvoir de négocier. » Je m'empresse de nuancer : « Néanmoins, je pense que s'il est content de ce que vous lui apporterez, mille cinq cents dollars est une somme que vous pouvez raisonnablement espérer.

– Pour la vérité ?

– Naturellement, pour la vérité. Il y a une prime pour la vérité. »

McAdoo pose les mains à plat sur la table et, le regard rivé dessus, il réfléchit un moment, puis dans un murmure à peine audible, il dit : « J'y pense depuis longtemps. Avant même que tu soyes venu. J'y pensais dans la pension de Maman Reardon. Pendant que je faisais ces films idiots. Et puis, j'y ai plus pensé mais c'est revenu. Mon vieux, y disait : tu penses à une chose, tu y repenses, tu peux plus t'en débarrasser, et ça veut dire que t'auras à y répondre. Mon vieux, y croyait à toutes sortes de trucs de double vue.» Il lève les yeux et me considère un instant. «Ça fait une éternité que j'y pense, mais je voulais pas croire ce que mon vieux disait. Je croyais que ça arriverait pas. Et puis t'as débarqué.» Le menton sur la poitrine, il se tait, puis il reprend : « T'as ton crayon et ton carnet ?

– Oui.

– Mille cinq cents dollars, dit-il. Maintenant, je sais le prix d'un Indien mort. À peu près cinquante dollars par tête.»

Ainsi qu'il venait de le dire, Shorty McAdoo devait en effet y penser depuis une éternité. Il savait exactement ce qu'il désirait raconter et il m'a demandé à de nombreuses reprises de lui lire ce que j'avais pris en sténographie. Il écoutait avec une grande attention, puis il ajoutait ou corrigeait un détail. De temps en temps, il se levait pour aller voir ce que fabriquait Wylie, et il m'arrivait de me poster à côté de lui devant la fenêtre. Le garçon se tenait près du feu qu'il avait allumé et dont les étincelles volaient comme autant de confettis embrasés, tandis que les flammes qui bondissaient, attisées par le vent, éclairaient d'une lueur vacillante sa silhouette drapée dans une couverture qui scrutait les ténèbres, un bras posé sur le genou, le pistolet au poing.

La nuit a été longue, très longue. Je lui ai demandé plusieurs fois s'il ne voulait pas qu'on finisse le lendemain, mais il refusait, disait que ce serait comme si on pratiquait l'amputation d'une jambe et qu'on s'arrêtait au milieu de l'opération pour reprendre la scie au matin. Il ne s'est pas accordé le moindre répit ; même quand il se plantait devant la fenêtre, il poursuivait son récit d'une voix qui, au fil des minutes, se faisait un peu plus fatiguée, un peu plus rauque. Il a continué à parler pendant qu'il me préparait du café sur le fourneau pour me tenir éveillé. Il a continué à parler pendant qu'il arpentait la pièce de long en large.

À l'aube, il a terminé. Il veut que je lui relise le passage sur la fille. Je m'exécute et, la tête inclinée, il prête une oreille attentive afin de ne pas rater un mot. Puis il me dit de recom-

mencer, et il écoute, tout aussi concentré que la première fois. « Mets plutôt quinze ans, dit-il, pareil à un juge qui rend son verdict. Elle en avait peut-être quatorze comme j'ai dit tout à l'heure, mais je préfère que ce soit plus que moins.
– D'accord. »
Penché au-dessus de mon épaule, il me regarde rectifier.
« Qu'est-ce que j'avais dit ? me demande-t-il.
– Pardon ? » Je suis épuisé et je ne comprends pas sa question.
« J'avais dit que la vérité serait pas du goût de ton patron. Je me trompais ?
– Je ne sais pas. » C'était vrai, je ne savais pas.
« Ton patron la voulait, maintenant il l'a. Et y la prendra tout entière. Personne va la découper en petits morceaux comme un vieux manteau. La fille, elle reste. »
En silence, je rassemble mes carnets et mes stylos, puis je secoue mon paquet de cigarettes pour en extraire la dernière que j'allume avant de sortir. C'est une aurore étrange, et le ciel couvert diffuse une lumière couleur thé, semblable à la teinte d'un film de Griffith. Wylie a fini par céder au sommeil. Pelotonné dans sa couverture, il dort près des cendres du feu d'où s'échappent encore de minces volutes de fumée grise. Le pistolet est tombé par terre à côté de lui et McAdoo le ramasse avant de l'essuyer aussi méticuleusement que Wylie l'aurait fait.
« On était plusieurs qu'avaient le don de double vue, dit le vieil homme. On savait très bien ce qu'allait arriver. Notre seule erreur, c'est de pas l'avoir descendu pendant qu'y dormait.
– Bon Dieu, Shorty, dis-je, ç'aurait été un meurtre commis de sang-froid, vous ne croyez pas ? »
Pour appuyer ses paroles, il braque le revolver sur la tête de Wylie endormi. « On aurait dû tuer le serpent dans son nid. Avant qu'y morde. » Puis il lève le pistolet à l'exemple d'un duelliste qui s'apprête à effectuer les dix pas fatidiques, sinon que ses dix pas à lui l'amènent sur le seuil du dortoir où il entre comme un somnambule.

Le bureau de Mr. Chance aux studios est l'antithèse de sa demeure. Il est encombré. Ou plutôt, devrais-je dire, les murs sont encombrés. Il n'y a pas un centimètre carré qui ne soit pas couvert de photographies publicitaires en noir et blanc d'acteurs et d'actrices vedettes des productions Best Chance Pictures. Je suis persuadé que la plupart de ces stars ont à peine eu droit à une poignée de main de la part de Chance le solitaire, ce qui ne les a pas empêchées de lui dédicacer leurs photos en des termes tout ce qu'il y a de plus intime et de plus mielleux, rivalisant de flagornerie, art dans lequel Hollywood excelle. Juste au-dessus de la porte du bureau, Webster DeVilliers, alias Walter Digby de Pass Creek, Indiana, me sourit de toutes ses dents. Sur sa photo, on peut lire : « Pour Mr. Chance, "notre Étoile de l'Est" qui nous guide de sa lumière ! Avec tout le respect de W. DeVilliers. » Quiconque connaît Walter Digby sait qu'il ne faut voir aucune intention ironique dans cette dédicace. Il y a beaucoup, beaucoup d'autres hommages aux immenses talents de Mr. Chance. Une centaine, peut-être. « Au très cher Mr. Chance, le génie de l'Art du Cinéma, Twyla Twayne. » « À Mr. Chance, bonne, excellente, best Chance ! ! ! Roger Douglas Braithwaite. » Le gros gibier ainsi exposé dans cette salle des trophées a-t-il volontairement fait don de sa tête empaillée ? Peut-être que oui, peut-être que non. En tout cas, je subodore là une idée de Fitz. Je l'imagine qui accomplit ses visites comme le grand vizir de quelque satrape oriental afin d'extorquer des tributs. « Tenez, voici une de vos photos. Écrivez quelque chose de gentil pour Mr. Chance. Vous me la rapporterez demain. »

Mr. Chance est assis derrière un imposant bureau en teck qui trône dans le coin de la pièce où deux baies vitrées se rejoignent. Les stores vénitiens sont baissés pour décourager les regards des curieux. Il m'accueille comme un directeur d'école recevant un de ses anciens élèves qui a réussi.

« C'est épatant, dit-il, feuilletant la transcription. Absolument épatant.

— Je suis ravi que cela vous plaise, monsieur.

— Cela fait davantage que me plaire. Bien davantage. Je

241

dois vous féliciter, Harry. Nous tenons notre film. Tout est là-dedans. »

Il me semble qu'il exagère un peu, mais si le patron est content, qui suis-je pour ne pas l'être aussi ?

Sous le coup de son excitation enfantine, son costume en tweed et ses cheveux clairsemés sont l'un comme l'autre en désordre. Il lâche des phrases courtes, sur un ton grandiloquent : « Le récit d'une grande bataille. Obscure mais grande néanmoins. L'un et l'autre sont importants. Obscurité *et* grandeur. La nouveauté et l'effroi. Vous comprenez ? Pensez à Custer – célèbre dans la défaite parce qu'il a livré un combat perdu d'avance. Mais là, nous avons beaucoup mieux. La *victoire* alors que la défaite paraissait assurée. L'Amérique a besoin d'exemples pareils. La force dans l'union d'un petit groupe. Douze hommes face à des centaines. Le chiffre douze. Presque aussi magique que le chiffre sept, vous ne croyez pas ? Les douze apôtres, les douze jurés, la loi des douze tables du droit romain, les douze mois de l'année, les douze jours de Noël – vous en voyez d'autres ?

– Non.

– Peu importe. » Chance griffonne une longue note, puis il dresse la tête. « McAdoo, vous pensez qu'il peut tenir le rôle ? demande-t-il d'une voix pressante.

– Le rôle ?

– Oui, Harry, le rôle. Vous êtes de la partie. Vous savez de quoi je parle. Est-ce qu'il a de la présence ? »

Je réfléchis une seconde. « Il n'est pas très bavard. D'un autre côté, quand il dit quelque chose... on a tendance à l'écouter. »

Chance hoche la tête. « Cela transparaîtra dans les entretiens ?

– Il n'accordera pas d'entretiens.

– Et pourquoi ?

– Parce qu'il aura peur d'avoir l'air ridicule. Comme Buffalo Bill.

– Personne ne trouve Buffalo Bill ridicule. De plus, personne ne refuse son instant de gloire.

– Lui, si. À ses yeux, il ne s'agit pas de gloire.

– Vous êtes sûr ?

– Aussi sûr qu'on peut l'être. »

Chance écrit deux ou trois mots sur son bloc. « C'est fort regrettable. Mais s'il ne veut pas se conduire en héros, mieux vaudra qu'il soit mort.

– Mort ? »

Chance éclate de rire. « Pas mort au sens propre, Harry. Je songeais simplement à la possibilité d'annoncer le décès du grand homme des Plaines – il suffira de choisir le bon moment. Vous, en tant qu'ami et biographe, vous le représenterez devant la presse. Je pense que ce serait très bien. Il y a des héros plus fascinants morts que vivants. Custer, entre autres. Un homme qui n'aurait pas survécu à un examen trop approfondi. Stupide et pendu aux jupes de sa femme. Ce qui ne l'a pas empêché de faire un cadavre héroïque.

– Et si Shorty McAdoo ne veut pas jouer au mort ?

– Eh bien, comme je viens de le dire, c'est une question de moment. Il a exprimé le désir de s'établir au Canada, n'est-ce pas ? En ce qui nous concerne, Shorty McAdoo au Canada, c'est comme s'il était mort.

– Et s'il changeait d'avis ? »

Chance pose son stylo en or à côté de son bloc. « Dans ce cas, ce sera à nous de le convaincre de revenir à son idée initiale.

– Avec de l'argent, vous voulez dire ?

– Bien entendu, avec de l'argent. Ou tout autre moyen de persuasion, si nécessaire.

– À savoir ?

– Dans le passé, Mr. Fitzsimmons s'est montré parfois précieux face à de telles situations.

– Je ne pense pas que les... les méthodes de Fitz donneraient des résultats avec un homme comme McAdoo. Elles pourraient même produire l'effet inverse. »

Chance sourit. « Je prendrai votre remarque en considération, Harry. Mais peut-être mettons-nous la charrue avant les bœufs. Nous n'avons pas encore les droits, me semble-t-il. Commençons déjà par là. Vous avez une idée de ce qu'il demanderait ?

– Il veut mille cinq cents dollars. »

Chance tapote le buvard de son bureau avec son stylo. « Je ne vois pas en quoi cela constituerait un problème.

– En revanche, l'identité de l'acquéreur pourrait en constituer un. Afin que vous soyez tenu en dehors, je lui ai raconté que je travaillais pour un éditeur. McAdoo ne porte pas le cinéma dans son cœur.

– Il n'est pas le seul. Les trois quarts des auteurs qui nous vendent les droits de leurs romans déclarent mépriser le cinéma. Pourtant, quand il s'agit de prendre l'argent, ils s'empressent de ravaler leur mépris. Je ne pense pas que McAdoo soit différent. Je ne vais pas renoncer à ce film à cause de quelques milliers de dollars qu'il me faudrait rajouter. Vous comprenez, Harry ?

– Je comprends parfaitement, monsieur. Mais McAdoo comprendra-t-il, lui ? Il pourrait très bien refuser net d'avoir affaire à l'industrie du cinéma.

– Dans ce cas, il va nous falloir rédiger le contrat avec le plus grand soin. Mes avocats devraient pouvoir trouver une formulation adéquate. Quelque chose du style : "En échange de la somme de X dollars, l'exclusivité des droits sur le récit de la vie de Mr. Shorty McAdoo sous quelque forme artistique que ce soit est la propriété de..." » Il s'interrompt.

« Vous voyez, dis-je. Si vous mettez Best Chance Pictures ou vous-même, le pot aux roses est découvert. »

Comme si de rien n'était, Chance reprend : « ..."est la propriété d'Harry Vincent, ses héritiers, cessionnaires ou associés ainsi désignés par le signataire." Mr. McAdoo n'est sans doute pas un expert en droit et je présume que quelque chose de ce genre devrait le satisfaire. » Il pose les mains à plat sur son bureau. « Et une fois le contrat signé, vous me vendez les droits pour un dollar. D'accord ? »

Je croise les jambes, ôte mes lunettes et me pince l'arête du nez.

« Alors, on hésite, Harry ?

– C'est-à-dire que ce n'est pas seulement qu'on le trompe, mais...

– Mais quoi, Harry ?

– Est-ce que ce n'est pas à lui de décider s'il veut ou non qu'on tourne un film sur sa vie ?

– Et s'il refuse ?

– Je ne sais pas.

– Harry, dit Chance, les artistes ne font pas de compromis. Ils payent le prix exigé en échange de leur œuvre. Tolstoï s'est servi des détails les plus intimes de sa vie quotidienne avec sa femme. Vous croyez que cela compte en regard d'*Anna Karénine* ? McAdoo, je l'aurai tôt ou tard. Son histoire est ma propriété, je l'ai payée. S'il le faut, j'attendrai qu'il meure pour faire mon film, mais, lui, qu'est-ce qu'il en retirera ? » Il marque une pause, m'offrant la possibilité de réfuter ses arguments. Comme je me tais, il poursuit : « Vous savez comment ils finissent, tous ces cow-boys. Ils vivent au jour le jour et, devenus infirmes ou malades, ils n'attendent plus que le jour du Jugement. Seulement là, ils n'ont pas de quoi payer. Vous savez ce que c'est de passer la fin de sa vie dans une misère noire ?

– Oui, je sais, dis-je. Mais...

– Qu'est-ce que vous feriez si vous étiez l'ange gardien de Shorty McAdoo ? Vous préféreriez qu'il touche une belle somme pour le récit de sa vie ou qu'il ne touche rien ? C'est le choix qui lui est proposé. » Chance laisse ainsi la question en suspens. Il ne s'agit pas uniquement de l'avenir de Shorty, mais aussi du sien. Il s'éclaircit la voix. « Vous mettrez vous-même le chiffre sur le contrat, Harry. J'ai confiance en votre honnêteté.

– S'il a accepté, c'est au nom de la vérité, dis-je. Et il s'attend à ce qu'on raconte la vérité.

– Harry, vous et moi allons travailler ensemble sur ce film. En étroite collaboration. Et qui mieux que vous sait la vérité ?

– Je veux quatre mille dollars pour lui. »

Chance se renverse dans son fauteuil, joint les mains devant lui et m'adresse un sourire ironique. « C'est un rare privilège que de jouer les philanthropes avec l'argent des autres. Mais puisque je vous l'ai moi-même proposé, je ne peux pas me plaindre. Mon avocat vous les apportera en même temps que les papiers à signer, disons demain matin vers onze heures.

Quand vous donnerez l'argent à McAdoo, pensez à lui réclamer un reçu. »

J'éprouve soudain le besoin de m'expliquer : « Je me sens une obligation à son endroit. Cet argent, ce n'est pas uniquement pour lui. Il a pris sous son aile ce pauvre garçon et... »

Chance m'arrête d'un geste. « Vous savez, Harry, je n'en mourrai pas. »

Je continue cependant à tenter de me justifier : « Je sais qu'à certains moments vous avez pu douter de moi, monsieur, mais j'espère...

– La confiance que j'avais placée en vous a été amplement récompensée. Croyez bien que je n'ai jamais douté de vous une seconde.

– Ce n'est pas ce que Mr. Fitzsimmons m'a laissé entendre. »

Chance hausse les sourcils. « Il se peut que vous ayez mal compris Fitz. Comme tous les hommes d'action, il voudrait obtenir des résultats tout de suite. L'impatience est la marque de son caractère. Vous n'ignorez pas que dans notre milieu, les sentiments sont souvent exacerbés. Le cinéma attire les gens passionnés. Et nous sommes tous trois des gens passionnés. C'est pourquoi il est si important d'apprendre à oublier et à pardonner. » Il se lève. « Puis à passer au film suivant. »

McAdoo ne fait aucune difficulté pour signer le contrat. Chance a raison, ce n'est pas un expert en la matière. La seule chose qui le rende un tant soit peu soupçonneux, c'est le montant de la somme.

« La prime pour les Indiens a augmenté ? demande-t-il.

– Je me suis battu pour vous. » C'est vrai et je n'ajoute rien.

Il me raccompagne à ma voiture. Nous nous serrons la main et je lui recommande de prendre bien soin de lui. Il n'y manquera pas, me répond-il. Et maintenant qu'il est plein aux as, il va se payer une caisse de bon whisky. Et je peux passer quand je veux pour trinquer avec lui. Je serai toujours le bienvenu. Je lui rappelle de ne pas oublier le Canada pendant qu'il boira son whisky, et de se mettre en route avant d'avoir dépensé tout l'argent.

Je le laisse, alors, un vieil homme émacié dont les yeux profondément enfoncés dans leurs orbites évoquent les décombres de la ferme carbonisée du suicidé. Je me figure que je le vois pour la dernière fois. Malgré sa confession, il n'a pas l'air le moins du monde soulagé.

21

Alors qu'ils chevauchaient en direction du comptoir de Farwell, les douze cavaliers veillèrent à laisser toujours la Battle Creek entre eux et le camp des Assiniboines. Le garçon de l'Anglais commença à compter les tipis et, arrivé à quarante-neuf, il abandonna. Vues ainsi, d'une distance d'environ deux cents mètres, les tentes ressemblaient à du parchemin sur lequel étaient dessinés des soleils jaunes, des chevaux rouges et bleus ainsi que, en noir, des empreintes d'ours. La magie indienne. Derrière le campement se dressait comme en toile de fond un rideau d'arbres vert foncé.

Trois petits Indiens âgés de onze ou douze ans regroupaient les mustangs pour les faire boire, et ils étaient assez près pour que le garçon de l'Anglais distingue leurs maigres torses bruns et les cheveux de jais qui leur tombaient jusqu'aux épaules. L'un des jeunes, monté sur un mustang pie à la robe fauve et blanche qui s'abreuvait dans la rivière, désigna l'un après l'autre de sa cravache les chasseurs de loups. Son geste parut au garçon à la fois insolent et vaguement menaçant.

Les femmes, penchées au-dessus de grandes marmites noires en fer, entourées d'un nuage de fumée bleue, se baissaient de temps en temps pour raviver le feu à l'aide d'un bâton. Quelques filles accoururent pour regarder passer les chasseurs, suivies par les chiens qui se mirent à hurler et à aboyer contre les hommes blancs comme s'ils avaient flairé

248

la présence de Lucifer en personne. Riant, elles s'arrêtèrent sur la berge, tandis que dans le soleil matinal, leurs robes de peau semblaient aussi douces et tentantes que de la crème blonde. Plusieurs d'entre elles vacillaient légèrement et parlaient un peu trop fort. Elles avaient l'air d'avoir bu une timbale ou deux de jus de punaises en guise de petit-déjeuner, pensa le garçon de l'Anglais.

Un peu plus loin au nord-est, sur la rive de la Battle Creek que longeaient les chasseurs, se trouvaient le comptoir de Farwell et, juste en face, celui de son concurrent Solomon, dont les rondins battus par les intempéries avaient pris une teinte argileuse. Devant le fort, un homme en chemise rouge coupait du bois et, dans le soleil, la lame de sa hache étincelait par intermittence comme un sémaphore. Lorsque les cavaliers atteignirent l'enceinte du comptoir et descendirent de cheval, l'homme s'interrompit dans sa tâche. C'était un dimanche matin à onze heures. Il s'épongea le front, puis reprit son travail.

L'établissement de Farwell n'avait rien de comparable à Fort Whoop-Up. Il s'agissait d'un simple comptoir à whisky délabré, entouré d'une palissade en rondins dont l'écorce pendait en lambeaux et qui inspirait si peu confiance qu'on se demandait si elle pourrait résister à l'attaque ne serait-ce que des poules qui grattaient la terre à son pied. Tout autour, l'herbe piétinée et le sol inégal étaient jonchés d'ordures, de bouts de peau et d'os d'animaux nettoyés par les poules. Quand le garçon de l'Anglais passa à côté d'une tête de wapiti à laquelle les volatiles avaient laissé un œil voilé qui semblait le fixer, un nuage de mouches s'envola, frôlant son visage.

Il promena son regard autour de lui. Six charrettes de la Red River reposaient sur leur timon et, au travers des rayons des hautes roues, des enfants métis observaient à la dérobée les inconnus. Çà et là étaient disséminés quelques bâtiments en rondins aux toits en terre : une petite écurie, une cuisine d'été où traînait un tuyau de poêle rouillé, un poulailler avec un billot sur lequel de petites plumes blanches étaient restées collées par du sang séché. Un peu plus loin, dans un corral,

il y avait cinq ou six chevaux ainsi qu'une vache laitière sque-
lettique qui meuglait, attendant qu'on la traie.

À trois ou quatre cents mètres au nord, de la fumée pareille
à des filets de vapeur s'élevait des cheminées de cabanes tra-
pues. C'était le village des Métis qui s'étendait le long de la
Battle Creek. Ici, l'arrivée des chasseurs de loups était pratiquement passée inaperçue. Une colonne désordonnée
d'hommes, de femmes et d'enfants se dirigeait vers le comptoir de Farwell.

« Messieurs, déclara Hardwick, le Seigneur s'est reposé le
septième jour. Imitons son sage exemple. »

S'esclaffant bruyamment, les hommes s'attroupèrent
devant les portes du fort. Une Indienne se tenait sur le seuil,
un plat d'épis de maïs à la main. Un sourire sardonique aux
lèvres, Hardwick souleva son chapeau pour la saluer. « Bien
aimable à vous d'accueillir les voyageurs, Mrs. Farwell.

– Pas d'alcool, dit-elle d'une voix ferme. Pas d'alcool le
jour du Seigneur.

– On verra ça, m'dame », répliqua Hardwick.

Il poussa la porte d'un coup d'épaule et entra, suivi de ses
hommes. À l'intérieur, le garçon de l'Anglais ne vit tout
d'abord rien, puis, à mesure que ses yeux s'accoutumaient à
l'atmosphère sombre et confinée, il distingua un comptoir
fait de planches brutes posées sur des tonneaux et, derrière,
tout un assortiment de pièges en acier, de mousquets et de
haches de différentes tailles accrochés à des clous plantés
dans le mur de rondins. Sur des étagères s'empilaient des
couvertures de laine, des boîtes de thé, de sucre, de farine,
ainsi que des rouleaux de calicot. Par terre, des coffres, couvercle soulevé, offraient leurs trésors aux regards des clients,
glaces à main piquées et autres bibelots de pacotille, perles
sans valeur, bagues qui ne manqueraient pas de noircir après
avoir été portées l'espace d'une journée, petits pots de vermillon et d'ocre. C'était un festival d'odeurs, de bonnes comme
de mauvaises.

Hardwick cogna sur le comptoir avec une pièce de monnaie. « Mr. Farwell, je vous prie ! » cria-t-il.

Après quelques secondes marquées par des toussotements

nerveux, un petit homme rond écarta la couverture devant une porte au fond et s'avança. Il avait une crinière de cheveux prématurément blanchis et des sourcils en accents circonflexes aussi noirs que ses cheveux étaient blancs. Il ne parut pas spécialement ravi en reconnaissant les visiteurs.

« Hardwick, dit-il. Je ne m'attendais pas à avoir le plaisir de vous revoir si tôt. Vous êtes parti il y a quelques heures seulement.

— Eh bien, Abe, mettons que je soye l'assassin qui revient toujours sur les lieux de son crime... et cette fois, je suis accompagné par d'autres. Douze en tout. »

Les chasseurs de loups ricanèrent et tapèrent joyeusement du pied.

« Et que puis-je pour vous ? demanda Farwell, haussant ses sourcils charbonneux.

— Mes hommes et moi, on aimerait un peu de whisky pour commencer. Et pas de cette saloperie de mixture que tu refiles aux Indiens, de l'encre rouge, du poivre de Cayenne et de l'alcool pur. Du vrai whisky, s'il te plaît. »

Farwell passa à plusieurs reprises sa paume sur le comptoir, un geste qui exprimait sa réticence. « J'ai arrêté de servir les Assiniboines ce matin. Plus de whisky, je leur ai dit. Ça fait quatre jours qu'y boivent, et y deviennent pires que des mégères. Y n'ont plus rien à offrir comme monnaie d'échange et ils espèrent que je vais leur filer du jus de punaises à crédit. Si je les laissais faire, y boiraient jusqu'à ce que je soye à sec.

— Eh bien, dans ce cas, tu devrais être ravi d'avoir des clients qui te payent. »

Farwell secoua la tête. « Je peux pas vous servir. À cause des Indiens.

— Qu'est-ce que les Indiens ont à voir avec nous ? répliqua Hardwick. Mes hommes ont pas la figure peinturlurée, que je sache. Y portent des pantalons avec deux jambes. Et dans ces régions sauvages, un Blanc, il a le devoir de fournir aide et réconfort aux autres Blancs. » Il attendit que sa petite leçon de morale pénètre dans le cerveau obtus de Farwell. « Alors, pourquoi que tu nous fournis pas gentiment le réconfort qu'on te réclame, père Abraham ? »

251

Farwell, manifestement mal à l'aise, se tortilla derrière son comptoir. Il envisagea un instant de faire remarquer à Hardwick qu'il s'appelait Abel et non pas Abraham, mais il estima plus sage de se taire. L'homme avait peut-être eu l'air de plaisanter, mais seul un idiot n'aurait pas perçu la menace dissimulée derrière ses paroles. Farwell tenta de justifier sa position : « S'ils voyent que je vous vends du whisky, y vont pas aimer, c'est tout.

– Qu'est-ce que t'en as à foutre de ce qu'une bande de sauvages à moitié nus aiment ou aiment pas, Abraham ? En quoi que leur opinion elle t'importe ? Ce que tu veux, c'est qu'y te respectent, pas qu'y t'aiment. Un Indien, y sent quand t'es faible. Y sait quand tu chies dans ton froc et y te fera bouffer ta merde. » Il s'interrompit et tapota le bras de Farwell. « Et maintenant, si tu vas nous chercher tout de suite notre whisky, je te demanderai rien en échange de cette petite leçon. »

Un gros rire jaillit d'un coin sombre de la pièce.

« Bon Dieu, vous comprenez pas la situation, protesta Farwell avec colère. Little Soldier, le vieux chef, il arrive plus à tenir ses jeunes braves. Y sont arrogants et plus crâneurs qu'un nègre dans un costume neuf. Hier, un type nommé George Hammond qui travaille pour Solomon s'est fait voler son cheval. Le jeune qui lui a fauché, y lui a proposé de le lui rendre contre une bouteille de whisky. Hammond voulait pas, mais Solomon l'a persuadé d'accepter. Y lui a dit que la paix en échange d'une bouteille de whisky, c'était pas cher payé. Pas la peine de donner des coups de pied dans la fourmilière. »

Hardwick se tourna vers ses hommes massés dans la pièce. « Bon sang, les gars, si les gens des comptoirs, y permettent aux Indiens de prendre de grands airs, c'est pas notre faute, hein ? Mais est-ce qu'on doit les laisser faire ? Et puis, est-ce qu'on est pas aussi fiers que ces bouffeurs de chiens d'Assiniboines ? Est-ce que la couleur de notre peau, elle nous vaut pas un peu de considération ? Et est-ce qu'on a pas droit à se rafraîchir le gosier après une longue chevauchée ? »

Des ricanements s'élevèrent.

« Impose ta loi, Tom », dit Vogle. « Fous-lui le nez dans sa merde », l'encouragea un autre.

« Allez, sors-nous ton whisky, dit calmement Hardwick à Farwell. Mes gars et moi, on va pas supporter longtemps d'être traités comme une bande de sales Peaux-Rouges. » L'espace d'un instant, Farwell parut sur le point de refuser, puis il haussa les épaules et se rendit dans la réserve d'où il ressortit avec une caisse de six bouteilles. Cependant qu'avec un rire insouciant, Hardwick jetait l'argent sur le comptoir, le garçon de l'Anglais sentit une main se poser sur son épaule et la voix d'Ed Grace lui murmurer à l'oreille : « Fichons le camp d'ici. »

Personne ne remarqua leur départ sinon la trentaine de Métis qui se tenaient devant les portes de la palissade pour observer les étrangers. Les hommes, vêtus de pantalons de peau tout tachés, adossés jambes croisées aux charrettes de la Red River, le visage impassible, fumaient paisiblement leurs courtes pipes. Alignées derrière eux, aussi calmes et attentives qu'eux, les femmes attendaient, dont les robes imprimées composaient comme un champ de fleurs. Les cheveux des plus jeunes étaient nattés ou ramenés en torsades sur leurs têtes, tandis que ceux des plus âgées étaient cachés sous des foulards bleus et rouges. Tous étaient immobiles. Ils rappelaient au garçon de l'Anglais la foule qui, à Sioux City, s'était rassemblée autour d'un vieil homme qui agonisait après avoir été renversé par un chariot. De même que ce jour-là, seuls les enfants faisaient du bruit. Les petits Métis, regroupés un peu plus loin autour d'une couverture, jouaient à un jeu quelconque, et leurs cris excités contrastaient avec le silence troublant de leurs aînés.

Grace lui disait : « Je sais pas ce que t'en penses, fiston, mais j'ai l'impression que toi et moi, on a sacrément plus besoin de manger un morceau que de boire un coup. »

Le garçon acquiesça d'un vague signe de tête. Il n'écoutait pas véritablement. Il étudiait à son tour les Métis. Qu'est-ce qu'ils attendaient ainsi : des nouvelles ? le spectacle de visages inconnus ?

« Bon Dieu, dit Grace, se frottant les mains à l'idée de nourriture. Qu'est-ce que je donnerais pas pour un peu de viande fraîche ! Un petit rôti de gibier, un steak d'ours, n'importe quoi qui te casse pas les dents quand tu mords dedans. » Il parut voir pour la première fois les Métis rangés comme un chœur grec dans une tragédie antique. « Ces sang-mêlé ont sûrement de la viande, reprit-il. Si on la paye, y aura bien une de ces femmes qui nous préparera un bon repas du dimanche, tu crois pas ?

– Oui, peut-être. »

Le garçon de l'Anglais le suivit des yeux tandis qu'il allait de femme en femme, lesquelles, l'une après l'autre, faisaient non de la tête ou bien se contentaient de fixer leurs mains croisées sur le devant de leur robe. Le garçon se dirigea alors vers les enfants pour voir à quoi ils jouaient. À en juger par leurs cris, ce devait être passionnant.

Quand son ombre tomba, menaçante, sur la couverture, une douzaine de regards se levèrent vers lui. Un bébé se mit à pleurer. Sa sœur le prit sur ses genoux pour le bercer. Le garçon de l'Anglais, visage de pierre, se dressait immobile au-dessus d'eux. Un bout du papier journal qu'il avait glissé à l'intérieur de son chapeau melon trop grand pour lui pendait sur son front comme un accroche-cœur, aussi crasseux que sa figure aux traits durs. Il avait laissé sa Winchester dans le fourreau de sa selle, mais il portait ses deux cartouchières en travers de la poitrine ainsi que, à la ceinture, le Colt serré dans son étui. Chaque fois qu'il effectuait un pas, ses jambières raides de crasse claquaient comme une toile de tente dans le vent. L'une de ses bottes, trouée de toutes parts, ne tenait plus qu'à un fil. Bien qu'ayant tout juste un an ou deux de plus que l'aîné des enfants, il avait l'air terriblement vieux, terriblement marqué par les ans.

Ils le dévisageaient avec un étonnement non déguisé. Tripotant une balle de sa cartouchière, le garçon de l'Anglais lança soudain : « Qu'est-ce que vous regardez comme ça ? » Puis il pointa un doigt impatient sur la couverture étalée par terre et reprit : « Continuez votre jeu. »

Bien qu'il fût impossible de savoir s'il avait compris ce qu'il disait ou simplement son geste impérieux, un jeune Métis de treize ou quatorze ans aux yeux gris éveillés et dont une dent de devant était cassée s'empara de la couverture comme pour faire une passe de torero, ramassa trois petits os blanchis puis, avec un sourire ébréché et une expression de défi, il se mit à les secouer dans sa paume. Se balançant sur place, les mains alternativement sur la couverture, sous la couverture, derrière son dos, voletant comme des oiseaux devant une fenêtre, il fit sauter les osselets d'une main à l'autre sous le nez des plus petits enfants qui hurlaient de ravissement. Durant tout ce temps, il ne cessa de chanter, la même litanie répétée à l'infini comme une prière.

Le chant s'arrêta d'un seul coup, l'adolescent se figea, puis il se tourna et montra ses mains fermées au garçon de l'Anglais. Celui-ci savait qu'on lui demandait ainsi de deviner dans laquelle se trouvaient les osselets ou combien il y en avait dans chaque poing. Ce n'était pas nouveau pour lui. Il connaissait ce genre de tour.

Il tapa sur la main droite du Métis et leva deux doigts. L'adolescent ouvrit lentement la main. Rien. Autour de lui, les respirations étaient suspendues. Puis, toujours aussi lentement, il déplia les doigts de sa main gauche. Les trois osselets reposaient au creux de sa paume comme autant de petits œufs blancs dans un nid.

Un cri jaillit alors, accompagné d'un grand tohu-bohu. Les enfants frappèrent la terre de leurs paumes comme s'ils tapaient sur un tambour, imités par le bébé lui-même qui cogna sur le genou de sa sœur. Ils montrèrent tous du doigt le garçon de l'Anglais en entonnant le chant du joueur d'osselets afin, sans nul doute, de le railler.

Écarlate, le nez plissé de mépris, il entreprit de se retirer avec le maximum de dignité. Le jeune sang-mêlé se moquait de lui et riait. Ses yeux gris étincelaient et sa dent cassée brillait, coupante comme un ciseau. Le Métis lança les osselets d'un geste théâtral, puis les ramassa dans le même mouvement. Il se remit à se balancer et à psalmodier, tandis qu'il faisait passer les osselets d'une main à l'autre, derrière son dos, sur et sous les couvertures, tout cela si rapidement que ses poignets et ses doigts se brouillaient, cependant que son chant hypnotique s'élevait à l'exemple du vent qui, la nuit précédente, avait agité la cime des arbres. Les joues du garçon de l'Anglais le brûlaient comme s'il avait attrapé un coup de soleil. Il avait l'impression d'être un péquenaud qui s'est fait berner par un bonimenteur de foire. Par un petit malin comme lui. Seulement, cette fois-ci, il n'allait pas se laisser avoir. Les osselets, il les reniflerait comme un chien de chasse. Le chant stoppa. Sourire ébréché, les deux poings tendus, le jeune Métis le défiait de nouveau. Le garçon de l'Anglais avait repéré le truc juste sous la couverture, l'osselet blanc qui glissait entre les doigts agiles une fraction de seconde après que la litanie avait cessé, alors que les yeux de chacun des spectateurs étaient supposés se porter sur le visage brun du petit lutin.

Les enfants retenaient leur souffle.

Ce coup-ci, ce sourire ironique, il allait te l'effacer. Non mais, regardez-le, fier comme Lucifer de posséder deux mains de pickpocket !

Ed Grace l'appela. Il n'osa pas détourner le regard – sinon, ce galopin en profiterait pour faire passer un ou plusieurs osselets d'une main à l'autre. Ne le quittant pas des yeux, il tira lentement son pistolet, puis promena le canon d'un poing à l'autre comme une baguette de sourcier. Le canon vibra. Là, disait la baguette.

Pour jouer à ce jeu, il fallait être deux. Tout semblait s'être arrêté. Il tapa sur la main avec le canon de son arme et leva trois doigts. « Trois », dit-il.

Il régnait un silence d'église. Tout le monde l'attendait à l'intérieur du fort. Il n'avait pas entendu ? Mais le garçon de l'Anglais avait d'abord quelque chose à finir. Il voulait rabattre son caquet à ce petit voyou de sang-mêlé. Les yeux du Métis étaient rivés aux siens. Ils n'allaient pas tarder à se baisser lamentablement.

« Ouvre », ordonna-t-il. Il fit lui-même le geste pour montrer ce qu'il voulait.

Le joueur d'osselets secoua la tête comme si une abeille lui

256

était rentrée dans l'oreille. Blottis les uns contre les autres, tous les enfants regardaient.

« Ouvre ! »

Plus de dent aiguisée maintenant, hein ? Il ne se ferait plus avoir. Et il allait leur montrer, nom de Dieu. Même s'il devait briser un à un les doigts de ce gamin pour l'obliger à ouvrir la main.

« Ouvre ta putain de main ! » Alors qu'il criait, il vit les tendons de sa propre main qui ressortaient comme les os d'une patte de poulet, vit la jointure blanchie de son pouce crispé sur le chien du Colt. Il saisit le poignet de l'adolescent, le tordit méchamment. Une grimace déforma les traits du jeune Métis dont la dent cassée brilla un instant sous sa lèvre retroussée. Il ouvrit la main.

Elle était vide.

Le garçon de l'Anglais le lâcha et se redressa. La tête lui tournait. Il s'était couvert de ridicule.

Tous scrutaient son visage devenu livide, furieux, violent comme un blizzard.

Regardant autour de lui, il se démancha le cou comme une tortue dans sa coquille. D'où provenait la voix ? L'horizon ondulait, les bâtiments du comptoir oscillaient, et le sang qui lui martelait les tempes noyait la voix comme un rocher au milieu d'une rivière tumultueuse disparaissant sous l'écume. Il repéra enfin Ed Grace qui l'appelait et lui faisait signe de regagner le fort.

Son pouce appuya davantage. Le chien s'immobilisa. Toutes les têtes massées autour de la couverture sursautèrent puis s'immobilisèrent elles aussi. Les yeux s'exorbitèrent, les bouches s'ouvrirent toutes grandes.

Le Colt, comme doué d'une volonté propre, se leva puis s'immobilisa à son tour. Tout sembla se figer, jusqu'au bourdonnement des mouches. Il posa le doigt sur la détente. Le bébé sur les genoux de sa sœur hurla.

Ed Grace agita de nouveau le bras. Oui, bon, il avait compris. Il avait entendu.

Le garçon de l'Anglais abaissa le Colt qui avait tiré une balle dans le ventre du ciel, puis il fouilla dans sa poche tandis qu'il s'adressait au joueur d'osselets dont le visage était tourné vers lui, pareil à une assiette dans un égouttoir. Manger son chapeau, le garçon n'avait jamais aimé. « Tu m'as eu deux fois, dit-il. Je sais pas comment t'as fait, mais t'as réussi. » Il avait trouvé ce qu'il cherchait, et il brandit l'un des précieux dollars en argent de l'Anglais. « Le perdant paye, c'est ça ? »

Le jeune Métis pressa son poignet contre sa joue.

« T'as pigé ? » demanda le garçon.

Le joueur d'osselets ne fit pas mine de comprendre. Le garçon de l'Anglais jeta la pièce sur la couverture rayée avant de s'éloigner d'un pas décidé.

Le jeune sang-mêlé ne bougea pas. Les autres enfants, pareils à des papillons de nuit attirés par une flamme, se précipitèrent pour admirer le dollar en argent.

22

Nous commençons à discuter des grandes lignes de notre film au cours de réunions qui ont lieu chez Chance dans les collines, et qui se déroulent dans une atmosphère d'énervement et de tension en raison de la sortie du western de James Cruze, *La Caravane vers l'Ouest,* dont tout le monde parle comme d'un chef-d'œuvre avec les mêmes accents dithyrambiques que pour *Naissance d'une nation.* Son succès ronge Chance, peut-être parce que ce triomphe était totalement inattendu dans la mesure où le film s'était heurté à des tas de difficultés. Il y a encore peu de temps, la rumeur laissait entendre que la célèbre actrice Mary Miles Minter l'avait refusé, et à Hollywood, les gens bien informés affirmaient que ses deux vedettes, J. Warren Kerrigan et Lois Wilson, n'avaient pas assez les faveurs du box-office pour porter le film. Il y avait eu des dépassements de budget et d'énormes problèmes pendant le tournage en extérieurs – tempêtes de neige et tempêtes de poussière, ennuis de matériel et de cantine pour les acteurs et les centaines de figurants isolés dans ces régions sauvages –, des épreuves qui n'étaient pas loin d'égaler celles subies par les pionniers eux-mêmes. De plus, il était de notoriété publique que l'âge d'or du western s'achevait, car les spectateurs, devenus plus raffinés, exigeaient des histoires autrement recherchées que des westerns de série B. Jusqu'aux films du grand William S. Hart qui souffraient d'une certaine désaffection. Pourtant, malgré les nom-

259

Comme des loups

breux contretemps, Jesse Lasky avait continué à soutenir *La Caravane vers l'Ouest*, injectant plus de huit cent mille dollars dans une production que chacun estimait condamnée d'avance. Hollywood adore les désastres. Hollywood adore les succès. Mais les désastres davantage que les succès. Tout le monde s'attendait à une catastrophe de l'ampleur du *Ben-Hur* de Mayer et Thalberg, un tournage ayant connu en Italie une succession sans précédent de catastrophes. Deux hommes étaient morts pendant le tournage d'une bataille navale spectaculaire, et en une nuit, la flotte entière de galères romaines à l'ancre avait coulé. En outre, le nouveau gouvernement fasciste de Mussolini avait occasionné des troubles, si bien que toute l'équipe faisait ses bagages et rentrait à Hollywood pour y reprendre le filmage.

On était persuadé qu'un sort similaire attendait *La Caravane vers l'Ouest*. On avait tort. Le dodo volait. Et il volait formidablement haut, emportant sur son dos Lasky et la Paramount.

Le film est une épine dans le pied de Chance. Chaque fois qu'il le mentionne, c'est pour sous-entendre qu'on l'a abusé, trompé, dépouillé de ce qui lui revenait de droit, à savoir produire la première grande épopée de l'Ouest. Fitz s'efforce de lui remonter le moral, il prétend que le succès du film constitue un atout en notre faveur car il a réveillé l'intérêt du public pour le western, ce qui est excellent pour les affaires, mais Chance n'est pas du tout d'accord. Ce n'est pas le profit qu'il recherche, mais la gloire, et il n'apprécie pas qu'on la lui dérobe sous son nez. *La Caravane vers l'Ouest* a fait monter les enchères dans la course à la gloire, et Chance est bien déterminé à ne pas se laisser battre sur un terrain qu'il considère comme le sien. Une grande partie des louanges adressées au film de Cruze touche à ses qualités de documentaire – le convoi interminable de chariots qui chemine sur les plaines, la traversée spectaculaire de la Platte River, le tournage sur la piste même que les convois empruntaient autrefois.

Tout cela nourrit l'obsession de l'authenticité qui habite Chance. À l'instar de Griffith, son idole, il exige la vérité his-

260

torique dans le moindre détail. C'est une passion dévorante qu'il n'est pas aisé de satisfaire.

« Il nous faut des Indiens, Fitz. Trois cents. Ou quatre cents, peut-être. Disons quatre cents. Et de vrais Indiens. Je ne veux pas de Mexicains coiffés de perruques dans mon film.

– Et où est-ce que je vais dégoter de vrais Indiens ? grommelle Fitz.

– Lasky en a trouvé. Tout le monde ne parle que de ça. Où est-ce qu'il les a trouvés, lui ?

– C'est le colonel McCoy qui les lui a fournis. Deux trains entiers. Mais McCoy a des relations au sein de la Commission des Affaires indiennes. Il a été pistonné.

– Alors, embauchez-le.

– La Paramount l'a pris sous contrat. Il donne un spectacle de danses et chants indiens au Grauman's Egyptian Theater, et ensuite, il en emmène toute une fournée en Europe pour faire la promotion du film. On pourra pas avoir le colonel.

– Eh bien, embauchez quelqu'un d'autre. Appelez McDavitt à Washington et demandez-lui de contacter un membre de la Commission des Affaires indiennes. Je n'ai pas mis de l'argent dans la campagne du président Harding pour mon seul plaisir. Tirez des sonnettes. On me doit bien quelques centaines d'Indiens, non ?

– Les Indiens causent beaucoup plus d'ennuis qu'autre chose. Il vaut mieux ne rien avoir à faire avec ces salopards. C'est encore plus facile de rassembler des chats que des Indiens. La plupart parlent pas anglais ; ils débarquent avec leurs chiens, leurs squaws et leurs papooses. Avant même qu'on s'en rende compte, ils se soûlent à l'eau-de-feu et fauchent les accessoires. Et puis, il faut négocier individuellement avec chacun d'eux. L'un demande un chapeau de cowboy en échange de ses services, l'autre cinq dollars. Et après, ils sont jaloux de ce qu'un troisième a obtenu, et ils recommencent à marchander. Cruze a dû se débrouiller pour dénicher un uniforme de l'armée pour l'un de ses jeunes braves qui, sinon, menaçait de ne pas tourner la scène. Si vous voulez avoir une bagarre tous les jours, il suffit de prendre des Indiens. »

261

Chance n'écoute plus. « Encore une chose, dit-il. Engagez-moi une Indienne capable de jouer. Une vraie. Et veillez à ce qu'elle soit jolie.
– Vous exigez l'impossible, dit Fitz. J'ai jamais rencontré une seule Indienne jolie.
– Il nous faut aussi un autre Indien pour interpréter le chef.
– Pourquoi vous voulez pas de Wallace Beery, bon sang ? Je l'ai vu dans *Le Dernier des Mohicans*, et je me suis laissé avoir.
– Je ne veux pas d'un Wallace Beery passé à la teinture d'iode. Comment s'appelle cet Indien dans *The Mended Lute* de Griffith ? Young quelque chose, il me semble. Young Deer, peut-être. Tâchez de mettre la main dessus et faites-lui tourner un bout d'essai. »

Malheureusement, on n'a pas réussi à mettre la main sur Young Deer. Il paraît qu'il serait en France à réaliser des films pour Pathé. Quant aux actrices indiennes, on n'en trouve pas à la pelle. Mona Darkfeather, une Séminole qui travaillait aux premiers jours pour la Bison Company, est trop âgée pour le rôle, de même que l'autre actrice indienne bien connue, Dove Eye Dark Cloud.

Chance me fait penser à un homme qui déclare vouloir bâtir une cathédrale, mais qui consacre tout son temps aux gargouilles. Nous n'avons encore ni metteur en scène ni scénario et il se préoccupe déjà de la distribution. Lorsque je glisse que je pourrais peut-être commencer à écrire le scénario, il écarte ma suggestion. « Le scénario viendra en temps utile. Il faut d'abord penser à l'essentiel. »

Qu'est-ce que l'essentiel pour lui ? D'abord, les produits de l'artisanat indien. Il en veut le maximum. Carnet de chèques à la main, des émissaires sillonnent tout le pays, harcèlent les propriétaires de collections privées, tâchent de convaincre les Indiens misérables des réserves de leur vendre pour une bouchée de pain le sac-médecine, le bâton à compter les coups ou la coiffe de guerre en plumes d'aigle de leur grand-père. On envoie à Washington trois peintres qui ont pour mission de reproduire les costumes des Indiens des Plaines exposés au musée Smithsonian. Un acheteur de bétail de Chicago est mandaté pour acquérir un troupeau de bisons au nom de Mr. Chance.

Chaque jour, il trouve quelque chose de nouveau. Il faudra des peaux, des tonnes de peaux, et quelqu'un part aussitôt pour le Canada les acheter aux ventes aux enchères de fourrures. Des hommes chargés des repérages, accompagnés de photographes de plateau et de cameramen, se rendent dans le nord du pays à la recherche de sites possibles. Avant même d'en avoir choisi un seul, il demande à Fitz d'engager des ouvriers mexicains pour construire un authentique fort en adobe. Il ajoute que s'il n'y a pas d'argile sur place, on devra en faire venir par chemin de fer, par wagons de marchandises entiers. Il réclame en outre un bateau à roues en état de marche. Sans oublier une piste d'atterrissage à aménager sur chaque lieu de tournage afin qu'il puisse régulièrement venir en avion superviser la production.

Fitz s'agite beaucoup, transmet les ordres, veille à leur exécution, tandis que je tiens compagnie à Chance au bord de sa piscine, dans son bureau, ou que je déjeune avec lui dans la longue salle à manger décorée de tapisseries flamandes. Je suis l'oreille dans laquelle il peut déverser ses pensées à propos du film.

Bientôt, des caisses ont commencé à s'entasser, remplies de ceintures de wampums, d'étuis de fusil ornés de perles, de jambières, de chemises décorées de scalps, de boucliers en peau de bison. La livraison ne s'effectue pas au service des costumes, mais directement chez Chance où j'ouvre les caisses à l'aide d'un pied-de-biche, cependant qu'il tripote le butin, hoche la tête d'un air perplexe, puis quitte la pièce sans jamais y jeter un second coup d'œil.

Est-ce que Fitz a des nouvelles de Washington au sujet des Indiens ? Non ? Alors, qu'il rappelle jusqu'à ce qu'il obtienne une réponse. Et une réponse positive. Des candidates pour le rôle de la fille ? Non ? Et pourquoi donc ? Et pour le chef ? Non plus ? Comment se fait-il ? Apportez-moi dès qu'ils arriveront les dessins du Smithsonian. Je choisirai ceux qui me conviennent et vous demanderez aux costumières de se mettre au travail. Sans perdre un instant. Même si cela doit retarder la production d'un autre film. Je veux voir ces costumes ici, chez moi, sur des hommes et des femmes en chair et en os, pas sur des mannequins. Je tiens à m'assurer de la manière dont ils tombent, dont ils s'adaptent au mouvement.

Quatre semaines s'écoulent avant qu'il ne pose enfin la question de savoir quel acteur interprétera le rôle de Shorty McAdoo. Comme on pouvait le prévoir, Fitz énumère les vedettes de western les plus populaires.

« Non, réplique Chance d'un air scandalisé. Aux yeux des spectateurs, Tom Mix sera toujours Tom Mix et personne d'autre. De même qu'Hoot Gibson est Hoot Gibson et William S. Hart, William S. Hart. Ce sont des personnalités, pas des acteurs. Le personnage de Tom Mix est pareil à une force de la nature, il existe, un point c'est tout. Celui qui va au cinéma et qui voit Tom Mix sur l'écran ne pourra jamais croire qu'il voit également quelqu'un appelé Shorty McAdoo. Une loi élémentaire de la physique stipule que deux objets ne peuvent pas occuper le même espace au même moment. Et c'est tout aussi vrai sur le plan psychologique.

– Si vous voulez pas d'une personnalité, pourquoi pas engager Richard Barthelmess ? propose Fitz. Je l'ai pas reconnu en chinetoque dans *Le Lys brisé*.

– Non. Il est trop efféminé.

– Bon. Si vous tenez à un McAdoo qu'a des couilles, prenez Donald Crisp.

– Trop vieux.

– Richard Dix ? »

Chance hésite. « Combien de films a-t-il tournés ?

– Trois ou quatre.

– Alors, peut-être que DeMille ne lui a pas encore causé de dommages irréparables. Cecil aime tellement les cabots. Faites-lui faire un essai.

– Monte Blue ?

– Non, il joue comme un pied.

– Si vous désirez un véritable acteur, y a ce type qui vous a tellement emballé quand on était à New York, celui qui jouait dans *Hamlet*, John Barrymore. C'est une nouvelle tête. Ce serait lui offrir l'occasion d'entamer une brillante carrière au

cinéma. Tout ce qu'il a tourné jusqu'à maintenant, c'est ce *Dr Jekyll et Mr. Hyde.*
– Vous devez avoir perdu la raison, Fitz. Apollon en jambières de cuir ? Le célèbre profil de Barrymore dans un salon élégant évoque peut-être un camée ciselé, mais dans un western, il ferait l'effet d'une caricature au sein d'un paysage désertique composé de rochers et de mesas. Non, pas John Barrymore.
– Raoul Walsh, alors ?
– Je croyais qu'il était passé à la mise en scène.
– Pour une somme d'argent conséquente, je suis persuadé qu'il accepterait de redevenir acteur.»
Les noms ont continué ainsi à défiler. Roy D'Arcy, Jack Holt, Bull Montana, Henry B. Walthall, Rockcliffe Fellowes, Neil Hamilton, Arthur Dewey. Aucun qui convienne.
Je lâche soudain : «Noah Beery.» C'est la première fois que j'ose donner mon avis. Tous deux me regardent.
«Merde, y doit avoir au moins quarante ans. Je croyais que McAdoo était censé être un gamin, dit Fitz.
– Vous avez raison. Ce n'est pas une bonne idée.» Je hausse les épaules. «Mais Noah Beery aurait été bien. Il me rappelle McAdoo. Un vrai coq de combat.»
Chance se rallonge dans son transat à l'ombre d'un parasol et boit une gorgée de son jus de tomate. «Je vais réfléchir, dit-il ensuite. Après tout, l'art est élastique. C'est l'esprit de McAdoo qu'il nous faut rendre. Et si Harry propose Beery, peut-être qu'il faut que ce soit Beery.» Il se tourne vers moi en levant son verre de jus de tomate. «L'intuition, Harry. J'ai tendance à m'y fier. Pour le moment», corrige-t-il.

Chance me demande de l'accompagner au Grauman's Egyptian Theater où l'on passe *La Caravane vers l'Ouest.* Je suis étonné qu'il n'ait pas encore vu le film. Craindrait-il qu'il soit aussi bon que tout le monde l'assure ?
Nous prenons un taxi et non pas l'Hispano-Suiza. Il ne veut pas qu'on le reconnaisse. Il dit au chauffeur de s'arrêter à quelques rues du cinéma et nous faisons le reste à pied.

Chance est déguisé, emmitouflé dans un pardessus noir et coiffé d'une casquette posée sur sa tête comme le couvercle d'un poêle. Il a tout d'un quincaillier en goguette.

Le Grauman's Egyptian Theater était l'ancêtre du célèbre Grauman's Chinese Theater où les stars ont imprimé leurs mains et leurs pieds dans le ciment frais au cours de ces trente dernières années. L'Egyptian l'a donc précédé, né de l'engouement pour l'Égypte déclenché par la découverte de la tombe de Toutankhamon. Grauman a vu grand pour sa salle. Devant l'entrée, il y a une vaste esplanade bordée sur la droite par des colonnes massives soutenant un toit de tuiles. Les lourdes portes du cinéma, construites sur le modèle de celles d'une cité antique, sont flanquées de gigantesques socles sur lesquels se dressent les bustes de plusieurs pharaons. À gauche de l'entrée, un escalier monumental donne accès au toit où des palmiers en pot se découpent sur le ciel du soir. La façade est couverte de hiéroglyphes verts, rouges, bleus, violets et rouille, de scarabées dorés ainsi que de peintures de dieux égyptiens à tête de faucon ou de chacal. Au-dessus du porche, des ailes stylisées vertes, rouges et bleues portent une lune cornue jaune, entourée de chaque côté par des vipères lovées comme des apostrophes. Le hall du cinéma est plus ou moins décoré d'une manière identique avec des colonnes peintes, des hiéroglyphes et autres Isis, Osiris, Anubis et Râ.

La séance a déjà débuté quand l'ouvreuse nous conduit à nos fauteuils. L'orchestre de vingt musiciens a joué l'ouverture, des extraits de *Faust*, et on a projeté les « actualités de la semaine » ainsi qu'une courte comédie de Chaplin. En guise de préambule au grand film, les Arapahos du colonel Tim McCoy ont interprété leur danse de guerre sur scène. Les lumières s'éteignent et deux mille cinq cents hommes, femmes et enfants se taisent et retiennent leur souffle.

Trente ans plus tard, il est difficile de se rappeler l'effet que ces films produisaient sur nous avec leur langage cinématographique et musical plus simple, plus primitif, mais je me souviens comme si c'était hier des premières images de *La Caravane vers l'Ouest*, un gros plan sur un jeune garçon pinçant

les cordes d'un banjo, tandis que de la fosse d'orchestre s'élèvent les accents nasillards et mélancoliques de cet instrument
qui, dans cette immense salle, semblent planer, hésitants et
solitaires, comme ils le feraient au cœur des régions déserti-
ques. Puis, sur le visage du garçon se superpose lentement la
page d'une partition et, alors que les notes et les paroles de
Oh, Susannah apparaissent, l'orchestre tout entier se met à
jouer, vingt instruments qui sonnent comme un élan d'espé-
rance, et en même temps monte un bourdonnement, celui
du public qui fredonne la chanson familière. Vient ensuite
un plan de Lois Wilson encadrée par la bâche d'un chariot,
figure de la femme américaine, douce et chaste, qui vous sourit timidement, à vous et à vous seul, tandis qu'*Oh, Susannah*
s'achève dans un murmure, sorte d'indicatif associé à l'image
de la jolie fille sous la toile blanche.

    La Caravane vers l'Ouest a vraiment quelque chose de spécial.
À côté des centaines de chariots de pionniers qui s'étirent en
une longue colonne sur une plaine infinie et sous un ciel
immense, le gigantisme du cinéma Grauman paraît bien
creux et dérisoire. Le paysage possède une réalité, une force
avec lesquelles Râ et les pharaons – un dieu et des hommes
morts depuis longtemps – ne peuvent pas rivaliser. Certes,
J. Warren Kerrigan avec ses traces de maquillage dans ses pattes
d'oie et sur son visage blanc comme celui d'une geisha a l'air
tout aussi mort qu'un Toutankhamon de Californie, au
contraire des figurants à la peau tannée ; dans tout Los Angeles, on rencontre chaque jour des hommes et des femmes
comme eux qui vivent dans de modestes bungalows en bois.
Et surtout, on croit qu'ils traversent la Platte River, qu'ils
fouettent les bœufs, qu'ils parcourent des kilomètres et des
kilomètres au milieu des nuages de poussière. On croit en la
vérité de ces visages, en la vérité du pays lui-même.

    De temps en temps, je jette à la dérobée un coup d'œil sur
Damon Ira Chance. Il demeure parfaitement immobile, la
casquette posée à plat sur le manteau plié sur ses genoux. Il
ne bouge pas un cil pendant la chasse aux bisons et l'attaque
des Indiens, ni quand les pionniers tombent à genoux dans
la neige de l'Orégon pour remercier le Seigneur. Il reste ainsi

jusqu'aux derniers plans, puis il se lève et me tape impérieusement sur le bras pour m'ordonner de l'imiter.

Çà et là sous les lampadaires, des jeunes gens aux cheveux brillantinés fument des cigarettes en regardant les filles qui marchent raides et droites comme pour un défilé de mannequins, puis, une fois dépassés ces îlots de virilité et de lumière, se prennent par la taille, soudain câlines, en chuchotant et en pouffant.

Visage fermé, Chance marche vite. Ceux qu'ils croisent sur le trottoir, hommes ou femmes, doivent s'écarter sur son passage, sinon ils risquent la collision. Tous les dix pas, sa main se dresse mécaniquement comme un outil sur une chaîne de montage pour remettre ses lunettes en place d'un geste brusque. Avec ma mauvaise jambe, j'ai du mal à le suivre. Cinq ou six rues plus loin, il s'arrête soudain, m'attrape par l'épaule. « Les faits ont une importance capitale, Harry, dit-il. Si je réussis à convaincre le public que tous les détails sont parfaitement authentiques, qui va critiquer l'interprétation ? L'authenticité des petites choses permet de croire à celle des grandes choses. C'est incontestable. » Se mordant la lèvre, il me considère d'un air anxieux. « Le sang de l'Amérique est le sang des pionniers – le sang des femmes et des hommes au courage indomptable qui ont forgé une civilisation au cœur d'une région sauvage inexplorée, reprend-il avec une expression de mépris. Vous reconnaissez cette phrase ? C'est le texte de l'un des cartons du film que nous venons de voir. Dès que les gens commencent à employer sentencieusement le mot "civilisation" à tout propos, vous pouvez être certain qu'ils ne savent pas de quoi ils parlent. La civilisation a toujours attiré des tas d'ennemis comme la viande avariée attire les mouches. C'est un mot que je déteste. »

Deux filles s'avancent vers nous à la lueur des réverbères, dont les robes de garçonne ondulent dans le crépuscule, provocantes, pareilles à des chemises de nuit victoriennes. Elles sont penchées l'une vers l'autre, en pleine conversation, et quand elles arrivent à notre hauteur, l'une d'elles éclate d'un rire pétillant qui s'achève sur un roucoulement de pigeon.

La main crispée sur mon épaule, Chance les suit des yeux.
À l'exemple des filles, il se penche vers moi. «Elles se
moquaient de moi, dit-il. À cause de la façon dont je suis
habillé. Là aussi, une question de détails, Harry. C'est par le
truchement des détails que la plupart des gens voient le
monde, par le truchement de leur stupide alphabet. Ils ânon-
nent des lieux communs du genre "L'habit ne fait pas le
moine". La majorité d'entre eux n'ont pas ce que vous et
moi, Harry, nous avons.

– C'est-à-dire ?

– Le don de voir au-delà d'une casquette, au-delà des faits
minuscules. »

À la lumière du lampadaire, je me rends compte à quel
point il est fatigué. Il a les traits creusés. Appuyé contre le
réverbère, il lève son visage épuisé vers l'épais nuage de papillons de nuit qui tourbillonnent follement autour de la lampe
électrique. Comme la ronde des détails dans sa tête.

«Vous pouvez commencer à travailler sur le scénario,
Harry», dit-il.

23

Grace réussit enfin à persuader une vieille femme, grand-mère Laverdure, de leur préparer un repas du dimanche. Elle les conduisit à la cabane de son gendre, l'une des plus vastes du village des Métis. Les rondins étaient écorcés et soigneusement jointoyés à l'aide d'argile. Les murs, hauts de douze rondins, étaient percés de trois petites fenêtres en fine peau de faon qui répandaient une douce lumière mordorée. Le plus impressionnant était le toit imperméable fait d'une toile tendue sur des piquets et recouverte de plaques de gazon.

« On va être comme de vrais coqs en pâte », déclara Grace en baissant sa grande carcasse pour entrer.

Le garçon de l'Anglais dut rendre justice aux sang-mêlé. La cabane paraissait aussi solide que celle de son paternel, à la différence près que les Métis avaient un fourneau en fonte alors qu'eux, ils faisaient la cuisine dans une cheminée. Les sang-mêlé prenaient leurs repas autour d'une table, installés sur des bancs. Aucun Indien ne mangeait accroupi. On balayait le sol en terre battue au moyen d'une branche d'épicéa, si bien que l'odeur de résine imprégnait l'atmosphère et que des traces rectilignes étaient dessinées dans la poussière.

Poussés contre le mur, d'autres bancs servaient de lits, sur lesquels s'empilaient des couvertures de la Compagnie de la baie d'Hudson, des peaux de bisons et des fourrures de grizzlys. Deux jeunes étaient assis là, la bouche pleine, qui mâchaient avec frénésie.

À côté du fourneau en fonte, sur des étagères fixées au mur, on trouvait de la farine, du thé, ainsi que des fruits, des racines comestibles et de la viande séchée. Dans un coin où brûlait une lampe de fortune, il y avait même une image, une de ces images catholiques de Jésus qui le montrent la poitrine ouverte sur un cœur incandescent.

Ed et le garçon de l'Anglais s'installèrent pour boire du thé bouilli, noir comme du café, tandis que grand-mère s'activait au-dessus du fourneau. Une petite fille toute maigre âgée de deux ans environ et nommée Rose Marie, dont les oreilles s'ornaient d'anneaux en or, se tenait accrochée à un pied de la table et considérait Grace avec des yeux ronds. Chaque fois qu'il lui adressait un clin d'œil, elle agrippait plus fort le pied de la table.

« Ces six bouteilles, y vont te les vider en moins d'une heure, disait Grace. J'ai passé tout un hiver avec ces gars-là, et je sais par expérience que l'alcool améliore pas leur caractère. Tu leur donnes une pinte de whisky, et y commencent à être d'humeur querelleuse. La journée sera pas finie qu'y vont se bagarrer entre eux, ou avec ceux qui leur tomberont sous la main. Et j'aimerais autant pas être de ceux-là. On est mieux où on est, à siroter tranquillement notre thé. »

Le garçon de l'Anglais n'arrivait pas à détacher son regard des deux jeunes assis sur le banc, dont les mâchoires fonctionnaient comme des pistons de locomotive à vapeur.

« Bon Dieu, L'Aigle, c'est quoi qu'y mâchent ces gosses ? demanda-t-il. J'ai mal à la tête rien qu'à les voir.

– Ça, répondit Grace, les désignant d'un geste, c'est la fabrique de munitions. T'as déjà remarqué ces feuilles de plomb qui emballent les paquets de thé ? Eh bien, ils les mâchent pour en faire des balles pour leurs fusils Northwest. Un petit Métis, il te crache une balle calibre cinq huitièmes de pouce comme si elle sortait du moule. »

Humant l'odeur de steak de wapiti en train de griller et de pain en train de cuire, L'Aigle poussa un soupir de satisfaction, puis il étendit confortablement les jambes. « Je vais te dire, fiston, dès que je touche ma part sur la vente des fourrures, je file vers le pays de la Red River. La région du Whoop-

Up est trop sauvage pour moi. Un "ni l'un ni l'autre", il préfère prendre les choses par moitié. Un pays à moitié sauvage, une femme à moitié sauvage. Je crois que les femmes de la Red River, elles correspondent à ça. Moitié françaises, moitié crees. Moitié domestiquées, moitié sauvages. Moitié païennes, moitié catholiques. J'aime avoir un toit au-dessus de ma tête et un bon lit en dessous de mes fesses, mais d'un autre côté, je préfère tuer ma viande que l'élever. J'aime me sentir libre comme l'air en été quand le soleil brille et me nicher dans une cabane en hiver quand le vent est froid et que la neige tourbillonne. Et ces femmes, en plus, elles sont jolies, certaines ont même la peau aussi claire que les Blanches, des cheveux bouclés ou des yeux bleus. J'ai comme dans l'idée qu'elles me conviendront parfaitement. »

Le repas était prêt. Les gamins sautèrent à bas de la couchette pour venir glisser leurs pieds sous la table. Grand-mère dit le bénédicité, après quoi, tous, y compris L'Aigle et le garçon de l'Anglais, et même la petite fille, firent le signe de croix. Ils s'attaquèrent à la nourriture avec appétit, remplissant leurs assiettes de steak de wapiti et de ragoût de bison accompagnés de navets sauvages. Chacun avait à côté de lui un bol de compote de baies d'amélanchier dans laquelle tremper son pain et autant de thé brûlant qu'il le désirait.

L'Aigle, qui avait amadoué la petite fille et l'avait prise sur ses genoux, lui donnait à manger à la cuillère. Elle ne tarda pas à grimper sur lui comme un écureuil pour tripoter de ses mains potelées le foulard qui lui ceignait le front.

« Tu aimes les pirates, hein, tu aimes les pirates ? » dit-il en français. Et quand elle essayait de lui parler dans cette langue, il adoptait une expression ébahie et répondait : « *Moi, pas comprendre.* » Et chaque fois qu'il le disait, l'enfant riait plus fort.

Bientôt, il joua à « la petite bête qui monte », promenant les doigts sur ses bras menus tout en murmurant : « La petite bête qui monte, qui monte... » et en la chatouillant jusqu'à ce qu'elle hurle de rire.

Soudain, il stoppa net, la main figée en l'air. Une ombre obscurcissait le seuil de la cabane. Immédiatement, le garçon de l'Anglais esquissa le geste de tirer son pistolet, mais L'Aigle lui saisit le poignet. « Non », souffla-t-il, serrant la fillette contre lui comme pour la protéger.

La silhouette demeura un instant plantée là, reniflant l'atmosphère en vacillant. Puis, grommelant quelque chose, l'homme fit deux ou trois pas incertains à l'intérieur de la cabane avant de s'immobiliser.

Même dans ses pires cauchemars, le garçon de l'Anglais n'avait jamais vu un tel croquemitaine. Il s'était rasé le sommet du crâne, et le reste de ses cheveux, roulé sur ses tempes, évoquait des oreilles d'ours. Il avait la figure peinte d'une couleur rouge sang et comme des marques de griffures qui couraient le long de chaque joue. Ses yeux et sa bouche étaient cerclés de noir, et un collier de griffes d'ours se balançait autour de son cou. Il portait une chemise de peau barbouillée d'ocre, réduite par endroits en lambeaux, déchirée sur le devant et pleine de trous aux manches.

Le visage levé vers le plafond, il plissa le nez à l'exemple des ours quand ils se dressent sur leurs pattes de derrière pour humer l'atmosphère. Puis il baissa la tête et s'avança à pas pesants en grognant.

« Il a un couteau », avertit le garçon de l'Anglais. La lame à double tranchant et au manche fixé dans une mâchoire d'ours brillait dans la pénombre de la cabane.

Grace désigna quelque chose du regard. Le garçon comprit aussitôt. L'Aigle tenait un pistolet entre ses genoux.

L'ours s'approcha de la vieille femme, pencha son visage cauchemardesque vers ses cheveux gris, puis renifla le creux de son cou ridé. Elle conserva une immobilité de pierre. Après quoi, la respiration lourde, il alla de même renifler les deux gamins.

Quand il se dirigea vers lui, le garçon de l'Anglais lança d'une voix forte : « Je te laisserai pas me renifler, espèce de monstre. »

L'ours tituba un instant, puis il se redressa et roula les épaules, de sorte que la bosse caractéristique du grizzly apparut, menaçante, sous la chemise déchirée. Le garçon de l'Anglais s'efforça de l'éloigner en le fixant du regard comme il fixerait les yeux d'un chien, seulement ces yeux-là n'avaient rien de comparable à ceux d'un chien. C'étaient les brandons féroces de l'ours que les Indiens appellent l'ours-vrai, le grizzly, à côté duquel les autres ours sont quantité négligeable. C'était le fauve qui brisait le corps du chasseur dans les fourrés, qui tuait les femmes et les enfants qu'il surprenait à lui voler ses baies, le fauve qui vous écrasait les os aussi facilement qu'il écrasait les arêtes du saumon, qui vous déchiquetait les entrailles de ses griffes, le fauve affamé, le fauve qui, dans sa rage, pouvait dévorer le monde entier, dévorer tous ses fruits, tous ses poissons, toutes ses chairs.

Et le fauve était là, dans la pièce.

« Si, dit doucement Grace. Si, tu le laisseras te renifler. »

L'ours s'avança. Sa face vermillon luisait de graisse, les puits de sa bouche et de ses yeux d'un noir de charbon ouvraient sur des ténèbres effrayantes d'où jaillissaient des grognements sourds et d'où la bête s'arrachait en marchant sur ses pattes de derrière, comme un homme.

Et il planta son visage à quelques centimètres de celui du garçon de l'Anglais qui sentit son haleine chargée de viande crue, qui sentit l'odeur de la graisse d'ours que dégageaient les cheveux ramenés en boules sur ses tempes, et qui sentit également autre chose, des relents musqués, forts, pareils à ceux d'un putois. La gorge envahie d'une odeur de graisse rance, il réprima un haut-le-cœur. L'ours, nez à nez avec lui, le scruta. Le renifla.

Le grizzly le humait pour savoir s'il était mûr. Le grizzly le regardait dans les yeux pour voir comment il allait réagir. Et quand le grizzly vous tenait entre ses pattes, mieux valait faire le mort.

Essaye un peu de me manger, sale ours. Je suis pas gros, mais t'auras peut-être du mal à m'avaler. Je pourrais bien rester coincé dans ta gorge et t'étouffer. Descendre dans ton gosier comme un rasoir à main, et te fendre de haut en bas.

L'ours le laissa soudain et balança la tête en direction de Grace. Ses yeux noirs et perçants se posèrent sur la petite fille qui, muette de terreur, s'accrochait à la poche de poitrine de L'Aigle. Le garçon de l'Anglais crut distinguer dans chacun des yeux du grizzly une image miniature de Grace, le bébé blotti dans ses bras. Lentement, l'ours retroussa les lèvres et montra les dents. Lentement, il se recula vers la porte, tandis que ses mocassins frottaient dans la poussière et qu'il souriait de son sourire de carnivore à Grace, et à Grace seul. Puis il sortit.

Le garçon de l'Anglais jeta un coup d'œil sur L'Aigle. Le regard rivé sur la porte ouverte, celui-ci serrait l'enfant encore plus fort contre lui.

« L'Aigle. »

Grace ne répondit pas.

« L'Aigle. »

Il se tourna vers le garçon, embrassa la petite fille sur le sommet du crâne et la reposa par terre.

« Qu'est-ce que c'était, L'Aigle ? »

Grace se leva. « Le Gardien de la Médecine de l'Ours. L'un des rares élus que l'ours visite en rêve pour lui transmettre son Pouvoir.

– Mais qu'est-ce qu'il foutait ici ? »

Grace ne quittait pas la porte des yeux, comme s'il redoutait de voir le grizzly revenir. « Je sais pas. Mais en tout cas, c'est pas bon signe. L'Homme-Ours est toujours synonyme de malheur. Les Hommes-Ours sont jamais heureux. Leurs femmes meurent et leurs enfants connaissent la famine. L'esprit de l'ours apporte les ennuis et la mort. Ils ont la réputation d'être des tueurs aussi ombrageux que les grizzlys. Peut-être que ces gens, ici, savent ce que sa visite signifie, mais moi, pas. » L'air solennel, grave comme des chouettes, la famille de Métis observait Grace. Il posa de l'argent à côté de son assiette, davantage qu'il n'aurait dû. « J'ai un funeste pressentiment. Je crois qu'on ferait mieux de retourner au fort pour avertir les gars. Je me trompe peut-être, mais y se trame quelque chose. » Il se tourna vers la vieille femme. « Merci pour votre hospitalité. Je vous suis reconnaissant de nous avoir reçus chez vous un dimanche. Dès qu'on sera sortis, mettez la barre à la porte. »

Partir ne fut cependant pas facile. Lorsqu'elle comprit que Grace se préparait à s'en aller, Rose Marie s'enroula autour de sa jambe et s'y agrippa de toutes ses forces. L'Aigle la contraignit à lâcher prise, puis déposa dans les bras de sa grand-mère la petite fille qui hurlait.

Dès le seuil de la cabane franchi, Grace tira son pistolet et fit signe au garçon de l'Anglais de l'imiter. La porte se referma derrière eux et ils entendirent le choc sourd de la barre qu'on mettait en place. Il faisait chaud et l'atmosphère était immobile. Le soleil tapait sur le toit des cabanes. Nulle fumée ne s'échappait des cheminées. Il régnait un silence irréel. L'Aigle dressa l'oreille. Juste des insectes qui jouaient de la guimbarde dans les hautes herbes. Les chiens eux-mêmes se taisaient. Rien ne bougeait. Grace devinait les regards braqués sur eux dans les interstices entre les rondins.

Les yeux plissés dans la lumière éblouissante, il examina le champ alentour. Il était désert. Aucune trace du Gardien de la Médecine de l'Ours. Il avait disparu, peut-être au milieu des saules qui bordaient la rivière. À moins qu'il n'ait traversé et grimpé la berge au nord du fort de Moses Solomon. Grace pria pour qu'il ne soit pas là-bas à les tenir au bout d'un fusil.

« Filons », dit-il.

Il s'élança au petit trot, suivi par le garçon de l'Anglais. À leur approche, les chiens de prairie, poussant de petits cris, se réfugièrent dans leurs terriers. Le garçon ignorait pourquoi ils se hâtaient ainsi, mais soudain, comme Hank le fermier, il n'avait pas du tout envie de rester à la traîne. À l'expression de L'Aigle, il comprit que si celui-ci avait dit qu'il fallait filer, ils avaient intérêt à faire vite.

L'homme avait du souffle, et il ne s'arrêta pas avant d'avoir atteint Fort Farwell. Les Métis étaient partis. Sur la berge opposée, le camp indien ressemblait à un tableau, sinon que de temps en temps, un chien ou un cheval bougeait et venait tout gâcher. Le seul être vivant à se trouver hors de l'enceinte était Scotty qui, assis sur un seau en bois, se souriant à lui-même, un bout de crayon à la main, griffonnait comme un cinglé dans un carnet à la reliure en piteux état.

« Où est Hardwick ? » lui demanda Grace.

Scotty ne leva pas les yeux.

Grace le prit par l'épaule et le secoua. « Où est Hardwick, nom de Dieu ? »

L'Écossais dressa la tête, un sourire angélique aux lèvres. Il mit sa main en visière. « Mais en enfer, naturellement », dit-il d'une voix douce, puis il retourna à son carnet. Le garçon de l'Anglais saisit le bras de Grace. Un cavalier arrivait au galop. C'était George Hammond, et il écumait de rage. « Ce salaud de Peau-Rouge m'a encore volé mon cheval ! s'écria-t-il. Le même Indien à qui j'ai donné hier une bouteille de whisky ! Et le même cheval ! Je vais aller le récupérer ! » D'un geste furieux, il désigna le camp des Assiniboines, tandis que sa monture piaffait d'impatience. « J'ai le regret de dire qu'y a pas un homme au comptoir de Moses Solomon qu'a assez de tripes pour m'accompagner, mais paraît qu'y a ici un gars du nom de Tom Hardwick qu'a la réputation d'être un homme ! Je suis venu voir si c'est aussi vrai qu'on le dit ! Et voir s'il aidera un honnête citoyen à récupérer son bien. Voir si...

– Et comment qu'il l'aidera, le coupa Hardwick, débouchant de la porte du fort. Et comment ! » La main tendue, il se dirigea vers le cavalier. « Et voici ma main en gage de promesse. »

24

Chance a fixé une date limite impérative pour la remise du premier jet du scénario. Deux semaines durant, j'ai travaillé jour et nuit, survivant à coups de sandwiches, de café, de cigarettes et de volonté. Il y a quinze ans, un scénario n'était qu'une ébauche, souvent rédigée en l'espace de vingt-quatre heures, une béquille sur laquelle le réalisateur et les acteurs pouvaient s'appuyer pour improviser un film. Peu à peu, les scénarios se sont étoffés, mais on leur demandait toujours d'être écrits rapidement. Les scènes esquissées à grands traits constituaient une sorte de plan de tournage. Peut-être suis-je trop près de mon sujet. Il n'est pas facile, en l'absence de dialogues, de rendre l'esprit de l'histoire de McAdoo, en particulier parce que je ne cesse d'entendre sa voix la raconter lui-même. Je m'efforce de restituer ses émotions par des images qui annoncent la dernière scène, la fin atroce du film. Et pendant ce temps-là, il faut que je pense à Will Hays, au fait qu'on ne peut pas montrer à l'écran ce qui est arrivé à la fille et qu'il sera donc nécessaire de le suggérer de façon à ne pas heurter la bienséance et les censeurs tout en donnant au public une idée du sort horrible qui a été le sien. Certaines scènes, je les ai réécrites jusqu'à cinq ou six fois, tâchant de faire prendre le feu lentement, de créer des images de flammes qui couvent avant de jaillir dans un grand embrasement. En réalité, j'ai plutôt l'impression de patauger et de m'enfoncer plus profondément à chaque pas dans un marécage de confusion et de doute. Rachel a peut-être raison. Je ne suis probablement qu'un remplisseur de blancs, un rédacteur de cartons. Après quinze jours d'errements, je suis tellement perdu que je l'appelle chez elle.

« Rachel ?

– Tiens, mon petit Amoureux de la Vérité ! Qu'est-ce qui me vaut l'honneur de t'entendre ? »

Elle a la voix un peu pâteuse, signe qu'elle a déjà sérieusement tâté de la bouteille. Et il n'est que sept heures du soir !

« J'ai besoin d'aide.

– Quel genre d'aide ?

– Pour un scénario.

– Toi, tu as besoin d'aide ? C'est plutôt moi qui en ai besoin. Ce maudit Gibson. Tu sais sur quoi il m'a mise ? Tu le sais ?

– Non.

– Encore une saga sur de vrais jumeaux séparés à la naissance. Un épouvantable mélo ! » Elle s'interrompt et j'entends le bruit d'un verre qui tinte contre le téléphone. Elle boit une gorgée, puis elle enchaîne : « C'est basé sur un roman écrit par la vieille fille célibataire d'un pasteur anglais. Ça, c'est du neuf, hein ? » Elle prend une profonde respiration avant de raconter : « Bon, les parents, des aristocrates diaboliques, se retrouvent avec deux bébés, des vrais jumeaux, et pour ne pas compliquer les histoires d'héritage et de titres de noblesse, ils décident de n'en garder qu'un, et l'autre, ils l'emmaillotent et l'abandonnent dans une forêt. Sans doute celle de Sherwood. L'enfant jetable est découvert par un paysan débile qui élève le petit boy-scout en porcher, très attaché à la vie simple, à ses cochons et à la Vierge du Village qu'il rêve de déflorer un jour dans le cadre des liens sacrés du mariage. Et puis, voilà qu'une après-midi, notre porcher tombe sur son noble frère occupé à massacrer des cerfs dans la forêt. "Qu'est-ce donc que je vois comme au travers d'une glace assombrie ?" s'exclame le frère dépossédé, certainement maculé de merde de cochon mais sentant néanmoins la rose. Tu connais la suite. Le méchant frère complote la mort du porcher. Contre toutes probabilités, le gardien de

pourceaux récupère le titre qui lui revenait. Et puis grandes noces en blanc au château.
– Qui est prévu pour le rôle du porcher ?
– Fairbanks.
– Et pour la Vierge du Village ?
– Pickford.
– Du gâteau, non ?
– Plus ou moins. Quand on a écrit des centaines d'histoires de ce genre, le dégoût peut finir par provoquer un blocage. En outre, notre brillant chef scénariste a exigé un changement fondamental dans cette remarquable cucuterie. Il veut que je fasse de Douglas Fairbanks un berger au lieu d'un porcher. D'après Jack, les moutons sont plus mignons que les cochons. Tout le monde le sait. Et c'est particulièrement vrai pour les agneaux. Tout le monde adore les agneaux. Il considère que la vision très noire que la vieille Anglaise a de la vie doit être contrebalancée par un tas d'images de jolis agneaux qui gambadent. Je lui ai répondu : "Pas question, Jack. C'est des pourceaux ou rien. Ma probité professionnelle est en jeu.
– Et comment a-t-il réagi ?
– Il m'a dit qu'il devrait donc confier le projet à quelqu'un d'autre. Je lui ai affirmé que tu étais la seule personne assez innocente et naïve pour écrire ce film avec toute la sotte conviction qu'il mérite. Harry Vincent, le petit Amoureux de la Vérité. Mais malheureusement, tu n'es pas disponible. Tu as de plus hautes ambitions. Et puisque c'est moi qui dois m'en charger, j'ai des choses importantes à faire d'abord.
– Par exemple ?
– On vient de mettre au point une nouvelle opération pour les scénaristes. On leur aspire la moitié du cerveau, après quoi ils peuvent recommencer à écrire.
– La chirurgie est une chose sérieuse. Ne prends pas une telle décision sous l'influence de l'alcool.
– C'est une critique ou un trait d'esprit, Harry ?
– Un simple conseil.
– Au diable tes conseils !
– Il vaut peut-être mieux que je te laisse à tes occupations.
– Harry, dit-elle. S'il te plaît, reviens travailler. Ton front

si pur qui se plisse de concentration quand tu lis pour moi le roman d'une vieille fille anglaise me manque énormément.
– Ah bon ? Je croyais que Mr. DeShane te procurait tout ce dont tu as besoin. »
Le silence à l'autre bout du fil m'indique que j'ai commis un impair.
« Va te faire foutre, toi aussi, Harry ! dit-elle enfin d'une voix étranglée.
– Qu'est-ce qui s'est passé ?
– Je ne le vois plus. Depuis l'accident. » Elle s'efforce désespérément de retrouver un ton léger.
« Quel accident ?
– On a eu un accident de voiture.
– Bon Dieu, Rachel, tu n'as pas été blessée, au moins ?
– Non. Pas une égratignure.
– Et DeShane ?
– Mr. DeShane a heurté le pare-brise. Il a eu le nez cassé et il ne l'a pas très bien pris. Il considère que c'est ce qu'il a de plus beau. Il m'en veut parce que c'est moi qui conduisais. Il fallait bien que l'un de nous se mette au volant. On était aussi soûls l'un que l'autre, et j'ai gagné à pile ou face.
– Mon Dieu !
– J'aurais dû le savoir, non ? La beauté est un plaisir éternel, dit-on. Eh bien, avec Mr. DeShane, le plaisir ne dure que quelques semaines.
– C'est pour cette raison que tu es dans cet état ? »
Elle élude ma question. « Tu devrais vraiment revenir au bureau, Harry. Tu me remontes le moral. Toi et moi, nous sommes les seuls à préférer Thomas Hardy à Scott Fitzgerald. Quand on vit à l'ère du jazz, à quoi bon lire en plus ce qu'on écrit dessus ? Personne d'autre que toi ne comprend mon point de vue.
– Tu ferais bien de dormir un peu, Rachel.
– Oui, peut-être. Mais tu m'appelais pour quelque chose. Tu parlais d'aide, non ? »
Ce n'est guère le moment. « Ça pourra attendre.
– Allez, Harry. La timidité est l'un de tes côtés touchants, mais il ne faut pas exagérer. »

Comme des loups

Je me souviens soudain du livre que Chance m'a donné. Il m'en a même marqué des passages au stylo rouge. *Réflexions sur la violence* de Georges Sorel. Le seul problème, c'est que je ne lis pas le français.

« Écoute, dis-je, Chance m'a donné un livre à lire pendant que je planche sur le scénario, mais je sais trop peu de français pour y arriver. À en juger par le nombre de fois où les mots *prolétariat* et *socialisme* apparaissent, j'ai pensé que ce serait peut-être dans tes cordes. Si je te l'envoie, tu crois que tu pourrais m'en faire un résumé ?
– Je pourrais toujours y jeter un coup d'œil.
– Merci, Rachel.
– Reviens au bureau, Harry.
– Oui, bientôt », dis-je.

Je ne suis pas entièrement satisfait de mon scénario, mais j'ai fait de mon mieux. La date limite, c'est ce soir, neuf heures. D'une précision redoutable, mais Chance est ainsi. Je crains cependant de m'être trompé. Dans l'allée, des voitures sont garées pare-chocs contre pare-chocs, et c'est la première fois que je vois la maison illuminée de cette manière. La lumière se déverse à flots de toutes les fenêtres du rez-de-chaussée et des étages, et dans l'air flottent les accents nasillards d'un disque de jazz qui passe sur un gramophone. Ces derniers temps, Chance avait les nerfs plutôt à vif. Une histoire de photographies de lieux de tournage éventuels a valu à Fitz l'engueulade de sa vie. Je garde en mémoire l'image de ce gros crétin d'Irlandais planté sur le tapis, la tête baissée, l'air d'un petit garçon pris la main dans le pot de confiture. Peut-être qu'au milieu de toute l'agitation liée aux préparatifs du film, Chance a oublié la date limite qu'il m'avait donnée. Or Chance n'oublie rien.

Mal à l'aise, je décide de sonner, de remettre l'enveloppe à Yukio puis de m'éclipser en vitesse. Par une fenêtre brillamment éclairée, je distingue trois femmes, un cocktail à la main. Mary Pickford, Gloria Swanson et Pola Negri. Aussitôt, je modifie mes plans et je me dirige vers la porte de derrière.

282

Comme des loups

Pour organiser une fête où assistent tant de célébrités, il a sûrement fait appel à un traiteur. Je laisserai le scénario à un membre quelconque du personnel de cuisine et j'éviterai ainsi de croiser un de ses hôtes de marque. Contournant la demeure, veillant à ne pas marcher dans les flaques de lumière qui s'étalent sur la pelouse et les buissons, et dans lesquelles les ombres des invités de Chance filent, pareilles à des poissons dans un étang, je me glisse comme un cambrioleur parmi les rosiers qui dégagent un parfum capiteux. Du manoir s'échappent des rires et des cris qui semblent n'avoir rien de joyeux. Avançant dans le noir au milieu des plates-bandes, j'entrevois par les fenêtres certains des fêtards. Je reconnais au passage Clara Bow, Colleen Moore et Barbara La Marr.

Je tourne le coin de la maison et je m'arrête, surpris par la présence d'une constellation de lanternes vénitiennes qui illuminent le ciel nocturne. Yukio est juché en équilibre instable sur un escabeau, tandis que, debout à quelques pas de lui sur la pelouse, Chance supervise l'installation des lampions sur une corde tendue entre deux palmiers. Le sentiment d'être un intrus me fige sur place.

« Maintenant, le rouge, dit Chance. Et ensuite, le vert. »

À la lueur des lampions, le visage de Yukio brille comme du cuivre poli. Derrière les deux hommes, la piscine d'un bleu-vert intense miroite, enveloppée d'une lumière douce, couleur de jade. Une femme nage la brasse et ses épaules fendent l'eau qui ondule légèrement, cependant que dans son sillage se forment à peine des vaguelettes. Sa longueur de bassin effectuée, elle bascule en souplesse, sans même un éclaboussement, puis repart. Chance ne lui prête aucune attention. La tête levée, les sourcils froncés, il examine les lanternes qui pendent comme des concertinas multicolores en train de sécher sur une corde à linge.

Je toussote. Il pivote d'un bloc et regarde dans la direction où je me tiens, un pied dans l'ombre, l'autre dans la lumière.

« Harry ! » s'exclame-t-il. Il s'avance avec empressement, désigne l'enveloppe de kraft coincée sous mon bras. « C'est ça ?

– Oui. »

Il consulte sa montre. « Ponctuel à l'excès ! » dit-il en prenant l'enveloppe. La fille dans la piscine continue à faire ses longueurs. L'eau glisse sur elle comme un sirop vert. Des éclats de rire jaillissent du manoir, suivis d'un bruit de verre cassé. Chance ne réagit pas. Peut-être qu'il n'a pas entendu. « Venez, dit-il.

– Non, non, sincèrement, je ne voudrais pas gâcher votre soirée. »

Chance pose la main sur mon bras. « Mais cette soirée, c'est également en votre honneur que je la donne. Une petite récompense pour avoir travaillé si dur.

– Je me sentirais déplacé parmi des personnes aussi distinguées. »

Chance renverse la tête en arrière et s'esclaffe. « Vous avez raison. Ne la gâchez pas. Je comprends ce que vous voulez dire. » Il me conduit vers l'entrée de service. Par-dessus mon épaule, je jette un coup d'œil sur la fille dans la piscine. C'est bien ce que je pensais : elle est nue.

Nous traversons la cuisine où s'activent autour de plateaux de canapés un grand nombre d'extras en smoking, puis nous empruntons un couloir qui débouche sur l'une des grandes pièces vides. Drôle de décor pour une réception, juste quelques fauteuils avec dossiers à barrettes perdus sur le parquet. Un serveur remplit des verres à l'intention de deux femmes. On entend quelque part le cri assourdi d'un homme. Les deux femmes sont Gloria Swanson et Clara Bow.

« Ne vous inquiétez donc pas, me rassure Chance sans même daigner accorder un regard aux deux des plus grandes stars d'Hollywood. Par pure coïncidence, des compagnons de virée de Fitz sont en ville et j'ai tenu à lui faire plaisir en les invitant aussi. Fitz est comme un gamin qui vient d'avoir un nouveau jouet. Il veut le montrer à tout le monde. » Il tapote l'enveloppe. « Je vais aller y jeter un coup d'œil dans mon bureau. C'est plus tranquille. Jusqu'à ce que j'aie besoin de vous, considérez que je vous ai remis les clés de la ville. Miss Lillian Gish meurt d'envie de faire votre connaissance. »

Sur ces paroles énigmatiques, il quitte la pièce. À peine est-il sorti que Gloria Swanson et Clara Bow se dirigent vers moi. Leurs hauts talons claquent comme des castagnettes sur les lattes de chêne. Je me rends alors compte que si la robe à paillettes, les rangs de perles et les grains de beauté de Gloria sont vrais, le menton ne l'est pas. Il est prononcé, certes, mais pas assez. Quant à Clara Bow, LA fille, elle n'est pas tout à fait LA fille non plus. Les yeux sont trop rapprochés et les paupières ne tombent pas comme celles de la « jazz baby » dans ses films.

Je ris de soulagement.

« C'est un homme ou un chacal ? lance Gloria d'un ton hargneux.

– Pas si fort, l'avertit Clara.

– Les autres sont des chacals, pourquoi il serait différent ? » Gloria vide son verre.

« Vous pouvez me dire à quoi rime tout ça ? je demande. Vous êtes des sosies ? Des doublures ?

– Doublures, ça sonne bien. Non, on ne double pas grand-chose. » Gloria consulte sa compagne du regard. « On serait plutôt des roulures, non ?

– Oui, des roulures. » Une main devant la bouche, Clara pouffe de rire. Elle a des dents gâtées.

« Qu'est-ce qu'il a ce Chance ? s'étonne Gloria, promenant un regard navré sur la pièce nue. Il n'a plus d'argent pour payer le décorateur ?

– T'es une rigolote, toi, dit Clara. Une vraie rigolote. » Elle quête mon approbation : « Hein ?

– Pourquoi plus personne s'intéresse à la Swanson ? interroge Gloria, soudain furieuse. J'ai plus la cote auprès des amateurs de cinéma, ou quoi ? » Elle se tourne vers moi. « Et toi, mon chou, t'aimerais pas un peu de magie cinématographique ?

– Bois donc un petit coup pour te détendre », lui conseille Clara.

Gloria ne veut pas entendre parler de détente. Elle cherche manifestement la bagarre. « Allez, mon gros friqué, reste pas planté là comme ça. Montre-nous un de tes petits tours.

– Quel genre de petits tours ? j'interroge gentiment, piètre tentative destinée à la calmer un peu.

– Un jeu de société, juste un petit jeu de société, aboie-t-elle. Le pauvre type dans la salle d'à côté nous a montré comment il arrivait à faire tenir trois pièces d'argent d'un dollar en équilibre sur sa bite. Sois mignon, essaye avec quatre. »

À cet instant, tirant par le poignet une Lillian Gish récalcitrante, Fitz fait irruption dans la pièce.

« Quand on parle du loup, on en voit la queue ! s'écrie Gloria.

– Ferme ta gueule ! dit Fitz. Sinon, c'est moi qui vais te la claquer ! »

Gloria semble sur le point de répliquer, mais elle se ravise. Fitz a le visage gris, baigné de transpiration. « Harry Vincent, invité d'honneur, me présente-t-il à Lillian Gish. Traitez-le comme il le mérite, a dit Mr. Chance. » Il pousse la fille vers moi. « Tiens, Vincent, voilà en récompense de tes bons et loyaux services. Régale-toi, tu l'as bien mérité, hein ?

– Hé, proteste Gloria. On l'a vu les premières.

– Je t'ai dit de la boucler. Miss Gish est un cadeau personnel de Mr. Chance. C'est pas vos oignons. » La fille se frotte le poignet. « Miss Gish est l'actrice préférée d'Harry. Mr. Chance oublie jamais ce genre de chose, n'est-ce pas, Harry ?

– Apparemment, non. »

Fitz oblige la fille à s'approcher davantage. « Emmène notre petite vedette en haut.

– Peut-être que je n'y tiens pas, dis-je.

– À ta place, je me souviendrais d'un certain dicton : à cheval donné, on regarde pas la bouche. »

La fille s'accroche à mon bras comme à une bouée de secours. Elle a le physique d'une adolescente. « S'il te plaît, murmure-t-elle, fais ce qu'il demande. » Elle a un ton si suppliant et elle a l'air si terrorisée qu'il serait cruel de ma part de refuser. Les ongles enfoncés dans mon bras, elle m'entraîne hors de la pièce. Je jette un regard sur Fitz. D'une main, il joue avec les perles de Gloria, et de l'autre, avec un de ses seins.

À l'étage, la fille me précède dans une chambre puis ferme la porte à clé. Quelque chose me dit que c'est la chambre de Fitz. Le lit n'est pas fait, une bouteille de rhum brun trône sur la commode et des photos de « Gentleman Jim » et de Man o'War, le vainqueur du Kentucky Derby, sont punaisées aux murs.

La fille m'adresse un sourire qui se voudrait aguicheur, mais qui tient davantage du rictus – comme si elle s'efforçait de se donner du courage. « Je m'appelle Lillian Gish. Enchantée de faire votre connaissance. »

Sous certains aspects, c'est presque vrai. Elle est Lillian Gish, alors que les vulgaires Gloria Swanson et Clara Bow sont assez loin de rivaliser avec leurs modèles. La ressemblance est frappante. Elle a la fragilité de la star, ses attaches fines, sa bouche de chérubin, ses grands yeux, ses cheveux savamment ébouriffés qui, éclairés par la lampe derrière elle, brillent comme une auréole. Au contraire des autres, elle n'est pas en somptueuse robe du soir ; elle porte au contraire un châle de cachemire sur une robe longue toute simple, ornée d'un volant.

« Vous, les filles, qui êtes-vous exactement ? »

Elle a un sourire incertain, un véritable sourire à la Lillian Gish cette fois, et elle commence à répéter son numéro : « Je m'appelle Lillian Gish... »

Je la coupe : « Bon Dieu, mais qu'est-ce qui se passe ici ?

– Le plus beau cadeau que puisse offrir une fille innocente et pure, je vous l'offre. » On dirait un refrain appris par cœur pour un chant de Noël.

Je m'affale dans un fauteuil, tandis qu'elle reste debout au milieu de la pièce, l'air de ne pas trop savoir quoi faire. Après quelques instants d'hésitation, elle entreprend de déboutonner sa robe.

« Stop ! » dis-je.

Lentement, elle continue à défaire les boutons de devant puis, à la fois timide et provocante, elle prend ses seins dans ses mains en coupe. Ils sont charmants.

« Pourquoi fais-tu ça ? »

Un mélange de consternation et de confusion se lit sur son

visage. « Parce que je suis censée le faire », répond-elle d'une voix plaintive.

Elle se met à jouer avec ses bouts de sein. Tel un voyeur, je les regarde se raidir. Un désir trouble, violent, s'empare de moi.

« Arrête !

– Tu n'aimes pas ça ? Qu'est-ce que tu veux que je fasse ?

– Je veux que tu répondes à mes questions. Qui t'a demandé de faire ça ? »

Elle se mord la lèvre, jette un regard inquiet en direction de la porte fermée à clé. « Lui.

– Qui, lui, Fitz ? L'homme avec qui tu es entrée en bas dans la salle ?

– Il est venu chez Mrs. Kirkland et il nous a engagées toutes. Pour la nuit.

– Mrs. Kirkland ?

– Tu n'as jamais entendu parler d'elle ? » Elle a peine à le croire. « C'est la maison la plus sélecte de la ville. Mrs. Kirkland dit que tous les hommes rêvent de coucher avec une star. Je croyais que tout le monde la connaissait.

– Assieds-toi.

– La plus sélecte, répète-t-elle tout en demeurant debout. On a un pianiste formidable. Tu devrais venir rien que pour l'écouter. Il joue tous les airs à la mode. S'il savait, mon père en mourrait : le pianiste, c'est un nègre.

– Mais bon Dieu, quel âge as-tu ? »

Ma question paraît l'enchanter. « Quel âge, tu crois ?

– Quinze ans, peut-être.

– Juste comme miss Gish, dit-elle avec fierté. Dans *Le Lys brisé*, elle joue une fille de quinze ans. C'est là, dans ce film, que j'ai pris l'idée de m'habiller comme ça. » Elle caresse le tissu de sa robe. « Elle te plaît ? »

Je ne réponds pas. Elle se laisse tomber sur le lit dans une pose d'abandon bien peu convaincante. « Tu viens ?

– Non. »

Elle se redresse, image même de l'appréhension. « Pourquoi ? À cause de ta jambe ? J'ai vu que tu boitais. Ta jambe te fait mal ?

– Il ne s'agit pas de ma jambe. C'est de l'histoire ancienne.
– Mon pauvre chéri, comment c'est arrivé ? »
Je garde le silence.
« Mais je peux quand même m'asseoir sur tes genoux, hein ?
– Non, je t'en prie. »
Elle se campe devant moi puis, d'un geste vif, elle remonte sa jupe et s'installe sur moi à califourchon. Elle ne pèse presque rien, comme un chat qui viendrait de sauter sur mes genoux. Elle me noue les bras autour du cou. J'essaye de me dégager, mais elle serre plus fort, penche son visage vers le mien, ses lèvres minces entrouvertes. D'une voix chaude et appliquée, elle déclare : « Miss Gish ne porte pas de culotte ce soir. » Elle se frotte contre ma jambe, aussi câline qu'une chatte. « C'est bon, si bon », ronronne-t-elle. Je me noie dans ses yeux immenses. Elle se soulève légèrement et me prend la main pour la glisser entre ses cuisses. « Quand on a quinze ans, on aime bien être caressée là, mais c'est très mal. Et puis, on aimerait aussi la montrer, mais c'est encore plus mal. Tu veux voir ? » murmure-t-elle. Je sens son souffle brûlant sur ma joue.
« Non », dis-je d'une voix étranglée.
Elle niche sa tête dans le creux de mon épaule. « Laisse-moi te caresser, dit-elle. S'il te plaît, j'en ai tellement envie. »
Alors que sa main s'apprête à se poser sur mon entrejambe, je lui saisis le poignet et le lui tords pour écarter son bras.
« Tu me fais mal, gémit-elle.
– Maintenant, on arrête. Descends de là tout de suite.
– Laisse-moi faire, je t'en supplie. Il a payé.
– C'est moi qui paye les putains quand j'en veux une. »
Elle se met à trembler, son visage de porcelaine se fendille et son corps de poupée devient tout mou. « Pourquoi tu tiens à ce que j'aie des ennuis ? Tu ne peux pas être gentil ? Il m'a prévenue : si ça ne marche pas, tant pis pour toi. Je sais ce qui m'attend. Regarde ce qu'il m'a déjà fait. » Elle me montre son bras. Les doigts de Fitz ont laissé des bleus. « En plus, il m'a à moitié rasée avec des ciseaux à ongles, pour que j'aie l'air d'avoir quinze ans, il a dit. Et il riait, le salaud. Tu sens

que je suis rasée ? » Elle s'accroche à moi et commence à se tortiller pour tâcher de m'exciter. Ce que je sens surtout, c'est son désespoir. Je la prends par les épaules et je la secoue. « Arrête ! » Elle s'immobilise. Sa fine chevelure se défait. On cogne à la porte. « Harry ! Harry ! » C'est Chance. Je repousse brutalement miss Gish. Elle chancelle, le regard affolé comme un lapin qui cherche un trou où se cacher. « Sur le lit, je souffle. Vite. Et retrousse tes jupes. » Elle grimpe sur le lit et s'exécute. J'ai un bref aperçu du travail de Fitz avant de me tourner vers la porte pour crier : « Une seconde, Mr. Chance. » Je déboucle ma ceinture, puis j'ouvre. Chance, impassible, lance un coup d'œil par-dessus mon épaule pendant que je me rajuste ostensiblement.

« Satisfait ?

– Oui, dis-je, m'avançant dans le couloir et refermant la porte sur miss Gish.

– J'aimerais pouvoir en dire autant de votre œuvre, reprend Chance. J'ai été directement à la fin pour le feuilleter ensuite. C'est une horreur, une abomination. » Il a l'air affligé, profondément blessé.

« C'est-à-dire..., bafouillé-je, interloqué. C'est... ce n'est qu'un premier jet, Mr. Chance. Une simple ébauche... »

Il coupe court à mes tentatives d'explication : « Je pensais que vous étiez quelqu'un à qui je pouvais me confier, un homme ayant l'intelligence de comprendre quels sont les enjeux de cette entreprise. Et voilà que vous me donnez ça... » Il marque une pause. « La fille, dit-il d'un ton sec. L'histoire de la fille ne convient pas. C'est totalement à côté du sujet. »

Quel est le sujet ? je me demande intérieurement. « Je l'ai retranscrite mot pour mot comme McAdoo l'a racontée – du moins en tenant compte de ce que les spectateurs pourraient supporter et en pensant à la censure des gens de Will Hays. Je ne croyais pas qu'il serait possible d'aller plus loin.

– Oui, en effet, vous l'avez retranscrite mot pour mot. Mais où est l'intuition, le sens artistique ? Vous avez empilé les faits comme un magasinier empile les boîtes de conserve sur une étagère. Il faut aller au-delà. La dernière scène, la scène la plus importante du film, est ratée. Terriblement ratée, un désastre », conclut-il avec mépris.

Je cherche désespérément des excuses : « Je sais bien qu'elle n'est pas parfaite, et je ne demande qu'à l'améliorer, mais dites-moi ce qui ne va pas et je ferai de mon mieux. Je consacrerai tous mes efforts à vous satisfaire.

– Ce qui ne va pas ? » Il hausse les sourcils. « C'est la psychologie qui ne va pas, mais alors pas du tout.

– La psychologie ? » Je me sens encore plus perdu.

« Il faut que ce soit la fille qui mette le feu, déclare-t-il. Vous avez sûrement compris qu'il ne pouvait pas en être autrement.

– La fille ? » je répète stupidement.

Devant mon étonnement manifeste, il s'adoucit un peu et, à la manière d'un professeur plein de gentillesse et de patience, il entreprend de m'expliquer : « Ce que le film doit traduire, Harry, c'est la psychologie des vaincus. Et qu'est-elle donc cette psychologie ? Un ressentiment pernicieux, poursuit-il, implacable. Le malade hait le bien portant. Le vaincu hait le vainqueur. L'inférieur en veut toujours au supérieur. Il cultive sa rancœur, il rumine, il rêve de vengeance, il complote. Il renverse toutes les valeurs. Il essaye d'inculquer des sentiments de culpabilité aux hommes forts et sains. Mais notre film ne tombera pas dans ce piège. Notre film célébrera la force spirituelle et physique. »

L'esprit confus, comme engourdi, je n'arrive pas vraiment à croire ce que j'entends.

Chance reprend avec une éloquence qui se veut persuasive : « Le ressentiment du faible est une chose terrible, Harry. L'inférieur refuse toujours le jugement de la nature et de l'Histoire. Il est un danger pour le fort et pour lui-même. Le ressentiment le rend aveugle à la réalité, et même aveugle à son propre intérêt.

– Son propre intérêt ? Je ne vois pas ce que vous voulez dire.

– Le jugement de la nature et de l'Histoire est impersonnel, répond calmement Chance. Mais le faible ne l'accepte pas. Pensez à l'histoire et à toutes ces causes perdues chimériques. Les Juifs en fournissent un parfait exemple. Toutes ces révoltes vaines contre les Romains. Un ressentiment maladif les a conduits à être les auteurs de leur propre destruction. » Interloqué, je le considère avec des yeux ronds. J'ai soudain le visage brûlant et le cœur glacé.

« C'est ainsi que nous devons représenter la fille, enchaîne-t-il. Je l'imagine comme une sorte de Samson indien. Pour détruire ses ennemis, il a fait s'écrouler le Temple sur sa propre tête. Qu'elle mette le feu au bâtiment, cela irait tout à fait dans le sens – psychologiquement parlant – de ce que nous voulons démontrer.

– À savoir ? » Je perçois une note de défi dans ma voix. Le simple soldat qui fait preuve de ce que l'armée qualifie de stupide insolence.

Chance, trop absorbé à faire sa leçon, ne remarque rien. « Que les tribus indiennes, à l'instar des tribus juives, sont incapables d'affronter la réalité. Songez au massacre des Sioux à Wounded Knee. Ce n'est guère différent des Juifs suicidaires enfermés à Massada. Inutile cependant de pleurer sur les désastres qu'ils ont eux-mêmes attirés sur leurs têtes. Le faible voudrait que le fort s'attendrisse parce qu'il sait que cela minerait sa force. Or, dans le monde tel qu'il est aujourd'hui, il nous faut être forts. Seul le fort survivra.

– Mais la fille n'a pas mis le feu au comptoir », dis-je avec entêtement, m'accrochant à la vérité des faits.

Chance a un geste d'impatience. « Ne jouez pas à paraître plus bête que vous ne l'êtes, Harry, réplique-t-il sur un ton plein de colère. Je viens de vous expliquer. Le film parlera de vérité psychologique, de vérité poétique. Et la vérité poétique, ce n'est pas du journalisme.

– Mais ce n'est pas non plus un mensonge. On ne peut pas... »

Il m'interrompt brutalement : « La discussion est terminée. » Et il s'en va, sans me laisser finir. Je cours après lui, bien décidé à dire ce que j'ai à dire. Il marche à grandes enjambées dans le couloir, les bras le long du corps, serrant et desserrant les poings.

« Mr. Chance ! » je crie.

Etonnamment agile en dépit de sa corpulence, il dévale l'escalier quatre à quatre. Il me fuit cependant que je clopine derrière lui. Il passe devant les filles déguisées et les amis de Fitz en costumes criards qui le saluent avec une familiarité d'ivrogne. Une pièce, une autre, et il se retrouve soudain coincé. Nous avons atterri dans la salle dont les portes-fenêtres ouvrent sur le jardin, celle où l'unique fauteuil à dossier droit est placé comme un autel sous un lustre de cristal. Chance s'arrête à côté. Il baigne dans une lumière crue, éblouissante, qui fractionne son ombre en plusieurs astérisques criblant le sol de marbre.

Maintenant qu'il est acculé, tout ce que j'avais l'intention de lui dire m'échappe. Je parviens tout juste à bafouiller : « Mr. Chance, je me suis conformé à vos instructions. J'ai simplement retranscrit les faits. »

Mes paroles ont l'air de l'agacer. Pliant et dépliant les doigts comme un arthritique, il se met à arpenter la pièce. « J'ai parlé des dangers auxquels nous sommes confrontés et vous, vous avez refusé d'écouter. En Italie, l'Europe a produit un homme nouveau doté d'un cri de ralliement nouveau : *Avanti ! Ne me frego !* – En avant ! Je m'en fous ! Les artistes, les futuristes anticipent. Ils sont armés. Le poète D'Annunzio est à la tête d'une troupe qui investit Trieste. Et nous, nous dormons. J'ai vécu en Europe, j'ai lu les livres de l'étranger, j'ai écouté la musique de l'étranger, j'ai mangé la nourriture de l'étranger. Mais pas en touriste, non. En espion. Comme Attila quand il a été détenu à Rome, j'ai mis tout ce temps à profit, j'ai étudié l'ennemi. Pareil à un devin de la race des Huns, j'ai lu l'avenir dans les ossements brûlés. J'ai lu le danger dans les ossements de l'Europe brûlés lors de la dernière guerre. Voyez les bolchevistes en Russie, ce sont tous des hommes impitoyables. Voyez toute la brutalité asiatique qui se dégage du visage de Lénine. Et les Allemands ? Est-ce que nous pouvons croire un instant qu'ils vont se laisser mener à l'abattoir comme des agneaux ? Jamais. » Et il continue ainsi sur sa lancée : « "La guerre qui devait mettre fin à toutes les guerres", ce n'était qu'une imposture, un mensonge. Dix-huit millions de morts, et ce n'est que le début. La Société des Nations nous propose une morale de catéchisme, alors que les hommes impitoyables se rassemblent à nos portes. » Il cesse de marcher de long en large et se tourne vers moi. « Et le danger ne se trouve pas uniquement aux portes de l'Amérique, mais aussi à l'intérieur. Il y a deux ans, le Congrès a adopté une nouvelle politique d'immigration. Chacun des pays européens a droit à un quota de trois pour cent du nombre de ses nationaux qui vivent chez nous. Et qu'en est-il des millions que nous avons déjà laissés entrer ? » Il s'approche de moi. « La seule solution, Harry, c'est la conversion. La conversion par la foudre. Comme Luther qui a été converti pendant un orage. La foudre du cinéma ! Du cinéma américain ! Faire un Américain du Sicilien qui vit à New York. Faire un Américain du Polonais qui vit à Detroit. Convertir ceux qui peuvent l'être et au diable les autres ! »

Il me dévisage longuement. Je voudrais détourner le regard, mais j'en suis incapable. Sa virulence m'hypnotise. « Cet argument s'adresse également à tous les Laemmle, les Mayer, les Goldwyn, les Warner, les Zukor, reprend-il. Les Juifs ne se convertiront pas. Ils sont pleins de ressentiment. Ils sont Juifs avant tout. Pendant deux mille ans, ils ont refusé toute ouverture. Quel que soit le pays, quelle que soit la société où ils vivent, ils en prennent le pire qui leur colle à la peau. Les bolchevistes russes sont tous des Juifs. Comme Trotski. À la tête de l'Armée rouge, il symbolise la brutalité russe comme seul un Juif peut le faire. Le Juif Laemmle représente toute la sentimentalité et le kitsch teutons qui, chez lui, atteignent en outre des sommets de vulgarité. Et ainsi de suite. Les exemples sont innombrables. »

Quelqu'un joue avec le son d'un gramophone et des accents de jazz montent et descendent comme le jet d'une fontaine capricieuse. J'ai l'esprit qui tressaute comme la musique. Rachel, je me dis. Va-t'en, je me dis. Mais je suis cloué sur place par une fascination morbide. Et par la crainte. Maintenant, je suis effrayé. Effrayé par ce manoir sinistre. Par Fitz et ses amis brutaux qui font la fête à l'étage. Par Chance.

Dis quelque chose, je m'exhorte. Mais je me tais. Et c'est cela qui me fait le plus peur.

Chance promène son regard autour de lui. « Vous savez quoi, Harry ? dit-il, soudain calmé. C'est ma pièce favorite, celle où je pense, où je rêve. Ici, je me vois dans un train, un train qui m'emporte dans tous les coins de l'Amérique. Je me vois sur la plate-forme du dernier wagon m'adresser, lors de chaque arrêt dans chaque petite ville, au cœur de l'Amérique. Parce que, quand on parle avec son cœur aux autres cœurs – même rêvés –, la vérité commence à vous apparaître. Puis la foudre éclate dans votre esprit, les images jaillissent... et quelque chose de profond, quelque chose d'original naît. On sait où est la réalité. » Sa voix n'est plus qu'un murmure, mais c'est un murmure brûlant, semblable à des braises qui couvent dans un âtre. « Éteignez la lumière », me souffle-t-il, comme en transe.

Et moi, devenu pour un temps sa marionnette, j'obéis. La faible lumière des étoiles et d'une lune voilée par les nuages filtre par les portes-fenêtres. Chance grimpe sur le fauteuil, chancelle, reprend son équilibre puis se dresse, droit debout sous les pendeloques du lustre qui luisent dans la pâle lueur de la lune. Le gramophone se tait pendant qu'on enlève le disque. À cet instant, tout paraît se figer. Il déclame : « Ce que j'ai à vous dire, je vous le dis sans plaisir. » Sa voix, basse et confidentielle, se déploie comme un tapis moelleux sur le sol de marbre : « Mes amis, je souhaiterais ne pas avoir une vision aussi claire. Je vous annonce que le règne des hommes impitoyables vient de débuter. C'est le *Zeitgeist*. Les Italiens s'inspirent des centurions romains. Les Allemands vouent un culte au sang et au fer. Les bolchevistes ont assassiné le tsar et ses enfants. Ils ne nous laissent pas d'autre choix que d'être à notre tour impitoyables. Souvenez-vous du Far West, comment la sauvagerie a répondu à la sauvagerie. Imaginez la cabane isolée dans la forêt, les yeux qui vous épient, cachés au milieu des arbres, guettant le moment opportun. Le chasseur solitaire sur la plaine, nu dans sa solitude. Les enfants tués à coups de tomahawks dans les champs de maïs, les hommes mutilés dans l'herbe. Les femmes violées. Les granges en

feu, le bétail massacré, les charognards qui planent. Face à
cette épreuve-là, nous n'avons pas échoué. »
    La musique redémarre. On danse à l'étage et le lustre
oscille à l'unisson.
    « Mais les étrangers qui sont parmi nous n'en ont pas le
souvenir – les toits en flammes, les femmes emmenées
comme prisonnières, le cauchemar au visage peint qui rôde.
L'ennemi invisible est partout, au coude de la rivière, derrière la crête de la falaise, dissimulé dans les hautes herbes
de la prairie. Les étrangers, eux, ne savent rien de tout cela. »
    Un cri s'élève de quelque part dans la maison. Suivi d'éclats
de rire.
    Chance continue son discours adressé aux ténèbres envi-
ronnantes : « Puisque Mussolini porte aux nues l'esprit des
légions romaines, l'Allemand le chevalier teutonique et le
Russe le terroriste sans pitié, ne sommes-nous pas en droit
de faire de même ? L'image du rude pionnier, illuminée par
l'éclair, doit habiter l'esprit de chaque Américain – les yeux
froids, la main qui ne tremble pas, la carabine qui étincelle.
L'Europe retourne à la sauvagerie et tente de nous l'impo-
ser. » Quelques secondes s'écoulent durant lesquelles je ne le
quitte pas des yeux. « Un Français a noté que le profond
mépris du Grec pour les barbares n'avait d'égal que celui du
Yankee pour le travailleur étranger qui ne fait aucun effort
pour devenir un vrai Américain. Et c'est la vérité. Le Juif était-
il là quand nos ancêtres, à genoux devant la fenêtre, craignant pour leur vie, surveillaient la forêt ? Était-il là quand
nous chevauchions à travers les grandes plaines sous le regard
des sauvages ? Peut-il seulement nous comprendre ? défendre
notre cause face au monde entier ? Je sais ce que vous pensez,
mes amis. Vous vous dites : n'insultez pas le Juif, il rend
chaque injure avec intérêt. Il... » Chance, immobile sur son
piédestal, laisse la phrase en suspens. « Peu importe. La
maison isolée doit être protégée. La sauvagerie gagne les
champs que nous avons nettoyés, la sauvagerie gronde au-
delà des mers. Elle arrive. Ils arrivent ! J'ai marché parmi eux.
Un jour prochain, un visage apparaîtra à votre fenêtre, le
visage d'une Chemise noire ou le visage d'un bolcheviste.

Ceux qui ont fait revivre les fantômes sauvages de leur passé, ceux-là, nous devons les combattre avec les fantômes sauvages de notre propre passé. J'y contribuerai, je réveillerai nos fantômes. Armez-vous de courage. Répondez à la force par la force. » Le cou raide comme la tourelle d'un tank, il tourne la tête à la recherche d'un éventuel contradicteur. Il a fini. « Aidez-moi à descendre », dit-il. Je saisis sa main tendue. Il a la paume moite comme le chapeau d'un champignon. Il saute et s'accroche à moi pour ne pas tomber. Appuyé sur mon épaule, le visage tout près du mien, il dit : « Vous voyez, Harry ? Réécrivez la fin. Changez l'histoire de la fille. L'ennemi n'est jamais humain. »

25

Avec le renfort de George Hammond, la petite troupe qui se dirigeait vers le camp de Little Soldier se composait de treize hommes, ce qui mettait le garçon de l'Anglais mal à l'aise. Ils retrouvaient le chiffre fatidique avant qu'Hardwick ne se fût débarrassé d'Hank le fermier. Il lui semblait que celui-ci avait simplement changé de forme et que, remonté sur un cheval, éperonnant sa monture, il traversait Battle Creek en leur compagnie. Le garçon de l'Anglais restait près d'Ed Grace. Ils chevauchaient côte à côte, presque genou contre genou. L'Aigle, avec son nez busqué, charnu, affichait un profil stoïque, aussi pâle que le buste en marbre d'un sénateur romain. Il avait le regard fixé droit devant lui, comme une vigie à son poste.

Hardwick avait commandé d'aller au pas, en bon ordre, afin de ne pas donner l'impression qu'ils se préparaient à attaquer. Chaque homme tenait néanmoins son fusil prêt, la crosse plantée sur la hanche. À leur approche, le camp se mit à bruire d'excitation. On entendait les aboiements stridents et hystériques des chiens, on voyait des silhouettes entrer et sortir des tipis, des jeunes garçons courir pour attraper les mustangs en liberté dans le pâturage et des femmes saisir des petits enfants pour les ramener vers les tentes. En l'espace de quelques minutes, un groupe de cinquante à soixante guerriers s'était rassemblé à l'extérieur du village pour accueillir les chasseurs de loups.

Hardwick fit arrêter ses hommes à environ trois cents mètres du camp, agita un mouchoir blanc pour indiquer qu'il désirait parlementer, puis il s'avança, accompagné uniquement de George Hammond. Dans la chaleur torride de l'après-midi, l'air entre les deux groupes ondulait comme au travers d'une vitre déformée. La sueur coulait sous le chapeau melon du garçon de l'Anglais et ruisselait sur ses joues.

Certains des guerriers étaient soûls, et sur leurs visages se lisait la même expression belliqueuse provoquée par le whisky que sur ceux de la majorité des chasseurs qu'Hardwick avait laissés en arrière. Un bon nombre d'Assiniboines étaient cependant parfaitement sobres, les traits impassibles. Ils attendaient, si silencieux et immobiles que le seul mouvement perceptible était de temps en temps celui d'une plume caressée par un souffle de vent chaud. Ils avaient la figure peinte en rouge à l'exemple du Gardien de la Médecine de l'Ours, sinon que leurs yeux étaient cerclés de blanc et non pas de noir. Leurs cheveux étaient coupés court sur le devant, enduits d'argile blanche et ramenés en longues tresses qui leur descendaient jusque dans le dos. Beaucoup d'entre eux portaient des perles aux oreilles, et sur ceux qui n'avaient pas de chemise, on distinguait deux bandes noires tatouées qui couraient de la gorge au ventre. Le rouge de leurs visages était identique à celui de la flanelle de leurs pagnes et de leurs jambières, tandis que des couvertures de traite noires et violettes étaient drapées sur les épaules des hommes les plus âgés.

Les seules armes à feu qu'Hardwick parvint à repérer étaient des mousquets Northwest. Ceux qui n'en avaient pas tenaient des lances et des arcs en corne.

Hammond se pencha au-dessus du pommeau de sa selle pour attirer l'attention d'Hardwick sur un Assiniboine grand et mince coiffé d'une toque en fourrure de loup et doté d'une féroce face de loup terriblement marquée par des cicatrices de variole, l'air d'un mur d'adobe criblé par une décharge de chevrotines. « Je connais cet oiseau-là, dit-il. C'est un méchant. L'année dernière, il a tué deux Blackfoots

devant Fort Kipp. Il s'appelle First Shoot – Tire le premier –, et en général, c'est ce qu'y fait.»
Hardwick hocha la tête, puis il demanda à voir le chef, Little Soldier. S'exprimant comme s'il parlait à des petits enfants, il les gronda pour avoir volé le cheval d'Hammond et conclut en disant que si les Assiniboines voulaient éviter les ennuis, Little Soldier ferait bien de rendre le mustang en vitesse.

Il venait de terminer sa péroraison dans son sabir quand Abe Farwell arriva du fort au galop, monté à cru sur une mule, les jambes battant contre le flanc de l'animal. Après réflexion, il avait décidé que les enjeux étaient trop importants pour qu'il reste en dehors de cette histoire. Si des troubles avec les Assiniboines éclataient, un comptoir plein de marchandises ainsi que tout un lot de fourrures et de peaux de bisons seraient menacés. Il offrait ses services en tant qu'interprète et médiateur.

«Lequel de ces bandits est Little Soldier?» l'interrogea Hardwick.

Farwell parcourut rapidement la foule du regard. «Il est pas là.

– Alors, dis à l'un de ces singes d'aller le chercher. Et tout de suite.

– Si vous voulez récupérer le cheval, c'est lui votre homme, dit Farwell, désignant First Shoot. C'est le chef de l'*Agi'cita*, la "Société des guerriers", la police indienne. Si Hammond veut son cheval sans qu'y ait effusion de sang, faut demander à First Shoot de s'en occuper.»

Sous son épaisse barbe noire qui lui mangeait presque tout le visage, Hammond avait les mâchoires serrées. «Je demande à personne, lança-t-il avec colère. Je vais pas supplier pour récupérer quelque chose qui m'appartient. J'ai payé une fois pour que la paix règne, mais on m'a de nouveau volé. Maintenant, je ne demande plus, j'exige.»

Hardwick observait First Shoot. À son expression, on devinait qu'il comprenait à peu près ce qu'Hammond disait.

Il y eut un remous dans l'assistance de braves. La foule s'écarta pour laisser passer Little Soldier, complètement ivre, soutenu par sa femme-assise-à-côté-de-lui. Autour de son cou était noué comme un bavoir un grand drapeau américain. L'allure d'un bébé grisonnant qui fait ses premiers pas, il s'avança pour saluer Hardwick.

« Tenez, le voilà, votre chef, murmura Farwell. Vous croyez pouvoir lui faire entendre raison ? »

Little Soldier se mit à déclamer.

« Qu'est-ce qu'y raconte ? » aboya Hardwick.

Farwell traduisit : « Y dit qu'il a apporté la bannière étoilée pour montrer que Little Soldier est un bon ami des Américains. On lui a offert ce drapeau parce qu'il a jamais tué d'Américains – seulement des Blackfoots. Les Blackfoots tuent tout le temps des Américains. Peut-être qu'un jour vous voudrez bien venir avec lui en massacrer quelques-uns. Peut-être que vous voudrez bien aussi lui donner des fusils à aiguille pour qu'il tue les Blackfoots et que vous ayez pas à vous embêter à le faire.

– Réponds-lui que ce qui m'embête en ce moment, c'est un cheval, et rien d'autre. Dis-lui que le cheval de George Hammond a été volé par un de ses guerriers. Dis-lui aussi qu'y a quelques jours, des Indiens m'ont volé une vingtaine de chevaux. Et dis-lui que leurs sales manières de Peaux-Rouges commencent à sérieusement m'énerver et que je vais pas tarder à agir. Répète-lui ça mot pour mot.

– Je lui dirai jamais des choses pareilles. Vous pouvez pas lui parler comme ça devant son peuple.

– Tu lui dis tout de suite, sinon je vais me faire comprendre en arrachant le drapeau noué autour du cou de ce vieux cochon de menteur. »

Farwell, l'air à l'évidence gêné, s'adressa à Little Soldier. Avant qu'il ait fini, celui-ci l'interrompit et, agitant les bras, vacillant sur ses jambes, il se mit à parler fiévreusement.

« Il affirme que c'est personne de sa bande qu'a volé le cheval d'Hammond. Peut-être que le cheval s'est égaré. Ça arrive. Ou peut-être que c'est des Blackfoots qui l'ont pris. Il connaît le cheval d'Hammond. Un alezan. Regardez : y a pas un seul alezan dans le camp de Little Soldier.

– Non, naturellement, ironisa Hardwick. Y a jamais eu de

chevaux volés dans aucun village indien. Tout le monde le sait. Foutaises, oui !
— Il dit que pour prouver à Hammond qu'y ment pas, il lui donne deux de ses chevaux à lui. En otages. Quand Hammond retrouvera son cheval égaré, il rendra les mustangs à Little Soldier. Et s'il le retrouve pas, y pourra les garder. C'est un marché honnête. Deux chevaux contre un. Qu'ils se serrent la main et après, Hammond apportera une bouteille de whisky et ils seront amis.
— Il est pas question que j'accepte des sacs d'os de mustangs indiens en échange de mon cheval, s'écria Hammond. Le mien est solide, nourri au fourrage. Il est près du sang. Je vais pas me faire rouler par une saloperie de chapardeur d'Indien. Je veux mon cheval et rien d'autre. »

Farwell adressa quelques mots au chef qui répondit.

« Il dit qu'y peut pas donner ce qu'il a pas. Vous pouvez lui demander le soleil, mais il est pas en son pouvoir de vous le donner. Y vous donne ce qu'il peut donner : deux chevaux contre un. Soyez heureux qu'y puisse vous donner quelque chose. Les Assiniboines sont des Indiens très pauvres. Y sont venus dans les Cypress Hills pour échapper à la famine qui règne dans le nord. Ici, la chasse est bonne, mais ils sont pas encore bien gras. Ils ont besoin de chevaux pour chasser le bison, mais il est disposé à donner deux chevaux à George Hammond pour qu'y ait pas d'animosité entre eux. George Hammond devrait accepter et être content. Y a des jeunes Assiniboines qu'ont pas de chevaux et qui béniraient le nom de Little Soldier s'il leur faisait un cadeau aussi généreux. Il dit : prenez les chevaux, sinon les jeunes guerriers vont être en colère. Il y pourra rien si les jeunes guerriers sont en colère. »

Un étrange sourire flotta sur les lèvres d'Hardwick. « J'ai l'impression d'avoir entendu quelque chose qui ressemble à une menace, dit-il.
— Non, non, chercha à l'apaiser Farwell. C'est pas une menace, c'est juste la vérité. Prenez donc ces putains de mustangs, Hardwick. C'est une bande qui vit dans la misère. Y vous fait un grand cadeau. Et qui le prive beaucoup. Je crois

pas qu'ils aient plus d'une douzaine de chevaux en tout. Il
essaye d'aplanir les choses. Soyez raisonnable et acceptez-les.
– Dis-lui que je pisse sur ses chevaux. »
Farwell talonna sa mule pour la placer de manière à cacher
au vieil Indien le visage ricanant de l'homme blanc. Titubant,
Little Soldier arborait un large sourire, cependant que sa
femme le tenait par le coude. « Tom, je peux pas lui dire ça. Réfléchissez bien. Certains
de ces jeunes guerriers ont bu trop du whisky de Solomon.
Vous allez mettre le feu aux poudres. »
Hardwick se dressa sur ses étriers et hurla par-dessus la tête
de Farwell : « Je pisse sur vous et sur vos chevaux ! Vous
comprenez ? Je veux le cheval d'Hammond ! Rendez-le-nous
ou vous en subirez les conséquences ! »
Little Soldier souriait toujours comme si de rien n'était,
mais First Shoot connaissait assez d'anglais pour avoir saisi le
sens des paroles d'Hardwick. Il cria quelque chose avec colère
et un murmure parcourut aussitôt les rangs des guerriers.
First Shoot s'avança et, d'un geste violent, jeta au sol sa peau
de bison. D'autres l'imitèrent et, de même, commencèrent à
se dépouiller de leurs vêtements. Juché sur sa mule, Farwell
allait et venait entre les deux hommes blancs et les Indiens.
Les bras levés, suppliant, il s'efforçait de calmer ces derniers
dans leur langue.
« Ils se préparent au combat, dit Hammond d'une voix
angoissée. Ils se déshabillent parce que, comme ça, s'ils reçoi-
vent une balle, la blessure sera propre. On ferait mieux de
filer. »
Les Assiniboines, maintenant presque nus, brandissaient
des mousquets et raillaient les Blancs. Certains faisaient tournoyer des casse-têtes au-dessus d'eux dans un sifflement ou
bien agitaient d'un air menaçant leurs arcs et leurs lances,
tandis que Farwell continuait désespérément à les supplier.
« Farwell, dégage ! hurla Hardwick. Dégage ou tant pis
pour toi. Je vais tirer.
– Faites pas ça ! s'écria Farwell. Pas avec un Blanc pris
entre deux feux ! »
Hardwick et Hammond, les carabines braquées, firent recu-

ler leurs chevaux. Les Assiniboines poussaient des cris furieux. Soudain, la monture d'Hardwick se cabra. Hammond venait de tirer.

Agrippé au pommeau, Hardwick s'efforça de rester en selle, alors que son cheval, retombait brutalement sur ses antérieurs et l'envoyait sauter en l'air. Il perdit un étrier, entendit la détonation assourdie d'un mousquet et aperçut en un éclair la croupe du cheval d'Hammond, puis Farwell qui, hurlant, les yeux fous, passa à côté de lui, cramponné à sa mule dont il fouettait l'encolure avec les rênes. Il réussit à glisser sa botte dans l'étrier et à saisir son Henry puis, sans viser, il lâcha un coup de feu par-dessus le flanc de son cheval. Après quoi, il s'élança au galop derrière les deux autres, couché sur sa selle et cravachant brutalement sa monture au moyen du canon de son fusil. Un feu nourri de mousquets éclata dans son dos. La nuque raidie dans l'attente de la balle qui allait le frapper, il se colla davantage à l'encolure de son cheval.

Comme les trois Blancs se trouvaient entre eux et les Assiniboines, les autres chasseurs de loups, en selle sur leurs chevaux qui piaffaient, ne pouvaient pas ouvrir le feu. Les Indiens s'étaient lancés à pied à leur poursuite, et de petits nuages de fumée noire s'échappaient des mousquets tandis qu'ils couraient sans cesse de tirer. Ils rechargeaient vite, versant de la poudre dans le canon et crachant ensuite une balle dedans, cependant que dans leur précipitation, ils oubliaient la bourre, si bien que leurs armes ne portaient pas très loin et manquaient de précision.

Parvenu près des chasseurs, Hammond hurla : « Mettez-vous à l'abri, les gars ! La ravine ! la ravine ! » Puis il passa devant eux au grand galop et fonça vers la ravine qui faisait comme une plaie béante sur la face de la prairie. Les hommes montés sur les chevaux qui hennissaient, en proie à la panique, ne bougèrent pas.

Une rangée de visages blancs, tendus, miroitait sous les yeux du garçon de l'Anglais. Un chapelet de jurons prononcés dans un murmure et destinés à personne en particulier lui parvint, suivi de cris d'encouragement à l'adresse d'Hardwick qui ne pouvait pas les entendre. La distance et le temps étaient des mirages qui ondulaient et scintillaient comme l'air chaud. Plus proches et pourtant plus lointains. Plus tôt et pourtant plus tard.

Et puis Farwell et Hardwick arrivèrent à leur tour. Ce dernier leur désigna la ravine et cette fois, la colonne pivota comme un seul homme, agissant sous l'emprise de la terreur avec la même discipline qu'une unité de cavalerie à la parade. Les hommes éperonnèrent leurs montures qui partirent au galop et, un instant plus tard, au milieu d'un épais nuage de poussière, un tourbillon de chevaux et de cavaliers secoués sur leurs selles déboulait dans la ravine où Hammond s'était tapi.

Le temps que le garçon de l'Anglais descende de selle et l'étroite crevasse résonnait de coups de feu. Il repéra le foulard bleu noué autour de la tête de Grace et, plié en deux, il courut le rejoindre, dévalant la pente tout en traînant son cheval par la bride. Il entendit quelqu'un hurler : « Les voilà ! Seigneur Jésus, les voilà ! » Le garçon s'aplatit à côté de L'Aigle. À cet endroit, la ravine n'avait guère plus d'un mètre de profondeur et constituait un emplacement idéal pour un tireur.

Se dressant sur un coude, il risqua un regard sur le terrain découvert semé de touffes d'armoise et de saules-loups qu'ils venaient de traverser dans leur retraite précipitée. Les Assiniboines avançaient en se mettant à couvert, tiraient une balle de mousquet, rechargeaient en courant et en zigzaguant, puis tiraient de nouveau. Derrière eux, le campement se vidait. Les femmes prenaient en hâte les enfants et les bébés pour les emmener dans la forêt touffue qui les avala et retrouva bientôt son immobilité.

Le garçon de l'Anglais compta déjà trois de leurs assaillants qui gisaient dans l'herbe comme des poupées désarticulées jetées sur le sol d'une chambre d'enfants. À dix mètres du bord de la ravine, la mule de Farwell était couchée sur le flanc. Sa tête se soulevait et retombait, cependant qu'elle perdait son sang et que ses forces diminuaient à chaque battement de cœur.

« T'as la bouche grande ouverte, dit Grace. Referme-la et prends ton fusil. »

À cet instant, les Assiniboines lâchèrent une salve puis débouchèrent d'entre les arbres en poussant des cris perçants. Vifs et agiles comme des renards, ils bondirent et crevèrent le rideau de fumée produit par les mousquets.

Aussitôt, les Henry se mirent à aboyer, semblables à une meute de chiens lancés sur une piste. Le garçon de l'Anglais tirait vite. La sueur qui lui coulait dans les yeux l'aveuglait et le piquait ainsi qu'une pluie glacée. L'espace d'une seconde, il s'imagina avec horreur que les Indiens allaient passer au travers de la grêle de balles et leur tomber dessus à coups de haches, mais l'assaut se désunit et se déchira comme une étoffe moisie. Stupéfait, le garçon de l'Anglais vit les hommes tomber dans l'armoise comme les cerfs qu'il avait lui-même abattus, touchés à mort. L'attaque bégaya, hésita, puis les Assiniboines se replièrent en déroute. Des vivats éclatèrent dans la ravine.

Le garçon de l'Anglais se laissa glisser le long de la pente, ôta son chapeau melon, puis s'épongea le front avec sa manche. Il avait la bouche sèche comme une branche morte. Il tenta d'ajuster les silhouettes fugitives, mais elles bondissaient en faisant des crochets, de sorte que son doigt se figeait sur la détente. Aussi finit-il par simplement viser puis tirer aussitôt. Il n'atteignit sans doute jamais la moindre cible.

Hardwick passait dans la ravine et demandait à chacun : « Qu'est-ce qui te reste comme munitions ? Combien de cartouches ? »

Grace lui répondit d'un ton brusque : « Suffisamment. »

Hardwick jeta un regard sur les cartouchières qui barraient la poitrine du garçon de l'Anglais, puis il continua son chemin.

John Duval réclamait de l'eau. Hardwick cria : « Personne ne boit pour le moment ! On sait pas combien de temps on va être coincés ici ! L'eau est rationnée ! »

Le garçon de l'Anglais ramassa un caillou qu'il glissa dans sa bouche pour le sucer. Un soleil de plomb tapait sur la ravine. Soudain, les chasseurs de loups tendirent l'oreille. Là-bas, quelqu'un chantait. Le chant déferlait sur eux comme une vague, se retirait, déferlait de nouveau. « Un chant de mort », dit Grace au garçon. Les hommes accroupis dans la ravine, agrippant leurs fusils, écoutèrent chanter un homme qui se préparait à mourir. La mélopée s'élevait, retombait, et brusquement, elle cessa. Au loin, une silhouette émergea des broussailles et se dressa, droite comme une perche de tipi. C'était First Shoot coiffé de sa toque en fourrure de loup. Les chasseurs levèrent leurs armes, mais le guerrier ne leur laissa pas le temps de l'ajuster. Il brandit à trois reprises son mousquet vers le ciel, puis s'élança en courant. La « Société des guerriers » tout entière jaillit des hautes herbes comme une compagnie d'oiseaux, suivie d'une autre troupe d'assaillants, des hommes plus âgés et moins rapides, qui tous poussaient des cris.

Cette fois, les Assiniboines ne s'avancèrent pas en bon ordre tout en déchargeant leurs armes. C'était plutôt un assaut furieux, une course vers la ravine. La rapidité et l'audace de l'attaque sidérèrent les hommes blottis là. Les Indiens sautaient par-dessus les buissons d'armoise, filaient et zigzaguaient ainsi qu'une terrifiante meute de loups à la poursuite du gibier.

Un mur de flammes roussissait l'atmosphère. L'homme qui avait entonné son chant de mort ne ralentissait pas l'allure. Les éclairs qui s'échappaient du canon de son mousquet formaient comme un rideau de perles qu'on aurait pu écarter d'une main. Il continuait, brûlant, pareil à la mèche en feu qui fuse et aboutit à un tonneau de poudre. Cinquante mètres, quarante...

Et le tonneau de poudre explosa. Le rideau ne s'écarta pas. Ses jambes se dérobèrent sous lui, s'agitèrent un instant, puis ses chairs se déchiquetèrent dans un flot de sang. Les hommes blancs firent pleuvoir un déluge de feu qui faucha les guerriers comme autant d'herbes humaines qui se tordaient et s'abattaient en tas.

Les Indiens se débandèrent.

Un grand cri jaillit de la ravine, ponctué par ceux des Assiniboines qui s'enfuyaient en désordre. Il y eut encore quelques tirs. Un Indien tomba, se releva en chancelant, tomba de nouveau.

Les survivants se replièrent dans une ravine voisine d'où ils ouvrirent le feu. Placés dans une position défensive, ils avaient maintenant le temps de recharger et de mieux viser. L'emploi de bourre leur permettait en outre de gagner en portée et en justesse. Bien qu'équipés d'armes à un coup et à canon lisse, ils étaient assez nombreux pour empêcher les chasseurs de tenter une sortie. Les balles qui sifflaient obligeaient ceux-ci à se terrer. L'une d'elles frappa une pierre tout près du garçon de l'Anglais qui sentit un éclat de plomb lui piquer la joue. Il se mit à saigner.

Ils se savaient pris au piège. Implacable, le soleil les brûlait. La peur planta ses griffes dans leur peau blanche et tendre.

26

« Il faut que je me retire de ce film », dis-je. Rachel et moi, installés sur une couverture, nous contemplons le Pacifique et un bout de plage où, pour *Les Dix Commandements,* Cecil B. DeMille a tourné un épisode censé se situer au bord de la mer Rouge. Ce n'est pas vraiment un temps à aller à la plage – le ciel est couvert, l'eau est grise, boueuse, mais aujourd'hui, je tiens à ce que Rachel m'accorde toute son attention, et une étendue de sable déserte n'offre que peu de distractions.

« Bon Dieu, Harry, dit-elle. Tu te décarcasses pour obtenir ce boulot, et maintenant tu veux laisser tomber ? Qu'est-ce qui se passe ?

– Je ne peux pas le faire.

– Faire quoi ?

– Écrire ce qu'il demande. »

Je ne désire pas me lancer dans les explications. Je ne désire pas lui avouer à quel point je suis effrayé. Je ne désire pas lui dire que si j'écris ce que Chance exige, il est plus que probable que je contribuerai à ce qu'au nom de Shorty McAdoo soit associé celui de menteur. Après le curieux numéro de Chance au cours de la réception, je devine au travers de quels objectifs déformés et paranoïaques le film sera tourné, de même que je devine quel message violent, délirant et politiquement « visionnaire » il entend ainsi délivrer. Comme il n'a cessé de le dire, ce film n'est pas supposé être un western de plus. M'exécuter ne serait pas seulement une trahison vis-à-vis de Shorty, mais aussi vis-à-vis de Rachel. Et de moi.

Comme à son habitude, Rachel se montre réaliste. « Tu n'es pas Tolstoï, Harry. Tu n'es qu'un scénariste. On te donne les mesures et tu coupes le tissu. Ce ne devrait pas être nouveau pour toi. Écris ce qu'il demande, pour l'amour du ciel, et qu'on n'en parle plus. »

Nous sommes seuls. Pas une âme en vue. Le sable mouillé, lisse, brille comme de l'asphalte chaud aplani par un rouleau compresseur. Les vagues attaquent la plage luisante, déroulent des drapeaux liquides selon un rythme monotone. Les pieds ramenés sous elle, Rachel m'évoque une petite poupée de porcelaine victorienne, blanche et grave.

« Chance est cinglé, dis-je.

– Tu crois m'apprendre quelque chose ? Tous les patrons de studios sont cinglés. Sinon, ils ne seraient pas où ils sont. Mack Sennett a une baignoire dans son bureau. Carl Laemmle a un fils qui le suit partout avec un seau en fer-blanc au cas où son père aurait envie de pisser. Lasky et Thalberg engagent un scénariste qui s'imagine que le tournage de *Ben-Hur* est l'accomplissement d'une prophétie de Nostradamus. Tu veux que je continue ?

– Ce n'est pas pareil.

– Dans quel sens ? »

Je hausse les épaules. « Il s'agit de politique. » Aussitôt, je regrette ce que je viens de dire.

« Et alors ? Tu votes démocrate et lui, républicain ? Ce ne sont pas des différences d'opinions irréconciliables, mon cher ami. Je n'ai jamais caché que j'étais socialiste, et il ne m'a pas virée pour autant. »

Je tais l'aspect antisémite. Je ne sais pas comment le lui présenter.

« J'envisage de démissionner, dis-je.

– Qu'est-ce que tu veux que je te réponde ? Si tu estimes que ta sensibilité artistique – dont, entre parenthèses, j'attends toujours de voir des preuves – est sérieusement menacée, démissionne.

310

– Et s'il ne me laisse pas démissionner ?

– S'il ne te laisse pas ? Tu plaisantes ? Les esclaves ont été affranchis dans ce pays, non ? Il ne peut pas t'empêcher de démissionner.

– J'ai l'impression qu'il ne me permettra pas de partir comme ça. Ce projet, il l'a toujours entouré de mystère. Nous ne sommes que trois à savoir vraiment de quoi il retourne. Et Chance devient de plus en plus paranoïaque au sujet de son film.

– Tu as peur de lui, on dirait.

– Et comment !

– Tu démissionnes, et il raconte partout que tu manques de professionnalisme, que tu es un mauvais scénariste ? Et après ? Qui va l'écouter ? Tout le monde dans le métier le prend pour un rigolo. Il te donne une mauvaise note ? Ça te servira plutôt de recommandation qu'autre chose.

– N'oublie pas Fitz, je réplique. Ce salaud est capable de tout. Il a certainement une idée en tête. Il me rappelle le serviteur fou et loyal dans le *Nosferatu* de Murnau. Dévoué corps et âme à son maître. » Je regarde la mer. La vague roule et se brise en un mouvement incessant, lancinant, pareil à la vague de mes inquiétudes tout au long de ces derniers jours. Le ciel se fait plus lourd, plus gris, semblable à du papier buvard bon marché, fibreux, sillonné d'écheveaux de nuages. L'atmosphère se referme autour de moi, dense, humide. « Chance m'a demandé de retravailler le scénario, mais maintenant que je vois le film qu'il veut faire, je ne peux pas. Ce n'est pas un film, c'est une illusion. Un western à la *Nosferatu*. Ça ne marchera pas. Et quand il s'en apercevra, il lui faudra quelqu'un sur qui en rejeter la responsabilité. Et je serai le candidat idéal.

– Dans ce cas, tu as sans doute raison de vouloir quitter le navire avant que ton nom n'apparaisse au générique. Dans cette ville, quand le premier film d'un scénariste fait un flop, il est plus que probable que ce sera son dernier.

– Oui, mais il faut que je pense à ma mère. Qu'est-ce que je dois faire ? Démissionner et ensuite, comme je ne pourrai plus payer, l'envoyer à l'asile public ? Je me suis renseigné. Ici, c'est encore pire qu'au Canada.

— Trouve-toi un autre boulot.

— Où est-ce que j'en trouverai un payé cent cinquante dollars par semaine ? Personne ne m'engagera à ce tarif. Ni même à un tarif inférieur, du reste. Il faut que je prenne ça en considération. » Je fouille dans le panier pique-nique que j'ai préparé, à la recherche non pas d'un sandwich, mais du gin. Je tends la thermos à Rachel.

Elle fait signe que non.

« Tu refuses un coup de gin ? »

Elle contemple l'océan couleur de plomb. « Ces derniers temps, j'ai eu l'impression que je perdais la maîtrise de moi-même. »

Je bois une gorgée. « Je croyais que tu étais la femme qui justement aimait perdre la maîtrise de soi-même.

— Il se pourrait que je n'aie pas dit exactement ce que je pensais. Oui, j'aime perdre mon contrôle. J'aime l'excitation que cela me procure. Mais si tu perds tout le temps le contrôle de toi, peut-être que quelque chose ou quelqu'un te contrôle. Tu vois ce que je veux dire ?

— Peut-être. Je me demande si je ne me sens pas un peu pareil. Manipulé. En tout cas, je peux t'assurer que ce n'est pas un sentiment agréable.

— Ne consacre pas autant de temps à établir des plans, Harry, dit Rachel. Crois-en mon expérience, en général les plans ont tendance à te prendre à ton propre piège. À trop calculer, tu t'attires des ennuis. Quand un plan échoue, tu échoues avec. »

Le thermos à la main, je demeure un instant silencieux. « Ce livre que Chance m'a donné, tu l'as lu ?

— Oui, si on peut dire. Mon français n'est pas aussi bon que tu l'imagines. Et en plus, ce livre-là, il n'est pas facile à lire. Très philosophique.

— Je croyais qu'il traitait de politique.

— De politique, oui, mais d'un point de vue particulier. Le monde occidental est pourri, dégénéré. Il faut réagir. Les mythes sont les seuls aiguillons à même de pousser à l'action.

– Continue.

– Non pas les mythes grecs – Apollon, Zeus, Hera. Mais le mythe au sens sociologique. Le mythe en tant qu'images qui expriment les désirs les plus profonds d'un groupe. Sorel parle de la classe ouvrière française et de sa croyance dans le mythe de la grève générale, le grand et violent paroxysme qui mettra les patrons à genoux, qui détruira la bourgeoisie et annoncera une ère nouvelle. D'après lui, le mythe n'a nul besoin d'être ancré dans la réalité, ni de pouvoir se réaliser d'aucune manière ; il est là pour motiver le peuple, fournir l'élan nécessaire à l'action violente. Parce que la violence est le seul moyen d'apporter un sang neuf à une société en pleine dégénérescence. Ton ami t'a donné un livre dangereux, Harry. »

Je ne juge pas utile de répondre. Une pluie fine a commencé de tomber. Nous flottons, tels des anges souillés enveloppés d'un nuage sale. L'océan se brouille. Le visage de Rachel luit derrière un voile d'humidité qui, pareil à de la gaze appliquée sur un objectif, l'adoucit.

D'un seul coup, de but en blanc, je lui déclare que je l'aime.

Protégeant la flamme de sa main en coupe, elle allume une cigarette. « Ça ne te ressemble pas, Harry, dit-elle pour seul commentaire.

– Tu m'as conseillé de ne pas trop établir de plans. C'est sorti comme ça. Peut-être que je suis devenu comme toi, incapable de me contrôler.

– Ou peut-être que tu cherches simplement quelqu'un qui prenne des décisions à ta place. Qui t'indique ce que tu dois faire. » Elle a les yeux rivés sur les vagues qui déferlent. « Je ne suis pas cette personne-là. Ce que je veux bien faire, par contre, c'est payer la pension de ta mère jusqu'à ce que tu aies réglé cette histoire.

– Je ne suis pas encore fauché.

– Très bien. Alors, fais quelque chose. Ne reste pas là à jouer les indécis. » Elle écrase sa cigarette. « En attendant, je vais me baigner. Profites-en pour réfléchir. »

Détournant le regard, j'entends le froissement de ses vêtements dont elle se débarrasse. À mesure qu'elle les enlève,
les effluves de son parfum se font plus forts. Et puis ils disparaissent, et le vide se remplit de l'odeur saumâtre du Pacifique qui évoque celle d'une vague soupe de légumes,
vaguement chaude, vaguement salée. J'attends, mais pas
autant que j'aurais dû, et je jette à la dérobée un coup d'œil
vers Rachel qui s'apprête à entrer dans l'eau, fine silhouette
floue sous la bruine, un petit fantôme.

J'aurais voulu tendre le bras et la caresser. L'espace d'un
moment, j'ai plus ou moins cru qu'elle avait envie que je la
caresse. Mais les instants d'audace ne durent pas, se fondent
dans la brume. Fais quelque chose, m'a-t-elle dit. Oui, mais
quoi ? C'était plutôt ambigu, non ?

Pourtant, je fais quelque chose. Le soir même, je me rends
dans mon bureau des studios Best Chance, je vide mes tiroirs,
puis je m'assois pour écrire une lettre de démission. Elle n'est
pas impolie, ni ne se place sur le terrain de la morale, comme
si ce qui s'était passé au cours de la réception n'avait jamais
eu lieu. C'est la meilleure façon, me semble-t-il, de me tirer
de cette fâcheuse situation. Pourvu que cela marche.

Cher Ms. Chance,

J'ai le regret de vous informer que je ne m'estime plus capable
de poursuivre la tâche que vous m'avez confiée. Notre dernier
entretien m'a laissé sur l'impression que je n'avais ni le talent
ni l'expérience nécessaires pour écrire le scénario d'un film de
l'ampleur et de l'importance de celui que vous envisagez de produire. Je suis désolé de ne pas avoir répondu à votre attente pour
un projet qui est si cher à votre cœur, mais je suis persuadé que
vous trouverez pour vous seconder quelqu'un de beaucoup plus
compétent que moi.

J'ai laissé les clés de la voiture sur le bureau, et la voiture sur
le parking. Par ailleurs, vous recevrez par courrier recommandé
tous les entretiens, notes et copies carbone de l'ébauche du scé-

nario encore en ma possession. Je vous prie de bien vouloir considérer que ma démission prend effet à ce jour. Pardonnez-moi de n'avoir pu vous servir mieux.

Sincèrement vôtre,

Harry Vincent

Cloîtré dans mon appartement, j'attends la réaction de Chance. Pas de lettre, pas de coup de téléphone. Je passe mon temps à la fenêtre à guetter l'arrivée de Fitz, mais Fitz ne vient pas. Des jeunes femmes coiffées de chapeaux cloches promènent des chiens pleins de poils qui tirent sur des laisses aussi fines que du fil à pêche. Des jardiniers mexicains tondent les pelouses devant les petits immeubles qui bordent la rue, et leurs tondeuses envoient de chaque côté des gerbes d'herbe verte. Le laitier, le facteur et le livreur de glace entrent et sortent. À midi, le soleil fait fondre l'asphalte qui sent comme de la viande avariée en train de cuire, et tout le monde sauf moi descend ses stores pour se protéger de la chaleur. Je continue à surveiller la rue.

Peu après six heures du soir, les standardistes, les coiffeuses, les manucures, les serveuses et les vendeuses envahissent les trottoirs. Dans les couloirs de mon immeuble, des filles encombrées de paquets cherchent leurs clés. Des portes claquent, des radios se mettent à hurler, l'odeur alléchante de côtelettes de porc grillées et de hamburgers monte vers moi tandis que je fume cigarette sur cigarette sans quitter la rue des yeux. Les heures s'étirent, les façades prennent le temps d'un instant une teinte dorée et le ciel est pareil à une divine piscine turquoise. Le soleil se couche, le boulevard vire au gris, l'horizon se colore de rose puis se crible de pâles étoiles. Somnolant sur ma chaise, je sursaute au moindre bruit qui provient de l'extérieur, et je tourne la tête vers la rue avant même d'ouvrir les yeux. Toujours aucun signe de Fitz.

Au bout de quatre ou cinq jours de ce régime, je me prends à espérer qu'il ne viendra pas et que je vais m'en tirer comme cela. Je me mets à chercher un autre travail, mais je me conduis comme un gosse qui fait l'école buissonnière et qui

315

jette sans arrêt des coups d'œil inquiets autour de lui, de crainte de tomber sur le surveillant général, en l'occurrence Denis Fitzsimmons.

Certes, je connais bien quelques personnes dans le milieu du cinéma, mais aucune qui ait, comme Rachel, assez d'influence pour me dénicher un emploi. Je fais le tour des studios, Fox, Metro, Goldwyn Company, Louis B. Mayer Productions, Universal, Famous Players-Lasky, United Artists et Warner Brothers. Il est vrai que j'ai de l'expérience, mais limitée à la rédaction de cartons. N'importe quel écrivaillon peut rédiger des cartons, c'est un boulot pour journaleux alcoolos qui ont leur avenir derrière eux. Les studios veulent des créatifs. Des gens qui ont des idées. Des gens qui ont la frite. Vendez-moi une histoire, me dit-on. Si vous n'êtes pas capable de me vendre une histoire percutante, je n'ai pas besoin de vous.

J'essaye, mais quand je débite un scénario, mon enthousiasme simulé éveille en moi une telle honte et un tel embarras que, petit à petit, mon histoire débile se tarit et s'écoule goutte à goutte dans le silence critique de mon auditoire comme un ruisselet qui se perd dans les sables du désert.

« Ouais, c'est pas mal, petit », se bornent-ils à me dire.

Ils ne s'intéressent pas à moi, mais ils s'intéressent à Chance. Qu'est-ce qu'il prépare ? Des rumeurs commencent à circuler. On parle d'un grand western. J'apprends que les choses avancent vite, très vite.

Chez Universal, on me dit que Chance a engagé des gens pour figurer les "pionniers", des hommes grisonnants aux visages farouches qui vous filent des cauchemars rien qu'à les regarder, des hommes dont la réputation est pire encore que leur allure. D'autre part, il a vidé une réserve sioux de ses habitants, hommes, femmes et enfants, qu'il a fourrés dans un train pour le Montana sans se soucier du prix. Il semble que le tournage ait déjà débuté. Chance a dû bricoler lui-même le scénario.

J'apprends également qu'il n'a pas pris Noah Beery pour interpréter le rôle principal ainsi que je le lui avais suggéré, mais un petit voyou de dix-sept ans du nom de John Bean qui a les manières d'un pensionnaire de maison de redressement. Bean est un bon acteur, dit-on, mais il ne fait pas courir les foules. Il y a trop de méchanceté dans son regard pour que le cœur du public fonde comme une boule de glace au soleil. Il a eu des ennuis avec la police de Los Angeles, pour des histoires de drogue paraît-il. Qu'est-ce que Hays va en penser ? Et que mijote mon ancien patron ? désirent-ils tous savoir. Qu'est-ce qu'il compte faire avec ce type ? Je me borne à hausser les épaules, à sourire évasivement et à jouer les imbéciles sans répondre. Si quelqu'un doit obtenir des informations sur Chance, ce ne sera pas par ma bouche.

Jour après jour, je frappe aux portes, mais aucun des grands studios ne daigne seulement l'entrebâiller. Ravalant ma fierté, je me rabats sur les petits et les indépendants qu'on surnomme "Poverty Row" – boulevard de la pauvreté –, des compagnies qui sont toujours au bord de la faillite et qui parviennent parfois à récupérer quelques bénéfices de petits films d'une ou deux bobines pour les réinvestir aussitôt dans des productions similaires.

Six longues semaines après ma démission de Best Chance Pictures, je me trouve dans le bureau – à vrai dire plutôt un appentis aménagé que surplombe un poivrier du Pérou qui rend les marches toutes collantes – d'un homme appelé Herbert Farnum qui produit à la chaîne des westerns bon marché ainsi que de pâles imitations des films de Mack Sennett. J'ai à peine fini de débiter mes références qu'il flanque ses grands pieds sur son bureau et me dit : « Donc, vous avez travaillé pour Best Chance Pictures. Qu'est-ce que Chance trafique avec ce western ? On raconte qu'il y injecte une fortune.

– Ça s'est passé après mon départ, dis-je. Je ne suis au courant de rien.

– Il paraîtrait qu'il va le réaliser lui-même, déclare Farnum. On dit qu'avant la guerre, il aurait déjà dirigé des films, là-bas dans l'Est. De ces films d'une ou deux bobines qui en étaient alors à leur début. Mais il ne les signait pas de son véritable nom pour éviter d'embarrasser son père. Le hobby d'un fils de riche. Ça, c'est de l'information, non ? Vous le saviez ?

– Absolument pas. Et je doute que ce soit vrai.

– Ce serait comme ça qu'il aurait connu cette brute de Fitzsimmons. À l'époque où les metteurs en scène de New York louaient les services des petits durs des gangs d'Irlandais – les Plug Uglies, les Hudson Dusters ou les Whyos – pour les protéger des détectives de Pinkerton qui leur cassaient les caméras et tabassaient les membres de leurs équipes parce qu'ils ne se soumettaient pas au monopole de la Motion Pictures Patent. Il semblerait que pour un enfant de la haute, Chance se plaisait à fréquenter les bas-fonds et les voyous.

– De qui tenez-vous ça ?

– Le bruit court, répond-il sans s'engager. Les corbeaux croassent. Comme on dit, un homme finit toujours par être rattrapé par son passé. De plus, s'il fait un film sur cette crapule de Shorty McAdoo, c'est qu'il a un penchant pour la sale engeance. Vous connaissez Shorty McAdoo ? Un vrai méchant, celui-là. Il a travaillé pour moi dans le temps et il n'a fait que me créer des ennuis avec les cow-boys. Haley Carr, ma vedette, a demandé au metteur en scène de le virer. Quand McAdoo a appris pourquoi on le fichait à la porte, il a sauté sur un cheval et a poursuivi Carr sur le plateau d'extérieur, l'a ligoté avec son lasso, puis il l'a traîné sur le ventre dans tout Gower Street. Carr en a récolté tellement de plaies et de bosses qu'on a dû le remplacer. À cause de ce fumier de McAdoo, on a perdu une journée entière à retourner des scènes.

– Eh bien, dis-je, désireux de changer de sujet au plus vite, tout cela est passionnant, mais je suis venu pour du travail.

– Du travail ? » dit-il, ennuyé que je lui rappelle l'objet de ma visite. Le front plissé, il réfléchit un moment. « Voyons, si vous m'apportez des scénarios qui me plaisent, je suis prêt à vous en donner cinquante dollars chaque. Des westerns. Mais c'est strictement en indépendant. Pas question que je paye des scénaristes pour qu'ils flemmardent à mes frais. »

Je me lève. « D'accord. »

En sortant, j'entends Farnum grommeler : « Saloperie de McAdoo. Comment peut-on faire un film sur ce foutu bon à rien ? »

Je reste un instant planté sur la galerie. La sève qui a goutté du poivrier a rendu les planches toutes gluantes. Comment McAdoo va-t-il prendre la nouvelle de son immortalisation ?

C'est seulement un mois plus tard que je l'apprends. En route pour Poverty Row avec un autre scénario stupide à fourguer, je les aperçois tous les deux qui se dirigent vers moi. J'envisage une seconde de changer de trottoir, mais je sais qu'en raison de ma boiterie, ils me repéreront de toute façon. Autant braver la tempête.

Je m'arrête et j'attends. Wylie m'a vu et, tendant le bras dans ma direction, il se penche de toute sa hauteur pour le dire à Shorty, lequel ne semble pas l'écouter et continue à avancer sur ses jambes arquées sans marquer la moindre hésitation.

Ce matin, McAdoo porte une chemise et un pantalon en toile de Nîmes délavée ainsi qu'un Stetson « stockman » neuf de couleur beige dissimulant en partie son visage qui ne paraît pas devoir s'éclairer d'un sourire. Wylie aussi est coiffé d'un chapeau neuf, un grand Carlsbad blanc, de sorte qu'il doit bien mesurer ainsi ses deux mètres dix et qu'il donne l'impression que même la plus douce des brises risquerait de le balayer.

« Tiens, mais c'est ce chien galeux de suceur de bites, dit Shorty à Wylie, dont la grimace montre qu'il approuve tout à fait l'opinion que McAdoo a de moi.

– Je suis content de vous voir, Shorty, dis-je. Je suppose que vous êtes au courant des rumeurs qui circulent. »

Il ne répond pas tout de suite. Ses yeux sont deux puits noirs qui me scrutent sans ciller, avec colère, mais aussi, peut-être, avec lassitude et, qui sait, avec une note de tristesse. Il a l'air plus vieux et plus fatigué que lors de notre dernière rencontre.

« Je t'ai dit une fois que j'étais une vieille pute qui s'est fait souvent baiser, déclare-t-il. Mais je crois pas m'être encore fait baiser comme ça, Vincent.

– Shorty dit que vous y avez vendu son âme. Ouais, il a dit ça. Y l'a dit », intervient Wylie, tout excité.

McAdoo le coupe d'un geste sec : « Ferme-la, Wylie. »

Nous sommes devant un snack dont la vitrine s'orne de rideaux en vichy. « J'aimerais qu'on en parle, dis-je. Je vous offre un café. »

Shorty m'adresse un regard de mépris. « Qu'est-ce qui te fait croire que je vais accepter de m'asseoir à la même table que toi ? »

Je pousse la porte. Une clochette tinte. « Venez. Acceptez au moins de m'écouter. »

L'espace d'une seconde, il semble sur le point de refuser, puis il entre, suivi de Wylie, manifestement mécontent que Shorty n'ait pas décliné mon invitation. Nous nous installons dans un box et nous gardons un silence tendu en attendant les cafés. Quand ils arrivent, tous deux soufflent sur le nuage de vapeur qui s'élève de leurs tasses. Il est clair qu'ils pensent la même chose.

« Je vous croyais au Canada », dis-je enfin.

Shorty pose sa tasse et se roule une cigarette. « Ouais, tu devais compter là-dessus, être débarrassé du vieux Shorty.

– Vous n'avez pas été floué. Personne ne vous aurait donné autant d'argent que moi. Vous ne pouvez pas le nier.

– On s'en fout de l'argent ! »

Le regard de Wylie va de lui à moi. Il prend sa tasse comme pour boire une gorgée, puis il se ravise, jette un coup d'œil sur la tasse de Shorty restée sur la table et repose brutalement la sienne, le nez froncé comme s'il avait senti du poison dans son café. « On s'en fout de l'argent ! répète-t-il en guise de soutien.

– D'après toi, Wylie, d'où vient l'argent qui a permis de t'acheter un chapeau neuf ? » je lui demande.

Il ôte aussitôt son grand chapeau blanc et le presse contre sa poitrine comme pour le protéger. Le Carlsbad est superbe. Fait du plus beau feutre de castor.

« Laisse-le en dehors de ça, intervient McAdoo.

– Alors, dites-lui de s'occuper de ses affaires.

– Shorty, y dit que vous l'avez trahi. Que les gens du

cinéma, y vont en faire la risée de tout le pays. Y vont mettre un joli garçon avec un chapeau blanc et dire que c'est lui. Et aussi avec un pantalon qu'est glissé dans des belles bottes toutes neuves, et puis une selle en argent sur le dos d'un cheval qu'a une grande crinière et une grande queue. C'est ça qu'il a dit Shorty. Et Shorty et moi, on va empêcher ça.

– Bois ton café », lui ordonne McAdoo. Wylie obéit, puis Shorty se tourne vers moi. « J'ai presque rien dépensé de cet argent. Je veux le rendre pour qu'on me vole pas ma vie. J'ai voulu le voir, mais y m'a pas reçu. »

Je secoue la tête. « Je ne travaille plus pour lui. J'ai démissionné il y a un peu plus de deux mois. En tout état de cause, vous ne pouvez plus rien faire. Il paraît que le tournage a commencé.

– Me débite plus de putains de mensonges, Vincent.

– Ouais, plus de putains de mensonges, répète Wylie.

– Vous savez, si je vous ai trompé, c'est parce qu'il m'a lui-même trompé. Dès que je l'ai compris, j'ai donné ma démission.

– Dommage pour moi que t'aies pas compris plus tôt.

– Écoutez-moi, Shorty. Je sais que vous n'avez aucune raison de me faire confiance, mais suivez mon conseil : tenez-vous à l'écart de Chance.

– C'est ma vie qu'est en jeu, Vincent.

– Précisément. Et moi, je vous dis d'aller passer le reste de votre vie au nord. Allez au Canada et laissez tomber Chance.

– Et la fille ?

– La fille est morte, bon Dieu. *Morte*, Shorty.

– Je l'ai vendue, elle aussi, dit-il. J'avais pas le droit de lui vendre la fille s'il raconte pas la vérité.

– Il est un peu tard pour avoir mauvaise conscience, vous ne pensez pas ? »

Shorty prend sa cuillère, la contemple un instant, puis la repose soigneusement. « Tu sais, Harry, dit-il, me fixant de ses yeux noirs, je suis un vieil homme maintenant. Y a beaucoup de choses que j'aurais pas voulu voir arriver, mais tout le monde cherche à sauver sa peau. Tu flanques un chat dans l'eau bouillante, et ou il s'en échappe à coups de griffes ou il cuit. Moi, je voulais pas cuire. Alors, j'ai sorti mes griffes. Je m'excuse pas pour ça. T'aurais fait pareil. Mais ce qu'est arrivé à la fille, y a pas d'excuses pour ça. Non, y a pas d'excuses. »

Wylie se penche au-dessus de la table. D'une voix basse, étranglée par l'émotion, il dit : « Shorty, y s'est occupé de moi. Ouais. Et moi, je fais la même chose pour lui, oubliez pas. » Il se radosse, un sourire satisfait aux lèvres.

« Calme-toi, Wylie, lui dit doucement Shorty. Ce qui est fait est fait. Maintenant, faut voir ce qu'on peut encore réparer. » Il hausse les sourcils. « Pas vrai, Harry ?

– Croyez-moi, il n'y a rien à réparer, dis-je. N'allez pas vous imaginer que vous le pourriez.

– Tu sais, réplique-t-il, il est pas question que j'arrête. J'essayerai jusqu'à mon dernier jour. Je voulais plus te parler, mais tu m'as promis que la vérité, on la saurait.

– Il m'avait promis la même chose. Sinon, je ne l'aurais jamais fait.

– Alors, on dirait qu'on est tous les deux obligés d'essayer de réparer », dit Shorty d'un ton terriblement déterminé.

27

Les chasseurs de loups, bloqués dans la ravine, devaient se contenter d'échanger des coups de feu avec les Assiniboines. Les chances n'étaient pas de leur côté, et ils le savaient. Aucun d'eux n'avait encore été touché, mais ils n'ignoraient pas, et leur expression de bête traquée le prouvait, que leur situation devenait de plus en plus désespérée à mesure que les heures s'écoulaient. Deux ou trois d'entre eux, l'air tout honteux, s'étaient déjà précipités au fond de la ravine pour vider leurs intestins, car la terreur se révélait un puissant purgatif. Hardwick, accroupi, encadré d'Evans et de Vogle, ses deux lieutenants, réunit une espèce de conseil de guerre. Il commença par s'efforcer de redonner du courage à ses troupes : « Vous avez vu ça, les gars, on leur a flanqué une sacrée raclée, hein ? J'ai compté pas moins de quinze ou seize Indiens morts, et nous, pas une seule égratignure. Pour le moment, on est en sécurité. Ils peuvent pas nous déloger, mais c'est vrai que nous non plus, on peut pas les déloger. Si on risque une sortie, c'est quasiment sûr qu'on aura des blessés avant qu'on ait réussi à se mettre à couvert. Et si on reste coincés là, on va cuire dans notre jus, étant donné qu'on a pas beaucoup d'eau et que nos munitions dureront pas éternellement. Et puis, je me demande si y aurait pas d'autres bandes d'Assiniboines dans ces collines. Peut-être qu'ils ont déjà envoyé un messager pour rassembler leurs cousins. »
Une balle siffla au-dessus de leurs têtes et tous tressaillirent.

Hardwick se tourna vers Trevanian Hale, le guetteur. « Comment ça se présente ? Qu'est-ce que t'as vu ?
– J'ai vu que celle-là, elle a bien failli me scalper. Ces salauds visent de mieux en mieux.
– Bon, continue à ouvrir l'œil. Et enlève-moi ce foutu chapeau. »
Hardwick reporta son attention sur le cercle d'hommes à la mine sombre, et Vogle déclara : « Je vote pour qu'on essaye quand même de rejoindre le fort. »
On aurait cru qu'il s'agissait de tirer à la courte paille pour désigner ceux qui allaient mourir. Les chasseurs échangèrent des regards angoissés.
« Je sais pas, dit Evans. Y se sont organisés. En tout cas, autant que des Indiens peuvent l'être. Si on quitte notre abri, y vont nous lâcher une volée d'au moins une trentaine de balles, et je pense pas qu'on s'en sortira tous indemnes. Y en aura bien un ou deux qu'en prendront une.
– Alors, qu'est-ce qu'on peut faire ? » interrogea John Duval. La colère se lisait dans ses petits yeux rouges, tout comme elle se lisait dans la manière dont il cracha.
« La guerre m'a appris une chose, répondit Hardwick. Occuper une hauteur dès que possible. Y a une petite butte sur notre droite. Si grâce à un feu de couverture, on arrive à les obliger à garder la tête baissée, quelques-uns d'entre nous devraient pouvoir prendre position sur cette butte. De là, deux ou trois hommes armés de fusils à répétition manqueraient pas de faire des ravages dans leurs rangs. »
Personne n'osa poser la question qui leur brûlait les lèvres, jusqu'à ce que Duval finisse par se décider : « Qui ?
– Je vous ai déjà dit, les gars, que je supportais pas les lâches, dit Hardwick. C'est pas moi qui vais me dégonfler. »
Il se balança sur ses talons. « Et toi, chef ? demanda-t-il à Evans. T'es partant ? »
Evans continua à fixer le sol devant lui. « Ouais.
– Bon, c'est réglé. Laissez-nous une minute pour récupérer nos chevaux et, dès que je donne l'ordre, vous ouvrez le feu. Et lésinez pas sur le plomb. Que ces fumiers de Peaux-Rouges restent terrés dans leur trou. »

Les hommes allèrent se placer au bord de la ravine pendant qu'Hardwick et Evans conduisaient leurs chevaux en direction de l'extrémité qui montait en pente douce vers la prairie. Au signal d'Hardwick, tous deux bondirent en selle et éperonnèrent leurs chevaux en criant : « Tirez, les gars, tirez ! », et aussitôt, une violente fusillade éclata dans un bruit de tonnerre.

Hardwick et Evans galopèrent à fond de train et, parvenus au pied de la butte, ils sautèrent à bas de leurs montures et escaladèrent la pente en courant. En un instant, ils atteignirent le sommet, puis ils se jetèrent à plat ventre et firent pleuvoir un déluge de feu sur l'ennemi en dessous d'eux, tandis que les autres chasseurs les soumettaient à un tir d'enfilade. Bientôt, un voile de fumée bleutée produit par les armes plana dans l'air immobile, pareil à un miasme mortel.

Soudain, Grace secoua le garçon de l'Anglais par l'épaule et désigna cinq silhouettes qui émergeaient du rideau d'arbres derrière lequel les femmes et les enfants s'étaient réfugiés, cinq silhouettes qui filèrent si vite en terrain découvert avant de disparaître dans les broussailles autour de la colline que le garçon douta même de les avoir vues.

« Y vont prendre Hardwick et Evans à revers, dit Grace. Et puis faire fuir leurs chevaux et leur couper toute voie de retraite. »

Inconscients du danger qui les menaçait, les deux hommes criblaient toujours de balles la position des Assiniboines. Grace hurla à la cantonade : « Y vont arriver derrière Hardwick et Evans ! »

Plusieurs hommes accoururent vers lui et regardèrent en direction de l'endroit qu'il indiquait. On ne voyait rien. Pas une feuille ne bougeait.

« Je vois rien, dit Duval.

— Moi, je les ai vus, dit le garçon de l'Anglais.

— Bon Dieu, comment on va faire pour se sortir de ce pétrin ? fit Duval. On peut pas tirer sur ce qu'on voit pas.

— Faut les forcer à se montrer, dit Grace. Y sont sûrement là-bas dans ces buissons en train de combiner un plan pour se glisser dans le dos d'Hardwick et Evans. Si on charge, y vont décamper sous le coup de la surprise. Ou on les chasse, ou on les tue.

– Va te faire foutre, répliqua Duval. C'est Hardwick qui nous a mis dans ce merdier. Il a qu'à se débrouiller tout seul. »

Leurs chefs partis, les hommes semblaient perdus, indécis. « Oui, en effet, c'est Hardwick qui nous a fourrés dans ce guêpier, dit Grace d'une voix calme. Mais je me souviens pas avoir entendu quelqu'un présenter des objections. » Il se tut un instant. « Et je me souviens pas avoir entendu quelqu'un en dehors d'Hardwick et d'Evans se porter volontaire et accepter de risquer sa peau pour nous tirer de là. »

Personne ne le contredit, mais personne, non plus, ne se proposa pour tenter une sortie. Le garçon de l'Anglais, voyant Grace s'éloigner, pensa que l'affaire était réglée. Or L'Aigle prit un fourreau sur la selle de Trevanian Hale, attacha le sabre au pommeau de la sienne, rangea son Henry dans son étui, cassa son revolver pour vérifier qu'il ne manquait pas une balle, puis le referma d'un geste sec du poignet. « J'ai comme l'impression que ça va être une charge sabre au clair et pistolet au poing », dit-il comme s'il se parlait à lui-même. Aucun des autres chasseurs ne réagit. Grace haussa les épaules, engagea la pointe de sa botte dans l'étrier. « Je le jurerais pas, reprit-il, mais ça m'a l'air d'être des jeunes. Cinq, je crois. Un peu de détermination et ils devraient s'enfuir tout de suite. » Il se hissa en selle, talonna sa monture, et les hommes s'écartèrent pour le laisser passer. « Couvrez-moi », dit-il simplement.

Ils s'exécutèrent. Alors que la salve éclatait, le garçon de l'Anglais courut vers son cheval et bondit en selle. Le dos bien droit, L'Aigle, dont le foulard faisait une tache bleue, se dirigeait déjà au petit trot vers la butte. Le garçon s'élança derrière lui, cependant que les oreilles dressées de son cheval tressautaient comme des crans de mire devenus fous qui s'efforceraient en vain de se fixer sur la nuque de Grace. Après avoir franchi une cinquantaine de mètres, L'Aigle cravacha son cheval qui chargea au galop les buissons entourant la petite colline. On entendit une détonation étouffée, et le hongre de Grace, ses jambes se dérobant sous lui, s'abattit d'un seul coup. L'Aigle passa par-dessus l'encolure, tourbillonna, puis s'écrasa dans la poussière. Il se releva en vacillant, le bras gauche qui pendait, cassé net, le pistolet au poing, tandis que deux jeunes Indiens débouchaient des broussailles, armés l'un d'une hachette, l'autre d'un arc. Grace stoppa le premier d'une balle au moment où le deuxième mettait un genou à terre et lâchait une flèche.

L'Aigle tituba sous l'impact, le revolver tomba à ses pieds et, l'air étonné, il porta faiblement la main à sa gorge. Lancé au grand galop, le garçon de l'Anglais tira deux fois et, les deux fois, rata sa cible. Le jeune Assiniboine poussa un cri de triomphe, se précipita sur L'Aigle qui chancelait, le frappa à deux reprises de son bâton à compter les coups, et il se préparait à courir se remettre à l'abri quand le cheval du garçon de l'Anglais le percuta de plein fouet et le renversa. Il réussit à se relever mais le garçon de l'Anglais se pencha sur sa selle, lui braqua son pistolet en plein visage et pressa la détente.

Sautant à terre, il courut vers Grace. La main droite de L'Aigle agrippait la tige de la flèche plantée dans sa gorge, cependant qu'un jabot rouge sang s'étalait sur le devant de sa chemise. D'un mouvement convulsif du poignet, il brisa la tige, considéra avec surprise les marques et les plumes, puis il s'affaissa. Le garçon de l'Anglais le traîna derrière le cheval dont le cadavre formait un rempart. Haletant, ils s'aplatirent au sol. L'Aigle murmura des paroles que le garçon ne comprit pas. « Ôte-la, supplia Grace un peu plus fort. Ôte-la. » Lorsque le garçon de l'Anglais le fit rouler sur le flanc, il vit, qui dépassaient sur sa nuque, les cruelles barbelures d'une pointe de flèche taillée dans le fond d'une vieille poêle. Il la saisit et tira d'un seul coup, tandis que la chair meurtrie faisait entendre comme un long soupir et, une fois la flèche enlevée, un flot de sang jaillit qui aspergea la manche de la chemise du garçon. Il arracha le foulard de Grace et le fourra en boule dans la plaie. L'Aigle gémit, esquissa un geste vague de la main, tandis que ses yeux devenaient d'un bleu vitreux comme ceux d'un animal égorgé et qu'il chuchotait quelque chose d'une voix inaudible. Le garçon lui souleva la tête pour la placer au creux de son bras. L'Aigle émit une espèce de ronflement noyé dans un gargouillis de sang, puis il étendit ses jambes avec volupté comme un homme qui s'installe confortablement dans son lit. « C'est mieux », souffla-t-il, et il mourut.

Le garçon de l'Anglais perçut une détonation de mousquet suivie du choc sourd d'une balle qui s'enfonçait dans les chairs du cheval mort. Il se jeta de nouveau à plat ventre puis leva le Colt des deux mains ; toutes deux tremblaient de peur. Les feuilles du saule rabougri, du buisson de baies argentées et du merisier pendaient, immobiles. Il essuya la paume de sa main gauche sur la jambe de son pantalon, puis la droite, afin d'avoir une meilleure prise sur la crosse en ivoire du pistolet. À une quarantaine de mètres de lui, les rênes balayant la poussière, son cheval broutait. Et une trentaine de mètres plus loin, les Indiens étaient tapis dans les fourrés.

Cinq. Cinq Indiens, avait dit Grace. L'Aigle et lui en avaient tué deux. Ils devaient donc être trois cachés là.

Il avait la curieuse impression de s'effacer de la scène, d'être extérieur à ce qui lui arrivait. D'où cette deuxième paire d'yeux lui venait-elle ? Il lui semblait qu'il flottait, qu'il regardait tout d'en haut. Il voyait Grace qui gisait mort à côté de lui. Le cheval mort. Les Indiens morts. Il se voyait là, recroquevillé pour se faire le plus petit possible. Il voyait tout cela. Mon Dieu, comme il était petit. Et que Grace avait l'air petit. Et les autres aussi. Il se demanda si lui-même n'était pas mort, un fantôme, qui observait avec ses yeux de fantôme. Il se mordit la langue, violemment, et le goût salé du sang lui prouva qu'il n'était pas encore un spectre.

À l'abri dans les broussailles, ils commencèrent à lui crier après. Du baragouin d'Indiens. À leurs voix, on se rendait compte qu'ils étaient jeunes. Mais c'était un jeune qui avait tué Grace. Si on leur en offrait l'occasion, les jeunes vous tuaient aussi sûrement que n'importe quel brave. Le mousquet fit de nouveau feu. Le garçon s'aplatit davantage et rampa cependant que la balle s'écrasait sur le cuir de la selle.

Il se mit à son tour à crier. Toutes les insanités qu'il avait entendu proférer dans les écuries ou les saloons. Elles jaillissaient de sa bouche comme le pus d'un furoncle percé. Il s'égosilla jusqu'à ce qu'il eût la gorge irritée à force de vouloir crier plus fort que les trois Indiens. Le sang coulait toujours de sa langue et il fallait qu'il le crache avant de pouvoir hurler. Le sang n'avait pas d'importance. Rien n'avait d'importance.

Et puis, de leurs voix cassées d'enfants, ils entamèrent le même chant que First Shoot, pareils à des anges de la mort. Alors, il chanta lui aussi. *John Brown's Body*, à pleins poumons. Il savait que leur chant fini, ils seraient prêts à passer à l'attaque, et il leur faisait savoir que de son côté, il serait prêt à les recevoir. Il reprit deux fois la chanson avant qu'ils n'arrêtent. Alors, il arrêta lui aussi.

Dans le silence oppressant, il entendit un sanglot. Grace ? Il regarda derrière lui. Non, le sanglot ne montait pas de la poitrine de L'Aigle mais de la sienne. D'une voix rauque, il les provoqua : « Venez, sales fils de pute ! Venez donc ! »

Et ils vinrent. N'ayant pas confiance en ses talents de tireur, il attendit, le Colt fermement braqué, les avant-bras appuyés contre la selle, qu'ils soient à bonne distance.

Comme des chiens se ruant à la curée, ils fondirent sur lui. Un salaud de Peau-Rouge trébucha, se releva puis s'élança à la suite des autres en boitant, courageux mais ralenti par une cheville foulée.

Lorsque le premier ne fut plus qu'à cinq pas, le garçon lui logea deux balles dans le corps. Le deuxième était déjà sur lui alors qu'il armait le chien pour la troisième fois. Il eut tout juste le temps de lui enfoncer le canon du Colt dans le ventre et de presser la détente. Sous l'impact, les entrailles déchiquetées, l'Assiniboine bascula par-dessus le cadavre du cheval.

Le troisième approchait, clopin-clopant comme une sauterelle, une lance à la main. Le garçon de l'Anglais visa soigneusement la perle au milieu de son sternum et pressa la détente. Le chien fit entendre un claquement sec. Il arma de nouveau son revolver, appuya. Le chien retomba avec un son creux.

Cassant son arme, il tâtonna pour prendre une balle dans sa cartouchière, voulut l'insérer dans le barillet, mais elle lui échappa. Ses yeux allèrent rapidement de l'Indien maintenant tout près à la cartouche tombée par terre. Son regard accrocha la poignée du sabre. Il la saisit et tira. La lame sortit en sifflant du fourreau à l'instant où le jeune Assiniboine plantait sa lance dans le tweed épais de sa veste, juste sous l'aisselle, et la veste se fendit dans une explosion de boutons. La pointe effleura ses côtes, se prit dans le dos du vêtement, l'arrachant de ses épaules. Il empoigna la hampe de sa main gauche alors que son assaillant tentait de la dégager, puis il lui plongea le sabre dans le corps.

Un moment, ils demeurèrent ainsi, unis dans une étreinte mortelle, les doigts du garçon de l'Anglais noués autour de la hampe de la lance, l'Indien embroché sur la lame, la bouche ouverte comme un poisson hors de l'eau. Juste avant que les traits de l'Assiniboine ne s'altèrent irrévocablement et que ses jambes ne cèdent sous lui, le garçon de l'Anglais le reconnut : c'était le jeune Indien arrogant qui, le matin même, en selle sur son mustang au bord de la rivière, avait compté au passage les chasseurs de loups.

Il commença de s'effondrer, entraînant le sabre avec son poids auquel s'ajoutait l'action de la pesanteur, un poids tel que le garçon de l'Anglais n'en avait jamais eu à soulever, une masse cauchemardesque qui, petit à petit, pliait son bras de même que l'eau plie la baguette du sourcier. Il lutta de toutes ses forces pour que l'Assiniboine agonisant reste debout, et cela avec autant d'énergie qu'il en avait mis à défendre sa propre vie. Parce qu'il savait qu'à l'instant où son bras s'inclinerait jusqu'à terre, il s'inclinerait devant une tombe.

Il en avait vu des horreurs durant sa courte existence, mais rien de comparable à cela. Quand les Indiens finirent par rompre le combat et s'enfuir, les chasseurs de loups sortirent de la ravine et humèrent l'air comme des chiens prudents afin de s'assurer qu'ils pouvaient se mettre à scalper. On aurait dit des enfants qui cherchent les œufs au matin de Pâques.

Ils couraient partout dans l'herbe et à travers les buissons en quête de cadavres à qui ils découpaient le sommet du crâne avant de l'arracher d'un geste brusque, un pied fermement planté sur le corps. Ils poussaient des cris de triomphe et se pavanaient en brandissant les chevelures ensanglantées. Hilare, Vogle flanqua un scalp sur son chapeau et s'amusa à marcher à petits pas comme une dame de la bonne société qui étrenne un nouveau bonnet. De temps en temps, un coup de feu retentissait, annonçant qu'on achevait un Assiniboine blessé.

Ils perdirent un peu de leur superbe en arrivant devant la ravine où les Indiens avaient pris position. Elle faisait plusieurs coudes derrière lesquels se cachaient peut-être encore quelques braves armés de mousquets, prêts à emmener des hommes blancs avec eux dans le Monde Mystérieux. Ils avaient compté dix-huit morts dans la prairie et ils en découvrirent douze autres dans la ravine. Avec les cinq jeunes tués pendant le combat autour de la colline, le total se montait à trente-cinq.

Lorsqu'ils voulurent scalper ceux que le garçon de l'Anglais avait abattus, il jura qu'il tuerait le premier qui porterait la main sur eux. La lueur farouche qui brillait dans son regard les dissuada de mettre sa parole à l'épreuve. Ceux qui avaient fait la guerre entre les États avaient vu des hommes heureux et reconnaissants d'avoir survécu à une terrible bataille, tandis que d'autres en revenaient sombres et ténébreux. Ces derniers, il valait mieux les éviter.

Il refusa de même de les accompagner quand ils partirent parachever la destruction du campement indien, et il demeura assis dans l'herbe à côté de Grace, chassant les mouches au moyen de son chapeau. L'Aigle était trop lourd pour qu'il puisse le hisser sur un cheval afin de le ramener au fort. Il avait besoin d'aide pour cela, mais Hardwick avait déclaré qu'ils s'en occuperaient après s'être attelés à des tâches plus urgentes.

Il regarda les tipis s'embraser et brûler les uns à la suite des autres ainsi que des chandelles. Un noir voile de fumée, parsemé çà et là de taches jaunes, s'éleva paresseusement dans le ciel, pareil à une contusion vieille de quatre jours. Quelques minutes s'écoulèrent, puis il perçut une succession de détonations. Peu après, il vit Vogle gambader en brandissant quelque chose fiché sur un long bâton, une lance peut-être. Avec la fumée, le vent lui apporta des effluves écœurants, semblables à l'odeur de la graisse renversée sur le rond d'une cuisinière. Hardwick avait mis le feu à la réserve de pemmican des Indiens. Il avait en effet annoncé qu'il procéderait comme l'armée et détruirait leurs habitations et leurs provisions pour que les Assiniboines n'aient aucune raison de revenir.

Une heure plus tard, ils réapparurent tout joyeux et riant d'avoir trouvé Little Soldier dans son tipi, trop soûl pour avoir suivi les femmes et les enfants lorsqu'ils avaient quitté le village. Il était assis, une bouteille de whisky à la main, drapé dans « Old Glory », comptant sur la médecine du drapeau des Tuniques bleues pour le sauver. Ce qui les rendait de si bonne humeur, c'est qu'ils lui avaient logé dans le corps autant de balles qu'il y avait d'étoiles sur le drapeau. Après qu'ils avaient vidé leurs armes, Vogle lui avait coupé la tête avec une hachette, puis il l'avait plantée au bout d'un piquet et avait ainsi arpenté le village en flammes pour qu'il voie de ses yeux les conséquences de son attitude grossière et de son manque de respect pour un bien appartenant à un homme blanc.

Sur le chemin du retour, ils avaient débusqué une fille de quatorze ou quinze ans qui se cachait sur les bords de la Battle Creek. Elle devait être partie chercher de l'eau quand la bataille s'était déclenchée et elle était demeurée tapie là. Le garçon de l'Anglais la regarda marcher en trébuchant, les poignets entravés par une lanière de peau attachée au pommeau de la selle d'Hardwick qui chantonnait à l'intention du garçon : « T'as vu la jolie petite poulette qu'on a attrapée ?

– Qu'est-ce que vous allez en faire ? » demanda le garçon de l'Anglais d'une voix pleine d'amertume. Il lui en voulait de ne pas s'être découvert devant le corps de Grace ainsi qu'il l'aurait dû.

« Peut-être la garder en otage », répondit Hardwick, traînant vers le fort la fille qui se débattait comme une génisse qu'on mène au marquage.

28

J'attends près des ruines calcinées du moulin à vent et je le regarde approcher. Wylie, coiffé de son grand chapeau blanc tout neuf, est monté sur un grand cheval blanc tout vieux, tandis que le soleil bas sur l'horizon flamboie derrière lui. Trottant tant bien que mal, le cheval soulève des nuages de poussière sous ses sabots et s'avance comme un bateau trop chargé ballotté sur les vagues. Wylie le ramène au pas, l'arrête, puis se penche vers moi, l'air renfrogné.

« Bonjour, dis-je.

– Qu'est-ce que vous voulez ? » Le regard hostile, une grimace hargneuse aux commissures des lèvres.

« Shorty n'est pas dans le dortoir. Tu sais où il est ? J'aimerais lui parler.

– Peut-être que lui, y veut pas vous parler. Allez-vous-en.

– Peut-être que c'est à lui d'en décider. »

Le cheval est vraiment très vieux. Il a les yeux vides, roses, durs comme des pierres. Ses naseaux sont hérissés de poils blancs, pareils à des piquants de porc-épic. Ses dents jaunies s'acharnent en vain sur le mors cependant que des bulles de salive verte parsemée de brins d'herbe apparaissent aux coins de sa bouche. Ses jambes sont couvertes de cicatrices, et ses sabots fendillés et craquelés s'étalent, larges comme des moules à tarte.

« Fichez-lui la paix à Shorty. Vous y avez attiré assez d'ennuis comme ça.

– D'où vient ce cheval, Wylie ? »

Ma question détourne son attention. Il réfléchit un instant avant de répondre : « Shorty, y tient plus en place ces temps-ci. La nuit, y se lève souvent et s'en va. Il veut pas que je l'accompagne. J'y dis qu'il va tomber dans le noir et se casser une jambe, mais y m'écoute pas. Trois jours de suite, il est revenu, racontant qu'il a vu un cheval errer sur la route. Moi, j'y crois pas, j'ai jamais vu de cheval dans la journée. Et puis un matin, à l'aube, voilà qu'y ramène ce vieux canasson. Quelqu'un l'a abandonné, il a dit Shorty. Quelqu'un qui voulait pas y payer son picotin.

– Je ne suis pas venu pour l'importuner, dis-je. Je désire simplement savoir comment il va. »

Wylie change de position sur sa selle. Le cheval est immobile comme une statue. Wylie regarde autour de lui avec l'expression affolée d'un homme qui cherche une issue dans un cinéma en feu.

« Où est-il, Wylie ?

– Vous y avez causé assez d'embêtements comme ça. Shorty, il s'est acheté un costume noir tout neuf. Tous les jours, y le met et part pour dire ce qu'il a à dire. Y veut juste un mot, mais on le laisse pas approcher de cet homme. "Dégage", qu'on lui dit. Et Shorty, y répond : "On fait un film sur moi. J'ai le droit." "Ouais, et moi, tu vois mes nénés jaunes, je suis la reine du Siam", ils répondent, et ils l'envoient promener. J'ai flanqué mon poing dans la figure au type qu'a dit ça, et maintenant, Shorty veut plus que je vienne avec lui. Reste à la maison, il me dit. J'obéis, mais c'est pas bien ce qu'y font. Le vieux Shorty dans son complet neuf qu'est là à poireauter des heures devant le portail, à guetter cet homme.

– Écoute, Wylie, dis-je. Ce n'est pas la peine que Shorty attende ainsi. Ils sont tous partis tourner le film. En extérieurs. Il ne peut plus rien faire. C'est fini. Explique-le à Shorty. Dis-lui que c'est trop tard. Ce qui doit arriver arrivera. On ne peut plus rien changer.

– Toute la matinée, il est assis là sur les marches dans ses beaux habits. J'y dis de prendre au moins le cheval pour économiser ses forces, mais Shorty veut pas monter sur ce cheval.

– Demande-lui de t'emmener au Canada. Dis-lui que tu veux y aller.

– Vous allez pas vous débarrasser de nous si facilement.» Wylie a le visage fier, qui brille comme de l'albâtre. «Faut que quelqu'un vienne lui parler. C'est quand même Shorty McAdoo.»

Farnum ne m'achète plus mes scénarios. Il prétend que je n'y suis plus du tout et que ce n'est pas à lui de nourrir un auteur de sermons. Comme toutes mes économies vont dans la maison de retraite pour ma mère, j'ai dû me résigner à faire de la figuration. C'est payé quelques malheureux dollars et les studios fournissent en outre les repas. J'ai trouvé ensuite du travail dans un film sur la Révolution française, presque un rôle d'acteur. Une révolution exige la présence de foules réalistes de nécessiteux, et ma boiterie me permet de jouer un *sans-culotte* convaincant. Je suis censé faire mes débuts cinématographiques dans le rôle d'André, un mendiant infirme qui demande l'aumône à un aristocrate méprisant et efféminé qui, de sa canne dorée, l'envoie rouler dans une mare. C'est là que se situe mon grand moment : un gros plan de mon visage maculé de boue qui passe de l'étonnement à la fierté blessée, puis à la rage meurtrière. C'est, nous a confié le réalisateur, l'instant le plus important du film, celui où je deviens un symbole, la personnification du peuple français qui s'éveille au rêve de *Liberté, Égalité, Fraternité*.

Lorsque je me lève à quatre heures du matin le jour de mes débuts, je ne me sens pas au mieux. Et cela ne fait qu'empirer au cours de l'habillage et du maquillage. La fille qui m'enduit la figure de suie note à quel point j'ai chaud. Ce n'est que partiellement vrai. En effet, j'étouffe dans mes haillons comme si j'étais emmitouflé dans un épais manteau, et la seconde suivante, je frissonne et je claque des dents. Mes jambes me font mal. La scène doit se tourner à l'aube, dans le décor d'une rue pavée devant une taverne parisienne. Après avoir attendu une heure durant que les accessoiristes amènent le carrosse du noble, il me semble que mes os sont mous et meurtris. Je me sens de plus en plus misérable et j'ai l'impression que des pouces appuient brutalement sur mes globes oculaires.

On m'appelle. Le carrosse est enfin arrivé. Je m'avance à pas lourds dans une lumière aveuglante qui paraît dégouliner des tuiles en papier mâché du toit de la taverne pour venir percer mes yeux douloureux. Le metteur en scène me hurle ses directives dans un mégaphone, le carrosse cahotant tourne le coin de la rue et s'arrête avec fracas devant la porte de la taverne. Quand je tends la main pour demander l'aumône, il y a comme des ongles qui me griffent la gorge.

Dès que la canne me touche, je tombe. Je n'ai pas besoin de jouer, mais je m'affale sur le dos et non pas sur le ventre comme prévu. On me relève cependant que, à grands cris, le réalisateur réclame une deuxième prise. Le carrosse fait le tour du plateau et revient vers moi, tiré par quatre chevaux, et ses quatre roues tournent à toute allure. Le bout de la canne heurte ma poitrine, je roule dans la boue glaciale et visqueuse. Seulement, j'ai oublié le gros plan. Le metteur en scène explose dans son mégaphone. Et l'étonnement ? Et la fierté blessée ? *Où est la colère légitime des déshérités ?*

On recommence. Quatre fois. Et c'est de pire en pire.

Quelqu'un me reconduit à l'habillage où l'on m'enlève mes haillons sales et trempés. Quelqu'un sort en courant après les avoir endossés, ainsi que mon rôle, tandis que je reste assis sur une chaise, nu et tremblant. Dans la pièce, des gens ne cessent d'aller et venir, et tout ce bruit me donne mal à la tête. Je finis par commander à mes jambes de me mettre debout et je commence à enfiler mes vêtements de ville. Une main plaquée contre le mur pour ne pas perdre l'équilibre, je me débats avec les boutons. Je n'essaye même pas de lacer mes chaussures et je m'en vais en traînant les pieds.

Je prends un tramway. Alors que la voiture est pratiquement vide, j'entends des gens murmurer tout autour de moi, puis je me rends compte qu'il s'agit du frottement de la perche sur le fil aérien. De ma vie, je n'ai jamais été aussi fatigué. Je somnole et je me réveille en sursaut chaque fois que le tramway s'arrête en bringuebalant. Les passagers qui montent se déplacent au ralenti et oscillent dans le couloir central. Pressé de rentrer chez moi, je dois me retenir pour ne pas crier : « Dépêchez-vous ! » Je les regarde avancer en titubant cependant que le chaud soleil californien tape sur les vitres, et j'ai envie de vomir.

Je ferme les yeux pour lutter contre la nausée, si bien que je rate mon arrêt. Tandis que je regagne à pied mon appartement, tout me paraît plus brillant : l'herbe des pelouses d'un vert de sulfate ondule sous le bleu violent du ciel qui vacille, de sorte que le sol sous moi a l'air de faire de même. Je vomis contre une bouche d'incendie. « Un ivrogne », dit une passante d'une voix lourde de mépris.

Jamais un chemin ne m'a semblé si long ni l'ascension de mon escalier si pénible. À chaque palier, il faut que je me repose. J'ai des jambes de plomb, qui trébuchent sur les marches. La serrure recrache ma clé ; je dois m'y prendre à deux mains pour l'insérer. La lumière danse dans ma tête et je tire les rideaux, mais la pénombre forme des remous, un tourbillon criblé d'étincelles qui produit un bruit pareil à celui de l'eau sous pression. Je m'assois dans le canapé. Ma chemise trempée de sueur colle à ma peau. De temps en temps, j'ouvre les yeux et je place mes mains devant pour m'assurer qu'elles m'appartiennent, puis je regarde ce fou trembler, la faible clarté qui filtre entre les doigts écartés et qui tremble elle aussi, comme à l'unisson.

Je reste ainsi pendant des heures, la tête renversée sur le dossier du canapé. Chaque fois que je bouge, je sens et je goûte mon vomi, tandis que le plafond et le plancher chavirent. J'ai le vertige.

C'est seulement en me rendant dans la cuisine que je m'aperçois combien j'ai soif. Je mets ma tête sous le robinet et j'engloutis un flot glacé jusqu'à ce que j'aie froid au-dedans de moi, jusqu'à ce que la sueur sur ma peau rentre par les pores d'où elle est sortie. Affalé contre l'évier, abreuvé et hébété, je fixe la pendule sur le mur. Cinq heures, annonce-t-elle... Impossible !

J'arrache mes vêtements et je me fourre au lit, assommé par des tonnes d'eau, assommé par un besoin irrésistible de dormir. Un rayon de soleil qui filtre par une fente entre les rideaux scintille comme la flamme d'une bougie. La flamme s'éteint lentement. Je dors et je me consume.

Je me réveille en sursaut. Le rayon de soleil a disparu, la bougie a été soufflée. La lumière provient d'une autre source. Je dresse la tête, je distingue un rai sous la porte de ma chambre, puis je me laisse retomber sur l'oreiller. À en juger par le silence qui règne, j'ai l'impression qu'il est tard, peut-être trois heures du matin. Aurais-je dormi dix heures ? Je me sens mieux, mais sans plus. J'ai un mauvais goût dans la bouche, comme si j'avais léché un cendrier. Je suis encore fiévreux, mais épuisé, inquiet et troublé, pareil à un feu agonisant. Quand je passe les jambes au-dessus des draps, en quête d'un peu de fraîcheur, elles me paraissent bizarres, comme si j'avais des muscles aussi fluides que des colonnes d'eau.

Finalement, je ne me sens pas bien du tout. Derrière la porte, j'entends de nouveau les chuchotements des tramways. Un fil aérien dans mon appartement ? Les câbles suspendus au plafond qui, dans l'obscurité, bruissent d'une rumeur insistante ? Des murmures, des murmures, des murmures. Monotones. Un mot ? J'ai cru percevoir un mot. Le tramway s'arrête. Un passager monte. Qui ?

Qui ? Il y a quelqu'un ici.

« Rachel ? »

Une voix moqueuse, une voix d'homme. « Rachel ? »

Je ne suis plus malade, mais j'ai le cœur qui bat la chamade. Je m'assois dans mon lit. C'est la nuit et il y a quelqu'un chez moi.

« Qui est là ?

— Rachel ? répète la voix.

— Chut », dit une autre voix.

Des pas, des pas pesants. Je suis trop faible pour me lever. La porte s'ouvre et deux silhouettes se découpent sur fond noir. L'une d'elles s'avance en longeant le mur, frôle le papier peint, un bruit qui évoque celui d'un léger grattement de toile émeri. La lumière jaillit soudain, et je mets la main devant mes yeux, mais dans le bref intervalle, j'ai reconnu mes visiteurs nocturnes.

« Bonjour, Harry », dit Chance.

Tous deux sont habillés de pelisses d'automobiliste qui leur descendent à mi-mollets à l'image des cache-poussière que portent les cow-boys. Et, ainsi que des cow-boys, tous deux sont tannés par le soleil et le vent, tandis qu'une fine couche de poussière poudre leurs figures. Chance a minci, et il a la peau tendue sur l'ossature de son visage. Fitz aussi a minci qui, adossé au chambranle, se tient les bras croisés sur le devant de son pardessus couvert de taches.

« Comment êtes-vous entrés ? » J'ai la bouche sèche et j'ai du mal à former les mots.

« Nous avons frappé mais vous ne répondiez pas, dit Chance. Vous devriez songer à fermer votre porte à clé avant de vous coucher, Harry. » Il sourit. « Encore que cela n'aurait pas changé grand-chose. Fitz est un expert en serrures.

– Quelle heure est-il ? »

Chance consulte sa montre. « Quatre heures. »

Fitz a un rire bref.

« Qu'est-ce que vous faites ici, dans mon appartement ? » Soudain soupçonneux, je sens la colère monter en moi.

Un léger sourire flottant sur ses lèvres, Chance lève les yeux au plafond.

« On cherche des papiers, déclare Fitz.

– Des papiers ? Quels papiers ?

– Allons, Harry, ne vous énervez pas, dit Chance. Nous avons pensé que vous aviez peut-être omis de nous remettre tout ce qui a trait au film. Des notes, des ébauches de scénarios, des documents que nous n'aimerions pas voir circuler et dans lesquels nous ne voudrions pas que les gens fourrent leur nez. Nous tenions à régler les derniers détails. Sur le plan légal, j'entends.

– Alors, qu'avez-vous découvert en grands détectives que vous êtes ? Rien, bien sûr. Car, comme convenu, je vous ai tout donné. Et à propos de plan légal, il me semble que vous vous êtes introduits chez moi par effraction.

– Et si tu la fermais un peu, dit Fitz.

– Oui, s'il vous plaît, Harry, taisez-vous donc et ne faites pas tant d'histoires. Je vous certifie que nous avons tout remis en place. Les lettres à l'évidence personnelles, nous ne les avons pas lues. De plus, nous avions une autre raison de vous rendre visite. Nous avons des nouvelles qui ne manqueront pas de vous intéresser.

– À savoir ?

– Le tournage du film est terminé. Quatre mois de travail acharné. Vous ne pouvez pas imaginer les difficultés que nous avons dû surmonter. Et maintenant, Fitz et moi, nous passons des jours et des nuits au volant pour rapporter les rushes en vue du montage. Des trajets exténuants. Certaines des routes du Montana, du Wyoming et de l'Utah sont terriblement mauvaises, à peine meilleures que des pistes de troupeaux. Vous permettez que je m'assoie ? » Il n'attend pas ma réponse, tire une chaise qu'il pose à côté de mon lit, puis s'y installe avec un soupir. « Voilà, dit-il. Je me sens mieux. »

À l'idée que Chance puisse s'incruster, la panique me gagne. « Si cela ne vous dérange pas, j'ai été toute la journée malade comme un chien, tout juste capable de tenir debout, et...

– Vous avez entendu, Denis ? Notre ami Harry a été malade comme un chien. Maintenant qu'il en parle, je dois dire que, en effet, il a une très vilaine mine. Vous ne trouvez pas ?

– C'est juste, il a l'air salement patraque, si vous voulez mon avis.

– Et je me sens salement patraque. De plus, votre présence n'arrange rien.

– Je pense que vous aimerez beaucoup notre film. » Chance croise les jambes et ramène les pans de sa pelisse sur ses genoux. « Et en particulier l'interprétation du jeune homme qui joue le héros. Il traduit magnifiquement le caractère impitoyable et visionnaire de Mr. McAdoo.

– Dans ce cas, il traduit ce qui n'existe pas. Et votre film également. Shorty McAdoo n'est qu'un vieil homme malheureux qui souffre d'un profond sentiment de culpabilité.

– Certes, mais il a été jeune un jour, n'est-ce pas ? Voyons, Harry, ne soyez pas aussi amer. Et je vous en prie, ne nous gratifiez pas d'une de vos leçons de morale. C'est cela que j'ai eu le plus de mal à admettre dans votre lettre de démission. Je n'avais pas besoin de vous, il est vrai, et d'ailleurs, je n'ai jamais eu besoin de vous, mais que l'homme à qui j'avais ainsi ouvert mon cœur et révélé la hauteur de l'enjeu tente de se laver les mains de cette affaire, c'est cela qui m'a le plus déçu.

– Je me suis expliqué dans ma lettre. Je ne pouvais pas écrire votre scénario parce que je manquais d'expérience, et de talent. »

Chance avance la main et me pose un doigt impératif sur les lèvres pour m'empêcher de continuer. « Allons, allons, Harry, dit-il d'un ton froid. Je ne suis pas idiot. Je sais le genre de pensées qui traversent l'esprit d'un jeune homme. Vous voulez croire que vous avez obéi à votre conscience. Pour moi, il ne s'agit que d'une pure hypocrisie, parce que, tout au long de vos entretiens avec lui, vous n'avez eu aucun scrupule à mentir à McAdoo, à le tromper. Et pourquoi ? Je vais vous dire pourquoi, Harry. Parce que vous avez une mère malade pensionnaire d'un établissement de luxe et que je vous payais cher pour le tromper. Et surtout, me semble-t-il, vous êtes un jeune homme intelligent qui s'est hissé à la force du poignet, mais seulement jusqu'au point où il s'est rendu compte que pour aller plus haut, il lui fallait de l'aide. Et cette aide, j'étais celui qui pouvait la lui apporter. N'est-ce pas, Harry ? »

Je refuse de répondre.

« Vous avez employé l'excuse de la nécessité pour vous justifier à vos propres yeux. Vous ne pouviez pas faire autrement, et je vous comprends, Harry. » Il me tapote le bras à la manière d'un médecin au chevet d'un malade. « Parce que je crois que la véritable moralité consiste à reconnaître la nécessité, et puis à rassembler son courage pour agir en conséquence. Et c'est ce que vous avez fait – tant bien que mal. Mais là où nous ne sommes apparemment plus d'accord, c'est que, pour ma part, j'estime que la moralité n'est honorable que dans la mesure où nous la suivons jusqu'à sa conclusion logique et où nous la laissons nous guider aussi bien dans le cadre des problèmes majeurs que dans celui des problèmes mineurs.

– Les problèmes majeurs ? Je ne vois pas de quoi vous voulez parler.

– Serait-ce quelque chose que j'aurais dit à propos des Juifs qui vous a fait prendre la mouche, Harry ? Fitz m'a appris que vous entreteniez une relation amoureuse avec une Juive, une certaine Rachel Gold, paraît-il. Je n'ai pas d'objection à de telles alliances du moment qu'elles restent purement physiques. Livrez votre corps à une femme s'il le faut, mais n'oubliez jamais de conserver intactes votre indépendance et votre intégrité. Je soupçonne cette femme d'avoir exercé une influence sur vous. Les Juifs sont un peuple sentimental et exalté, Harry. Il suffit de regarder leurs films pour s'en apercevoir. C'est pourquoi ils sont si dangereux. La morale de la nécessité, la morale de la survie, n'a pas de place pour la sentimentalité. Les bolchevistes ne sont pas des sentimentaux. Les fascistes ne sont pas des sentimentaux. Les Américains qui ont bâti ce pays n'étaient pas des sentimentaux eux non plus. Loin de là. Vous désirez des preuves ? Pendant que j'effectuais des recherches pour notre film, je me suis fait un devoir de lire tous les journaux intimes et autres documents écrits par les premiers marchands et les premiers colons. Quelque chose a produit sur moi une forte impression, deux simples phrases datées du 30 septembre 1869 : "Déterré des pommes de terre ce matin. Tué un Indien." C'est tout. Nul remords ou examen de conscience. Parce que l'auteur de ces lignes savait que son ennemi ne se serait abandonné à rien de ce genre si c'était lui qui l'avait tué. L'Indien, pourrait-on dire, était un bolcheviste en pagne. Tuer ou être tué. Ni l'un ni l'autre n'ignorait que tout compromis entre eux était impossible.

– Peut-être que ce n'était pas à l'Indien de faire des compromis. Vous n'y avez jamais pensé ?

– Qu'est-ce que vous auriez préconisé, Harry ? Vous auriez choisi de vous offrir au poignard parce que vous êtes peut-être dans votre tort ? L'histoire distribue les cartes et c'est à nous de les jouer. Nous ne choisissons pas nos ennemis. Ce sont les circonstances qui les choisissent pour nous. Je connais les ennemis qui menacent mon pays, mais je me refuse à m'offrir à leur poignard. » Il se penche dans sa chaise, une main appuyée sur mon lit. « Je ne prêche rien de neuf, Harry. Je répète seulement ce que le Christ et Abraham Lincoln ont dit avant moi : "Tout royaume divisé contre lui-même court à la ruine." C'est une réalité.

– De quoi voulez-vous parler ? Des immigrants ?

– En partie, oui.

– Des immigrants comme Fitz ? Des bouseux et des bouffeurs de patates ?

– Va te faire foutre, dit Fitz, resté planté sur le pas de la porte.

– Harry, vous répondez à des réflexions lucides par des réflexions qui ne tiennent pas debout. Croyez-vous Fitz capable d'écrire : "Déterré des pommes de terre ce matin. Tué un Indien" ? »

Le tournage du film a manifestement marqué Chance. Son visage rond est devenu presque émacié, et ses yeux... ses yeux semblent m'implorer.

« Le royaume ne doit pas courir à la ruine. Lincoln a mené une guerre afin de l'éviter, il a opposé le frère de sang au frère de sang. Et puis Mr. Griffith a fait un film, *Naissance d'une nation*, et il a réconcilié le sang du Nord et le sang du Sud dans le calice de l'art. Aujourd'hui, nous devons accomplir un pas de plus. Si Griffith a écrit l'histoire avec la foudre, le temps est venu de la réécrire avec la foudre. Oui, réécrire l'histoire de l'étranger, effacer totalement ces fleurs sentimentales de la mémoire et éclairer son esprit par la gloire de la foudre américaine.

– Par vos idées, vous voulez dire.

– Bien sûr, par mes idées. Et par les vôtres aussi. C'est ce que je suis venu vous dire. Vous figurerez au générique en tant que scénariste.

– Allez vous faire voir avec votre générique. Je ne veux pas que mon nom soit associé à ce film. » Chance se radosse dans sa chaise. Il sourit vaguement, au mur, à Fitz. « Harry, vous ne pouvez pas nier vos responsabilités et prétendre n'y être pour rien. Judas lui-même a joué un rôle dans l'enseignement du Christ. Avez-vous oublié nos conversations ? Je ne saurais trop insister sur l'importance qu'elles ont eues pour moi. Discuter avec quelqu'un doté de l'intelligence de comprendre ce que je disais, quelqu'un qui, au contraire de Fitz, était à même de saisir mes idées, voilà qui m'a donné la foi et le courage de poursuivre mon œuvre. Sans parler de la manière dont vous avez baladé McAdoo avec tellement de doigté qu'il s'est à peine aperçu qu'il avait mordu à l'hameçon, ce que ni Fitz ni moi n'aurions pu faire. Il n'est pas douteux que c'est vous et vous seul que je dois remercier pour McAdoo. » Il s'interrompt un instant et, la tête inclinée, il pèse ce qu'il s'apprête à dire. « Tout à l'heure, quand j'ai dit que je n'avais jamais eu besoin de vous, je confesse que je mentais peut-être un peu. La franchise m'oblige à l'avouer. Mais quand vous avez affirmé ne pas avoir assez de talent pour écrire mon scénario, vous aviez raison. Je ne le savais pas alors et je me suis senti simplement trahi. Votre trahison m'a cependant procuré la détermination qu'il me fallait pour achever ce que vous aviez commencé. Ou, pour le formuler autrement : le Christ aurait-il pu supporter la crucifixion sans qu'il ait le visage de Judas devant lui ? Pourtant, je peux vous pardonner votre déloyauté et reconnaître combien votre concours m'a été précieux. » Il me considère un instant, escomptant des remerciements. Devant mon silence, ses yeux bleu vif se voilent sous le coup d'une émotion inconnue, à moins qu'ils ne se voilent de fatigue. « Vous pouvez me renier, Harry, mais vous ne pouvez pas renier le rôle que vous avez joué dans l'élaboration de mon film. Voilà ce que je tenais à vous dire. » Il se lève. Je devine que, malgré son épuisement, il hésite à partir. Il ne souhaite pas me laisser ainsi. Il finit néanmoins par conclure : « Je vous ferai envoyer une invitation pour la première. Tout

Hollywood sera là. J'attends ce moment avec impatience. » Il se dirige vers Fitz et la porte.

« Tout Hollywood sauf moi ! je crie à l'intention de son dos. Je ne veux pas de votre invitation ! »

Il s'arrête et se retourne. Puis il balaye l'air d'une main, à la recherche de ses mots. « Mais si, vous la voulez, dit-il enfin d'une voix douce. Parce que vous désirez voir ce que vous avez fait. »

Sur ce, tous deux disparaissent.

29

Dehors, il faisait nuit noire. Ils étaient assis dans la salle du comptoir de Farwell à la lueur blafarde d'une lampe à pétrole qui projetait d'immenses ombres sur les murs en rondins chaque fois que l'un des chasseurs de loups se levait pour prendre la bouteille de mauvais whisky posée sur une barrique et boire une rasade. De temps en temps, quand Frenchie Devereux changeait de position sur le toit de boue séchée recouvert de gazon où il montait la garde, un peu de terre se répandait sur le sol de la pièce. Il y avait également quatre hommes postés à chaque coin de l'enceinte.

Farwell, affalé sur un sac de farine, se tenait la tête entre les mains. Hardwick lui avait fait clairement comprendre qu'ils partiraient dès le lendemain, et il savait que s'il ne les suivait pas, les Indiens ne manqueraient pas de le tuer en raison du rôle qu'il avait joué dans les événements de la journée. Moses Solomon allait également abandonner son comptoir. Ses rapports avec les Assiniboines n'avaient jamais été bons et sa situation était tout aussi précaire que celle de son concurrent. Un Blanc ou un autre payerait pour la trentaine de cadavres que les coyotes avaient déjà entrepris de déchiqueter. Les deux hommes envisageaient de charger le maximum de marchandises dans des charrettes de la Red River pour les ramener à Fort Benton, puis de brûler les comptoirs et tout ce qui restait afin d'éviter que les Indiens ne s'en emparent.

Hardwick, avec sa brutalité et sa cruauté, avait réduit à néant le travail de tout un hiver.

Le garçon de l'Anglais était assis par terre à côté du corps de L'Aigle enveloppé dans un linceul fait d'une peau de bison et solidement lié à l'aide de lanières de peau. En face de lui, tassé dans un coin, Scotty le fou jetait des regards terrifiés par-dessus son carnet. Les autres jouaient aux dés sur une couverture étalée à même le sol et ricanaient comme de mauvais élèves en entendant les bruits qui s'élevaient de l'arrière-salle. « Mon Dieu, écoutez-moi ces halètements de locomotive, plaisanta Hardwick. Harper, peut-être que tu devrais entrer et mettre un peu de charbon dans la chaudière pour qu'y puisse aller jusqu'au bout. »

Le prochain serait le garçon de l'Anglais, et il se demandait ce qu'il dirait. Quand on l'avait offerte à Scotty, il avait refusé d'un geste et Hardwick s'en était offensé. « Pourquoi tu veux pas ? » demanda-t-il.

L'Écossais étreignit ses genoux comme s'il s'agissait de sa sainte femme de mère, puis il répondit doucement : « Je suis un gentleman et un gentleman ne fait jamais de mal à personne.

– Prends pas tes grands airs avec moi, répliqua Hardwick.

– Je suis un gentleman », redit Scotty dans un murmure. Hardwick le gifla. « Vas-y.

– Je suis un gentleman. »

Chaque fois qu'il disait non, Hardwick le giflait en répétant : « Vas-y. Vas-y. » Finalement, il l'empoigna par le col de sa veste et le traîna jusqu'au milieu de la pièce. C'est seulement quand l'Écossais se mit à pleurer qu'il s'estima satisfait et que, hilare, il le laissa regagner en rampant son coin où il se tapit, les épaules secouées de sanglots, l'air aussi perdu qu'un orphelin.

Le garçon de l'Anglais désirait refuser à l'exemple de l'Écossais, mais il n'était pas idiot. Son double, la colère noire qui couvait en lui, guettait, prêt à exploser ainsi qu'un abcès trop mûr. Brûlant et douloureux comme l'estafilade qu'il avait à la cage thoracique, faite par la lance. Peut-être valait-il mieux ne pas courir le risque qu'Hardwick appuie de son doigt sale sur cet abcès. Peut-être devrait-il se résoudre à entrer dans l'arrière-salle, parce que, si jamais Hardwick levait la main sur lui, il ne jouerait pas les doux agneaux comme Scotty. N'y avait-il pas eu bien assez de sang versé pour aujourd'hui ?

Dans l'arrière-salle, la locomotive accélérait. Il avait entendu tout un hiver ce genre de bruits dans le bordel de Sioux City, Iowa. À la fin d'un mois de novembre, mort de faim et de froid, il avait frappé à cette porte, car la grande maison lui avait paru accueillante. Peut-être que les riches qui habitaient là lui donneraient un repas chaud en échange d'une tâche quelconque à accomplir. La femme qui lui ouvrit demanda : « Qu'est-ce que tu veux, petit ramoneur ? » Il le lui expliqua, et elle l'envoya fendre des bûches pour le poêle. En ce matin d'hiver, le manche de la hache lui mordit les doigts comme de l'acier gelé, mais il tint le coup jusqu'à ce qu'il obtienne une bonne pile, et il coupa même un stock de petit bois. Après quoi, la femme le nourrit de pain beurré et de porridge avec du lait et du sucre. Il en engloutit trois bols entiers.

Voilà comment il se retrouva à travailler dans une « boîte à vérole ». Pour un coin où dormir près du poêle et trois repas par jour, il coupait du bois, montait l'eau pour la toilette des putains, étrillait et harnachait l'attelage de Beaky Sal qui aimait bien faire de temps en temps le tour de la ville en boghei pour, comme elle disait, se débarrasser de l'odeur de foutre. Le seul argent qu'il touchait, c'étaient les pourboires. Un rupin l'envoyait chercher des cigares, ou une bande de traîne-savates un seau de bière au saloon voisin. Quand il faisait vite, on lui lançait un penny. Un jour, il avait même couru pour rapporter un sachet de pastilles de menthe à un vieux notable, pilier de respectabilité, qui craignait de rentrer chez lui et de s'attabler devant le rôti de porc de sa femme avec l'odeur du péché dans son haleine.

Il y avait une chose dont il pouvait témoigner, c'est que, si les prostituées avaient un cœur en or, il n'était que plaqué et il s'écaillait facilement. La plupart des filles de Beaky Sal étaient allemandes, et elles se bagarraient jour et nuit, écorchant de leur langue gutturale les oreilles du garçon qui finissait par s'imaginer qu'une lime rouillée allait et venait sous son crâne. En raison de leur profession, elles tendaient à adopter des manières un peu trop libres à son goût, et il arrivait à certaines de soulever leur jupe et de s'accroupir sur le pot de chambre pendant qu'il balayait la pièce à côté d'elles.

Non, l'or il ne l'avait pas trouvé, sauf chez Selena. Son père l'avait vendue vingt dollars à Beaky Sal alors qu'elle n'était encore qu'une enfant de douze ans et qu'il traversait Sioux City, en route pour les filons du Montana. Il était veuf et Selena le ralentissait dans sa course à la fortune. Il l'aurait peut-être gardée, dit-il, seulement elle était à moitié sourde, et pour un homme de son âge, crier tout le temps constituait une épreuve épuisante.

Selena était maigre comme un clou, mais Beaky Sal pensait que si elle parvenait à la faire grossir, les clients payeraient un bon supplément pour une jeunesse à la chair fraîche. Malheureusement, Selena ne se rempluma pas et les clients préféraient les Allemandes grasses et roses qui leur jouaient la comédie avec entrain, alors que Selena ressemblait au mieux à la femme d'un entrepreneur de pompes funèbres. Ils prétendaient qu'à sa vue, leurs quéquettes pendaient comme du linge mouillé par une journée pluvieuse. Beaky Sal en fit donc la bonne à tout faire de la maison, chargée de laver les draps et de vider les pots de chambre. Toutes les putains semblaient la prendre pour leur esclave personnelle ; elles la couvraient d'injures au moindre prétexte, la pinçaient et la giflaient pour la moindre bévue, et parfois même par pure méchanceté. Une après-midi, une fille du Kentucky qui se faisait appeler Beulah Belle tira les cheveux de Selena parce qu'elle ne trouvait pas l'eau dans la bassine assez chaude à son gré. Entrant à ce moment-là, le garçon lâcha dans le coffre à bois la pile qu'il portait sur les bras, puis il botta le cul de Beulah Belle.

Le bruit se répandit qu'il avait le coup de pied d'une mule du Missouri, si bien que les putains laissèrent Selena un peu tranquille. Il supposait que c'était pour cette raison qu'elle se montrait gentille avec lui. Ça, plus les bonbons et les boutons. C'était une gamine si pauvre, si brave, qu'il ne pouvait s'empêcher d'avoir pitié d'elle. Parfois, quand il récoltait un pourboire, il lui achetait pour un penny de sucre d'orge. Il savait qu'elle adorait les douceurs. Beaky Sal lui flanquait une claque chaque fois qu'elle la surprenait les doigts dans le pot de confiture.

Selena n'était pas comme lui. Toutes les brutalités qu'il avait subies et subissait, il les gardait dans un coin de son esprit, tandis que chez elle, elles paraissaient passer comme la lumière au travers d'une vitre. Elle ne conservait pas en elle une particule de colère. Pas la moindre. Elle emmagasinait le sucre comme lui il emmagasinait la haine, puis elle distribuait les douceurs au compte-gouttes. Sa bouche avait un parfum de douceur. Elle ne vous gratifiait que rarement d'un sourire, mais il n'en était que plus précieux. Ce n'était pas le large sourire factice des putains, mais un petit sourire gentil et entendu. Car elle savait. Oh oui, elle savait.

Si l'Anglais ne l'avait pas engagé, il serait peut-être encore dans ce bordel de Sioux City. Il était sur la galerie, occupé à affûter les couteaux à découper de Beaky Sal quand l'Anglais s'arrêta devant lui en plein soleil, paré de ses beaux vêtements, à la recherche d'un peu de plaisir avec une femme chic. Il monta les marches et, avant d'entrer, il se baissa pour prendre un couteau dont il vérifia le fil sur le gras de son ⌐ pouce.

Son père lui avait affirmé que personne n'était capable d'aiguiser un couteau aussi bien que lui. Un jour, avec l'un d'eux, il avait réussi à couper boucle après boucle un cheveu frisé sans le faire pratiquement bouger. Dawe lui demanda s'il savait écorcher. Oui, même écorcher une sauterelle, répondit-il. L'Anglais lui apprit qu'il allait dans l'Ouest chasser le bison, l'ours, le cerf, la chèvre des montagnes, le puma et le mouflon. Il comptait ramener leurs peaux dans la vieille Angleterre et, à cette fin, il avait besoin d'un excellent écorcheur et de quelqu'un pour porter ses armes. Un porteur de fusils, comme il dit. Ils vivraient des aventures passionnantes, déclara-t-il. Et la paye était plus que bonne.

Ainsi, l'Anglais recruta le garçon. Celui-ci promit à Selena que, les poches remplies d'or anglais, il reviendrait la chercher. Elle aurait une robe neuve sur laquelle elle pourrait coudre ses boutons. Elle mangerait du pain blanc et du miel, elle boirait de la limonade. Il l'entraînerait loin de cet endroit.

Il l'emmena faire une promenade afin de pouvoir lui expliquer tout cela en criant. « Quand ? demanda-t-elle. Quand ?

– Dès que j'aurai les poches pleines d'or anglais. »

À la façon dont les événements avaient tourné, il savait à présent qu'il ne tiendrait jamais sa promesse.

John Duval sortit de l'arrière-salle en remettant ses bretelles. Hardwick hurla : « Ici, c'est satisfait ou remboursé !

– Je me plains pas, dit Duval, qui se dirigea vers la bouteille de whisky en se pavanant comme un dindon.

– Tu sais, reprit Hardwick, c'est pas la beauté qui compte. Maintenant, au tour des jeunes. Y a rien qu'un jeune aime autant qu'une bonne chevauchée. » Tous s'esclaffèrent. « Regardez-le, raide comme un manche de houe. » Ils se tournèrent vers le garçon de l'Anglais qui se leva, puis ils le suivirent des yeux tandis qu'il écartait la couverture servant de rideau pour disparaître derrière.

Une unique chandelle répandait une faible lueur. La fille, nue, était couchée sur le ventre sur une paillasse posée par terre, le visage enfoui dans les couvertures. Elle n'esquissa pas un geste, ne dressa même pas la tête pour voir qui venait d'entrer. La pièce était vide à l'exception d'un tabouret renversé. Le garçon de l'Anglais le ramassa et s'assit.

Les cheveux d'un noir de jais répandus sur ses épaules, les fossettes au creux de ses reins et le galbe de ses fesses produisirent sur lui leur effet. Il aurait voulu qu'elle fasse un effort pour se couvrir, mais elle gisait là, immobile comme une morte. Elle respirait cependant. Il voyait sa cage thoracique se soulever rapidement comme la poitrine d'une colombe. Il demeura un instant sans bouger puis, afin que les hommes à côté ne l'entendent pas, il murmura : « J'ai pas l'intention de te faire du mal. Je vais juste rester là une ou deux minutes. » À peine avait-il dit cela qu'il se sentit stupide à parler ainsi en anglais à une squaw qui ne pouvait pas comprendre. Elle n'avait pas réagi à sa voix, comme si elle était aussi sourde que Selena.

Excité par la vue de ce corps mince et cuivré, et quelque peu honteux, il ne savait pas où poser son regard. Il jeta un coup d'œil autour de lui et aperçut les vêtements de la fille roulés en boule dans un coin. Marchant sur la pointe des pieds, il alla les chercher. Aussitôt, il réalisa que c'était une erreur, car il n'osait pas s'approcher pour les lui donner. Il se rassit sur le tabouret et étala la robe sur ses genoux pour la défroisser.

Cinq jolis boutons. Il les avait achetés pour Selena, pour sa robe. Des boutons de nacre qui brillaient de toutes les couleurs de l'arc-en-ciel. Afin qu'elle ait la surprise de les découvrir, il les avait emballés dans un bout de papier trouvé par terre.

Il aimait lui faire des cadeaux. Son visage s'éclairait alors comme une lampe. Elle étala les boutons sur la table, à l'endroit où les rayons de soleil dansaient sur eux. Les compta dans sa paume. Ferma le poing dessus comme un coffre-fort. Sourit et lui fit signe.

Le garçon la suivit, trois étages jusqu'au grenier poussiéreux. Ils restèrent un instant face à face. Il devinait qu'elle avait un but. Elle se mit à l'embrasser, doucement, plusieurs fois. Il ne la prit pas dans ses bras. Il ne savait pas comment faire. Peut-être crut-elle qu'il préférait ainsi.

Elle lui baissa son pantalon. À genoux, son gentil petit sourire aux lèvres, elle se contenta de le caresser d'une main légère, sur les fesses, les cuisses, les mollets. Et lui, il frissonnait, au bord de la pamoison, et il tirait sur sa chemise pour cacher ce qui lui arrivait.

« Non, non », souffla-t-elle. Elle se releva, puis elle fit passer sa robe au-dessus de sa tête. Il n'y avait que peu de lumière, mais assez pour la voir qui, mince et pâle, se baissait pour poser les boutons sur la robe. Elle revint vers lui, l'embrassa de nouveau et, cette fois, il l'étreignit. Ensuite, ils s'allongèrent par terre. Le soleil frappa une fenêtre sale et Selena apparut à ses yeux, éblouissante, aussi blanche que de la neige sur laquelle tranchaient les deux taches sombres de ses bouts de sein. Il se borna à l'embrasser. Il ne savait pas quoi faire d'autre.

Elle le guida en elle. Il se perdit dans le plaisir de ce puits chaud et humide. Il ne demandait rien de plus, juste être là, à sucer ses seins menus. Quelque chose se produisait entre eux pendant cette fusion, et il avait l'impression que les ténèbres au-dedans de lui aspiraient la lumière de son corps à elle.

Lorsqu'elle commença à bouger les hanches, il la serra fort. Il la sentait qui essayait de se fondre à lui et il désirait de même se fondre à elle. Il avait entendu les hommes en rut avec les putains, leurs grognements quand ils poussaient leur membre dans un autre corps au cours d'un bref instant de noirceur honteuse. Là, c'était différent. Il était inondé de lumière.

Une rougeur envahit les épaules blanches de Selena, son cou, ses joues. Soudain, elle s'arqua, et il retint sa respiration, de même que ce qu'il s'apprêtait à déverser en elle, puis il pénétra en silence dans le monde silencieux de la fille sourde.

Il leva la tête, vit que la jeune Indienne s'était tournée vers lui, vit un monde silencieux et aveugle. Les yeux noirs et vides ne reflétaient rien. Lorsqu'il parla, ses traits, comme ceux de Selena, n'exprimèrent rien. Rien ne bougeait dans ce visage hormis les lèvres enflées qui s'ouvraient et se fermaient, s'ouvraient et se fermaient.

Le garçon de l'Anglais se mit debout, écarta la couverture et entra dans l'autre pièce. Hardwick demanda : « T'as fait ton affaire ? On se disait que t'aurait peut-être besoin d'aide pour te déboutonner. C'était comme dans une tombe là-dedans.

– Je suis pas une bête, répliqua-t-il.

– Qui est-ce qui veut remettre ça ? interrogea Hardwick. Moi, je reprends toujours une deuxième part de gâteau.

– Scotty veut pas de la sienne, y me la donne, dit Bell.

– À ta place, j'irais pas », lança le garçon de l'Anglais. Ils se tournèrent vers lui. La dureté de sa voix et ses yeux blessés brûlants de fièvre, qui brillaient comme du mica au milieu de sa figure torturée, les firent sursauter. « Regardez-moi. » À son ton impératif, les joueurs de dés eux-mêmes interrompirent leur partie. « Vous me reconnaissez pas ? »

Ils le dévisagèrent, puis Hardwick demanda tranquillement : « Qui t'es censé être ?

– Le Maudit. » Il désigna le cadavre étendu par terre. « Demandez à Grace. Demandez à mon Anglais mort. Et à Hank le fermier... Dieu seul sait ce qui lui est arrivé. » Il se tourna vers le coin de la pièce. « Tu me connais, l'Écossais, n'est-ce pas ? L'Écossais ignore pas qu'y a rien qui porte plus malheur que la semence du démon. » Il s'adressa ensuite à Bell : « Vas-y, couche avec elle, plonge-toi dans le foutre de Satan, remue-le, et tu verras bien quel sort t'attend. »

Bell déglutit, se rassit par terre.

« Il a raison, reprit le garçon. Faut pas me toucher. Qui je suis, d'après vous ? Personne m'a demandé mon nom. Je vais vous dire qui je suis. Je suis ce que le ventre noir de la baleine a pas pu digérer. Je suis votre Jonas. » Il parcourut la pièce du regard. « Si y en a un qui veut vérifier, il a qu'à aller mêler sa semence à la mienne. Y saura alors si je mens. »

Aucun des chasseurs ne bougea. Il traversa la salle, suivi par son ombre qui se cassait le long des murs en rondins, puis il poussa la porte. L'air froid ne calma pas sa fièvre, ni son désir. Le corps en feu, il se débattit avec les boutons de son pantalon. *Je suis comme eux. Je suis comme eux. Je la voulais autant qu'eux.* Vite, sauvagement, il se soulagea, puis il s'appuya contre le mur du comptoir et, comme les autres, termina par un cri.

Les charrettes de la Red River, chargées de marchandises, attendaient pour partir vers le sud et Fort Benton. En selle, les chasseurs de loups s'apprêtaient à remonter la piste de Fort Whoop-Up à la poursuite de leurs chevaux volés. Le garçon de l'Anglais annonça à Hardwick qu'il ne les accompagnerait pas. Il irait dans la direction opposée.

« Bon débarras, dit Hardwick.

– Je prends le cheval », déclara le garçon de l'Anglais.

Hardwick se contenta de resserrer la sangle de sa selle.

« Je l'ai mérité », ajouta le garçon.

Hardwick s'éloigna sans un mot.

Il avait encore une chose à faire. Ils avaient glissé le corps d'Ed Grace sous le plancher du fort qu'ils allaient incendier. Sinon, avait expliqué Hardwick, les Assiniboines le trouveraient et le mutileraient au point que sa propre mère ne le reconnaîtrait pas.

Montés sur leurs chevaux, ils regardèrent Hardwick asperger de pétrole l'intérieur du comptoir. Il ressortit, versa le reste du bidon sur les murs en rondins et, au moment où il grattait une allumette, le garçon de l'Anglais promena un regard affolé autour de lui et s'écria : « Où est la fille ? »

Hardwick approcha l'allumette du chambranle de la porte. On entendit un grand souffle, pareil à celui d'un train qui passe, une flamme jaillit qui lécha un instant le seuil puis s'engouffra comme une langue de feu. Le garçon de l'Anglais sauta à bas de son cheval, se précipita vers Hardwick et l'empoigna par le bras en hurlant : « Où est la fille ? »

Le chasseur de loups se dégagea et se dirigea vers son cheval.

Telle une photographie, la porte s'encadrait de guirlandes enflammées. Le garçon tenta de franchir le seuil, mais la chaleur du brasier l'obligea à reculer. Il arracha sa veste, la mit devant lui pour se protéger le visage et se jeta dans le rideau de flammes puis, gémissant, il chancela et dut une fois encore revenir en arrière. Le tweed roussi de sa veste fumait. Il s'en débarrassa et tâcha de distinguer quelque chose au travers des volutes de fumée et de l'atmosphère qui ondulait. La fille était accroupie sur le comptoir comme un chat, tandis qu'en dessous d'elle, le plancher formait une mer de feu. Un instant, la fumée s'amassa devant la porte et il ne vit plus rien. Il s'essuya les yeux. La fumée se dissipa. Elle se préparait à bondir, à sauter dans les flammes. Il visa et vida son pistolet. Machinalement, il le rechargea et le vida de nouveau en aveugle au milieu des tourbillons de fumée. Après quoi, il courut partout en criant le nom d'Hardwick. Pour seule compagnie, il y avait l'herbe, les arbres et la rivière, rien qu'il puisse tuer. Il se laissa tomber par terre et regarda le comptoir brûler jusqu'à ce qu'il n'en reste que des décombres. La nuit venue, il marcha parmi les braises qui rougeoyaient encore. Ses bottes fumaient. De Grace et de l'Indienne, il ne découvrit aucune trace.

Quelques heures plus tard, il enfourcha son cheval et fit trois fois le tour des ruines du fort, parsemées çà et là d'étincelles qui semblaient refléter les étoiles du ciel. Une prière stupide pour tous les deux, puis il tourna sa monture vers le nord-est, comme un Indien, pour s'enfoncer dans les territoires sauvages.

30

Deux jours après avoir reçu la visite nocturne de Chance et de Fitz, je vais voir Rachel Gold. Cela fait un moment que nous n'avons plus été en contact. Je pense qu'elle m'a appelé à plusieurs reprises : le téléphone a sonné avec tant d'insistance, tant de ténacité que ce ne pouvait être que Fitz ou elle, et je ne désirais parler ni à l'un ni à l'autre. Aujourd'hui, par contre, tenaillé par ma conscience, je prends un tramway pour me rendre à son immeuble de stuc rose avec son patio à l'espagnol. J'ai l'impression que lorsque ma maladie, ma fièvre s'est déclarée, il s'est produit en moi un déclic qui a fait remonter des choses en surface, des choses dont il me faut tenir compte.

Je frappe, mais personne ne répond. J'entends pourtant bouger à l'intérieur. Je cogne plus fort.

« Pas de vendeurs ! crie la voix impérieuse de Rachel.

— C'est moi, Rachel. Harry. »

Des bruits de pas rapides et la porte s'ouvre à la volée. Rachel est vêtue d'une robe de chambre genre chinois, ornée de dragons rouges sur fond de satin noir. Elle est pieds nus et ses célèbres cheveux aile de corbeau sont pleins de vie, de même que son visage qui exprime la stupeur devant mon allure.

« Mon Dieu, Harry, d'où sors-tu ? Pourquoi tu ne m'as pas donné de nouvelles ? Qu'est-ce qui est arrivé ? Tu as une mine épouvantable.

– J'ai été malade », dis-je brièvement et, sans attendre qu'elle m'y invite, j'entre.

Troublée, elle me suit dans le séjour. « Tu m'as l'air d'avoir faim. Je vais te préparer quelque chose.

– Non, je ne veux rien manger. » Je m'affale dans un fauteuil. En raison de ce que je m'apprête à dire, je me sens nerveux. Je promène mon regard autour de la pièce, évitant celui de Rachel, l'inquiétude que j'ai lue dans ses yeux. « Ce ne sera pas long. J'ai quelque chose à te dire. Et une faveur à te demander.

– Je t'écoute. » Elle s'assoit en face de moi sur le canapé. J'hésite à me jeter à l'eau. Un silence tendu s'installe.

« Harry, regarde-moi. »

J'obéis.

« Qu'est-ce qui se passe ? »

Je réponds : « Tu te souviens de cette journée à la plage ? Quand tu m'as dit que c'était à moi de décider ? Eh bien, j'ai décidé.

– Et qu'as-tu décidé, Harry ?

– J'ai agi par impulsion ce jour-là, et je me suis rendu ridicule. Excuse-moi, mais je vais recommencer. Il y a quelque chose qui me ronge. Quelque chose dont je ne t'ai pas parlé. À propos de Chance. »

Elle me décoche un regard pénétrant. « Et qu'est-ce que tu ne m'as pas dit à propos de Chance ? »

Je tiens à poser un préalable : « Je ne cherche pas à me venger de lui, dis-je d'un air gêné. Et je ne voudrais en aucun cas te faire souffrir, mais je pense que tu as le droit de savoir.

– Assez de tergiversations. Vas-y.

– Tu te rappelles ce que tu as dit au sujet de Fitz un soir au Cocoanut Grove, qu'il était antisémite ? » Je marque une hésitation. « Eh bien, Chance aussi. Sans l'ombre d'un doute. Je l'ai entendu dire certaines choses. »

Rachel se raidit comme quelqu'un qui se prépare à recevoir une gifle. Elle n'ignore pas ce qui va venir. « À savoir ? demande-t-elle d'une voix crispée.

– Ne m'oblige pas à préciser. Crois-moi sur parole. Tu n'as pas besoin de détails. »

Rachel serre sa robe de chambre autour d'elle. « Un verre m'aiderait probablement à me débarrasser du sale goût que j'ai dans la bouche, dit-elle avec une grimace amère. Malheureusement, j'ai arrêté de boire. » Elle parvient à afficher un petit sourire ironique. « Mais à quelque chose malheur est peut-être bon. Quand j'aurai remis ma démission à ce salaud, je serai libre d'écrire le roman dont je menace les lecteurs depuis aussi longtemps que je te connais.

– Bien sûr.

– Pourtant, je ne le ferai pas », murmure-t-elle, comme si elle s'adressait à elle-même.

Je me garde de la contredire. Nous savons l'un et l'autre qu'elle a raison sur ce point. Elle se tait et reste assise, immobile.

« Excuse-moi », dis-je.

Elle lève la tête, me jette un coup d'œil. « C'est la deuxième fois que tu t'excuses cette après-midi, Harry. Ne joue pas les perroquets. » Elle bouge soudain. Elle se penche, pêche une cigarette dans un coffret en laque posé sur la table basse, l'allume après avoir gratté une allumette. Rachel redevenue elle-même, efficace, déterminée. Le sujet désagréable est clos, Chance, chassé comme une mouche. « Tu as parlé d'une faveur », reprend-elle. Elle secoue l'allumette pour l'éteindre, puis la lâche dans le cendrier. « De quoi s'agit-il ?

– Je voudrais que tu ailles voir ma mère. »

Elle me lance un regard interrogateur. « Mais naturellement. Quand veux-tu que nous y allions ?

– Pas nous. Seulement toi. »

Elle me dévisage. « Qu'est-ce que c'est que cette histoire ? »

J'ai l'impression que ces temps-ci, les explications claires ne sont pas mon lot. Tout ce que je trouve à répondre, c'est : « Je n'ai pas le courage de l'affronter en ce moment. » Je plaque mes mains sur mes genoux et je les regarde, prises d'un tremblement incontrôlable.

« Tu es un *mensch*, Harry. Et un *mensch* n'abandonne pas sa mère », dit-elle d'un ton sévère.

Ce mot, chaque fois qu'elle l'emploie à mon propos, me rend furieux et envieux. Je préférerais être un de ses gigolos. Aujourd'hui, il me remplit surtout de désespoir. Les débris de mes multiples erreurs se bousculent dans ma tête tous ces derniers jours. Il semble que mes trahisons aient été nombreuses. « Je l'ai déjà abandonnée une fois, je murmure, tête baissée. Tu sais ce qu'elle m'a demandé juste avant que je parte pour Hollywood ? De lui acheter une nouvelle robe pour que je puisse la reconnaître parmi le groupe de femmes anonymes lors de ma prochaine visite. Elle sentait que j'allais la laisser tomber. Elle le savait.

– Ou du moins, tu l'as cru.

– Je crains de la laisser de nouveau tomber. Mes économies filent vite. Qu'est-ce qui va se passer si elle se retrouve dans un de ces horribles asiles publics ?

– Arrête, Harry !

– Mais tu ne comprends donc pas ? » Je lève les yeux, suppliant. « Je ne peux pas permettre ça...

– Je te l'ai déjà dit, me coupe-t-elle avec impatience. Si tu as besoin d'argent, je t'en prêterai. Tu as ma promesse.

– C'est ma mère et c'est à moi de m'en occuper. Je ferai tout ce que je peux pour elle, mais en ce moment, je serais incapable de la regarder en face. »

Rachel n'est pas prête à céder. « Va la voir, Harry.

– Je t'assure, elle préférera te voir toi, insisté-je, implorant. Tu as dit que je l'abandonnais. Non, je ne l'abandonne pas, je réclame simplement un délai, un peu de temps pour que je me remette les idées en place. Est-ce trop demander ? Regarde-moi, pour l'amour du ciel ! Tu crois qu'elle supportera de me voir dans cet état ? » Pour appuyer mes paroles, je montre mes mains tremblantes.

Elle étudie mon visage, puis mes mains. Ce sont les seuls arguments qui puissent la convaincre. « Bon, d'accord, j'irai rendre visite à ta mère, dit-elle enfin d'une voix douce. Mais toi ? Quand est-ce que je te reverrai ? »

Là aussi, j'ai pris une décision. Plus question de perdre du temps à espérer en vain. Il faut que j'essaye de me sortir Rachel Gold de la tête. « Je ne sais pas, bientôt, peut-être. » C'est la seule réponse que j'arrive à donner.

« Allons, Harry, qu'est-ce que tu manigances ? »

Je me lève. « Tu ne comprends pas, Rachel ? J'ai honte.

Pour ma mère. Pour toi. Je ne peux pas oublier que Chance t'a accusée d'avoir exercé une influence sur moi. Bien entendu, il voulait dire une mauvaise influence. Ce que je n'ai pas répliqué, c'est que si tu as exercé une influence sur moi, c'est sans nul doute une bonne.

– Harry, tu n'as pas besoin de me raconter tout ça.

– Écoute, Rachel, je ne me sens pas particulièrement sociable ces jours-ci. Laisse-moi un peu de temps, tu veux bien ? »

Sur ce, je me dirige vers la porte.

« Harry ! me crie-t-elle. C'est idiot ! »

Je m'arrête un instant pour la regarder. Elle est demeurée assise sur le canapé. « Accorde-moi encore une chose, s'il te plaît, Rachel. Ne cherche pas à me retrouver. »

Et je sors.

Afin de réunir un peu d'argent, je vends tous les meubles et ustensiles de ménage que je peux, puis je m'installe dans une pension dont l'unique autre occupant est un pasteur du Minnesota à la retraite, d'allure cadavérique. Pendant les mois qui suivent, je continue à chercher du travail, mais à part de vagues emplois de figurant, je ne trouve rien. Le soir, je reste assis sur la galerie de ma logeuse, déprimé, inquiet, fataliste, dans l'attente que quelque chose se passe ; quoi, je l'ignore. Quelque chose, en tout cas. Pour faire de nouvelles économies, j'ai résilié mes abonnements aux magazines de cinéma, mais dans le quotidien que reçoit le pasteur, les échos ne manquent pas sur la première de l'épopée de Chance dont la date approche. Il y a des pleines pages de publicité pour le film et, apparemment, Chance a renoncé à son rôle d'homme de l'ombre et il ne mérite plus en rien son surnom d'Ermite d'Hollywood. Il donne interview sur interview. Son visage vaguement professoral, à la une de l'édition du matin, m'accueille à la table du petit-déjeuner. On commence à parler partout du film, et dans les rubriques cinéma, après le succès de *La Caravane vers l'Ouest* de Cruze et les rumeurs qui circulent sur le film de Chance, on annonce à coups de gros titres la renaissance du western.

Comme des loups

Une après-midi, l'Hispano-Suiza de Chance se gare le long du trottoir et un chauffeur en livrée en descend, tenant une enveloppe dans sa main gantée. Chance m'a retrouvé. L'enveloppe renferme deux invitations pour la première d'*Assiégés*, une production des studios Best Chance, ainsi qu'un mot pour expliquer, en outre, la présence d'un chèque de cinq cents dollars.

Cher Harry,

Vous trouverez ci-inclus deux invitations pour la première de notre film. Venez avec votre amoureuse si vous voulez. Vous savez certainement qu'elle nous a quittés et travaille dorénavant pour la Metro, mais je ne lui en garde pas rancune. J'espère que vous serez dans les mêmes dispositions d'esprit et que, oubliant nos dissensions, vous pourrez juger en toute impartialité si *Assiégés* symbolise ou non les espoirs et les idéaux véhiculés par le film américain tels que nous les avons évoqués lors de nos conversations. Venez, je vous en prie, j'aimerais beaucoup vous entendre approuver ce que nous avons accompli. Bizarrement, votre opinion importe toujours pour moi.

Nous figurons tous deux au générique en tant que co-scénaristes. Mr. Fitzsimmons a tenté de m'en dissuader, mais, après mûre réflexion, j'ai estimé que je ne pouvais pas passer sous silence le rôle qui a été le vôtre. Il n'est que justice que votre contribution soit reconnue.

Ce qui m'amène à la délicate question de l'argent. Vous trouverez ci-joint un chèque de cinq cents dollars. Je pense que cette somme représente un règlement équitable pour tout ce que je vous dois, encore que, de votre côté, vous me devez peut-être aussi quelque chose. Il semblerait que vous rencontriez actuellement des difficultés financières, aussi je me permets de vous signaler que ce chèque est tiré sur le compte de la compagnie et non sur mon compte personnel. Ce qui, j'espère, vous empêchera de considérer qu'il pourrait s'agir d'un acte de charité. Ce n'est que le paiement d'une dette.

Sincèrement vôtre,

Damon Ira Chance

La première a lieu dans une semaine. Je range les invitations et le chèque dans le tiroir de la table de nuit, bien décidé à n'utiliser ni l'un ni l'autre. Pourtant, à mesure que la date approche, je me surprends à hésiter. Un instant, je suis résolu à ne pas donner à Chance la satisfaction de me voir à la projection, et l'instant suivant, ma résolution fond comme du sel dans l'eau. D'un côté, je désire savoir ce que Chance a fait, et d'un autre, je le redoute.

Je me demande ce qui m'arrive. Un soir, assis dans la véranda, regardant la nuit tomber, la pensée me vient que les ténèbres qui envahissent la rue déserte sont pareilles à celles qui remplissent le vide qui est en moi. J'enfouis mon visage dans mes mains et je pleure. C'est ainsi que ma logeuse me trouve, de même que, un jour, Maman Reardon, la logeuse de Shorty McAdoo, a trouvé celui-ci, dans le noir, le visage inondé de larmes. Et, comme lui, je m'efforce de les cacher.

Je suis en smoking et je me dirige vers le Grauman's Egyptian Theater situé à deux rues de là. Des projecteurs illuminent le ciel nocturne, pareils à des sabres dorés dont les lames étincelantes frappent et tourbillonnent, se croisent et se heurtent. Les gens me dépassent sur le trottoir. Sautillantes comme des insectes, les femmes poussent de petits cris d'excitation et me frôlent, pressées qu'elles sont de ne rien rater du spectacle. « Oh ! » « Regarde, Herb ! » Leurs hanches se balancent, leurs talons claquent sur l'asphalte, tandis qu'elles marchent à grandes enjambées, brûlant d'impatience. Bien qu'ils s'efforcent de dissimuler leur hâte, les hommes sont comme elles. On le lit dans leurs épaules et leurs visages tendus, dans leur feinte nonchalance. Un jeune homme coiffé d'un canotier adopte un pas pressé et scrute la foule de plus en plus dense, faisant semblant de chercher un ami, et aussitôt, gagné par son exemple, tout le monde l'imite, comme des chevaux qui prennent le trot au paddock.

Soudain, il s'arrête, cependant qu'une longue limousine remonte la rue au ralenti. Les autres s'arrêtent de même, puis se massent au bord du trottoir pour regarder. Quelqu'un siffle d'admiration et son cri aigu d'oiseau est repris par la foule en guise d'hommage au rêve noir et lustré qui passe dans un glissement feutré. Puis le jeune homme au canotier repère une autre voiture, tourne la tête, et toutes les têtes se tournent dans cette direction tandis que les chants d'oiseaux se font chants d'oiseaux de proie.

La foule s'agglutine alors que les Pierce Arrow, les Stevens-Duryea, les Rolls, les Renault et les Mercedes débouchent des rues transversales pour former un cortège de voitures qui roulent sur les rails dorés que les phares tracent devant elles sur la chaussée. On tend le cou pour tenter d'apercevoir les passagers par les vitres. Les rumeurs courent, les regards vont d'une automobile à l'autre. « C'est Buster ? » « Si, si, c'est Doug et Mary. » Les curieux se dressent sur la pointe des pieds, se baissent, se penchent et ondulent sur le trottoir comme des hautes herbes sous les rafales de vent.

Je continue à avancer aussi vite que me le permet la cohue, me frayant un passage à coups d'excuses, le regard rivé sur la marquise du Grauman où des centaines d'ampoules électriques clignotent, dessinant un seul mot : *Assiégés, Assiégés, Assiégés, Assiégés...*

En face du cinéma, la foule est massée sur l'étroit trottoir, et les têtes ballottent comme des bouchons sur les vagues. Des policiers en uniforme bleu postés devant un cordon, tapotant leurs matraques et hochant la tête d'un air bonhomme, empêchent les gens de traverser.

Il y a des jeunes couples qui tiennent des bébés dans les bras, des vieux couples qui serrent contre eux leurs sacs et leurs cannes, l'air fragile dans leurs vêtements noirs et brillants, leurs chaussures montantes et leurs bottes, le nez rouge et pointu, les yeux rouges et perçants ; des hommes qui arborent des cravates peintes à la main, d'autres en chemises de travail et casquettes ; des filles légères, violemment maquillées, et des jeunes femmes respectables dont les joues bien frottées respirent le rose de la vertu. Et tout cela compose une joyeuse assemblée. De cette foule mélangée s'élèvent des odeurs mélangées, lotion après rasage et tabac, camphre et menthe, eau de lilas et sueur, chewing-gum et couches sales.

La campagne publicitaire de Chance a porté ses fruits. Malgré l'absence d'un grand réalisateur – pas de DeMille, pas de Griffith – et l'absence de grandes stars, les gens habituels, les géants de l'industrie sont venus. Un frisson d'excitation parcourt la foule qui gémit : « Charlie ! Charlie ! Charlie ! », un cri de jouissance, presque. Au-dessus du toit de la voiture apparaissent une tignasse noire et bouclée, deux sourcils noirs et une petite moustache également noire qu'on dirait dessinés par un caricaturiste sur un visage d'albâtre, blanc comme celui d'un cadavre. L'homme regarde un instant la foule, puis il se baisse pour aider une jeune femme à descendre. C'est Leonore Ulric. Le petit homme pimpant l'escorte, puis ils se tournent gracieusement vers nous et, de l'autre rive du ruban d'asphalte, ils nous saluent de la main. Chaplin a un sourire malicieux. Des acclamations jaillissent alors que, après lui avoir fait accomplir un demi-tour quasi militaire, il conduit miss Ulric vers le tapis rouge qui mène à l'entrée du cinéma et adresse à la rangée de photographes un salut de sergent-major. « Encore une ! » « Mr. Chaplin, s'il vous plaît ! » Les flashes crépitent et trouent la nuit comme de lointains tirs d'artillerie.

Que Chaplin soit là, c'est déjà un succès. Les belles automobiles continuent à déverser sur le trottoir leur lot de célébrités ; elles agitent la main à l'intention de leurs admirateurs, envoient des baisers, adoptent des poses ridicules à l'intention des photographes. Harold Lloyd et Buster Keaton, Pola Negri et Will Rogers, Douglas Fairbanks et Mary Pickford, ils sont tous là. À chaque nouvel arrivage, la frénésie augmente, les gens hurlent les noms comme s'ils appelaient leurs enfants perdus dans la forêt, penchés en avant ainsi que des clous attirés par de puissants aimants. La foule pousse derrière moi et je me retrouve coincé contre le cordon qui me scie les cuisses, tandis qu'un coude s'enfonce dans mon dos et qu'une canne se prend dans mes jambes. L'odeur du désespoir pollue l'air. Craignant de tomber, je me prépare à passer par-dessus le cordon.

Un flic m'attrape au moment où je l'enjambe. « Qu'est-ce que tu crois faire, mon gars ?

– Je vais voir le film.

– Mais bien sûr ! se moque le flic.

– J'ai une invitation. » Je la lui fourre sous le nez. À cette vue, une expression de ressentiment envahit son visage rond.

« Vous pouvez pas traverser, dit-il. Y a trop de circulation.

– J'ai une jambe malade. Je ne pourrai pas supporter long-temps cette bousculade.

– Si vous avez une jambe malade, allez donc la coucher. Mettez-la au chaud ou alors restez où vous êtes. »

Je m'apprête à discuter quand je vois l'Hispano-Suiza se ranger devant le Grauman. De la tête, j'indique au flic que je me conformerai à ses ordres. Il avance le menton pour manifester son autorité, s'éloigne de quelques pas, puis jette un coup d'œil par-dessus son épaule pour s'assurer que je ne vais pas me livrer à quelque mauvais tour derrière son dos.

Chance et Fitz sortent de voiture. Ils sont en queue-de-pie et haut-de-forme. L'enthousiasme des curieux baisse d'un cran, car ils n'arrivent pas à identifier les deux hommes. La luxueuse automobile et la superbe jeune fille en robe du soir qui vient accueillir Chance, un bouquet à la main, prouvent qu'il s'agit d'invités de marque, mais qui sont-ils ? Chance s'empare des fleurs avec un petit salut empreint de raideur, puis il les passe à Fitz qui les plaque maladroitement contre sa poitrine.

Lentement, Chance se tourne vers nous. Lentement, il lève la main pour indiquer la marquise en un geste hiératique. Nous cessons de parler. Un silence total se fait, tandis qu'il continue à montrer le titre du doigt, tel un professeur qui attend la réponse à sa question.

Une voix jaillit alors parmi la foule : « Assiégés ! » Une expression, mélange de plaisir radieux, de fierté et de bon-heur, se lit sur le visage de Chance. Il se redresse, soudain grandi. Oui, dit-il avec tout son corps. Oui, oui, oui. Il tend de nouveau le doigt, ce qui arrache un petit cri involontaire à la foule. Derrière moi, une voix rauque à l'accent étranger reprend le cri, puis un enfant, puis une femme. L'index de Chance semble battre la mesure, et un chœur entonne, de plus en plus fort : « Assiégés ! Assiégés ! Assiégés ! » Les gens hurlent maintenant sans retenue, joyeusement, et le bruit évoque des tonneaux vides qui dévalent une rue déserte : « Assiégés ! Assiégés ! »

Chance lève les deux bras et joint les mains au-dessus de sa tête comme un boxeur victorieux. Le rugissement de la foule me frappe la nuque comme un souffle brûlant. Je pivote et je me retrouve face à un mur de visages, une tapisserie de monstres de foire, un tableau de dépravation, une multitude de bouches caverneuses, avides, tandis que des yeux de braise me transpercent.

Enfin, la clameur diminue, s'éteint, réduite à quelques cris isolés et à de maigres applaudissements. Je me retourne. Chance s'avance sur le tapis rouge entre deux rangées de flashes, tandis que Fitz marche derrière lui, le haut-de-forme en équilibre sur le crâne, le bouquet de fleurs serré dans son poing.

Autour de moi, la déception s'installe. C'est fini à présent. Une sorte de *tristesse* post-coïtale, une vague honte s'abat sur l'assistance. Nous évitons les regards, les contacts ; le lien qui nous a unis se défait, les gens s'éparpillent comme des bouts de papier emportés par un vent capricieux. De l'autre côté de la rue, les employés referment les portes massives du Grauman's Egyptian Theater. Le temple est protégé. C'est trop tard pour la projection. Je ne verrai pas *Assiégés*.

Pendant trois heures, installé dans un café, je m'efforce d'imaginer ce que, quatre rues plus loin, les spectateurs sont en train de voir sur le grand écran. Toutes les dix ou quinze minutes, je consulte ma montre, puis j'allume une cigarette en buvant une gorgée du énième café que j'ai commandé. Les gens ne cessent de me regarder à cause de mon smoking. À onze heures, je paye mon addition et je débouche dans la nuit. Le vent s'est levé, un vent qui semble me pousser vers le Grauman. J'ai l'impression qu'il va pleuvoir et, au lieu de prendre le chemin de mon appartement, je boutonne ma veste, j'enfonce mes mains dans mes poches et je me laisse diriger par le vent qui souffle dans mon dos. Les discours d'autosatisfaction doivent être depuis longtemps terminés, la dernière bobine ne tardera pas à arrêter de tourner et la salle à se vider. Le trajet est court, mais il me paraît durer une éternité. L'avenue est déserte et silencieuse, les poteaux des lampadaires se dressent tout droits, entourés à leur pied par des flaques de lumière brillantes et vaines. Ma chaussure gauche racle le ciment, rend un son rauque et monotone. Je traîne la patte le long d'une file de voitures garées au bord du trottoir, dont les chauffeurs passent le temps comme ils peuvent en attendant que la séance s'achève. La police est partie, le cordon est par terre, mais quelques irréductibles patientent encore au milieu des rafales. Tandis que je m'approche en boitant, j'ai l'impression d'être une star devant un petit groupe d'admirateurs. Vus sous cette perspective et de cette distance, ils ont l'air pitoyables, pareils à des enfants qu'on aurait oublié de venir chercher après un anniversaire.

Je me plante sous la marquise et j'allume une cigarette. Aucun des employés occupés à baisser le store vert et blanc à cause de la pluie qui menace ne m'ordonne de partir. C'est le smoking. Ils pensent que j'attends quelqu'un.

Une agitation se produit. Les portes s'ouvrent. Le film est fini. Les premiers spectateurs sortent. Ils parlent avec animation, ce qui est toujours bon signe, alors que d'autres s'attardent dans le hall, ce qui est encore de meilleur augure. Dans la fraîcheur de la nuit, les femmes ramènent leurs fourrures sur leurs épaules, les hommes allument des cigares et scrutent la rue avec impatience dans l'attente de leurs automobiles. Un des employés fait un geste impérieux en direction de la file des voitures qui, phares perçant soudain la nuit, s'ébranlent comme à la suite d'une réaction en chaîne. De l'autre côté de la rue, les derniers fans, pleins d'espoir, brandissent des carnets d'autographes.

Ici, un homme en smoking peut fumer tranquillement une cigarette, contempler le ciel pour voir s'il va pleuvoir. Betty Blythe, vedette de *La Reine de Saba*, me frôle au passage, de même que Bessie Love et Colleen Moore. D'autres se pressent autour de moi, des hommes et des femmes que je ne connais pas, businessmans, avocats, médecins de Los Angeles accompagnés de leurs épouses. Des gens qui possèdent assez de standing et d'argent pour bénéficier du privilège d'acheter un billet pour une première et avoir le plaisir de côtoyer Charlie Chaplin, des gens qui, il y a quinze ans, auraient considéré le monde du cinéma comme le comble de la vulgarité.

Je surprends des bribes de conversations qui surgissent comme des oiseaux multicolores s'envolant des buissons. « Superbe ! » s'exclame quelqu'un. « Il ne manque qu'une star pour que ce soit parfait ! » Telle est l'opinion d'un autre. « Où est-il ? Où est Chance ? »

Soudain, je repère Fitz qui, dominant la foule d'une tête, se fraye un chemin au milieu de la cohue du hall. Là où est Fitzsimmons, Chance ne peut pas être loin.

Je ne me trompe pas. Arrivé sous la marquise, Chance, entouré de sa cour, reçoit les compliments. Les acteurs se comportent comme devant la caméra et expriment par des pantomimes leur admiration, leur ravissement ou leur stupéfaction. Quand une actrice se pend à son bras, se niche contre son épaule ou se hisse sur la pointe des pieds afin de lui planter un baiser sur la joue pour les photographes, il accueille ses attentions d'un air gêné, avec toute la courtoisie d'un gentleman du siècle passé.

Chance est heureux. Il rayonne de bonheur. Souriant, il échange des poignées de main, accepte de petites tapes de félicitation dans le dos. Des hommes lui offrent des cigares. Je lis sur ses lèvres. Il ne cesse de répéter : Oui, oui, oui.

Fitz le conduit vers le tapis rouge. L'espace d'un instant, son regard croise le mien, et il dirige habilement Chance vers la droite pour m'éviter. Ils s'éloignent. Un inconnu les importune, dit son admiration pour le film. Chance hoche la tête.

Une bruine commence à tomber, qui brille dans la lueur des phares et des lampadaires, de petites gouttelettes qui font comme une pluie de riz lors d'un mariage. En face, se voyant négligés, les derniers admirateurs se dispersent. Une femme ouvre un journal au-dessus de sa tête. Soudain, un homme traverse la rue. Suivi d'un autre.

Le premier marche comme un somnambule, les yeux fixés droit devant lui. Une automobile arrive. La chaussée est glissante, un coup de klaxon retentit, la voiture freine, stoppe à quelques centimètres de l'homme. Sous la marquise, les gens se taisent et regardent avec curiosité. À la lumière des phares, l'homme scrute les visages tournés vers lui.

C'est Shorty en costume noir et chemise blanche boutonnée jusqu'au col, éclairé par les phares, la figure blanche comme de la neige, les yeux noirs, profondément enfoncés dans leurs orbites. Il a l'air très âgé, un véritable cadavre ambulant. Il monte sur le pare-chocs de la voiture, observe la foule massée sous le store vert et blanc. « Chance ! » lance-t-il. Une femme, surprise, rit comme s'il s'agissait d'une plaisanterie.

Shorty descend du pare-chocs, s'approche. Wylie lui emboîte le pas, regarde à droite, à gauche. Les lumières de la marquise tombent sur McAdoo qui évoque un vieux soldat habillé d'un costume noir en guise d'uniforme. Il passe devant les gens rassemblés là comme s'il avait affaire à des manteaux de fourrure et des robes du soir mis à aérer sur une corde à linge. On s'écarte sur son passage. Il paraît bizarre sous l'éclairage électrique ; son teint hâlé a laissé place à une pâleur maladive. S'il n'y avait sa démarche assurée, les enjambées d'un jeune homme propulsant un corps surmonté d'un visage de vieillard, on aurait certes pu le croire à l'article de la mort.

Parvenu à la hauteur de Chance et de Fitz, il s'écrie : « J'ai un mot à vous dire. »

Chance, la tête légèrement inclinée, les yeux rivés sur le dessous du store, affiche un petit sourire sceptique. « Si c'est pour affaires, dit-il sans même un regard pour McAdoo, je vous prie de prendre rendez-vous avec ma secrétaire. »

Wylie s'avance sur le tapis rouge. La bouche de McAdoo se crispe. « Je veux que vous écriviez aux journaux pour dire que le type du film, c'est pas moi. »

Chance continue à sourire, continue à ne pas regarder McAdoo. Le store bat dans le vent et la pluie. « Bien sûr que ce n'est pas vous, dit-il. Mr. McAdoo est mort.

– Menteur ! » hurle Wylie. Il se précipite vers le groupe de ceux qui assistent à la scène. « Le croyez pas ! C'est lui Shorty McAdoo ! Je le connais. Je le connais mieux que tout le monde !

– Vous vous trompez, dit Chance. Shorty McAdoo est mort et cet homme est un imposteur. » Pour la première fois, il se tourne vers Shorty. « Poussez-vous, ajoute-t-il froidement. Laissez-moi passer.

– Tous les jours, il attend à votre portail et vous faites comme s'il était pas là. Y veut plus attendre ! » s'écrie Wylie.

McAdoo empoigne celui-ci par le bras. « Écoute-moi, dit-il d'un ton impérieux. Je t'ai répété cent fois que c'était pas tes oignons. Je suis venu dire ce que j'ai à dire, point final. Et j'ai pas besoin de toi pour parler à ma place. Rentre à la maison.

– Une fois encore, dit Chance, je vous demande de vous pousser. »

McAdoo fait non de la tête. « Vous m'avez déjà eu une fois et vous m'aurez pas deux. Ce coup-ci, vous m'écouterez jusqu'au bout. »

Chance adresse un signe à Fitz qui se glisse entre les deux hommes. McAdoo le toise. « C'est toi le chien de garde ?

– Ouais.

– Alors, va lever la patte et pisser sur quelqu'un d'autre. »

McAdoo fait un pas en avant pour le contourner. Fitz le saisit par les revers de sa veste de son costume noir, le soulève de terre et le secoue comme un prunier, si bien que la vieille tête blanchie ballotte de tous côtés. McAdoo lui décoche dans les tibias des coups de pied qui résonnent comme des bottes tapant dans les poteaux d'une barrière. On ne distingue plus qu'une mêlée confuse.

Une détonation retentit, brève et sèche comme un os qui se brise, et Fitz vacille, tandis que le vieil homme gît, évanoui entre ses mains. Une femme hurle, un long cri, une aria de terreur. Une pensée me vient soudain : il a cassé le cou de McAdoo, aussi facilement qu'une branche qu'on casse sur le genou. Puis les yeux de Fitz roulent dans leurs orbites, en quête de celui qui lui a apporté la mort sous forme d'un petit trou noir en plein milieu du front. Il tombe, tel un grand arbre sous l'ultime coup de hache, et s'écrase sur le tapis rouge, entraînant McAdoo avec lui.

Wylie s'avance d'une démarche mécanique, le bras tendu, raide, mon pistolet braqué sur Chance. J'entends courir, des pas qui martèlent le sol, et puis encore des cris, des gens qui réclament la police, mais tout cela me paraît provenir de très loin, d'un autre endroit et d'un autre temps. Un fin nuage de fumée plane sous la marquise et une lourde odeur de poudre flotte dans l'atmosphère.

Chance est debout, pareil à un accusé qui attend le verdict dans son box. Ses lèvres bougent pour ce qui semble être une prière, alors qu'il ne fait que répéter sans cesse : « Fitz, Fitz, Fitz, Fitz... »

« Wylie ! » Le cri me déchire la gorge. Reconnaissant ma voix, il tourne la tête vers moi, un mouvement qui a l'air de le mettre à la torture. « Bon Dieu, Wylie, laisse-le ! je le supplie. Ne fais pas ça. Non ! Non ! »

À l'instant où je prononce le dernier « non », je réalise que Wylie me regarde avec une haine implacable et que dans son esprit lent, c'est ma mort qu'il pèse en cet instant.

La plainte d'une sirène de police me sauve. Wylie se tourne vers la source du bruit, puis vers Chance, et sa décision se lit sur son visage. « Fa-fa-fallait y pa-pa-parler, dit-il, butant sur les mots. On se-serait déjà au Ca-Canada. Tran-tranquilles et heureux. »

Chance a la même expression vide qu'au cours de ce dîner où, quelques mois plus tôt, il rompait le pain et mangeait comme une bête. Lorsque Wylie lève son pistolet, Chance lève les bras, non pas en signe de reddition, mais en un geste extravagant de bienvenue.

La balle le plie en deux, comme si deux mains puissantes appuyaient violemment sur ses épaules. Ses jambes cèdent sous lui et il tombe à genoux, tandis qu'une fleur de sang déploie ses pétales sur le devant de sa chemise blanche amidonnée. Wylie fait deux pas en avant, lui plante le canon de son arme dans la poitrine et tire. Le coup de feu roussit le tissu.

Le temps que je me précipite, Wylie a lâché le pistolet et contemple la pluie qui tambourine sur la marquise qu'elle enveloppe de part et d'autre d'un rideau argenté qui paraît nous isoler tous les quatre à l'intérieur d'une tente. Au milieu des éclaboussures, j'entends le hurlement aigu des sirènes.

Quand je soulève la tête de Chance pour la poser au creux de mon bras, il m'attrape la nuque avec une force terrifiante.

« Harry ? » murmure-t-il.

Je cherche à écarter mon visage du masque horrible que j'ai devant moi, mais je ne peux me dégager de cette étreinte. J'ai l'impression d'être pris dans un étau.

« Harry, lâche-t-il dans un souffle, pendant nos discussions, je... vous comprenez... je n'ai pas pu me résoudre à tout vous dire.

– Quoi ? Qu'est-ce que vous n'avez pas pu me dire ?

– Les conséquences de la vérité.» Sa respiration est rauque, entrecoupée. « Les artistes... les visionnaires... ils trouvent toujours le moyen de nous tuer, Harry. Toujours.

– Qui ? je lui crie. Qui sont-ils ? »

Mais il est maintenant hors d'état de parler. Il esquisse un geste en direction du mur de pluie et de ce qu'il imagine sans doute être tapi derrière. Le rideau se déchire et, dans un bruit violent, désespéré, les lambeaux sont emportés par le vent, tandis que les yeux de Chance s'obscurcissent, qu'il lutte encore pour respirer, que le puits sombre de sa bouche s'emplit lentement de sang et qu'une écume rosâtre coule sur mon bras comme pour me marquer au fer rouge.

31

Je finis comme j'ai commencé, par une liste de noms.
Shorty McAdoo, toujours inconscient, a été conduit à l'hôpital en ambulance. Six heures plus tard, il en est sorti en douce et a disparu. Je ne l'ai jamais revu. Shorty de nouveau en cavale, comme au temps de sa jeunesse. En route pour la Ligne Médecine. J'aime à croire qu'il l'a franchie pour la dernière fois.

Wylie s'est pendu dans sa cellule. On l'a enterré dans le carré des indigents que Shorty et lui avaient épargné à son frère.

Deux semaines après la première, j'ai dit au revoir à Rachel sur le quai de la gare. Elle était venue nous accompagner, ma mère et moi, qui partions pour Saskatoon, nos billets payés grâce au chèque de cinq cents dollars que Chance m'avait rédigé pour solde de tout compte. Le Santa Anna soufflait, un vent violent, chaud, qui jouait avec ses cheveux noirs électriques. La locomotive haletait, envoyant des jets de vapeur impatients, pendant que Rachel embrassait ma mère. Alors que nous nous serrions la main, elle m'a dit : « Réfléchis bien, Harry. Je peux t'obtenir un poste à la Metro. J'ai de l'influence. »

Du sable et des cendres volaient autour de nous. Je savais que j'en avais terminé avec Hollywood. J'ai secoué la tête.

« C'est peut-être mieux, a dit Rachel, plaquant sa jupe que

le Santa Anna s'obstinait à soulever. Ce n'est sans doute pas une ville pour toi. »

Elle avait raison. Comme Shorty McAdoo, ma place n'était pas ici.

Le contrôleur a invité les voyageurs à monter. Au moment où nous nous installions dans notre wagon, Rachel a crié : « Ne m'oublie pas, Harry ! Écris-moi ! »

Le nez collé à la fenêtre, ma mère et moi n'avons pas quitté des yeux la silhouette de Rachel agitant la main jusqu'à ce qu'elle disparaisse.

Je n'ai jamais écrit à Rachel Gold. Deux ou trois mois après mon retour à Saskatoon, j'ai décroché un boulot de directeur d'un cinéma. Près de trente ans se sont écoulés, et je travaille encore au même endroit. C'est drôle, non ? Harry Vincent toujours dans le cinéma ! En 1925, j'ai versé un premier acompte pour l'achat d'une petite maison surplombant la rivière qui traverse la ville. Ma mère et moi y avons vécu pendant dix ans, jusqu'à sa mort en 1935.

Amoureux sans espoir, je ne me suis jamais marié. Je me souviens de mes premiers jours au studio, Rachel qui riait en me montrant une photographie d'elle dans un vieil album de tournage qui datait du temps où elle avait été vaguement actrice, avant de devenir scénariste. C'était la photographie d'une très jeune femme, mais c'était bien Rachel. Elle avait déjà l'air de savoir où elle allait.

Plus tard, j'ai fauché l'album. Je l'ai ramené chez moi pour découper sa photo. Quelques années après mon retour à Saskatoon, je l'ai retrouvée dans mon portefeuille. Les photos sur papier bon marché ne vieillissent pas bien. On distinguait à peine son visage. Au cours d'une de mes promenades au bord de la rivière, je l'ai jetée dans l'eau. J'ignore tout autant le sort de Rachel que celui de cette photographie. L'une comme l'autre ont été emportées loin de moi.

J'accepte cela. À vivre à côté d'une rivière, on apprend un certain nombre de choses sur le changement. Recouverte de glace et blanche de neige en hiver, lisse et brune en été, la rivière n'est jamais la même. Enfant, je courais seulement vers elle quand elle était en crise, quand elle se déchirait, rugissait et se fractionnait sous mes yeux, tandis que, tremblant d'excitation, je me tenais sur la berge. L'apocalypse a ses séductions.

Chance avait soif d'apocalypse. Et plus encore, il désirait aider à la créer. Trente années durant, installé au fond de ma salle, j'ai vu des hommes comme lui aux actualités. Hitler qui hurlait comme un Charlie Chaplin devenu fou, Mussolini qui posait sur un balcon comme un acteur latin de seconde zone infatué de sa personne. Aujourd'hui, le sénateur Joe McCarthy se forge un nom à grands coups d'auditions devant sa commission, si bien que les dieux et les déesses d'Hollywood doivent affronter d'autres jugements que ceux du box-office et qu'ils s'humilient devant les caméras qu'ils chérissent tant.

Je n'ai rien à dire sur *Assiégés*, le film de Chance, car je ne l'ai jamais vu. D'ailleurs, je suis loin d'être le seul. Il est tombé dans l'oubli. La mort de Chance a fait plus de bruit que le film lui-même. Comme c'est souvent le cas à Hollywood, le scandale, devenu l'histoire, a occulté le reste. L'homme qui voulait être un autre Griffith, un réalisateur visionnaire, n'existe dans les mémoires que comme l'homme assassiné le soir d'une première. Une petite note en bas de page.

Le récit de Shorty n'a guère connu un meilleur sort. Dans les livres d'histoire que j'ai consultés après mon retour au Canada, je n'ai trouvé qu'une phrase par-ci, un paragraphe par-là. Le peu que j'ai appris a cependant suffi. Durant un temps, le massacre des Cypress Hills a eu les honneurs de la presse, et des membres du Parlement se sont levés à la Chambre pour dénoncer avec vigueur les chasseurs de loups comme des assassins américains, des voleurs et des renégats. Apparemment, personne n'a mentionné qu'il y avait des Canadiens parmi eux.

On mettait surtout l'accent sur le fait que le massacre avait incité le gouvernement canadien à créer la Police montée du Nord-Ouest qui, en uniforme rouge, et après une longue marche, avait ainsi revendiqué tout un vaste territoire. Un acte mythique d'appropriation.

Chance pensait que les individus ne comptaient guère dans

l'histoire. Debout sur la berge, je n'oublie pas que la carte de la rivière n'est pas la rivière elle-même, et que, cachés en son sein, profondément, il y a des courants mystérieux et imprévisibles. Les personnages de tous ces chasseurs de loups, canadiens et américains, projettent des ombres plus longues que je ne l'aurais jamais soupçonné au cours de cette nuit interminable où McAdoo m'a confié son récit, tassé sur un lit de camp dans un dortoir abandonné, un vieil homme qui revivait sa souffrance et sa culpabilité à des milliers de kilomètres d'un simple point sur la carte de la prairie de la Saskatchewan.

Tous les soirs, du fond de ma salle, je regarde les spectres, les apparitions qui passent sur l'écran. Le film fini, les spectateurs partis, je ferme les portes et je sors dans la nuit.

On ne peut pas gommer ainsi le passé. Les visages de Rachel, de Chance, de Fitz, de Wylie et de Shorty McAdoo m'accompagnent pendant le long chemin qui me ramène chez moi. Boitant de plus en plus au fil des ans, je traverse le pont en fer, tandis que, en dessous de moi, dans les ténèbres, l'eau tumultueuse file vers l'horizon.

32

Galopant sans relâche, Fine Man et Broken Horn, après une chevauchée de deux jours, menèrent les chevaux volés vers le nord-ouest des Cypress Hills où attendait leur bande, celle du chef Talking Bird. La veille, ils avaient campé parmi les arbres au bord de la rivière où ils avaient caché les chevaux afin d'arriver chez eux avec le soleil en face, dans la belle lumière du matin qui mettrait leurs robes en valeur.

À l'aube, ils enlevèrent leurs vêtements salis par la poussière, leurs mocassins usés par la longue marche vers le sud, leurs chemises dans lesquelles ils avaient dormi neuf nuits d'affilée, leurs jambières réduites en lambeaux par les arêtes des rochers et leurs pagnes déchirés par les épines des rosiers sauvages. Nus, ils s'avancèrent dans l'eau froide de la rivière et se frottèrent avec des poignées de sable, cependant que le brouillard se levait tout autour d'eux comme la fumée d'une pipe et que les poissons crevaient la surface, répondant à l'appel du soleil.

Une fois propres, ils prirent les miroirs et les peintures. Fine Man divisa son visage en deux puissantes couleurs, celle du sang et celle du feu éteint. Il se peignit en rouge la lèvre supérieure ainsi que tout le haut du visage, puis le reste en noir. Pendant que Broken Horn traçait sur ses avant-bras des bandes jaunes représentant les raids auxquels il avait participé pour voler des chevaux, Fine Man s'examinait dans la glace et pensait au cheval bleu qui avait entraîné les autres mustangs afin qu'ils accompagnent sans bruit les Assiniboines. Aux endroits où le tain s'était écaillé, les taches se mirent à tournoyer devant ses yeux comme des flocons de neige. Un signe. Vite, il mélangea un pot de peinture blanche, l'approcha des naseaux du cheval rouan pour qu'il le sente, tandis qu'il lui expliquait doucement ce qu'il comptait faire : parsemer de blanc sa robe bleutée pour rendre l'image du blizzard qui, une nuit, il y avait quatre jours de cela, avait gelé les chasseurs de loups dans leur sommeil, de même qu'il avait caché Fine Man et Broken Horn derrière un écran fantôme de neige tourbillonnante.

Pendant que son index caressait l'encolure du cheval tout en la criblant de petites taches blanches, l'Indien décida de ne pas monter le cheval bleu pour entrer dans le campement. Mieux valait le laisser galoper en liberté, selon son plaisir, comme une tempête d'hiver.

Après quoi, il posa avec délicatesse d'autres flocons de neige sur le poitrail, les flancs et la croupe du cheval d'hiver. Il se rappelait comment il était allé humblement trouver Strong Bull, l'homme-médecine, pour qu'il supplie Celui Au-Dessus de veiller sur lui quand il partirait à la recherche des chevaux de son rêve-pouvoir. C'était une bonne chose qu'un tel homme prie pour lui, qu'il s'avance sur son cheval au milieu des tipis en criant le nom de Fine Man pour qu'on n'oublie pas qu'il était loin, et seul.

Il n'y avait pas si longtemps, Strong Bull était celui vers qui les jeunes braves venaient avec la pipe afin de lui demander de les conduire lors de leurs raids. Dans ses rêves, Strong Bull voyait où étaient les chevaux et comment on pouvait vaincre l'ennemi. Tout le pays entre le Missouri et la Saskatchewan était gravé dans son esprit, chaque coude que formaient les rivières, chaque falaise plantée de peupliers, chaque mare où les bisons s'abreuvaient. Quatre fois, les Blackfoots lui avaient infligé des blessures qui auraient tué n'importe quel autre homme, mais sa médecine était très puissante et, quand il avait peint les rayons guérisseurs du soleil autour de sa chair meurtrie, Celui Au-Dessus avait eu pitié de lui et refermé les lèvres sanglantes de la plaie pour qu'il recouvre la santé.

Puis le jour était venu où Strong Bull avait refusé de porter la pipe. Nombreux étaient ceux qui, comme Broken Horn, disaient que son cœur s'était flétri et qu'il craignait de mourir si son sang coulait une fois de plus. La puissante médecine qui avait apporté aux Assiniboines scalps et chevaux avait disparu, et personne ne savait pourquoi. De même que personne ne savait pourquoi Strong Bull jouait maintenant comme un enfant avec les bâtons à dessiner et le papier de l'homme blanc. C'était un homme après tout, un homme qui possédait le meilleur fusil de tous, le Fusil à Plusieurs Coups, celui que l'homme blanc appelait le Henry.

Seulement, il n'achetait pas de balles, car les vraies balles étaient chères, une peau de bison pour trois cartouches, mais cela n'expliquait pas pourquoi Strong Bull échangeait ses plus belles peaux contre des bâtons à dessiner et des livres sur lesquels l'homme blanc traçait des signes, des signes qui racontaient des mensonges sur ce qu'on devait aux marchands des comptoirs.

Devant le tipi de Strong Bull où, naguère, quatre chevaux pour la chasse au bison étaient attachés, il n'y avait plus qu'un cheval efflanqué pour tirer les perches et les peaux quand on levait le camp. Maintenant, il marchait à côté du travois, et le spectacle d'un homme fier mangeant la poussière rendait tristes les jeunes braves.

Pourtant, Fine Man n'arrivait pas à croire qu'un homme comme Strong Bull puisse ainsi perdre entièrement sa médecine, c'est pourquoi il lui avait demandé d'intercéder en sa faveur. Après que Strong Bull lui eut promis son aide, il lui avait demandé autre chose, à savoir pourquoi il passait ainsi ses journées à faire des dessins dans les livres mensongers.

Tout le temps qu'il fuma le calumet que Fine Man lui avait bourré à l'aide de son propre tabac, Strong Bull garda le silence. Puis il posa sa pipe, ramena sa couverture sur ses épaules et prit la parole d'un ton solennel. Deux ans plus tôt, ses rêves-pouvoirs avaient cessé, ce qui l'avait laissé seul et effrayé. Il avait prié, supplié Celui Au-Dessus de lui envoyer ses rêves comme avant, mais les rêves étaient restés à errer dans le Monde Mystérieux.

Il décida alors de soumettre son esprit à une grande épreuve. Il construisit un radeau, l'ancra au milieu d'un lac et se coucha nu dessus. Deux jours durant, il demeura ainsi, sans ombre, ni eau ni nourriture. Le soleil le brûla, son ventre vide hurla de faim, sa gorge et ses lèvres crièrent de soif, sachant que, pour boire, il n'aurait eu qu'à plonger dans le lac sa main en coupe. Il ne céda pas. La bouche pareille à de la poussière, les paupières rouges comme du fer chauffé par le soleil, il appela Celui Au-Dessus. Et, le soir venu, il se mit à trembler comme un roseau dans le vent froid qui soufflait des rives du lac.

La deuxième nuit, un terrible orage s'annonça, les nuages s'amoncelèrent et roulèrent comme de gros rochers noirs le long de la pente d'une colline, sillonnés d'éclairs. Au début, l'Oiseau-Tonnerre ne décocha que de petites flèches sur le radeau, mais les ténèbres de l'esprit de Strong Bull étaient si profondes que cela ne suffit pas, aussi l'Oiseau-Tonnerre le frappa à la poitrine d'un éclair bleu-jaune qui le fendit et l'ouvrit en deux. Du brasier de sa blessure, rien ne sortit, mais beaucoup entra. Ses autres rêves-pouvoirs ne comptaient pas à côté de celui-là.

Alors, Strong Bull interrompit son récit, et un long silence respectueux s'installa. Fine Man trouva enfin le courage de lui demander ce qu'il avait vu.

Strong Bull secoua la tête. Ce qu'il avait reçu, dit-il, c'est la connaissance des choses à venir, un savoir qui l'emplissait de tristesse. Peut-être vaudrait-il mieux ne pas en parler. « Je te dirai simplement ceci, continua-t-il. Tout change. Il y avait une époque où les Assiniboines n'avaient pas de fusils, pas de haches ni de couteaux en acier, pas de perles de verre pour décorer les habits. » Il marqua une pause. « Il y a même eu une époque où il n'y avait pas de chevaux. Mon grand-père m'a raconté que quand le père de son grand-père a vu des chevaux pour la première fois, on ne savait pas quel nom leur donner. Certains les appelaient grands chiens, d'autres wapitis sans cornes. Ces nouveaux êtres rendaient le peuple perplexe. Mais, après que les Assiniboines eurent étudié leur nature, ils ont constaté que ce n'étaient ni des chiens ni des wapitis ; nous avons alors compris que Celui Au-Dessus nous avait donné les chevaux pour chasser le bison et nous transporter où nous désirions aller.

– En effet, acquiesça Fine Man.

– Tout change en ce monde, répéta Strong Bull, mais dans le Monde Mystérieux, toutes les choses vivent comme elles vivaient avant la mort. Dans le Monde Mystérieux, toutes les choses nous attendent – nos grands-parents, nos frères morts au combat, nos enfants morts à la naissance. Et les chevaux, les cerfs, les wapitis, les oiseaux de l'air et les bisons aussi nous attendent. Un jour, tu iras dans le Monde Mystérieux et tu verras toutes ces choses par toi-même. »

Fine Man reconnut que c'était vrai.

Strong Bull sourit. « Je pense parfois aux gens de notre peuple du temps jadis, comme ils ont dû être étonnés en voyant des chevaux pour la première fois. Est-ce qu'ils ont eu peur ? Est-ce qu'ils ont cru que les chevaux mangeaient de la viande comme les chiens ? Tout change. Peut-être que ces êtres quitteront ce monde comme ils y sont entrés. Peut-être qu'un jour, il n'y aura plus de chevaux. Ni wapitis. Ni bisons. Toi et moi, nous avons vu ces êtres, mais qu'arrivera-t-il si nos petits-enfants n'en voient plus ? Je ne veux pas que nos petits-enfants soient effrayés quand ils passeront dans le Monde Mystérieux et rencontreront des êtres qui leur sembleront bizarres. Naturellement, les robes noires avec leur homme cloué sur les deux bâtons prétendent que l'esprit des animaux ne peut pas entrer dans le Monde Mystérieux, mais c'est idiot.

– Oui, approuva Fine Man. Tout à fait idiot.

– Et j'ai eu une autre pensée, poursuivit Strong Bull. Si nos petits-enfants ne reconnaissent pas ces êtres, peut-être qu'ils ne nous reconnaîtront pas non plus. » Il tendit la main derrière lui pour prendre un paquet enveloppé dans la peau d'un petit bison tué dans le ventre de sa mère. Il l'ouvrit et en tira un livre de marchand qu'il remit à Fine Man. « C'est pourquoi j'ai dessiné ces images – pour que nos petits-enfants nous reconnaissent. »

Fine Man commença à tourner les pages avec précaution. Il y avait des femmes qui dansaient, qu'il identifia à la robe qu'elles portaient ; des hommes qui écorchaient un bison dans la neige ; un festin où l'on voyait Left Hand passer son plat de viande à Broken Horn à l'aide de son bâton-de-parole, ce qui voulait dire qu'il avait le ventre plein et que si, afin de ne pas insulter leur hôte, Broken Horn mangeait sa part, il le récompenserait de sa gentillesse en lui faisant cadeau d'un cheval. Et, enfin, il découvrit un dessin de lui, Fine Man, dans sa plus belle chemise de peau noire brodée de perles vertes et blanches.

Il rendit le livre à Strong Bull et le remercia de l'honneur qu'il lui avait fait en lui montrant les images. Strong Bull répondit : « Personne d'autre que toi ne l'a vu. Je te l'ai montré parce que Celui Au-Dessus t'a donné mes vieux rêves, mes rêves de chevaux. Quand je mourrai et que je passerai dans le Monde Mystérieux, peut-être que je te donnerai aussi les rêves de ce qui doit arriver. À ma mort, ma femme te remettra ce paquet parce que tu sais ce qu'il signifie. Tu devras le garder précieusement pour le bien de nos petits-enfants. »

Fine Man entendait Broken Horn s'agiter derrière lui. Broken Horn était un homme fier et impatient, pressé de rejoindre la bande pour raconter comment ils avaient volé les chevaux sous le nez des hommes blancs. Il se réjouissait déjà à la pensée des acclamations qui l'accueilleraient et du chiot bien gras que sa femme-assise-à-côté-de-lui aurait préparé pour fêter son retour. Il ne restait plus à peindre que les canons des postérieurs du cheval bleu, et Fine Man prit tout son temps. Il travailla avec attention, avec précision. Lorsqu'il eut fini, il se redressa et, d'un geste, indiqua à Horn qu'il était prêt.

Ils partirent, Fine Man monté sur un cheval pie et Broken Horn sur un alezan qu'il avait choisi parce que c'était la couleur de la nouvelle pièce de monnaie de l'homme blanc. Chacun d'eux conduisait une file de huit mustangs, la queue de l'un nouée au licou de celui qui venait derrière. Le soleil était chaud et agréable sur la peau, et Broken Horn ne pouvait s'empêcher de regarder le cheval bleu qui galopait à côté d'eux, car il craignait qu'il ne s'échappe alors que le long voyage s'achevait. Mais le cheval d'hiver se contentait de gambader un peu à l'écart et de hennir doucement à l'intention de ses congénères qui lui répondaient de même. Pendant un moment, ils chevauchèrent ainsi, jusqu'à ce qu'ils aperçoivent les tipis du camp du chef Talking Bird. Arrivé si près de chez lui, Broken Horn, incapable de contenir son excitation, s'élança en tête, tandis que sa file de mustangs se mettait à zigzaguer derrière lui à la manière dont un parti d'Assiniboines annonce un raid victorieux. Un garçon qui se trouvait à la lisière du village le repéra et courut partout en criant leurs noms. Dès qu'il l'entendit, Broken Horn prit le galop, et la colonne de chevaux se mit à osciller de droite à gauche, cependant que les sabots soulevaient des nuages de poussière qui brillaient, illuminés par le soleil, comme pour célébrer leur retour.

Les Assiniboines sortirent en hâte du campement en poussant des exclamations ; les chiens aboyaient et hurlaient, tandis que les enfants riaient et couraient en zigzag à l'exemple de Broken Horn et ses chevaux. Fine Man souriait et menait ses mustangs au trot, le cheval bleu à ses côtés, dont les flocons de neige étincelaient. Le soleil faisait comme une couverture brûlante sur ses épaules et il rebondissait sur le dos de son cheval au rythme de ses pas. Broken Horn s'était arrêté et Fine Man voyait les gens s'attrouper pour caresser les mustangs, louer leur force et leur beauté. Légèrement à l'écart, sa femme-assise-à-côté-de-lui tenait le tout petit dans ses bras, et sa deuxième épouse, la sœur de la première, attendait à quelques pas derrière.

Il était maintenant tout près, le cœur gonflé de fierté, quand le cheval bleu apparut sous les yeux étonnés des habitants du village, pareil à une rafale de neige trop puissante pour que le chaud soleil parvienne à la faire fondre. Lorsqu'il s'arrêta derrière Broken Horn, le cheval d'hiver n'hésita pas. L'encolure tendue, les oreilles pointées, il trotta devant la foule soudain silencieuse et admirative. Même les chiens qui grognaient et claquaient des mâchoires se turent à la vue du cheval qui s'avançait au milieu des tipis, sachant où il allait, semblable à un blizzard, les sabots qui évitaient avec assurance les feux allumés. Fine Man comprit alors son rêve-pouvoir. Il le comprit totalement, parfaitement. Il sut pourquoi le cheval d'hiver l'avait ainsi appelé au travers des vastes étendues, et il sut à qui le cheval bleu, dès le début, avait désiré se donner.

Le tambour du Monde Mystérieux, le tambour de ce monde, le tambour du ciel, de la terre, de ses femmes et de son enfant, le tambour battait en lui, de plus en plus violent, cognait contre sa cage thoracique, et l'emplissait de bonheur. En selle sur son cheval, il entama un chant de louange à l'adresse de l'homme à qui le cheval d'hiver s'offrait.

De surprise, les têtes se dressèrent et le soleil s'inclina quand il chanta le nom du grand homme-médecine, celui qui vivait désormais pour le bien de leurs petits-enfants. Fine Man regardait le cheval filer entre les tentes comme une tempête prête à éclater, qui soufflait de tipi en tipi, cependant que lui-même continuait de chanter.

Le cheval bleu s'arrêta. Fine Man aussi.

Index des noms indiens

Big Head : Grosse Tête
Broken Horn : Corne Cassée
Fine Man : Bel Homme
Left Hand : Main Gauche
Little Soldier : Petit Soldat
Strong Bull : Bison Puissant
Talking Bird : Oiseau-qui-parle
Young Deer : Jeune Cerf

REMERCIEMENTS

Les ouvrages que j'ai consultés en écrivant ce roman sont trop nombreux pour être tous cités, je voudrais néanmoins en mentionner certains. *Whoop-Up Country : The Canadian-American West, 1865-1885* de Paul Sharp (University of Minnesota Press, 1955) ; *Wolf Willow* de Wallace Stegner (The Viking Press, 1962) ; *My Life as an Indian* de James Willard Schultz (Beaufort Books, 1983) ; ainsi que des articles du *Montana Magazine of History* : « Up River to Benton » de Jay Mack Gamble, et « Cypress Hills Massacre » et « Sweetgrass Hills Massacre » de Hugh A. Dempsey. Je voudrais également remercier *D.W. Griffith : An American Life* de Richard Schickel (Simon and Schuster, 1984) ; *Off With Their Heads ! : A Serio-comic Tale of Hollywood* de Frances Marion (Macmillan, 1972) ; *The Hollywood Posse : The Story of a Gallant Band of Horsemen Who Made Movie History* de Diana Serra Carry (Houghton Mifflin, 1975) ; *The Filming of the West* de John Tuska (Doubleday, 1976) ; *An Empire of Their Own : How the Jews Invented Hollywood* de Neal Gabler (Crown Publishers, 1988) et *Gone Hollywood* de Christopher Finch et Linda Rosenkrantz (Doubleday, 1979) Je voudrais tout spécialement remercier mon éditrice, Ellen Seligman, et mon agent, Dean Cooke, pour l'aide et les conseils qu'ils m'ont apportés.

Des extraits de ce roman, sous une forme légèrement différente, ont été lus sur CBC Radio « Ambience » et sont parus dans le journal *Planet : The Welsh Internationalist*.

CRAIG LESLEY
Saison de chasse, roman
La Constellation du Pêcheur, roman
L'Enfant des tempêtes, roman

DEIRDRE MCNAMER
Madrid, Montana, roman

DAVID MEANS
De petits incendies, nouvelles

DINAW MENGESTU
Les belles choses que porte le ciel, roman

BRUCE MURKOFF
Portés par un fleuve violent, roman

JOHN MURRAY
Quelques notes sur les papillons tropicaux, nouvelles

RICHARD NELSON
L'Île, l'océan et les tempêtes, récit

DAN O'BRIEN
Brendan Prairie, roman

LOUIS OWENS
Même la vue la plus perçante, roman
Le Chant du loup, roman
Le Joueur des ténèbres, roman
Le Pays des ombres, roman

DOUG PEACOCK
Mes années grizzlis, récit

SUSAN POWER
Danseur d'herbe, roman

ELWOOD REID
Ce que savent les saumons, nouvelles
Midnight Sun, roman
La Seconde Vie de D.B. Cooper, roman

EDEN ROBINSON
Les Esprits de l'océan, roman

GREG SARRIS
Les Enfants d'Elba, roman

GERALD SHAPIRO
Les Mauvais Juifs, nouvelles
Un schmok à Babylone, nouvelles

LESLIE MARMON SILKO
Cérémonie, roman

MARK SPRAGG
Là où les rivières se séparent, récit

MARLY SWICK
Dernière saison avant l'amour, nouvelles

DAVID TREUER
Little, roman
Comme un frère, roman
Le Manuscrit du Dr Apelle, roman

BRADY UDALL
Lâchons les chiens, nouvelles
Le Destin miraculeux d'Edgar Mint, roman

GUY VANDERHAEGHE
La Dernière Traversée, roman